AF211977

TOTENWALD
Thriller

Von Klaas Kroon

Hinweis

Diese Geschichte ist inspiriert von tatsächlichen Ereignissen in Lüneburg in den siebziger und achtziger Jahren. Alle Personen und Zusammenhänge sind aber frei erfunden und jede Ähnlichkeit rein zufällig.

Impressum

©2017 – Klaas Kroon
autor@klaaskroon.de
Alle Rechte vorbehalten
Lektorat: Michael Lohmann, www.worttaten.de
Cover-Design: Melanie Nix
Titelfoto: Filip Zrnzevic on Unsplash
Der Autor im Internet:
www.klaaskroon.de
Herstellung und Verlag: BoD –
Books on Demand, Norderstedt
ISBN: 978-3-83911-283-0

Prolog

Seit gut zehn Minuten ging er hinter den beiden her und sie bemerkten ihn nicht. Es war totenstill im Wald. Sie waren so mit sich beschäftigt. Sie wollten es sich hier irgendwo nett machen. Bestimmt wollen sie ficken, dachte Jens. Warm genug war es ja an diesem Maisonntag.

Er hielt sich hinter einer dicken Buche versteckt. Sie wollen ficken, und dafür sind sie mit ihrem blöden, alten Honda Civic, so einer billigen Scheißkarre, in den Wald gefahren. Für so was sind die doch schon viel zu alt. Fünfzig oder so. Da geht man doch nicht in den Wald ficken. Da fickt man doch zu Hause. Aber sie hat dicke Titten.

Der Typ hatte eine Halbglatze und war langweilig gekleidet. Kariertes Hemd, Jeans. Sie trug Jeans, eine enge Bluse, die ihre Titten betonte und eine helle Jacke, die sie aber bald ausziehen würde.

Ganz still hockte Jens hinter einer Buche und beobachtete die beiden, die Plastiktüte mit dem Werkzeug eng an den Körper gepresst. Er trug die gute, neue Jeansjacke, das war ein Fehler. Er durfte sie nicht versauen.

Der Kerl nahm eine gelbgrüne Wolldecke aus einem Korb und breitete sie auf dem Waldboden aus. Ganz vorsichtig, als sei es Seide oder so. Die Alte stellte dann ein paar Tupperdosen darauf mit irgendwelchem Zeug drin. Bestimmt Nudelsalat, Frikadellen, klein geschnittene Möhren und Gurken. Plötzlich hatte der Mann ein Ei in der Hand und pellte es ganz ruhig. Bringt sicher Tinte auf seinen alten Füller, so ein Ei, dachte Jens.

Die beiden saßen dicht beieinander und plauderten leise. Jens konnte nichts verstehen. War bestimmt auch langweiliger Scheiß, über die Arbeit oder die Kinder. Hatten sie Kinder? Bestimmt. Die Armen. Saßen da, als würden sie jeden Tag so frühstücken, als würden sie danach zu ihrer öden Arbeit gehen. Wie sollten sie denn da zum Ficken kommen? Jetzt schenkte der Typ aus einer Thermoskanne Kaffee ein. Der Duft drang Jens sogar hinter der Buche in die Nase. Ja, Kaffee hätte er jetzt auch gern.

Er wunderte sich nicht, dass an einem sonnigen Sonntagmorgen nichts los war im Wald. Diese Ecke war sowieso nicht gut besucht, das wusste er. Und das wussten die beiden Ficker sicher auch. Darum waren sie ja hier.

Jens war müde. Er hatte schon vor sechs Uhr das Haus in Lüneburg verlassen. Seine Frau neben ihm im Ehebett schnarchte ungerührt weiter.

Mit seinem Mercedes 280 E Coupé, weiß, Baujahr 1985 und fast wie neu, war er dann einfach ziellos umhergefahren. Ein geiles Auto. 184 PS, 220 Spitze. Hatte ihn fast vierzigtausend Mark gekostet. Der Wagen zog wie auf Schienen durch die Kurven der Landstraße. Um diese Zeit konnte er hier auf der B216 Richtung Zonengrenze ordentlich Gas geben. Irgendwann hatte er an einer Einbuchtung angehalten, den Motor ausgestellt und das Radio eingeschaltet. Und geraucht.

In den Nachrichten berichteten sie über eine Demonstration in Berlin. Siebentausend Leute waren auf die Straße gegangen, weil eine Woche zuvor in Westberlin ein Türke abgestochen worden war. Einer weniger von den Parasiten, dachte Jens. Wieso machen die Leute da so ein Geschrei drum. Der betroffene Ton des Nachrichtensprechers machte ihn richtig sauer. Wenn einer von den Typen einen anständigen Deutschen absticht, bekommt er noch mildernde Umstände wegen seines Glaubens oder so. Er schaltete das Radio aus und schlief ein.

Als er von Autogeräuschen wach wurde, war es schon hell. Die Uhr im Armaturenbrett zeigte 8:50 Uhr. Ein Honda Civic fuhr langsam an ihm vorbei. Darin saß ein Paar. Sie schauten sich um, suchten offenbar etwas, lachten. Ihn beachteten sie nicht. Sie hatten sicher nicht bemerkt, dass er hinter dem Steuer saß. Dann bogen sie von der Landstraße ab Richtung Röthen. Als der Wagen nicht mehr zu sehen war, fuhr Jens hinterher. Der Weg führte über eine schmale, gut ausgebaute Nebenstraße, vorbei an Feldern, auf denen grün der halbhohe Weizen stand. Kein Mensch, kein Fahrzeug weit und breit. Er fuhr durch eine kleine Siedlung, drei, vier halb verfallene Gehöfte, die aber offenbar bewohnt waren. Stille. Es gab sogar eine Bushaltestelle. Am Sonntagmorgen schlief hier noch alles.

Die Straße führte weiter in den Wald. Kleine Kuppen und Senken. Stille. Die Sonne zeigte sich jetzt deutlicher. Warmes Licht fiel über die Spitzen der schlanken Kiefern auf die Waldstraße. Es würde ein schöner, warmer Tag werden.

Hinter einer Kuppe parkte der Honda des Paares. Der Mann nahm einen Picknickkorb aus dem Kofferraum. Jens stoppte seinen Mercedes und fuhr langsam rückwärts. Sie hatten ihn nicht bemerkt. Auf der Kuppe stellte er den Motor ab und ließ den Wagen rückwärts die Straße hinunterrollen. Als der Schwung in der Senke nachließ, startete Jens den Motor wieder, wendete den Wagen und fuhr bis kurz vor die kleine Siedlung. Dort parkte er so, dass er von den Häusern aus nicht zu sehen war. Er nahm die Plastiktüte mit seinen Utensilien aus dem Kofferraum und ging den Weg zu Fuß wieder zurück. Er marschierte zügig, aber es dauerte fast zehn Minuten, bis er wieder am Honda Civic angekommen war. Es war ihm näher vorgekommen, als er noch im Auto saß.

Er ging den weichen Waldweg, den auch das Paar eingeschlagen haben musste, und lauschte. Vögel zwitscherten. Keine Stimmen. Dann sah er sie. Die beiden gingen tiefer in den Wald hinein. Dort wo kein Weg mehr war. Es war noch recht frisch hier im Schatten der Bäume, aber das schien die beiden nicht zu stören.

Und da saßen sie nun schon eine ganze Zeit und es geschah nichts. Jens würde eingreifen müssen.

Er stand auf und ging auf das Paar zu.

Sie saßen mit dem Rücken zu ihm, hörten aber seine Schritte auf dem laubbedeckten Waldboden. Sie drehten sich um und sahen ihn an. Er nahm ihr leichtes Entsetzen wahr, er lächelte und sie entspannten sich sofort. Er wusste, dass er nichts Furchteinflößendes hatte.

»Guten Morgen«, sagte Jens. »Ein nettes Picknick am Sonntagmorgen?«

»Guten Morgen«, sagte der Mann. »Und Sie machen einen Waldspaziergang? Pilze sammeln?«

Jens lachte: »Im Mai gibt's keine Pilze.«

»Möchten Sie einen Kaffee?« Die Frau hob freundlich die Thermoskanne.

»Nein, sehr nett, danke.« Jens ging um sie herum, sodass er jetzt direkt vor ihnen stand. Zwischen ihm und dem Paar lag nur ein Meter Wolldecke.

Es entstand eine Pause. Jens taxierte das Paar, was den Mann offensichtlich beunruhigte. Schließlich sagte er: »Und, wo soll es heute noch hingehen?« Es war offensichtlich, dass er Jens schnell loswerden wollte.

»Ach, weiß nicht«, antwortete Jens, »bin noch unentschlossen. Und ihr beiden«, sein Ton blieb freundlich, »ein bisschen Fickificki im Wald?«

Die Frau sah erst ihn und dann ihren Mann entsetzt an. »Was wollen Sie, hauen Sie ab«, rief der Mann und Jens konnte seine Angst förmlich riechen.

Die Frau stand auf: »Komm, Peter, wir gehen. Das wird mir zu bunt.«

»Nein.« Jens zog die Pistole aus der Plastiktüte und richtete sie auf die Frau. »Hinsetzen. Und Schnauze halten.« Zitternd setzte sich die Frau wieder auf die Decke.

»Was wollen Sie?«, zischte der Mann. »Wollen Sie Geld? Können Sie haben. Viel ist es nicht.« Er griff an seine Gesäßtasche.

Jens grinste: »Ich habe bestimmt mehr Geld als du Versager. Ich will, dass ihr fickt. Zieht euch aus.«

»Das werden wir bestimmt nicht tun«, kreischte die Frau und sprang wieder auf. »Hilfe, Hilfe.« Ein Tritt in den Magen brachte sie zu Fall. Sie wimmerte auf der Decke. »Hier hört dich sowieso keiner, Schlampe«, zischte Jens und hoffte, dass er recht hatte.

Der Mann kniete nun vor Jens und wimmerte. »Lassen Sie uns doch bitte gehen. Was wollen Sie denn von uns?«

»Du ekelst mich an, du jämmerlicher Feigling«, brüllte Jens und schlug dem Kerl mit der Waffe vor den Hals. Der packte sich an die Gurgel und röchelte.

»Los, zieht euch aus!« Er war wütend, dass sie es nicht einfach taten. Ausziehen, ficken, mehr wollte er ja nicht. Hatte er selbst Lust, die Frau zu ficken? Eher nicht. Eine Mutti halt mit ihrem Vati. Vielleicht würde er mal die großen Titten anfassen. Das reichte.

Die Frau begann langsam und zitternd ihre Bluse aufzuknöpfen. »Was tust du da?«, raunzte ihr Mann sie an. »Lass das!« Sie machte weiter.

»Los, zieh dich auch aus, Alter.« Jens schlug dem Mann mit der Pistole auf den Kopf. Zu heftig. Der sackte zusammen. Nun ist er k.o., dachte Jens, kann sich nicht mehr selbst ausziehen. »Mach weiter«, brüllte er die Frau an, die sich weinend über ihren Mann beugte.

Als sie nackt war, kam der Mann langsam wieder zu sich. Aus einer tiefen Platzwunde am Kopf lief ihm das Blut übers Gesicht. Er weinte. Dann sah er seine nackte Frau und geriet in Rage. Brüllend stürzte er sich auf Jens, der auf der Decke kniete und der Frau gerade an die Brüste fassen wollte. Er hämmerte mit Fäusten auf ihn ein. »Ich bring dich um, du widerlicher Wichser, ich bring dich um.«

Routiniert zog Jens das lange Messer aus der Innentasche seiner Jeansjacke und stach ihm direkt in den Kehlkopf. Der Mann brach röchelnd zusammen, Blut schoss aus seinem Hals. Jens rollte sich schnell zur Seite, damit die neue Jacke nichts abbekam.

Er hatte die Lust verloren. Die nackte Frau sprang auf, versuchte wegzulaufen, doch er griff die Glock und erlegte sie mit einem Schuss. Er ging zu der Toten und betrachtete nicht ohne Stolz das kleine Einschussloch an ihrem Hinterkopf.

Das war etwas zu schnell gegangen, dachte er. Er hätte noch mehr Spaß gebraucht. Eben noch hatte dieses Feuer in ihm gebrannt. Diese Leidenschaft.

Und nun war da wieder diese Leere – müde, kalte Leere.

Er zog die beiden Körper vom Hügel runter. Sie lagen dort wie auf dem Präsentierteller. In einer Senke zwischen den Buchen legte er sie nebeneinander. So wie sie auch sonst nebeneinander im Bett lagen, dachte er. Er zog den Mann ebenfalls aus, das sah irgendwie besser aus. Aber er empfand nichts dabei. Keinen Kitzel, keinen wohligen Schauer. Eher Wut, die beiden waren viel zu schnell hinüber.

Er legte ihre Sachen neben die Körper und warf die Wolldecke über alles. Dann schob er eher nachlässig Zweige und Blätter über dieses Waldbett. Er verneigte sich noch kurz vor den beiden. Warum tue ich das, dachte er, und musste kichern. Werde ich sentimental?

Dort, wo der Wald von einer breiten Schneise unterbrochen wurde, entdeckte er einen ziemlich neuen Hochsitz. Frisches Holz, kein Moos, stabil gebaut. Er kletterte die Leiter hoch. Auf dem Hochsitz sah er sich um. Viel Wald, zwischen den Bäumen die Stelle, an der das Paar seine letzte Ruhe gefunden hatte. Von hier aus würde er Leute sehen, lange bevor sie ihn sehen konnten. Die Stelle wollte er sich merken.

Der Picknickkorb lag noch auf der Anhöhe. Er räumte die Tupperdosen und Teller und die Thermoskanne hinein und nahm den Korb mit. Es ist ein schöner Picknickkorb, dachte er. Kann man mal brauchen. Und da lag auch der Autoschlüssel. Nun musste er also nicht zu Fuß zu seinem Wagen zurückgehen. Er warf seinen Waffenbeutel und die Sachen des Paares auf den Beifahrersitz. Dann zog er seine Einmal-OP-Handschuhe an und fuhr mit dem Civic zu seinem Mercedes.

So ein lächerliches, kleines Auto, dachte er. Was sind das für Verlierer, die so ein Auto fahren. Er stellte den Civic ab, ließ den Schlüssel stecken und fuhr mit seinem Coupé auf die Landstraße. Auf den kleinen Höfen regte sich immer noch nichts.

1. Kapitel

»Verdammt, das ist ein Tatort, sehen Sie das nicht?«
Kommissarin Marie Gläser ging mit schnellem Schritt
auf den Fremden zu. »Sie haben hier nichts zu suchen.
Dafür ist das Absperrband da.« Nun stand die Polizistin
direkt vor dem Fremden und sah ihm in die Augen. Der
Mann war nur etwas größer als sie.

»Tschuldigung, wer sind Sie?«, fragte der Mann. Er
trug einen offenen hellen Trenchcoat und einen ziemlich eleganten grauen Anzug. Offenes Hemd, die modi-
schen schwarzen Schuhe waren vom Waldboden verdreckt. Er war Mitte Vierzig, schlank, wog vermutlich
weniger als Marie, und sah recht gut aus. »Das muss ich
ja wohl Sie fragen«, blaffte Marie.

Der Mann griff in seine Manteltasche und holte einen
Polizeiausweis heraus. »Stephan Weide, Kriminaloberkommissar«, sagte er und schob sich an Marie vorbei
Richtung Fundort. An diesem verregneten Morgen
herrschte in diesem Waldstück in der Göhrde regerer
Betrieb als sonst vermutlich im ganzen Jahr. Uniformierte, Männer und Frauen in weißen Overalls, Poli-
zeifotografen; ein Stück weiter, am Waldweg, standen
zwei Leichenwagen, deren Fahrer darauf warteten abzu-
transportieren, was hier gefunden worden war. Es war
nur noch eine Frage von Minuten, bis die ersten Reporter eintreffen würden.

»Hey, warten Sie mal«, rief Marie und rannte hinter
dem Mann her. »Tut mir leid, ich wusste nicht, dass Sie
der Neue sind. Hätten Sie ja auch direkt sagen können.«
Sie ärgerte sich über den arroganten Kerl, der ganz of-

fensichtlich ihr neuer Chef war. Hat sich einen Spaß daraus gemacht, mich auflaufen zu lassen, dachte sie. Aber Marie hatte nie vor Vorgesetzten gekuscht. Sie würde auch vor diesem Weide nicht buckeln.

Kriminaloberkommissar Weide ging zügig weiter. Ohne sie anzusehen, fragte er: »Was wissen wir?«

Marie hatte Mühe, Schritt zu halten. Ihr knapper Bericht kam etwas atemlos. »Zwei Personen, vermutlich ein Mann und eine Frau. Schon recht verwest. Und Tierfraß. Identifizierung wird schwierig. Sicher mindestens vier Wochen tot.«

»Selbstmord?«, fragte Weide, als sie den Fundort der Leichen erreicht hatte. Noch bevor Marie Gläser antworten konnte, sagte einer der Männer in den weißen Overalls: »Ein Opfer hat eine Schussverletzung im Schädel. Beim Mann können wir noch nichts sagen.«

»Erweiterter Selbstmord«, mutmaßte Marie und ärgerte sich sogleich, dass sie das nicht als Frage formuliert hatte.

»Keine voreiligen Schlüsse, bitte.«

Das klang wie eine Zurechtweisung. Die saß. Marie verstummte. Sie hörte auch auf zu spekulieren. Das war ja ein guter Einstieg. Nachdem ihr alter Chef, der über zwanzig Jahre die Mordkommission in Lüneburg geleitet hatte, vor ein paar Wochen in den Ruhestand gegangen war, kam sie eigentlich ganz gut ohne Vorgesetzten zurecht. Richtige Mordfälle hatte es in der Zeit aber auch nicht gegeben. Zwei Selbstmorde, ein Jagdunfall und dann diese komische Familie: Die Kinder bezichtigten den Vater des Mordes, weil die Mutter am Herzinfarkt gestorben war. War dann nichts. Kein Gift. Ein ganz normaler Herzinfarkt. Mit fünfundfünfzig.

Marie war jetzt siebenunddreißig und hatte die Hoffnung noch nicht aufgeben, selbst einmal eine Abteilung leiten zu können. Es fehlte ihr nicht an Ehrgeiz, und ihr alter Chef, Kriminalhauptkommissar Dieter Born, hatte ihr auch immer ein gutes kriminalistisches Talent bestätigt. Aber es fehlte ihr an der Fähigkeit, sichtbar zu werden. Man übersah sie einfach. Besonders, wenn sie gut war. Nur wenn sie mal einen Fehler machte oder etwas nicht ganz so Kluges sagte, schauten natürlich alle hin und merkten es sich für alle Zeiten.

Eigentlich war Marie nur schwer zu übersehen. Eine echt starke Frau. Genau eins achtzig, immer deutlich über achtzig Kilo, mittellange blonde Haare und ein hübsches Gesicht. Das sagten alle. Sie fand sich in Ordnung, so wie sie war. Diäten kamen nicht in Frage. Und anständige Männer, die auf eine Frau wie sie standen, gab es auch genug. Wenn sie mal Sex wollte, dann fand sie einen echten Kerl. Mehr wollte sie nicht, seit mit Olaf vor zwei Jahren ein paar Träume geplatzt waren. Mädchenträume, würde sie heute sagen, wenn sie darüber sprechen würde – aber das tat sie nicht.

Nun also Herr Weide. Marie machte sich auf eine lange Zeit der Anpassung gefasst. Sie musste sich ihm anpassen, und er war hoffentlich bereit, sich auch auf sie einzulassen. Mit Born war das anders. Der hatte sie ausgebildet, war ihr Vater und Mentor in einem. Da waren die Rollen immer klar verteilt und er war eigentlich immer auf ihrer Seite.

Weide würde sich ja selbst erst mal in Lüneburg etablieren müssen. Sein Revier abstecken. Marie sah auf den Boden, auf seine Schuhe und grinste innerlich. Ärgerte ihn bestimmt maßlos, dass er sich hier gerade die teuren Treter versaute.

Sie hatte einen ganz anderen Style. Cargo-Hosen, Sweatshirt oder derbe Flanellhemden, robuste Schuhe. Kaum Make-up. Kleider und Pumps trug sie bestenfalls bei wirklich feierlichen Anlässen. Sicher hielten sie Kollegen, die sie nicht so gut kannten, für eine Lesbe. Aber das war ihr egal.

Marie und Stephan Weide standen schweigend neben den Leichen, wie bei einer Beerdigung.

Beide Körper lagen, so viel konnte man erkennen, auf dem Bauch. Ein paar Kleidungsstücke lagen neben den Körpern. Die Toten waren vermutlich vollständig entkleidet. Man sah dunkle, fleckige Haut. An vielen Stellen bemerkten sie Bisse, die Haut hing in Fetzen, der Kopf der einen Leiche war fast abgetrennt. Marie hatte so etwas noch nicht gesehen und wunderte sich, wie gut sie das verkraftete. Vielleicht, weil das, was da vor ihr lag, nichts Menschliches mehr erkennen ließ. Und es lag sicher auch daran, dass die Leichen nicht stanken. Nur der modrige Geruch des nassen Waldes lag in der Luft.

»Wer hat sie gefunden?«, fragte Weide Marie und sah sie dabei wieder nicht an. Eine Unart ist das, dachte sie.

»Zwei dreizehnjährige Jungs, die hier offenbar ungestört sein wollten«, antwortete sie und blickte ihn an.

Nun sah er auch sie an. Sein Gesichtsausdruck zeigte, dass ihn diese Information nicht kalt ließ. Er wollte sich vermutlich nicht vorstellen, was sich in Kinderköpfen festsetzte, die eine solch grausige Entdeckung machten.

»Wobei ungestört?«, fragte er und Marie war erstaunt über die Frage. Was tat das zur Sache?

»Keine Ahnung. Rauchen? Alkohol? Kleine Jungs-Spielchen?«

Weide nickte verständig.

***

Marie saß an ihrem Schreibtisch und betrachtete am Bildschirm Fotos vom grausigen Tatort. Weide kam rein. Wo er gewesen war, musste sie ihn nicht fragen. Ein frischer Anzug und blitzblank geputzte Schuhe erklärten es.

Er trat an Maries Tisch und sah ihr über die Schulter auf den Bildschirm. Dabei wahrte er Abstand, das war gut so. Marie hasste es, wenn ihr Menschen ungefragt zu dicht auf die Pelle rückten.

»Was haben wir?«, fragte er schon wieder und starrte auf eine Nahaufnahme des Schädels mit dem Einschussloch.

»Das ist, wie vermutet, eine Frau«, sagte Marie, »das andere Opfer wohl ein Mann. Keine Ausweise, ein zwanzig Euroschein und ein iPhone. Ist feucht geworden. Die KTU prüft gerade, ob noch was auszulesen ist. Ich bin derweil mal die Vermisstenfälle der letzten Wochen durchgegangen.« Sie rief eine Seite auf ihrem Computer auf. Zwei Porträtfotos. Ein Mann. Eine Frau.

»Es spricht vieles dafür, dass es sich um Willy und Maria Vaupel aus Uelzen handelt. Sie fünfundvierzig, er fünfzig Jahre alt. Sie haben eine chemische Reinigung und wurden vor vier Wochen von einer Angestellten vermisst gemeldet. Kinder haben sie wohl nicht. Keine Besonderheiten. Ganz durchschnittliche Leute.«

»Ist das wieder eine voreilige Schlussfolgerung?« Weide sah sie herausfordernd an.

»Nein«, gab Marie Gläser schnippisch zurück, «das ist der aktuelle Stand meiner Ermittlungen. Keine Vorstrafen. Es gibt Angaben der Angestellten, einer Frau Rzepka, aus der Vermisstenakte. Was mir überhaupt nicht klar ist ...« Sie machte es spannend und Weide biss an.

»Ja, was?«

»Wie sind sie in den Wald gekommen? Kein Auto, keine Fahrräder. Auch keine Schlüssel dafür.«

»Wie weit ist Uelzen?«, fragte Weide und sah sich auf der Suche nach einer Karte im Raum um.

»Stimmt, Sie sind ja nicht von hier.«

»Nein, bin ich nicht. Also?«

»So knapp dreißig Kilometer. Nichts, was man zu Fuß geht. Aber das Auto oder die Fahrräder kann auch jemand geklaut haben.«

»Ja«, erwiderte Weide gedankenverloren. »Ach, mal eine ganz andere Frage, können Sie mir vielleicht sagen, wo mein Büro ist?«

Marie grinste ihn an und stand auf. Nun lächelte auch er.

Marie Gläser führte Weide über den Flur ins Chefbüro. Es war nicht groß, aber immerhin musste er es mit niemandem teilen. Marie saß mit Kriminalmeister Sobchak im Raum, dem traurigen, alten Wendeverlierer. Zurzeit war noch ein Student angestellt. Benjamin Müller. Machte einen Master in Kriminalistik. So ein Quatsch, hatte Marie nur gedacht, als er sein Praktikum antrat. Ein Klugscheißer mehr, der keine Ahnung hat. Aber er war ein netter und cleverer Junge. Marie mochte ihn.

Stephan Weide betrat sein neues Büro und sah sich um: kleiner, dunkler und insgesamt muffiger als der schöne, helle Raum, den er am Jürgensplatz in Düsseldorf sein Reich nennen durfte. Dieses Büro war schon vor einiger Zeit geräumt und seither nicht gelüftet worden. Keine Bilder an den Wänden, stattdessen helle Flecken, wo mal Bilder gehangen hatten. Ein Schreibtisch aus den Siebzigern, rötliches Holzfurnier, funktional, hässlich. Eine vertrocknete Zimmerpflanze. Vermutlich ein Ficus. Weide kannte sich da nicht so aus.

Stephan Weide war Besseres gewohnt, und er war sicher, auch Besseres verdient zu haben. Aber es war sein Wunsch gewesen, in die Provinz versetzt zu werden — und am liebsten in ein anderes Bundesland. Er durfte sich nun nicht beklagen. Und in Düsseldorf wäre es nicht weitergegangen. Auf keinen Fall.

Er würde um Renovierung dieses Lochs bitten, wenn er sich etwas eingelebt hatte. Aber vorher war ein Doppelselbstmord — oder was auch immer das hier war — aufzuklären. An seinem ersten Tag. Zwei mysteriöse Todesfälle. Es gab hier im Zuständigkeitsbereich der Polizeidirektion Lüneburg, da hatte er sich vorher schlaugemacht, rund fünfzig unfreiwillig Abgetretene pro Jahr. Dabei waren die meisten Opfer von Totschlag, Beziehungstaten und Gewalt im Suff. Da stand der Täter mehr oder weniger direkt neben der Leiche. Die Polizeiarbeit bestand darin, ihn abzuführen und so unterzubringen, dass er sich nicht in seiner Verzweiflung umbrachte. Fälle, die die dicke Polizistin gut alleine aufklären konnte, wenn sie nicht völlig verblödet war.

Die Toten im Wald waren eine andere Liga. So viel war klar. Da konnte die Kollegin froh sein, dass er jetzt hier war, diese ... wie hieß sie noch?

2. Kapitel

Als Jens nach Hause kam, war es schon hell. Seine Frau, die faule Schlampe, schlief noch. Hätte ihm ja mal ein Frühstück machen können. Am liebsten hätte er sich auch wieder ins Bett gelegt, aber er musste zur Arbeit. Er hatte in den letzten Wochen zu oft gefehlt.

Ihm brummte der Schädel. Er setzte sich in die Küche, machte sich einen Nescafé und ließ die letzte Nacht in seinem inneren Kino vorbeilaufen. Rex kam schlaftrunken angetrottet, setzte sich zu seinen Füßen und ließ sich kraulen.

Eine irre Party war das. Im feinsten Viertel von Lüneburg. In einer richtigen Villa. Bei feinen Leuten. Aber fein benommen haben die sich nicht. Das war fast eine Orgie. Eingeladen hatte ihn Dagmar. Sie wohnt dort mit ihrem Mann, einem reichen Typen, der nie da ist. Immer auf Geschäftsreise. Wer's glaubt.

Jens machte Dagmar seit einem Jahr den Garten, fuhr alle zwei Wochen mal vorbei. Und da hatte es nicht lange gedauert, bis die Alte mehr wollte als Rasenmähen und Heckeschneiden.

Das war für Jens nichts Neues, dass die Damen auf ihn abfuhren. Dagmar war ein paar Jahre älter als er, aber noch gut in Schuss. Letzten Sommer fing das an, als er an einem heißen Tag den Gartenteich säuberte. Dagmar kam plötzlich im Bademantel in den Garten, ließ ihn lässig fallen und sprang in den Pool. Dabei sah sie ihn provozierend an. Er hatte ein durchgeschwitztes T-Shirt an und eine abgeschnittene Jeans. »Ist Ihnen nicht auch heiß, Jens? Dann springen Sie doch rein.«

Das tat er. Sicher konnten die Nachbarn an der einen oder anderen Ecke in den Garten sehen, aber das war Dagmar offenbar egal. Und ihm schon lange.

Und seitdem hatte es Jens ihr regelmäßig besorgt. Erst den Garten und dann die Frau. Manchmal auch umgekehrt. Und manchmal, wenn der Hausherr zufällig da war, wurde nur der Garten bearbeitet.

Jens würde das keine Affäre nennen, erst recht keine Beziehung. Er fickte gern und sie wollte gefickt werden. Ob er sich dafür bezahlen ließ? Nicht direkt. Aber es war schon so, dass der Lohn, den sie ihm beim Weggehen in die Hand drückte, den vereinbarten Gärtnerlohn von zwölf Mark pro Stunde oft weit überstieg. Egal. Dagmar hatte genug Kohle und Jens konnte jeden Pfennig gebrauchen.

Sie war ja nicht irgendwer. Ihr Mann war Rechtsanwalt und Notar in Lüneburg, hatte aber Klienten in ganz Deutschland. Außerdem war er Honorarkonsul irgendeiner afrikanischen Bananenrepublik. Dagmar hatte Jens erklärt, dass Honorar Ehrenamt bedeute und kein Geld bringe. Aber aus dieser Tätigkeit ergäben sich viele Kontakte, die dann wieder ordentlich was einbrächten.

Jens wollte das gar nicht alles so genau wissen, aber es erklärte, warum der Gatte so häufig weg war. Alle paar Monate düste er in seine Bananenrepublik und ließ sich dort wahrscheinlich von knackigen Schokobohnen die Eier kraulen.

Und dann hatte sie ihn zu dieser Party eingeladen. Schon merkwürdig. Aber diese Party war auch irgendwie anders. Es war kein riesiges Fest. Zwanzig oder dreißig Leute. Das waren Typen, die man in Lüneburg sonst nicht sah. Die meisten kamen sicher aus Hamburg.

Künstler waren dabei und Leute von Zeitschriften. Jens fielen Schwule auf, die sich ungeniert küssten. Die jungen Frauen, manche schön wie Models, hatten dunkel geschminkte Augen und blasse Haut. Eine der jüngeren Frauen kannte Jens aus dem Fernsehen. Er war sich fast sicher, dass sie Moderatorin bei irgendeinem Fernsehsender war. Aber er traute sich nicht zu fragen. Sie war jung und verdammt sexy.

Sogar für einen Discjockey hatte Dagmar gesorgt. Der hatte auf einem Tisch im Wohnzimmer zwei Plattenspieler aufgebaut und darauf herumgefuhrwerkt. Herauskam dieses neue Techno-Zeug, auf das in Hamburg jetzt alle standen. Warum Dagmar diese Leute eingeladen hatte und nicht die üblichen Lüneburger Spießer, wurde Jens schnell klar. Es gab auf dieser Party jede Menge Drogen. Und die lagen offen herum, kein Verstecken, keine Heimlichkeiten.

Haschisch, das kannte Jens. Er war nicht besonders scharf auf das Zeug, zog aber immer wieder an Joints, die ihm gereicht wurden. Dann waren da noch diese komischen Pillen, die die Jüngeren schluckten. Ecstasy, wie man ihm gesagt hatte. Er hatte davon gehört. Und was er gehört hatte, ließ vermuten, dass man davon entweder sofort stirbt, völlig durchdreht oder schwer abhängig wird. Doch es schien die Leute nur enorm gut drauf zu bringen und unendlich lange wach zu halten.

Die Party hatte schon am Mittag begonnen und nach Mitternacht erreichte sie einen weiteren ihrer vielen Höhepunkte, als die völlig zugedröhnte TV-Moderatorin einen geilen Tanz mit einem der Schwulen hinlegte, bei dem sie sich unter dem Gejohle der Umstehenden fast vollständig auszog. Wenn der dabei schwul bleibt, hatte Jens gedacht, ist ihm wirklich nicht zu helfen.

Es war eine warme Sommernacht und die Party fand im Haus und im Garten statt. Ab und zu landete einer der Gäste im Pool, was zu großem Gelächter führte. Jens amüsierte sich. Auf seine Weise. Nicht so wie die anderen Leute hier. Er fühlte sich eher als Außenstehender, obwohl er reichlich Sekt – oder sogar Champagner? – und Bacardi Cola trank und etwas kiffte. Von den Pillen nahm er keine. Das Kokain, das sich irgendwann ein paar Leute in der Küche in die Nase zogen, lehnte er ebenfalls ab.

Lieber beobachtete er. Die Frauen. Manche sehr jung, andere über vierzig, wie Dagmar. Alle schön. Frauen, die viel Zeit damit verbrachten, sich herauszuputzen. Das hatte seine Stefanie vor Jahren auch noch getan. Inzwischen konnte er froh sein, wenn sie etwas Schickeres als einen Morgenmantel trug.

Irgendwann war er im Partytaumel an Christina geraten, die einzige Lüneburgerin hier, soweit er das mitbekam. Sie wohnte in der Villa nebenan. Christina saß auf einer klassischen, weiß lackierten Bank in einer dunkleren Ecke des Gartens. In der einen Hand hielt sie eine Flasche Champagner, in der anderen ein Glas, in das sie so schwungvoll einschenkte, dass es überschwappte. Dann trank sie das Glas auf ex und schenkte wieder nach.

»Was sitzen Sie so alleine hier?« So hatte Jens sie angesprochen. »Schon müde?«

Sie gefiel ihm. Er hatte sie auch schon ein paar Mal über den Gartenzaun gesehen. Mitte dreißig vielleicht. Blond, schlank. Sie trug ein weißes Sommerkleid mit

Spitzen, das so gar nicht zur Techno-Mode der anderen passen wollte.

»Hier gibt's kein Sie, mein Hübscher«, hatte sie geantwortet, »hier gibt's nur Du. Ich bin die Christina. Kannst auch Tina sagen, obwohl ich das nicht mag.« Sie kicherte. Die ist ziemlich drüber, dachte Jens, setzte sich aber zu ihr und stellte sich vor. Sie rückte gleich näher an ihn heran. Sie schenkte ihr Glas wieder voll und reichte es Jens. Er trank es zur Hälfte leer und wollte absetzen, doch Christina fasste das Glas am Fuß und kippte ihm den Rest in den Mund, wobei sie seine Oberlippe auf die Zähne presste. Das tat weh, doch Jens ließ sich nichts anmerken.

»Trink, mein Junge, trink! Ist genug da.« Doch als sie wieder einschenken wollte, kam nichts mehr aus der Flasche.

»So, Jens«, sagte sie gespielt beleidigt, »das ist deine Schuld. Jetzt musst du eine neue Flasche holen. Los, hopp, hopp und bleib nicht zu lange weg.«

»Meinst du nicht, dass du mal eine kleine Pause brauchst?«, sagte Jens, der keine Lust hatte, wieder ins Haus zu gehen.

»Nein, brauche ich nicht. Pause können wir machen, wenn wir tot sind. Los jetzt, Gentleman, ab mit dir.«

Jens ging. Er wusste in diesem Moment nicht genau, wieso er ihrem Kommando gehorchte, aber im Nachhinein war es ihm schon klar. Der Alkohol, das Haschisch, die nackten Beine dieser Frau, deren Rock ziemlich weit oben auf den Schenkeln saß – er war scharf wie eine Rasierklinge. Er wollte sie. Ganz. Und dafür brauchte es noch etwas Champagner.

Als er mit der Flasche zurückkam, hatte sie sich auf der Gartenbank ausgestreckt. Ihre Sandalen lagen auf dem Rasen. Sie hatte die Beine angewinkelt und schien zu schlafen. Doch als Jens sich leise näherte, schlug sie die Augen auf und lachte ihn an. »Na, endlich. Ich verdurste. Wo warst du?«

»Ich war nicht lange weg.«

Christina richtete sich auf und gab ihm ein Zeichen, dass er sich hinsetzen solle. Dann legte sie ihren Kopf auf seinen Schoß. Das kann peinlich werden, dachte Jens, denn seine Geilheit war nicht mehr lange zu verbergen.

Christina schien eher in Plauderlaune zu sein. Sie erzählte von ihrem Mann, der, genau wie Dagmars Gatte, viel weg sei und sie allein lasse. Ihm gehörte eine große Druckerei und er war, wie Jens es verstanden hatte, an weiteren Druckereien in ganz Deutschland beteiligt. Zurzeit war er auf einer Messe in München. »Möchte nicht wissen, was er da treibt, der Gute.« Sie lachte und Jens glaubte herauszuhören, dass es ihr egal war.

Irgendwann war sie eingeschlafen. Scheiße, dachte Jens. Was jetzt. Doch da kam Dagmar und rettete ihn. Sie wankte, einen der Schwulen im Arm, durch den Garten, schwang irgendwelche großen Reden, als sie ihn auf der Bank im Halbdunkel entdeckte. Die Musik aus dem Haus kam nur noch als undefinierbarer Klangbrei hier am Ende des großen Gartens an.

»Hey, Jens, hat Christina dich als Kopfkissen abkommandiert?«

»Bis eben konnten wir noch so etwas wie ein Gespräch führen, aber dann ist sie eingeschlafen.«

»Wie immer«, lachte Dagmar und wollte schon weitergehen.

»Dagmar, warte mal«, stoppte Jens sie. »Die wohnt doch gleich nebenan. Soll ich sie nicht einfach rüberbringen. Wird ja jetzt auch kühler hier.« Das stimmte zwar nicht. Klang aber plausibel.

»Ja. Von mir aus. Du Schlingel. Mit der ist heute aber nicht mehr viel los. Warte, ich habe einen Schlüssel von ihr. Herzilein, »sagte sie an den Schwulen gewandt, »sei so lieb. Neben der Haustür, ein Schlüssel mit einem Diddl-Maus-Anhänger.«

»Diddl-Maus?« Der Schwule verzog angewidert das Gesicht, wie es nur Schwule können und lief los. Nach weniger als einer Minute war er mit dem Schlüssel zurück.

»Das Schlafzimmer ist im ersten Stock gleich links«, sagte Dagmar.

Jens trug Christina auf den Armen wie eine Tote. Einen Arm unter ihrem Nacken, den anderen unter ihren Kniekehlen. Sie war leicht, auch wenn sie sich im Suff hängen ließ und kein bisschen Körperspannung zu seiner Unterstützung aufbaute.

Durch den Garten, vorbei an Dagmars Haus, ging es auf die Straße und dort durch die offenstehende Pforte auf Christinas Haus zu. Die anderen Villen an dieser Sackgasse lagen dunkel da. Jens fand es verwunderlich, dass sich in dieser feinen Gegend niemand über den Lärm aus Dagmars Haus beschwerte. Mitten in der Woche. Aber vermutlich waren die Nachbarn Dagmars schräge Partys gewohnt.

An der Haustür merkte Jens, dass er auch ziemlich viel getankt hatte. Er versuchte, mit der rechten Hand die Haustür aufzuschließen, ohne dabei Christinas Beine zu Boden rutschen zu lassen. Das war nicht so einfach. Schließlich schaffte er es. Er trat ein, ließ die Tür ins Schloss fallen und ging, ohne Licht einzuschalten, die breite Treppe in den ersten Stock.

Ein gigantisches Haus. War Jens je in einer solchen Villa gewesen? War er so reichen Leuten überhaupt je so nahe gekommen? Gut, er traf sich gerne in Hamburg mit Frauen, die bereit waren, für ein Schäferstündchen ein gutes Essen und ein paar Getränke zu bezahlen und auch das Hotelzimmer zu übernehmen. Er hatte auch schon inseriert *Mann mit Tagesfreizeit,* um professionell zu ficken. Aus Spaß. Und natürlich, weil er immer Geld brauchte. Das klappte ganz gut, die Frauen erwiesen sich meist als einigermaßen attraktiv und spendabel. Aber eine reiche Lady wie Christina, hatte er nicht so oft. Er war aufgeregt. Und erregt.

Das Schlafzimmer war geräumig; es gab sogar ein Ankleidezimmer. Und ein eigenes Bad. Wie im Hotel. Jens legte Christina aufs Bett und küsste sie. Sie wurde nicht wach. Sie würde überhaupt nicht wach werden. Aber das war nicht so wichtig, er würde zurechtkommen.

Gegen halb sechs, er war kurz neben der reglos daliegenden Christina eingenickt, schlich er aus dem Haus. Die Schuhe in der Hand, wie ein Einbrecher in einem Bilderwitz, schlich er die Treppe hinunter, durch den Flur und durch die Haustür.

Vor Dagmars Haus stand sein Mercedes. Im Garten rumorten noch ein paar Leute. Es dudelte leise Jazzmusik. Die Party war immer noch nicht zu Ende.

Für Jens schon. Er war die paar Kilometer vorsichtig nach Hause gefahren, und da saß er nun in der muffigen Küche, die noch seine Eltern eingerichtet hatten. Oben schnarchte Stefanie. Er dachte an Christina, sah seinen Rex an und lächelte. Rex ist der einzige Mensch, der mich wirklich versteht, sagte er oft. Er öffnete dem Hund die Tür in den großen Garten und der jagte sofort bellend einem Kaninchen hinterher, das unter einer Tanne im Morgengrauen mümmelte. Er würde das Viech nicht kriegen, dachte Jens. Leider. Hier am Waldrand waren ständig irgendwelche Tiere im Garten. Hasen, Kaninchen, Fasane. Auch Rehe. Eins hatte Jens mal mit dem Kleinkalibergewehr geschossen. In den Kopf. Aber das war nicht sofort tot, sondern wand sich auf dem frisch gemähten Rasen. Da musste Jens noch zwei Schüsse in die Rübe nachsetzen.

Er hatte dann versucht, das Tier auszunehmen und ihm das Fell über die Ohren zu ziehen. Aber das war eine riesige Schweinerei und das Reh lag in Fetzen auf dem Rasen rum. Stefanie war ausgerastet. Er hatte sich ein Stück vom Rücken rausgeschnitten und die Reste im Wald vergraben. Das Fleisch schmeckte zäh und faulig. Auch Rex mochte es nicht. Also Jäger, dachte Jens damals, wäre nicht so sein Ding.

Ein paar Tage später war der Revierförster aufgetaucht. Ihm seien Schüsse gemeldet worden, ob Jens was bemerkt habe. Der stellte sich natürlich doof. Aber der Förster schien etwas zu ahnen. »Wenn da ein Wilderer unterwegs ist, dann sollten Sie uns helfen, ihn zu schnappen. Das ist keine Kleinigkeit. Da stehen bis zu drei Jahre Gefängnis drauf.«

»Ich melde mich, wenn ich was mitbekomme«, hatte Jens gesagt und schob den grünen Mann aus der Tür. Leck mich, dachte er.

Rex kam von der erfolglosen Jagd zurück und stürzte sich auf den vollen Fressnapf, den Jens ihm hingestellt hatte. »Daddy geht jetzt zu seiner scheiß Arbeit«, sagte er freundlich und tätschelte ihm die Schulter. Rex schmatzte. Jeder andere hätte sofort ein Problem, wenn er Rex beim Fressen störte. Aber Jens durfte das. Bei ihm war der aggressive Schäfer lammfromm.

Im Radio liefen Nachrichten und Jens merkte auf, als eine Suchmeldung kam. Die Namen der Gesuchten hörte er nicht mehr nur das Ende: »...werden seit einer Woche vermisst. Das Auto des Ehepaares wurde jetzt am Bahnhof in Winsen an der Luhe entdeckt. Die Polizei will ein Gewaltverbrechen nicht ausschließen. Sachdienliche Hinweise ...«

Jens schaltete das Radio aus, packte eine Thermoskanne mit Kaffee ein und ging zu seinem Wagen, der vor der Tür stand. Das weiße Mercedes Coupé war sein ganzer Stolz. Es war ein Geschenk seines Vaters, sagte er gerne. Das einzige Geschenk, das ihm der Mistkerl je gemacht hatte, und auch erst dann, als er schon in die Grube gefahren war. Zu Lebzeiten hatte er seinem Sohn nie etwas Besonderes geschenkt. Nur Klamotten, Bücher, einen Zirkelkasten für die Schule. Ein Englischwörterbuch. Jedes Geschenk eine Beleidigung. Aber als er vor ein paar Jahren starb, war für Jens endlich Zahltag. Das große Rotklinkerhaus am Stadtrand von Lüneburg. Und Pfandbriefe, Aktien, ein gut gefülltes Girokonto.

Davon war jetzt nicht mehr viel übrig. Die Aktien verkauft oder inzwischen wertlos, das Girokonto überzogen, die Bank nervte schon rum, er solle eine Hypothek auf das Haus aufnehmen. Seine liebe Gattin hatte eifrig mitgeholfen, die Kohle durchzubringen. Sie wäre sicher auch nicht zu ihm gezogen, wenn er nur ein armer Friedhofsgärtner wäre. So sind sie die Weiber! Alle gleich. Die geilen genau so wie die hässlichen. Die reichen, genauso wie die armen. Er bog auf die Landstraße ein und gab Vollgas. Der kurze Weg zum Lüneburger Friedhof sollte Spaß machen.

Während er die Gänge voll ausdrehte, fragte er sich, wie der scheiß Civic von diesen Leuten eigentlich nach Winsen gekommen war.

3. Kapitel

Die Reinigung Vaupel auf der Bahnhofsstraße im Zentrum von Uelzen war eine Reinigung wie tausend andere auch. Mit dem einen Unterschied, dass sie an einem ganz normalen Montagmorgen geschlossen hatte. Im Fenster hing ein von ungelenker Hand geschriebenes Schild: *Wegen Trauerfall geschlossen.*

Marie Gläser schaute in den Innenraum und schirmte dabei ihre Augen mit beiden Händen gegen das grelle Sonnenlicht ab, das sich in der Scheibe spiegelte. Sie klopfte. Im hinteren Bereich der Reinigung, irgendwo hinter dem sich scheinbar endlos schlängelnden Band, an dem die gereinigte Kleidung hing, bewegte sich was. Eine alte Frau kam nach vorne und beäugte Marie misstrauisch durch die Scheibe.

Marie hielt ihren Ausweis gegen das Glas; die Alte studierte das Dokument aufmerksam, wobei sie die Brille hochschob. Dann zog sie ein dickes Schlüsselbund aus ihrem weißen Kittel und machte sich am Türschloss zu schaffen. Es dauerte eine Weile, bis sie den richtigen Schlüssel gefunden hatte. Die durfte hier früher nie auf- und abschließen, dachte Marie. Das war bestimmt Chefsache.

»Sind Sie die Kommissarin aus Lüneburg?«, fragte die Frau noch mal, als ob das nicht längst klar wäre.

»Ja«, entgegnete Marie, »und Sie sind Frau Rzepka, richtig?«

»Ja, Eleonore Rzepka, ich habe auch extra meinen Ausweis eingesteckt, Moment ...«

Marie unterbrach die offenbar sehr aufgeregte Frau. »Lassen Sie mal, das glaube ich Ihnen auch so.«

»Nun erzählen Sie mal«, begann Marie, nachdem sich die Frau auf einen Stuhl gesetzt und etwas beruhigt hatte.

»Ja, das habe ich alles schon erzählt, als ich die Vaupels vermisst gemeldet habe. Die sind ja gar nicht wieder zum Laden gekommen.«

»Wann genau haben Sie das bemerkt?«

»Na, schon am Montag, am 11. April. Aber dann habe ich noch einen Tag gewartet und immer wieder versucht, sie zu Hause zu erreichen und auf dem Handy. Aber dann habe ich Angst bekommen und bin am Dienstag zur Polizei.« Sie schluckte. »Das ist ja alles so schrecklich. Die armen Leute. Haben doch keinem was getan.«

»Wie gut kannten Sie die Vaupels?«

»Ah gut, aber eben nur durch die Arbeit. Ich bin jetzt fünf Jahre hier. Waren immer gut zu mir.«

»Waren Sie fest angestellt?«

»Mmmh«, jetzt druckste Frau Rzepka, »nein, aber bitte verraten Sie mich nicht. Ich bekomme noch eine kleine Rente, von meinem verstorbenen Mann. Deshalb haben mir die Vaupels das Geld immer so gegeben. Das war sehr anständig.« Sie schaute schuldbewusst zu Boden.

Ja, anständig an Steuer und Sozialkassen vorbei, dachte Marie, käme aber nie auf die Idee, diese arme, alte Frau zu verpfeifen.

»Wir konnten keine Angehörigen ausmachen. Wissen Sie etwas über Verwandte der Vaupels?«

»Nein. Da haben sie nie drüber gesprochen. Da war wohl niemand.«

»Und wer erbt das hier jetzt alles? Die Reinigung? Und es ist auch ein ganz hübscher Betrag auf dem Konto. Liefen wohl ganz gut, die Geschäfte«, sagte Marie, um zu sehen, wie Frau Rzepka reagierte.

»Ach, nein, nicht so gut. Da hat vor zwei Jahren die große Reinigung im neuen Einkaufszentrum aufgemacht. Da kann man Sachen auch nachts abgeben. Da sind viele Kunden hingegangen.«

Das passte nicht ganz zu den fast fünfzigtausend Euro auf dem Geschäftskonto der Vaupels, aber darüber würde Frau Rzepka sicher keine Angaben machen können.

Die Frau schüttelte nur den Kopf: »Ich wär schon froh, wenn man mir die letzten Wochen Lohn zahlen würde. Eine neue Arbeit brauche ich jetzt auch.«

Natürlich tat Marie die Frau leid, aber helfen konnte sie ihr auch nicht. Die Fahrt nach Uelzen hatte genau das gebracht, was Marie erwartet hatte: nichts. Die Vaupels waren grundanständige Bürger. Das bestätigten ebenso die Inhaber der benachbarten Geschäfte, die Bank und das Gewerbeaufsichtsamt. Auch die örtliche Polizei hatte außer ein paar Parkverstößen nichts Aktenkundiges vorzuweisen. Das Ehepaar war an einem Sonntag im April einfach nur zur falschen Zeit am falschen Ort gewesen. Welches Profil im kranken Hirn des Täters sie erfüllten, konnte Marie sich noch nicht erklären, aber Opfer des Zufalls waren sie ganz sicher.

Sie stieg in ihren Wagen und fuhr die dreißig Kilometer nach Lüneburg zurück. Lange vor Dienstschluss kam sie dort an. Aber ihr neuer Chef war schon weg. »Hausbesichtigung«, knurrte Kriminalmeister Walter Sobchak und machte aus seiner Empörung über die Privilegien des neuen Chefs keinen Hehl.

4. Kapitel

Marie parkte ihr Motorrad vor der Dienststelle, stieg ab und setzte den Helm ab. Sie liebte diese Maschine. Eine Yamaha XT 500, Baujahr 1980, genau wie sie selbst. Die Enduro war ein Haufen Schrott, als sie sie letztes Jahr gekauft hatte. Aber viele Stunden in einer extra angemieteten Garage, viel Teileshoppen auf Ebay und auf Flohmärkten und vor allem die Hilfe ihres geschickten Vaters, hatten das Ding zu einem echten Schmuckstück werden lassen.

Während sie den Platz zur Dienststelle überquerte, rauschte ein schneeweißes Jaguar Cabrio über den Platz und parkte schwungvoll auf einem für Einsatzfahrzeuge reservierten Parkplatz. Das Verdeck war geschlossen, Düsseldorfer Kennzeichen. Es öffnete sich die Fahrertür und Stephan Weide stieg aus. Dann öffnete sich auch die Beifahrertür und eine Frau stieg aus, oder besser: Eine Frau erschien. Groß, gertenschlank, lange dunkle Haare, große Sonnenbrille, rote Lippen. Schwarzer Lack-Trenchcoat, schlanke Beine in dunklen Strümpfen, hochhackige Schuhe.

Eine Schönheit.

Die Frau ging um den Wagen herum, küsste Weide flüchtig und stieg auf der Fahrerseite ein. So schnell wie der Sportwagen mit der schönen Frau gekommen war, war er auch schon wieder weg.

Marie holte Weide auf der Treppe ins Gebäude ein: »Guten Morgen.«

»Morgen«, murmelte Weide.

Sie stiegen in den Fahrstuhl und Marie drückte den Knopf zum dritten Stock.

»Ihre Frau?«, fragte sie.

»Ja.«

»Wohnt sie jetzt auch schon in Lüneburg?« Marie bemühte sich, es nicht wie ein Verhör wirken zu lassen. Doch das war schwer, weil Weide sich zierte wie ein störrischer Verdächtiger. Herrje, dachte Marie, man kann doch mal ein paar Basisinformationen austauschen, wenn man schon täglich zusammenarbeitet. Sie verlangte ja nicht nach intimen Geheimnissen.

»Nein.« Stille.

Sie verließen den Aufzug und gingen nebeneinander den Gang hinunter zu ihrer Abteilung. Endlich merkte Weide, dass er ihr noch eine etwas ausführlichere Antwort schuldete.

»Meine Frau ist ein paar Tage hier, weil wir uns Häuser ansehen. Ich wohne ja im Moment nur in einem möblierten Appartement.« Na also, dachte Marie geht doch.

»Und Ihre kleine Tochter?«

»Die ist in Düsseldorf bei meinen Schwiegereltern. Woher wissen Sie, dass ich eine Tochter habe?« Weide wirkte wie ertappt.

»Na, das stand in dem kurzen Memo, das wir vor Ihrem Start hier bekommen haben.«

»Aha.«

»Wie heißt sie?«

»Hedwig. Und sie ist vier, wenn Sie das auch noch wissen wollen.«

Natürlich hatte Marie noch jede Menge Fragen, aber die durfte sie nicht stellen. Wie kommt ein durchschnittlicher Bulle an eine solche Wahnsinnsfrau? Und wie kommt er an den fetten Jaguar? Es würde etwas mehr Geschick erfordern, um die Verhältnisse ihres neuen Chefs zu ergründen. Eine unverfängliche Frage in diese Richtung fiel ihr aber schon ein: »Was soll's denn für ein Haus sein? Ich kann mich ja auch mal umhören, kenne eine Menge Leute hier.«

»Schön soll es sein, nicht zu klein, Garten.« Knappe Antwort.

»Kauf oder Miete?«

»Egal, sehen wir dann.«

»Gut, ich höre mich mal um.«

»Ja, danke.«

Marie ging weiter zur Küche, um sich einen Kaffee zu holen.

Weide bog ab in sein Büro.

Auf seinem Schreibtisch lag der Abschlussbericht über die beiden Opfer im Wald. Er enthielt nichts, was sie sich nicht schon gedacht hatten. Ein erweiterter Suizid schien unwahrscheinlich. Der Mann hatte Verletzungen im Halsbereich, die er sich unmöglich hatte selbst beibringen können. Ein Messer oder ein anderer scharfer Gegenstand war ihm so heftig von vorne in den Hals gestochen worden, dass die Nackenwirbel tiefe Kratzer mitbekommen hatten. Der Frau war von hinten in den Kopf geschossen worden. Ob sie dabei lag oder weglief, war nicht mehr festzustellen.

Ebenso war nicht zu ermitteln, ob die Opfer misshandelt oder missbraucht worden waren. Wenn es Hinweise darauf gegeben hatte, so waren sie von Verwesung und Tierfraß zerstört.

Weide ließ den Tathergang im Kopf ablaufen. Ein Paar mittleren Alters fährt zum Picknick in den Wald. Es ist ein schon recht warmer Apriltag. Vielleicht suchen sie ja deshalb ein so einsames Waldstück auf, um zu vögeln. Warum nicht. Auch so brave Spießer wie die Vaupels haben ihre Fantasien. Dann kommt der Täter. Schleicht er sich heran, kommt er auf sie zu und spricht sie freundlich an? Aber wie ist er an diesen entlegenen Platz gekommen? Die nächste Bushaltestelle ist ewig weit weg. Nachfragen bei den Taxizentralen brachten auch keine Hinweise. Getrampt vielleicht? Dann hätte sich inzwischen sicher jemand gemeldet.

Vom Tatort weggefahren ist er dann vermutlich mit dem Auto der Opfer. Das hatten sie noch nicht gefunden. Aber ist der Fundort überhaupt der Tatort? Schleifspuren oder ähnliches waren nach der langen Zeit, die die beiden dort lagen, nicht mehr zu entdecken. Aber die Decke und eine Tupperdose, die gefunden wurden, deuteten schon auf eine Tat am Fundort hin.

Der Täter kann unmöglich in diesem Waldstück auf Leute gewartet haben, die er ermorden kann. Das könnte ja Wochen dauern. Er hat die beiden bestimmt irgendwo entdeckt und dann verfolgt. Warum diese beiden? Was war sein Ding? Warum hat er sie fast ordentlich begraben?

Paare? Hasste er Paare, die irgendwie glücklich miteinander waren? War er in ihrem Alter? Oder stehen sie stellvertretend für seine Eltern? Hätte er auch Teenager umgebracht? Oder einen einzelnen Wanderer? Auf jeden Fall war der Typ mit dem Vorsatz losgezogen, zu morden. Er hatte eine Schusswaffe dabei, vermutlich noch ein Messer. Ein Projektil war noch nicht gefunden worden. Hatte der Täter sich die Mühe gemacht, das Ding zu suchen? Dann war er wirklich kaltblütig.

Stephan Weide hatte sich viel mit Täterprofilen beschäftigt. Vor zwei Jahren hatte er sogar an der Polizeiakademie in Hiltrup ein Seminar über Serienmörder abgehalten. Es ist fast immer das Gleiche: Von den Eltern schlecht behandelt oder missbraucht, impotent, verschmäht. Der willkürliche Mord als Rache an der bösen Welt.

Weide wusste, wer ohne nachvollziehbares Motiv, nur aus seiner verkorksten Psyche heraus, ein solches Verbrechen begeht, der hat es vorher schon mal getan — und wird es wieder tun. In den letzten Jahren hatte es hier ein paar ungeklärte Mordfälle gegeben, deren dünne Akten er schon auf dem Tisch hatte. Keine Parallelen zum aktuellen Fall. Keine Paare, keine Bestattung, keine einsamen Waldgebiete. Passte irgendwie alles nicht.

Die Provinzzeitung brachte seine Toten mit Mordfällen aus den Achtzigern in Verbindung. Er überflog den Artikel nur und dachte: Schwachsinn. Da war er, der Druck der Öffentlichkeit, der zu jedem irren Mord einfach dazugehört. Diese Pressefritzen betonten dann immer, dass die Menschen Angst hätten und Antworten bräuchten. Tatsache war doch, dass die Medien diese Angst auslösten und schürten.

Das Telefon klingelte.

»Weide.«

»Guten Morgen, Herr Weide, Feldmann«, schnarrte eine unangenehme weibliche Stimme., »Lüneburger Stimme«. Haben Sie ein paar Minuten?«

»Eigentlich nicht.« Weide wollte das Gespräch abwürgen.

Die Reporterin ließ sich nicht beirren: »Was können Sie zu dem Doppelmord im Göhrde-Forst sagen?«

»Nichts, was Sie nicht schon wüssten und in Ihr Blatt geschrieben hätten. Nur die Verbindung zu irgendwelchen uralten Fällen von vor dreißig Jahren, die ich da lesen konnte, die haben Sie sich ausgedacht.« Er musste aufpassen, dass er sich nicht in Rage redete.

»Ja, aber wenn Sie sich mal vor Augen halten ...«

»Halten Sie sich bitte vor Augen, dass es auch in Ihrer Verantwortung liegt, dass hier aus einem tragischen, aber alltäglichen Mord kein Gruselschocker wird.« Er machte eine kurze Pause, um seinen Satz wirken zu lassen und schob dann nach. »Und jetzt lassen Sie uns bitte unsere Arbeit machen. Wenn es etwas Neues gibt, sind Sie die Erste, die es erfährt.« Er legte den Hörer auf und atmete tief durch.

Lustlos blätterte er durch die alten und neuen Mordfälle auf seinem Tisch. Eigentlich waren es Fälle wie dieser, die seine Leidenschaft an diesem Beruf wachhielten. Das Grauen, das Irre, das war es, was ihn faszinierte. Der betrogene Ehemann, der eher ungeschickt seinen Nebenbuhler umlegt, die Kneipenschlägerei, die unglücklich mit einem Toten endet, das war banal. Einfach nur traurig wie das Leben selbst. Aber ein Psychopath, der das Töten als Akt der Willkür betreibt, das empfand er als anziehend.

Diese Täter waren oft überdurchschnittlich intelligent, hatten Stil und konnten sich wunderbar verstellen. Nicht selten werden psychopathische Mörder von Menschen, die sie kennengelernt hatten, als interessant, charmant, ja liebenswert beschrieben. Oft liest man von Frauen, die sich in inhaftierte Mörder verlieben und sie sogar heiraten. Diese Geheimnisse waren es, die Stephan Weide bei der Mordkommission hielten.

Miriam, seine Frau, der Hauptgewinn seines Lebens, duldete sein Hobby eher widerwillig. Sie akzeptierte, dass er für sein Selbstvertrauen einen eigenen Job und ein eigenes Einkommen brauchte. Er war nicht der Typ, der sich von seiner vermögenden Frau aushalten ließ. Miriam sähe ihn nur lieber in einem etwas weniger gefährlichen und weniger traurigen Job. Ihr Vater hatte Stephan eine Position als Sicherheitschef in seinem Konzern angeboten, aber das war nichts für ihn. Die Industrie wird heute nicht von Diebesbanden bedroht, sondern von Cyber-Gangstern, die sich wichtige Informationen hackten, oder gleich das ganze Unternehmensnetzwerk lahmlegten und Lösegeld forderten. Wie man diese Leute bekämpft, davon hatte er keine Ahnung. Und er wollte es auch nicht lernen. Solange es Mörder gibt, braucht man Menschen wie Stephan Weide, die sie jagen. Und ja, die Gefahr in seinem Beruf war für ihn nicht unangenehme Begleiterscheinung, sondern machte einen großen Teil der Faszination aus. Er war wagemutig. Nicht immer zur Freude seiner Vorgesetzten und Kollegen.

Es klopfte. Noch bevor er antworten konnte, öffnete sich die Tür. Diese junge Kommissarin – wie hieß sie noch, Gläser? – steckte den Kopf herein.

»Tschuldigung, ich wollte noch mal an den Tatort, ich will mir da noch mal ein Bild von der Umgebung machen. Kommen Sie mit?« Die Kommissarin hatte schon ihre dicke Motorradjacke an. Zusammen mit ihren dunklen Cargo-Hosen wirkte sie so noch bulliger, als sie sowieso schon war, dachte Weide.

»Ja, machen Sie mal. Ist sicher gut. Aber ich kann nicht. Habe gleich noch eine Hausbesichtigung.« Und als ob er sich bei seiner Untergebenen rechtfertigen müsste, sagte er: »Ging nicht anders.«

Marie verließ die Wache und stieg in einen Dienst-Golf. Jetzt, am Freitagmittag, war auf der B216 reichlich Verkehr. Oft ging es nur schrittweise voran. Für die knapp vierzig Kilometer von der Lüneburger Innenstadt in den Göhrde-Forst brauchte sie so über eine Stunde. Sie stellte den Golf am ›Forsthaus Göhrde‹ ab und ging langsam in den Wald hinein. So mussten hier auch vor gut vier Wochen die Opfer entlanggegangen sein. Vermutlich hatten sie auch am Forsthaus geparkt oder ein Stück den Waldweg rauf. Dann wurde der Weg uneben und – bei diesem Wetter jedenfalls – schlammig. Sie gingen ein Stück weiter. Sie unterhielten sich leise. Vielleicht diskutierten sie, wo sie denn nun ihre Decke ausbreiten sollten.

Lass uns doch gleich hier bleiben, hat er vielleicht gesagt. Dann müssen wir nachher nicht so weit zum Auto zurück. – Du Faulpelz, hat sie lachend erwidert. Brave Leute wie die Vaupels sagen solche Wörter wie Faulpelz. – Nun komm schon noch ein Stück weiter. Irgendwohin, wo uns niemand sieht. – Dabei sah sie ihn verführerisch an. Und obwohl sie schon so lange verheiratet waren, funktionierte das noch. Und?, fragte er vielleicht spöttisch, hast du denn keine Angst im dunklen Wald? – Warum sollte ich, sagte sie, ich habe doch einen starken Mann bei mir, der mich beschützt.

Hat der Täter sie dabei belauscht? Wo war er? Vermutlich hatte er sie an der Landesstraße gesehen, wie sie in den Waldweg einbogen. Dann hat er sie zu Fuß verfolgt. Ob es an diesem Tag genau so still war wie heute? Auf jeden Fall war es trocken. Warm. Nicht wie jetzt, wo alles schlammig und nass war. Trocken machten das Laub und das Unterholz Geräusche. Es knackt und knistert. Marie setzte sich auf einen vermoosten Baumstumpf und lauschte. Mann, war das still hier. Kaum Vogelgezwitscher, ein paar Krähenrufe. Das Rauschen des Verkehrs auf der Landstraße drang kaum bis hierhin durch. Nur wenn ein Motorrad aufdrehte, war das zu hören.

Der Täter musste sich nicht viel Mühe geben beim Hinterherschleichen. Die beiden waren mit sich selbst beschäftigt. Sie waren arglos und fühlten sich sicher. Der Täter sprang vorsichtig von Baum zu Baum und verbarg sich immer wieder.

Marie hörte Rascheln. Leise und einigermaßen rhythmisch. Schritte? Ihr Kopfkino krachte mit der Wirklichkeit zusammen und ihr wurde kurz mulmig. Würde sie hier jemand hören? Hatte irgendjemand die Hilferufe der Vaupels gehört?

»Hey, hört mich jemand?«, rief Marie laut. »Hallo?« Nichts.

Marie ging weiter. Tiefer in den Wald. Vorbei am Fundort. Alle Spuren, die die Polizeiarbeit gewöhnlich an einem solchen Ort hinterlässt, waren beseitigt. Die kleine Senke, in der die Toten gelegen hatten, war wieder unschuldige Natur. Kein Gedanke daran, dass hier vor Kurzem noch das Grauen wohnte.

Marie ging weiter. Sie kam an eine kleine Lichtung, die dicht von hohem Farnen bewachsen war. Warum haben die Vaupels es sich nicht hier gemütlich gemacht? Es ist heller hier und die Farne können ein weiches Polster bieten, wenn man sie umknickt. Sie streifte durch den hüfthohen Farn und ließ den Blick schweifen. Was hoffte sie zu entdecken?

Am Rand der Lichtung stand ein morscher Hochsitz. Den hatte sie noch nicht in der Polizeiakte entdeckt. War dieses Ding nicht wichtig? Hatte sich das noch niemand angeschaut?

Sie stapfte durch den Farn auf den Hochsitz zu. Die Leiter war von Moos bewachsen. Efeu rankte an ihr hoch. Jäger nutzten dieses Ding sicher schon lange nicht mehr. Kann man von hier aus den Fundort sehen? Hätte der Täter vielleicht hier auf seine Opfer lauern können?

Vorsichtig setzte sie einen Fuß auf die unterste Stufe der morschen Leiter. Sie hielt.

Sprosse für Sprosse zog sie sich die Leiter hoch. Sie war sportlich, aber eben auch schwer und nicht sicher, ob das morsche Gestell sie tragen würde. Sie erreichte die Plattform und richtete sich auf. Der Hochsitz war mit verwitterter Teerpappe überdacht, das Geländer war morsch und sicher nicht in der Lage, sie zu stützen.

Sie schaute vom Hochsitz über die Farnlichtung zum Wald. Den Fundort konnte sie so nicht sehen. Da waren Bäume, Äste, Laub im Sichtfeld. Aber ganz hinten sah sie das ›Forsthaus Göhrde‹ und ihren Dienst-Golf.

Hier hätte der Täter also durchaus auf seine Opfer warten können. Sie sah sich auf dem Hochsitz um, suchte nach Hinweisen darauf, dass hier vor Kurzem jemand gewesen ist. Nichts. Keine frischen Kratzer, keine Fußspuren, keine Zigarettenkippe, kein Kaugummipapier.

Sie sah wieder in Richtung ›Forsthaus Göhrde‹. Nun erkannte sie ungefähr fünfzig Meter hinter ihrem Auto zwischen den Bäumen und Ästen ein weiteres Auto. Sie konnte nicht erkennen, was für ein Modell es war. Es blitzten nur Reflexe von Lack, Chrom und Glas durch. Dieses Auto hatte dort noch nicht gestanden, als sie kam.

Wanderer, Spaziergänger. Es ist ein Wald. Da kommen Leute hin, um Spaß zu haben, beruhigte sie sich. Gleichzeitig lauschte sie aber in die Stille und hielt die Luft an. Unter ihr knirschte es. Sie schaute die Leiter hinunter. Da war nichts. Aber es knirschte weiter. Lauter. Sie hatte keine Waffe dabei. Die war im Büro.

Sie trug die Waffe nur, wenn es wirklich notwendig war, wenn sie tatsächlich mit echter Bedrohung rechnen musste. Das Besichtigen eines alten Tatorts war für sie nicht mit Bedrohung verbunden. Sie war froh, dass sie im Notfall eine Waffe hatte und sie konnte auch gut damit umgehen, aber wirklich benutzt hatte sie sie noch nie. Die Bösewichter, mit denen sie es in der Regel zu tun hatte, brauchten höchstens einen Warnschuss in die Luft, um lammfromm zu werden. Sie hasste die Vorstellung, auf einen Menschen schießen zu müssen, ihn zu verletzen, vielleicht sogar zu töten. Sie wusste, dass das zu ihrer Arbeit gehörte und dass der Tag kommen würde, an dem es nötig wäre. Aber sie war nicht scharf darauf. Kollegen, die ständig liebevoll ihre Knarren reinigten und öfter zum Schießtraining gingen, als vorgeschrieben, waren ihr unheimlich.

Der Hochsitz knirschte. Aber da war niemand. Sie musste schleunigst runter von dem Ding. Vorsichtig betrat sie die erste Sprosse der Leiter. Ihr wurde schwindelig, sie wankte. Nein, es war der Hochsitz, der wankte und das Knirschen wurde zu lautem Krachen und schon kippte das ganze morsche Holzgestell zur Seite und landete mit dumpfem Knall zwischen zwei Bäumen im Unterholz.

Dann Stille.

»Kann ich Ihnen irgendwie helfen?« Marie hörte eine Stimme, die ihr bekannt, aber nicht vertraut vorkam.

Sie steckte im dichten Unterholz fest. Um sie herum runde Holzbalken, die Reste des Hochsitzes. Ihre Beine steckten in den Sprossen der Leiter und es schmerzte. Was schmerzte? Sie scannte ihren Körper. Kopfschmerzen, aber nicht zu schlimm. Schmerzen am Hintern und am Rücken, aber auch nicht dramatisch. Sie fuhr seit fünfzehn Jahren Motorrad, auch viel im Gelände, und hatte so manchen Sturz hinter sich. Man entwickelt mit der Zeit ein gutes Gespür dafür, wann etwas nur wehtut, oder ernsthaft verletzt ist. Sie war okay.

Sie schaute hoch in das Gesicht eines Mannes.

Stephan Weide lächelte. Nicht hämisch. Eher mitfühlend.

»Häuser schon fertig besichtigt?«, fragte Marie. Weide half ihr auf die Beine.

»Ich habe meine Frau alleine geschickt. Wollte mal sehen, was Sie hier treiben, so ganz allein im Wald.«

»Dann ist der Wagen dahinten wohl Ihrer.«

»Ja. Kommen Sie. Ich will Ihnen etwas zeigen.«

»Ich bin, glaube ich, nicht ernsthaft verletzt. Danke der Nachfrage«, knurrte sie.

»Das sehe ich doch. Sie sind auch ziemlich zäh, so viel habe ich schon mitbekommen.« Die erste persönliche Bemerkung von ihm, dachte Marie, und vermutlich so was wie ein Kompliment.

»Ich falle ja auch immer weich, wollten Sie wohl sagen«, sagte Marie, als sie sich den Schmutz von den Klamotten klopfte.

»Nein, wollte ich nicht. Das haben Sie jetzt gesagt.«

Ja, hatte sie. Und sie ärgerte sich darüber, dass sie immer noch die bösen Bemerkungen über ihre Leibesfülle selbst machte, bevor sie andere machten. Das hatte sie sich eigentlich verboten.

»Wohin?«

Weide ging voraus durch den Wald, vorbei am Fundort auf eine kleine Anhöhe. Dort lag ein gelber Post-it-Zettel.

»Der lag da eben aber noch nicht«, sagte Marie und merkte gleich, wie blöd diese Bemerkung war.

»Nein. Den habe ich dahin gelegt. Aber was darunter liegt, das lag da vorher schon.« Er bückte sich, schob den Zettel beiseite, zog ein Schweizer Taschenmesser aus der Hosentasche und zog die Pinzette heraus. Mit ihr nahm er etwas auf und hielt es Marie unter die Nase.

»Eine Kontaktlinse?« Maries Fragezeichen war unüberhörbar. Überflüssig, denn es war eine Kontaktlinse.

»Und?«, fragte sie. »Die kann hier jeder irgendwann verloren haben.«

»Ja«, antwortete Weide und der Stolz über seinen Wissensvorsprung war unüberhörbar. »Aber im Bericht steht, dass Frau Vaupel eine Kontaktlinse im Auge hatte. Die andere ist also hier verloren gegangen. Vermutlich nicht einfach so, sondern weil die Frau hier getragen wurde. Tot oder lebendig. Eher tot, an trockenen Augen hält die Linse vermutlich schlechter.«

»Das heißt?«

»Das lässt vermuten, dass der Fundort nicht der Tatort ist.«

5. Kapitel

Marie hatte die Jacke noch nicht ausgezogen, da stürmte Walter Sobchak schon auf sie zu. Jedenfalls bewegte er sich in einem Tempo, das beim behäbigen Sobchak durchaus als Stürmen durchgehen konnte.

»Marie, ich hab hier was.«

Sie blieb stehen und unterbrach ihr Vorhaben, die Jacke an die Garderobe zu hängen.

»Was denn Walter?«

Der Polizist hatte einen Post-it-Zettel in der Hand, den er fixierte. Kann seine eigene Sauklaue nicht lesen, dachte Marie.

»Das Auto.«

»Ja. Vielleicht etwas genauer?«

»Das Auto von diesen beiden Toten ist aufgetaucht.«

»Aha.« Marie wechselte von einer eher gleichgültigen Haltung, die sie für Sobchaks Sensationen sonst reserviert hatte, zu echtem Interesse.

»Wo? Wer? Mann, Walter, lass dir nicht alles aus der Nase ziehen.«

»Die Streife hat den Audi heute Nacht in der Nähe des Lüneburger Bahnhofs in einem Parkhaus entdeckt.«

»In einem Parkhaus? Hätte der dort nicht schon viel früher auffallen müssen? Die merken doch, wenn da ein Wagen wochenlang nicht abgeholt wird.«

»Bei diesem Parkplatz nicht. Der gehörte einem Dauermieter. Einem Steuerberater namens ...«

»Erspar mir bitte die Details. Weiter.«

Sobchak stockte etwas und starrte wieder auf seinen Zettel.

»Ja. Dieser Dauermieter war zwei Monate mit seinem Auto in seinem Ferienhaus in Spanien. Erst jetzt, als er den Parkplatz wieder brauchte, ist das aufgefallen. Das Kennzeichen weist das dort aufgefundene Fahrzeug eindeutig als Eigentum des Herrn Vaupel aus. «

»Und was hast du unternommen?«

»Ich habe den Kollegen gesagt, sie sollen den Bereich absperren, bis wir da sind.«

»Wir?«

»Ja«, sagte Walter und schaute Marie mit einem Lass-mich-hier-auch-mal-rauskommen-Blick an. »Fahren wir los.«

Marie war nicht so gern mit Sobchak unterwegs. Körperpflege gehörte nicht zu seinen Talenten und Autofahren auch nicht. Aber er wollte immer selbst fahren. Sicher so ein Altmännerding, dachte Marie. Lassen sich nur von Frauen fahren, wenn sie besoffen sind.

Kurz darauf saßen sie im Dienst-Golf und Sobchak trat das Gaspedal durch. Gleichzeitig setzte er das magnetische Blaulicht aufs Dach und schaltete das Martinshorn auf die höchste Stufe.

»Walter«, stöhnte Marie und hielt sich am Haltegriff unter dem Dach fest. »Das ist nun wirklich nicht nötig. Das Auto wird nicht plötzlich aus dem Parkhaus verschwinden.« Aber Sobchak ließ sich nicht beirren. Er macht voll auf wichtigen Einsatz. Auch das würde Marie überleben.

Vor dem Parkhaus stand eine Gruppe von sechs oder sieben Menschen, die auf einen uniformieren Polizisten einredeten, den Marie, wie die meisten Polizisten im

Kreis Lüneburg, kannte. Der Uniformierte zeigte sich erleichtert, als er Marie und Walter kommen sah.

»Hallo, Kollegen«, sagte er. »Die Leute hier wollen an ihre Autos. Aber wir mussten ja die ganze Parketage da oben absperren. Bitte, Marie, sieh zu, dass ihr hier vorankommt.«

»Schon klar, Fiete. Wir beeilen uns.«

Der Wagen stand auf einem Parkplatz in der zweiten Etage des großen Parkhauses. Ganz harmlos sah er aus. Wie all die anderen Autos hier auch. Es war ein ungefähr zwei Jahre alter Audi A6. Limousine. Keine Beulen oder Schrammen. Aber dreckig. Über Lack und Scheiben zog sich eine dünne, offenbar sehr fest klebende Staubschicht. Klar, dachte Marie. Der Wagen war sauber, als er hier abgestellt wurde und ist erst durch den Parkhaus-Staub so verdreckt. Menschen wie die Vaupels, da war sie sicher, hatten immer ein gepflegtes Auto.

Ein anderer uniformierter Polizist kam auf Marie zu und sprach sie an.

»Was soll mit dem Wagen passieren?«

»Abschleppen. Was sonst? In die KTU. Ist euch irgendwas Besonderes aufgefallen?«

»Ja. Der Wagen ist offen und der Zündschlüssel steckt.«

»Echt? Und niemand ist damit abgehauen? Wissen wir, seit wann der Wagen hier steht?«

»Ein Parkticket ist nicht im Wagen. Aber der Fahrer muss eins gezogen haben, sonst wäre er ja nicht reingekommen. An der Schranke ist eine Überwachungskamera. Ich habe die Parkhausleitung aufgefordert, die Videos der letzten Wochen sofort an euch zu schicken.«

»Und? Haben sie das bereits getan oder wollen sie irgendwelchen formalen Quatsch.«

»Nein, nein. Die waren ganz umgänglich. Aber sie haben nur die letzten vierzehn Tage. Danach überspielen sie das immer.«

»Habt ihr den Wagen durchsucht?«

»Nein. Nur kurz reingeguckt.«

»Kofferraum aufgemacht?«

»Nein. Wir dachten, das macht ihr lieber selber.«

»Richtig gedacht. Und das machen wir auch nicht jetzt. Ruf bitte den Abschleppwagen und dann kannst du die Etage wieder freigeben.«

Walter Sobchak schlich, während sie mit dem Polizisten sprach, um das Auto, versuchte durch die staubverklebten Scheiben ins Innere zu schauen, blieb aber auf Abstand. Er wusste, dass Marie es nicht gerne sähe, wenn er den Wagen berührte. Es war die bisher heißeste Spur im Mordfall Vaupel. Da durften nun keine Fehler gemacht werden.

»Wieso überhaupt ein Audi?«, fragte Stephan Weide Marie, nachdem sie ihm in seinem Büro von dem Fund berichtet hatte.

»Wieso kein Audi? Er ist auf Jens Vaupel zugelassen.«

»Und woher wissen wir, dass die Opfer am Tattag mit diesem Wagen unterwegs waren?«

»Es ist ihr Auto. Warum sollten sie ...«

Weide unterbrach sie.

»Frau ...«

»Gläser.«

»Frau Gläser, wissen wir, ob die Vaupels noch ein Auto hatten? Vielleicht ist der Audi ja nicht das einzige Fahrzeug«,

»Äh, ja. Kann sein. Ich weiß nicht.«

»Dann überprüfen Sie das.«

»Ja, mache ich.«

Marie war schon in der Tür, da drehte sie sich noch mal zu Weide um und sagte lächelnd: »Wenn Sie sich meinen Nachnamen nicht merken können, dann nennen sie mich doch einfach Marie. Das ist leichter.« Er nickte irritiert.

Marie hatte keine plumpe Vertraulichkeit im Sinn und vom Du war sie bei Weide noch weit entfernt. Aber es nervte sie, dass sie ihm ständig ihren Namen sagen musste. Sie fühlte sich von ihm übersehen, wenn er das tat. War das ein Marie-Ego-Problem? Eher nicht.

Nachdem Marie vom Straßenverkehrsamt in Uelzen erfahren hatte, dass kein weiteres Fahrzeug auf die Vaupels oder ihre Firma angemeldet war, ging sie in die Werkstatt der KTU. Der Audi stand noch unberührt da. Jakob, einer der Techniker, war an einem riesigen Geldautomaten zugange, der auf einer großen Werkbank stand. Verrußt und verbogen war das Ding und Jakob zupfte mit einer Pinzette irgendwelche Aschestückchen in eine Petrischale.

Jakob Pieper war ein dünner, fast kahlköpfiger Mann, kurz vor der Pensionsgrenze. Seine Haut war blass vom vielen Rauchen und seine Fingernägel gelb. Jakob war ein Meister seines Fachs und ein absoluter Perfektionist. Er stand bis Mitternacht hier in der Werkstatt, wenn es der Wahrheitsfindung diente. Seit vor zwei Jahren seine Frau bei einem Verkehrsunfall gestorben war, hatte er auch niemanden, der auf ihn wartete. Marie mochte ihn.

»Na, Jakob. « Marie stellte sich zu ihm an die Werkbank. »Was hast du denn mit dem Ding angestellt. Sieht ja schlimm aus.«

»Ja, das war aber nicht ich, sondern ein paar ziemlich versierte Experten.«

»Wieso?«

»Na, wir haben auch schon Kandidaten gehabt, die das Ding von außen mit Plastiksprengstoff zugekleistert und den dann gezündet haben. Das reißt dann die halbe Bank nieder, nur der Automat bleibt zu. Hier haben die Jungs mit Gas gearbeitet. Das haben sie hier«, er deutete auf den verbogenen Schlitz, der mal die Geldscheinausgabe war, »eingeleitet und dann aus sicherer Entfernung gezündet.«

»So einfach ist das?« Marie betrachtete sich das verbogene und verkohlte Ungetüm näher.

»Ja, theoretisch. Aber es ist nie genau abzuschätzen, wie viel Gas da reinpasst und was es dann anrichtet. Ich vermute, dass die hier zu viel Gas drin hatten, denn der Automat ist ziemlich zerstört und der Raum, in dem er stand, auch.«

»Und das Geld?«

»Das ist das Problem«, Jakob hielt Marie zitternd die Petrischale mit verkohlten Papierfetzen unter die Nase. »Das Geld hat auch was abbekommen. Es scheint ziemlich viel verbrannt zu sein. Wir können später an den Ascherückständen nur ungefähr abschätzen, wie viel. Ein Fünfer wiegt halt genauso viel, wie ein Fünfziger. Aber die Täter waren sicher ziemlich angepisst. Haben bestimmt mehr erwartet.«

»Schön.« Marie zeigte auf den Audi. »Aber ich bin sicher, dass wird alles noch dauern und ich hätte da was Dringendes. Das Auto der beiden Mordopfern.«

»Ja, ich weiß. Sobchak hat's mir schon erzählt. Was brauchst du zuerst?«

»Fingerabdrücke. Ich suche einen Parkschein. Und ich muss wissen, was sonst noch so drin liegt. Haare, Blut, das Übliche. Und ich möchte direkt mal in den Kofferraum gucken.«

»Mach doch.«

»Hey, klar. Aber zuerst musst du mal die Fingerabdrücke am Kofferraumdeckel sichern. Und ...« Marie stockte.

»Und was?«

»Ich möchte den nicht alleine aufmachen. Wer weiß, was da drin ist.«

»Meinst du ne Bombe?«

»Nee, aber es kann ja sein, dass der Täter da noch ein Opfer reingelegt hat.«

»Na, ich glaube, das hätten wir längst gerochen. Aber klar. Komm.«

Sie gingen zum Audi und stellten sich an den Kofferraum. Jakob betrachtete das Schloss und den Griff aus nächster Nähe, schob dabei seine Brille hoch.

»Hier brauche ich keine Fingerabdrücke zu sichern. Das ist so verstaubt und verklebt. Das hat keinen Sinn.«

Jakob griff mit der linken Hand unter den Kofferraumdeckel und betätigte den Öffnungsmechanismus. Mit der rechten Hand hinderte er die Klappe am schnellen Aufspringen. Marie presste die Lippen zusammen. Jakob grinste. Er öffnete den Deckel ganz. Dann grinste er nicht mehr. Und Marie drehte den Blick zur Seite.

6. Kapitel

Als Marie am nächsten Morgen auf den Parkplatz fuhr, kam Jakob sofort aus seiner Garage gelaufen.

»Hey, Marie, ich habe Fingerabdrücke, die nicht von den Opfern stammen, und ich weiß auch schon, wem sie gehören.«

Marie setzte den Helm ab. »Und das viele Blut im Kofferraum?« Sie hatte nur schlecht einschlafen können, weil sie dauernd daran denken musste, was sich in diesem Kofferraum abgespielt haben musste. Hatte der Mörder die Vaupels in ihrem Wagen transportiert? Hatte er sie gar nicht im Wald getötet? Es war recht viel Blut. Aber zwei Erwachsene bekommt man in dem Kofferraum vermutlich nur schwer verstaut.

»Die Ergebnisse der Blutuntersuchung habe ich noch nicht. Mussten wir an ein Labor in Hamburg schicken, unsere Leute hier hätten zu lange gebraucht. Der Bericht müsste im Laufe des Tages kommen.«

»Gut.« Marie ging mit Jakob zur Garage. Der Audi hatte sich über Nacht ziemlich verändert. Alle Türen standen offen, Die vorderen Sitze waren herausgenommen und standen auf einer Fläche neben dem Fahrzeug, ebenso die Rückbank. Eine junge Technikerin, die Marie nur flüchtig kannte, suchte die Polster mit einer beleuchteten Lupe ab.

»Am Lenkrad und am Schaltknauf waren Fingerabdrücke eines Dritten«, sagte Jakob, offensichtlich stolz auf seine Entdeckung.

»Und wer ist das? Jetzt mach's nicht so spannend Jakob.«

»Es ist Dimitri Agoupolos, oder so ähnlich. Ein alter Kunde von uns.«

»Weiß Weide das schon?«

»Nee. Der ist noch nicht da. Ich habe alles an Sobchak geschickt.«

»Wann?«

»Kurz bevor du kamst.«

Das war das Startzeichen. Marie lief so schnell sie konnte ins Hauptgebäude und fuhr in den fünften Stock. Sie musste Sobchak abfangen, bevor er sich auf einen Alleingang machte, der gefährlich werden konnte.

Sobchak saß an seinem Schreibtisch und starrte konzentriert auf den Bildschirm seines PC. Die Zungenspitze verkrampft zwischen die Lippen geklemmt, seine rechte Hand ruckte mit der Maus ungelenk hin und her. Informationstechnologie war nicht Walters Freund, das wusste Marie.

»Und Walter, was hast du?«

Ohne sie anzusehen, weiter auf den Bildschirm starrend, gab Walter Auskunft: »Dimitri Agoupolos, genannt Aki, zweiunddreißig Jahre, geboren in Lüneburg. Lange, glorreiche Karriere. Ein paar Einbrüche, Autodiebstahl, Scheckkartenbetrug. Verstoß gegen BTM. Zwei Jahre Knast. Alles nichts Besonderes.«

»Gewalttaten?«

»Nein. Eine Frau hat ihn mal angezeigt, weil er sie belästigt habe. Ist dann aber eingestellt worden.«

»Wohnsitz?«

»Theodor-Heuss-Straße 4.«

»Kaltenmoor. Wo sonst.«

Als Polizistin in Lüneburg hat man öfter in diesem Viertel im Osten der Stadt zu tun. Wohnsilos, Kulturen, die sich nicht vertragen, Dreck, Elend, Gewalt auf der einen Seite – auf der anderen Seite nette Einfamilienhäuser mit Menschen, die schnell die Polizei rufen. Das war die Ursuppe, der Gewohnheitskriminelle entstiegen, erbärmliche Loser wie dieser Aki. Noch vor ein paar Jahren fuhr man als Polizist lieber nicht allein nach Kaltenmoor. Doch in den letzten Jahren war es etwas besser geworden. Die zahlreichen Stadtteil- und Streetworker-Projekte waren offenbar nicht ganz vergebens. Aber ein Hort des Friedens und des bürgerlichen Anstands war Kaltenmoor noch lange nicht. Marie würde auf der Suche nach einem Mordverdächtigen sicher nicht ohne kampferprobte Begleitung dorthin fahren.

Sie ging an ihren Schreibtisch, nahm den Telefonhörer auf und wählte die Nummer der Bereitschaftspolizei.

»Gläser, Mordkommission. Ich brauche mal zwei furchtlose Leute für eine Personenüberprüfung in Kaltenmoor.«

Die Frau am anderen Ende schien gleich genervt: »Haben wir gerade nicht. Furchtlos ist aus.«

»Sehr witzig. Und jetzt im Ernst? Wen könnt ihr mir schicken.«

»Wir haben alle Furchtlosen nach Hamburg geschickt zu ner Demo. Wenn ich da zwei abziehe dauert das, bis die hier sind.«

»Dann nicht, danke Kollegin für die aufopferungsvolle Hilfe.« Sie legte auf. »Blöde Kuh.«

Mit Sobchak alleine wollte sie das auf keinen Fall durchziehen und Praktikant Benjamin durfte sie auf solche Einsätze nicht mitnehmen.

Weide trat gut gelaunt, soweit dieser Zustand bei ihm möglich war, in die Tür.

»Guten Morgen zusammen. Wir haben eine Spur, einen Verdächtigen. Hat mir dieser KTU-Mann, dieser ...«

»Pieper.« Marie half ihm.

»Ja genau, der hat mir das erzählt. Was machen Sie noch hier.«

Marie ergriff die Gelegenheit.

»Wir haben nur noch auf Sie gewartet. Denn Lüneburgs Bereitschaftspolizei verteidigt in Hamburg unsere Freiheit und ist verhindert. Los, Walter. Auf geht's!«

Sobchak sprang auf wie ein Hund, den man zum Gassigehen auffordert.

»Und Sie auch«, kommandierte sie ihren Chef, der praktischerweise noch seinen feinen Trenchcoat anhatte. Der wollte sich noch wehren, sah aber dann ein, dass er keine Chance hatte.

»Halt«, rief Marie plötzlich und stürmte in ihr Büro zurück. Sie nahm ihre Dienstwaffe samt Holster aus der Schreibtischschublade und schnallte sie im Rausgehen um. Weide sah sie kritisch an, sagte aber nichts. Bei nächster Gelegenheit würde er ihr die Verfehlung, eine Waffe in einer nicht verschlossenen Schublade zu lagern, noch reinreiben.

Nachdem Marie Stephan Weide im Fahrstuhl die wichtigsten Fakten zum Täter mitgeteilt hatte, hielt sie es für geboten, ihm ein paar Informationen zu seiner neuen Heimat zu geben: »Die Hansestadt Lüneburg ist nett und beschaulich, Herr Weide. Brave Bürger, die gut verdienen, Touristen, die unsere Altstadt lieben. Wenn da nur nicht dieser Schandfleck wäre, Kaltenmoor.«

»Ich habe darüber gelesen.«

»Klar. Da fahren wir jetzt hin. Da mag man uns nicht. Da gibt's Leute, die sagen uns nichts, gar nichts. Nicht mal die Uhrzeit.«

»Glauben Sie mir, Marie. So was gibt es in Düsseldorf auch.«

Sie stiegen in den Dienst-Golf. Marie setzte sich ans Steuer, ihr Chef auf den Beifahrersitz und Sobchak schob seine beachtliche Wampe auf die Rückbank.

»Glaube ich Ihnen, Herr Weide, dass Sie böse Viertel kennen. Aber das hier kenne ich besser. Und ich wäre Ihnen dankbar ...«

»Schon okay«, unterbrach Weide, »Sie leiten den Einsatz. Wir hören auf Ihr Kommando.« Man konnte förmlich spüren, wie Sobchak heftig und devot nickte.

Wow, dachte Marie. Sollte sie sich in Weide getäuscht haben? War er ein Teamplayer, einer der sich einordnen kann? Oder hatte er einfach nur Schiss?

An einem fast wolkenlosen Frühlingsnachmittag scheint die Sonne auch in Kaltenmoor. Marie parkte den Golf neben einer tiefergelegten, breitreifigen Schrottkarre mit Blick auf eine Ansammlung einstöckiger, grauer Zweckbauten. Döner-Imbiss, Bürgertreff, Gaststätte ›Zur Drehtür‹, Spielhalle. Drumherum die rostroten Wohntürme von Kaltenmoor.

Sie gingen zielstrebig zur Hausnummer 4. An einer traurigen Brunnenskulptur hingen ein paar Jugendliche herum, die sie misstrauisch beäugten. Zwei lösten sich aus der Gruppe und gingen in verschiedene Richtungen weg. Wenn wir uns die jetzt schnappen, dachte Marie, nehmen wir den Kollegen vom Drogendezernat Arbeit ab. Aber was soll's, die werden ja doch gleich wieder laufen gelassen. Weil die Menge zu klein ist oder weil sie einen festen Wohnsitz haben oder weil man erst gar nichts bei ihnen findet. Marie verstand sich selbst als eher liberale Polizistin. Sie war nicht so ein Law-and-Order-Bulle, der immer gleich nach der Höchststrafe schrie. Aber sie wusste auch: Wenn den Kids hier rechtzeitig mal jemand zeigen würde, wo der Hammer hängt und was es kostet, sich gegen alle Regeln zu stellen, wäre so manches besser.

Alte Leute mit Hunden und Aldi-Tüten zogen vorbei. Es waren recht viele Menschen unterwegs, langsam, vorsichtig, als würde jeder den anderen beobachten. Ihr Weg führte vorbei an großen Gitterboxen, in denen die verschiedenfarbigen Mülleimer von Unrat aller Art überquollen - ein zynisches Statement gegen die Idee der Mülltrennung.

Das Klingelbrett am Haus Nummer 4 sah ziemlich mitgenommen aus. Einige der bestimmt vierzig Klingelknöpfe waren so weit reingedrückt, dass sie nicht funktionierten. Namensschilder waren überkritzelt, überklebt, abgerissen und zeugten von hoher Fluktuation in den heruntergekommenen Sozialwohnungen.

Sobchak presste sein rotes Gesicht dicht vor das Klingelbrett und suchte die Namensschilder ab. »Da«, zischte er und zeigte auf einen vergilbten Zettel, der mit Tesafilm neben den Klingelknopf geklebt war: »Agoupolos.« Schon hatte er den Finger auf dem Knopf und wollte drücken, da zog Marie ihm die Hand weg.

»Bloß nicht. Wie gehen direkt hoch.«

»Ach, und woher willst du wissen, wo wir hinmüssen?« Walter war beleidigt.

Marie zählte mit dem Finger in der Luft schnell am Klingelbrett runter und sagte:

»Achter Stock.«

»Sicher?«, fragte Sobchak.

»Mehr oder weniger. Walter, wir beide fahren mit dem Aufzug, Sie, Herr Weide, nehmen die Treppe. Sie wissen ja, wie der Kerl aussieht.«

»Also ich die Treppe?«, fragte Weide, als wäre es eine Majestätsbeleidigung, ihn den anstrengenden Weg gehen zu lassen.

»Nehmen Sie es als Kompliment«, grinste Marie, »Sie haben am wenigsten da hoch zu schleppen von uns dreien.«

Die Aufzugtür war offen. Marie und Sobchak traten in die verbeulte Kabine. Graffiti, Dreck, Zerstörung. Sobchak drückte den Knopf zur Achten – nichts. Er drückte noch mal, dann andere Knöpfe, heftiger, dann klopfte er wütend gegen die Schaltereinheit.

»Vergiss es, Walter«, sagte Marie. »Wir werden wohl auch zu Fuß gehen müssen.«

Als Marie im achten Geschoss ankam, hatte Walter mindestens noch drei vor sich, aber aus der Puste war sie auch. Sie würde wieder mehr trainieren müssen, dachte sie.

Stephan Weide schlich an den Wohnungstüren entlang und suchte nach Namensschildern oder anderen Hinweisen auf die Bewohner. Es war dunkel, die Flurbeleuchtung war kaputt. Nur durch ein Fenster am Ende des langen Flures kam etwas Tageslicht hinein.

»Da stehen ja nicht mal Nummern dran, geschweige denn Namen«, murmelte Weide, während er mit der Taschenlampenfunktion seines iPhones die Türen absuchte. »Ein Wunder, wie die Leute selbst ihre Wohnungen finden.«

Mit schmerzhaftem Quietschen kam der Aufzug an. Marie sah aus einiger Entfernung, dass sich die Tür öffnete. Es trat aber niemand heraus. Merkwürdig, dachte sie. Warum fährt das Ding plötzlich?

Weide blieb an einer Tür stehen und sah auf den Boden. Er gab Marie ein Zeichen und deutete auf die Fußmatte. Es war die griechische Flagge. Durch die Tür war auch griechische Musik zu vernehmen.

Weide drückte den Klingelknopf. Stille. Die Klingel war kaputt. Wie so ziemlich alles hier. Marie klopfte leicht, dann fester. Die Musik wurde lauter. Offenbar hatte jemand in der Wohnung eine Tür geöffnet. Dann öffnete sich auch die Wohnungstür.

Vor ihnen stand eine ältere, unförmige, schwarzhaarige Frau. Sie trug einen schmuddeligen bunten Hausmantel, ihre dicken, kurzen Beine steckten in lilafarbenen, glänzenden Leggings. Ungepflegte Füße in Flipflops. Aus der Wohnung drang ein muffiger Gestank nach Alkohol und altem, traurigen Leben.

»Ach Scheiße, Bullen«, sagte sie, als sie Marie und Weide sah. Das klang weder überrascht noch wütend, eher wie eine Feststellung oder als ob sie sowieso damit gerechnet hätte. »Hat der Idiot wieder was ausgefressen?«

»Meinen Sie mit Idiot vielleicht Dimitri Agoupolos?«, fragte Marie.

»Nee«, grunzte die Alte, »den mein ich nicht.«

In diesem Moment ging zwei Wohnungen weiter die Tür auf und ein junger, schwarzhaariger Mann steckte den Kopf heraus. Dann sprintete er von den Polizisten weg Richtung Treppe. In diesem Moment kam Walter Sobchak endlich japsend im achten Stock an. Der junge Mann raste auf ihn zu.

»Walter, halt ihn fest«, rief Marie, doch da hatte der Flüchtende Walter bereits umgerannt. Wie ein angeschossener Grizzly prallte der Polizist gegen die Wand und rutschte mit dem Rücken an der Wand zu Boden. Marie und Weide waren schnell bei ihm, während der junge Mann im Aufzug verschwand und irgendwie komisch mit einem Schlüssel an der Tastatur herumfummelte. Die Fahrstuhltür schloss sich, Marie versuchte noch, sie mit den Händen aufzuziehen. Zu spät. Der kaputte Fahrstuhl war nicht kaputt genug. Sie hörten das Sirren und Quietschen der fahrenden Kabine.

»Los, wir müssen runter«, rief Weide und war schon wieder auf der Treppe. Eine Hand am Geländer jagte er durchs enge Treppenhaus. Marie versuchte, dran zu bleiben. Sobchak saß noch recht mitgenommen auf dem Boden. Der braucht noch, bevor er sich an den Abstieg machen kann, dachte Marie im Runterrennen.

Als die beiden Polizisten im Erdgeschoss ankamen, war die Fahrstuhltür verschlossen. Die Stockwerkanzeige gab auch keinen Hinweis darauf, dass das Ding in Bewegung war, aber das musste bei dieser Schrottanlage ja nichts heißen. Weide drückte den Rufknopf, in der Hoffnung, dass der Fahrstuhl ihnen den Gesuchten quasi frei Haus lieferte. Doch es tat sich nichts.

Ein kleiner, vielleicht achtjähriger Junge kam von draußen herein. Er rauchte.

»Hey, du«, sprach Marie ihn an. »Kannst du mir sagen, wie man den Fahrstuhl hier in Gang setzt?«

»Der ist kaputt«, der Kleine ging weiter Richtung Treppe.

»Hey, warte mal«, fuhr Marie fort, »der ist aber eben gefahren.«

Der Junge blieb stehen: »Das war bestimmt Aki. Der kennt nen Trick.«

»Aha«, mischte sich Weide ein, »wie heißt du denn?«

»David.«

»Okay, David kennst du den, den Dimitri, also den Aki?«

Der Junge blinzelte listig: »Ihr seid doch Bullen, was kriege ich denn dafür, wenn ich den kenne?«

»Du kriegst dafür, dass ich dich nicht festnehme, weil du mit deinen sechs Jahren schon rauchst.«

»Ich bin neun. Und sie können mich nicht festnehmen. Wegen gar nichts. Nicht mal, wenn ich einen umbringe.«

»Also«, sagte nun Marie, »was ist mit Aki? Kennst du den?«

»Nicht so richtig. Ich geh ihm manchmal Kippen holen oder Bier, wenn er wieder ne Olle dahat. Dann gibt er mir Kohle oder Kippen.«

Weide schüttelte den Kopf. Er denkt jetzt bestimmt an sein kleines Töchterchen, dachte Marie, und daran, dass sie es ja so viel besser hat als dieser kleine David.

»Und«, fragte Marie, »hast du den Aki gerade draußen gesehen?«

»Weiß nicht«, sagte David und sah die beiden provozierend an.

Weide zog einen zusammengefalteten Zehn-Euro-Schein aus den Tiefen seines Trenchcoats und reichte ihn dem Jungen. Der steckte ihn flink ein.

Marie sah ihren Chef überrascht an.

»Und?«, fragte Weide.

»Nee.«

»Wie, nee?«

»Nee, ich hab ihn da draußen nicht gesehen. Ist die Wahrheit.«

Marie grinste. Ihr Handy klingelte.

Es war Sobchak: »Ich hab ihn.«

»Was?«, Marie schrie förmlich vor Verwunderung. Dann an Weide gewandt: »Sobchak hat ihn.« »Was?«, rief auch der.

»Wo bist du denn, Walter?«

»Auf dem Dach.«

»Okay. Halt ihn fest, wir kommen.«

»Lasst euch Zeit, der entwischt mir nicht.« Der Stolz in seiner Stimme war unüberhörbar und Marie gönnte es dem alten Loser.

Inzwischen war der Fahrstuhl wie von Geisterhand gesteuert im Parterre angekommen. Die Türen öffneten sich. Er war leer.

Weide packte David sanft aber energisch am Kragen und zischte ihn an: »Okay, du kleiner Klugscheißer, du weißt bestimmt, wie der Aufzug funktioniert. Du bringst uns jetzt da hoch.«

David war erschrocken, nicht unbedingt verängstigt: »Da brauchen Sie aber eine Fahrkarte.«

»Die habe ich längst bezahlt, also jetzt keine Spielchen mehr.«

»Ist ja schon gut.«

Sie traten in den Fahrstuhl, David zog ein Schlüsselbund aus der Tasche und drückte mit einem Schlüssel heftig auf den Knopf mit der 10, der fast hinter der Verblendung verschwand. Dann schloss sich die Tür, die Kabine setzte sich in Bewegung.

So einfach ist das also, dachte Weide.

Vom zehnten Stock ging es noch eine steile Treppe zum Dach hoch. Schon standen sie auf dem Flachdach und gingen auf Walter Sobchak zu, der an einem Lüftungsschacht lehnte. Zu seinen Füßen kauerte der Flüchtige, an Händen und Füßen mit dicken Kabelbindern gesichert. Aki war bei Bewusstsein und augenscheinlich unverletzt, aber auch stinksauer. Marie kam der Gedanke, dass Walter für einen kurzen Moment in echter Gefahr war. Dieser Aki war vielleicht ein eiskalter Killer, auch wenn er nicht so aussah.

»Saubere Arbeit, Herr Kollege«, sagte Weide, bevor Marie etwas sagen konnte. »Das war clever von Ihnen, die andere Richtung einzuschlagen.«

»Und es war nicht so anstrengend«, grinste Walter.

»Und wie konntest du ihn dann überwältigen? Hatte er eine Waffe?«, fragte Marie.

»Nö, keine Waffe. Na und ...«, druckste Walter, »so richtig Überwältigen war das nicht. Er kam hier auf dem Dach sowieso nicht weiter und dann habe ich ihm zugerufen, dass er wegen Mordes gesucht wird. Da ist er stehen geblieben.«

»Was?«, kreischte jetzt der kleine David, der von allen unbemerkt mit aufs Dach gekommen war. »Du hast einen kalt gemacht, Aki?« In seiner Stimme war etwas Bewunderung, aber auch viel Entsetzen.

»Quatsch, hab ich nicht. Keine Ahnung, was die Bullen wollen«, stöhnte der Grieche. »Hau ab, Kleiner, ich komm hier schon klar.«

David rührte sich nicht.

»Du sollst dich verpissen, habe ich gesagt. Ich bin morgen wieder hier. Versprochen.«

Der Junge ging langsam weg, drehte sich noch ein paar Mal um.

Vor dem Haus hatte sich eine Gruppe von Schaulustigen gebildet. Der Streifenwagen, den Sobchak gerufen hatte, fuhr vor. Die Beamten organisierten eine Gasse in der Menge, durch die der Gefangene zum Polizeiwagen geführt werden konnte.

Rufe ertönten aus der Menge: Was'n los, Aki? Sag nichts Aki. Der Aki hat nichts gemacht.

»Sie haben ja einen richtigen Fanklub hier«, sagte Weide. »Die werden Sie sicher jetzt sehr lange vermissen.«

»Werden sie nicht, »schimpfte Aki, »ich hab nichts gemacht.«

»Und warum sind Sie dann weggelaufen?«, fragte Marie, während sie ihn auf den Rücksitz des Streifenwagens drückte.

»Weil ihr Bullen mir immer was anhängen wollt. Wenn irgendwo was passiert ist, dann kommt ihr zuerst zu mir. Ist ja auch einfach. Aki hat im Knast gesessen. Aki ist der größte Gangster von Lüneburg. Gleich mal vorbeischauen. So läuft das doch bei euch.«

Im Verhörzimmer war Marie mit Aki alleine. Ob Weide hinter der einseitig durchsichtigen Scheibe stand, wusste sie nicht. Aber es war ihr auch egal. Sie spürte, dass der größte Gangster von Lüneburg keine harte Nuss werden würde.

»Und Aki, fahren Sie gerne Audi?« Sie mochte es nicht, wenn Kollegen die Verdächtigen duzten. Sie wollte auch Gewohnheitskriminellen ein Minimum an Respekt und Würde zugestehen. Zumal es sie viel gesprächiger machte, wenn man höflich zu ihnen war.

»Ich habe kein Auto.«

»Aber Sie können Auto fahren.«

»Klar, kann doch jeder. Ist ja nichts Besonderes.«

»Und einen Führerschein haben Sie auch. Zurzeit jedenfalls. War ja auch schon mal weg, der Lappen.«

»Ist lange her und seitdem ist nichts mehr gewesen. Und ich habe keinen umgebracht. Wie kommen Sie überhaupt auf die Idee?«

Marie öffnete eine DIN-A4-Mappe, die vor ihr auf dem Tisch lag, griff nach einem Foto von Vaupels Audi und schob es Aki hin. Der sah kaum darauf.

»Nie gesehen.«

Marie nahm ein weiteres Foto aus der Mappe. Es zeigte den Innenraum des Wagens und das Lenkrad.

»Hier haben wir aber ihre Fingerabdrücke gefunden. Das Auto gehört einem Ehepaar, das tot im Wald lag. Brutal ermordet.«

Aki wurde nervös. Er schwitzte. Gleich hatten sie ihn. Marie nahm das nächste Foto aus der Mappe: der blutverschmierte Kofferraum des Audis.

»Und im Kofferraum haben wir ganz viel Blut gefunden.«

»Ha ha.« Aki lachte wie irre. »Ganz viel Blut, echt?« Sein Lachen klang erleichtert. »Und darum denkt ihr ...« Er lachte wieder. »Das ist Tierblut, Mann. Von einem Reh. Nicht von Menschen. Ihr checkt ja gar nichts, ihr Bullen.«

Marie war verwundert: »Erst haben Sie das Auto noch nie gesehen und jetzt wissen Sie sogar, von wem das Blut ist? Das müssen Sie mir erklären.«

Ein Ja leitete das ein, was man ein vollumfängliches Geständnis nennt. »Ich habe den Wagen gefunden.«

»Gefunden?«

»Ja. Gefunden. In Bad Bevensen. Am Bahnhof. Stand da rum und der Schlüssel steckte. Da bin ich losgefahren. Ich weiß auch nicht so genau, warum.«

»Wann war das?«

Dimitri überlegte. »Ist schon länger her. Muss so Mitte April gewesen sein.«

»Was haben Sie denn in Bad Bevensen gemacht?«

»Nur so. Spazieren gegangen.«

»Spazieren gegangen?« Marie wollte es sich eigentlich abgewöhnen, die Antworten ihrer Kunden als Frage zu wiederholen. Das ist keine besonders effektive Fragetechnik, weil sie den Befragten entweder als dumm oder als unglaubwürdig dastehen ließ.

»Ja, einfach so geguckt. Sind immer viele Touristen da. War Wochenende. Schönes Wetter für die Zeit.«

»Und dann findet man vielleicht mal ein unabgeschlossenes Auto mit ein paar Wertsachen darin? Oder man macht es mal schnell unabgeschlossen. Ist ja Ihr Ding, wie wir wissen.«

»Frau Kommissarin, Sie unterstellen mir da jetzt was. Ich war spazieren. Ehrlich.«

Wenn diese Typen schon ehrlich sagten, da konnte Marie nur innerlich lachen. Aber Aki hatte wieder Oberwasser. Er fühlte sich sicher.

»Und wie kommt dann das Blut, das Tierblut, in den Kofferraum?«

»Ganz einfach, da war ein blutendes Tier drin.«

»Etwas genauer, bitte.«

»Auf dem Weg von Bad Bevensen nach Lüneburg bin ich über die Landstraße gefahren. Es war schon fast dunkel. Da fährt man ja so durch den Wald. Da springt plötzlich von links ein Reh aus dem Wald, rennt über die Straße, vor den Wagen, der vor mir fährt. Der bremst kurz, erwischt das Reh aber irgendwie am Hintern. Ich ging auch in die Eisen und sehe, wie das Vieh in den Graben fliegt. Der Typ fährt weiter. Schien ihn nicht zu jucken.«

»War an dem Fahrzeug denn nichts kaputt.«

»Keine Ahnung. War mir doch egal. Konnte ich auch nicht sehen. Und ich denke, schau ich doch mal nach dem Tier und halte an. Da lag es und lebte noch. Ziemlich verbogen, blutete hinten. Das Vieh hatte bestimmt das Rückgrat gebrochen oder so.«

»Und was haben Sie dann gemacht?«

»Na, das Reh tat mir leid. Ich wollte es töten, wusste aber nicht, wie. Erst wollte ich mit dem Auto noch mal drüberfahren. Aber so wie das Reh im Graben lag, ging das nicht. Also habe ich mir einen dicken Knüppel gesucht und dem Reh damit auf den Kopf gehauen.« Er verzog angewidert das Gesicht.

»Wie oft haben Sie zugeschlagen, bis das Reh tot war? Ein Mal, zwei Mal?«

»Nein, viel öfter. Bestimmt zehn Mal. Wollte einfach nicht sterben. Hat immer noch geschnauft und die Augen verdreht. Das war voll eklig.«

»Sie sind doch ein kräftiger Kerl. Wenn Sie mit aller Kraft zuschlagen, dann ist so ein Reh doch schnell hinüber, oder?«

»Konnte ich aber nicht. Das klang so komisch. Das arme Tier.«

»Und was haben Sie dann mit dem Reh gemacht?«

»Ich habe es in den Kofferraum gelegt. War ganz schön schwer.«

»Warum haben Sie es mitgenommen? Was wollten Sie damit?«

»Essen. Verkaufen. Ich dachte, ist doch ganz frisch. Kann man doch was mit machen.«

»An wen denn verkaufen?«

»Ich kenne Leute mit Restaurants. Die können da sicher was mit anfangen.«

»Und wem haben Sie es dann verkauft?«

»Niemandem. Am nächsten Tag bin ich in den Wald gefahren und habe versucht, dem Reh das Fell abzuziehen und das Fleisch in Stücke zu schneiden. Das hat aber gar nicht geklappt.«

»Haben Sie schon mal ein Tier abgezogen?«

»Nein. Immer nur Fische geschuppt, auch mal Hühner gerupft. Aber so ein Reh, oh, Mann!«

Marie hatte den Eindruck, dass sie hier so langsam von einer Vernehmung zu einer kleinen Plauderei übergingen. Das konnte sie nicht zulassen.

»Gut. Wenn ich Ihnen das mit dem Reh glaube, warum sollten Sie deshalb nicht trotzdem für die Morde im Wald verantwortlich sein?« Sie merkte selbst, dass ihre Frage nicht sonderlich schlüssig war.

»Ich habe keinen umgebracht. Warum sollte ich?«

Marie zog ein Foto des Ehepaares Vaupel aus der Mappe, das die Kollegen in Uelzen bei der Durchsuchung des Hauses der beiden mitgenommen hatten.

»Kennen Sie die beiden?«

»Nein«, kam es spontan und überzeugend. »Nie gesehen. Warum hat man sie umgebracht?«

»Ich stelle hier die Fragen. Waren Sie in der letzten Zeit mal in Uelzen?«

»Nee, was soll ich da?«

»Das Gleiche wie in Bad Bevensen vielleicht?«

»Ich war, glaube ich, noch nie in meinem Leben in Uelzen.«

»Wo waren Sie am 10. April?« Sie hatte keine Ahnung, ob das genau der Mordzeitpunkt gewesen war und angesichts der desolaten Leichen und des wilden Tatorts würden sie den genauen Zeitpunkt auch nie erfahren.

»Keine Ahnung.« Marie registrierte, dass er sich nicht einmal die Mühe machte, ein Alibi zu erfinden. Wenn er tatsächlich der Täter wäre, hätte er längst irgendeine Story parat. Also was hatte sie? Autodiebstahl. Wilderei. Denn dieser Tatbestand ist gegeben, wenn man ein getötetes Tier mitnimmt und nicht dem Förster übergibt. Alles Kleinkram. Kein Grund, Lüneburgs größten Kleinganoven festzuhalten.

»Pause. Wollen Sie einen Kaffee?«, sagte Marie und stand auf. Aki nickte.

Sie verließ den Vernehmungsraum und traf im Nebenzimmer auf Weide und Staatsanwalt Dr. Hansen. Dr. Hansen war ein harter Hund, einer, der lieber ein paar Verdächtige mehr in Untersuchungshaft schmoren lässt. Er hatte Marie auf einer Weihnachtsfeier mal ziemlich angetrunken einen Vortrag darüber gehalten, wie weich und uneffektiv die Strafjustiz heute sei. Mitleid statt Strafe, Nettigkeiten statt knallharter Strafverfolgung. Einen Vorteil hatte Friedrich Hansen, der ein paar Jahre vor der Pensionierung stand, allerdings. Wenn sie mal nicht ganz nach den Regeln des Polizeihandbuchs vorgingen, um schneller an Ermittlungsergebnisse zu kommen, dann sah er gerne darüber hinweg. Für Dr. Hansen heiligte der Zweck im Zweifelsfall die Mittel. Und dieser alte Mistkerl hatte der Vernehmung offenbar auch beigewohnt – man hatte schließlich nicht jeden Tag einen Doppelmörder im Präsidium. Aber im Fall von Dimitri Agoupolos konnte auch Hansen nicht die ganze Härte des Gesetzes ausspielen.

»Anständige Befragung«, sagte er zu Marie und sprach damit ein für seine Verhältnisse überschwängliches Lob aus. »Aber für ein geklautes, totes Reh und eine Spazierfahrt mit einem unabgeschlossenen Auto haben wir keine Zelle frei. Lassen Sie den Kerl laufen, wenn sich das Blut als Tierblut erweist, aber behalten Sie ihn noch eine Zeit im Auge.«

»In Ordnung«, sagte Marie, hatte aber keine Ahnung, wie sie das machen sollte.

7. Kapitel

Ich bin zu alt für diesen Scheiß, dachte Marie und setzte sich im Bett auf. Es war fünf Uhr und eigentlich könnte sie noch eine Stunde schlafen. Aber einer ihrer Mitbewohner kam gerade mit offenbar schweren Koordinationsstörungen nach Hause. Gepolter, irgendwas fiel um, ein Fluch. Das Übliche. WG-Leben. Aber Marie war eben einfach zu alt für diesen Scheiß. Ihre Mitbewohner, zwei Männer und eine Frau, waren über zehn Jahre jünger als sie.

Vor zwei Jahren, als sie bei Nacht und Nebel Olafs Wohnung verlassen hatte, war sie, nach einem kurzen Abstecher bei ihren Eltern in Hamburg-Harburg, in diese WG in der Lüneburger Altstadt gezogen. Das hatte Vorteile. Die Lage in der Feldstraße war gut, die Altbauwohnung schön und riesig und sie war mit Menschen zusammen, ohne wirklich mit ihnen zusammen sein zu müssen. Und ihr Zwanzig-Quadratmeterzimmer mit kleinem Balkon war günstig. Ihr Plan: Wenig Geld ausgeben und viel reisen. Doch bisher gelang es ihr nur, ganz gut zu sparen, weil sie eigentlich nur arbeitete. Tägliche Überstunden waren normal und die Möglichkeiten selten gegeben, die Zeit abzufeiern. Wenn sie dann mal ein oder zwei Tage extra frei hatte, schlief sie nur, regelte die nötigsten Dinge im Haushalt oder besuchte ihre Eltern. An längere Reisen war nicht zu denken. Würde sich das irgendwann ändern?

Ihre Mitbewohner hatten als Studenten nicht nur einen völlig anderen Lebensrhythmus, sie dachten und fühlten auch irgendwie anders und zumindest die Männer hatten auch andere Vorstellungen von Sauberkeit und Ordnung. Sie mochte Andy und Juan, den Chilenen, aber für die Jungs war das Leben eine endlose Party und das nervte sie manchmal. Mit Pauline teilte sie wenigstens den Anspruch an regelmäßige, arbeitsteilige Putz- und Aufräumtätigkeiten. Dafür verstrickte sie Pauline immer wieder in feministische Diskussionen, auf die sie keine Lust hatte und die sie überforderten.

Marie hatte sich selbst nie die Frage gestellt, ob sie eine Feministin sei. Sie war selbstständig und ließ sich nichts gefallen. Sie war auch als Kind oder Jugendliche nie so ein rosa Klischeemädchen gewesen. Aber auch nicht politisch oder radikal. Sie kämpfte nicht für die Rechte der Frauen, sondern für ihre eigenen. Deshalb hatte sie sich Olafs immer aggressiver ausgelebtem Macht- und Besitzanspruch rechtzeitig entzogen. Und deshalb trat sie gegenüber Kollegen wie Sobchak und Vorgesetzten wie Weide oder Staatsanwalt Hansen bewusst sachlich und hart auf. Kein neckisches Flirten, kein Augenklimpern, der ganze Quatsch funktionierte bei ihr sowieso nicht. Sie war kein Püppchen. Sie war eine Frau. Pauline, Studentin der Kulturwissenschaften, ein Fachgebiet, das Marie überhaupt nichts sagte, forderte Marie immer wieder heraus. Wie für eine Sekte warb die hübsche aber farblose Fünfundzwanzigjährige für einen radikalen Feminismus und sah gerade Marie als wichtige Kämpferin in der Männerdomäne Polizei.

Pauline hatte Marie erklärt, dass es nicht nur Mann und Frau gäbe, sondern Hunderte, ja unendlich viele Geschlechter. Das binäre, biologistische Denken sei nicht mehr zeitgemäß. Pauline dozierte, sie unterhielt sich nicht. Ihr Gegenüber war lediglich Stichwortgeber. Das hätte Marie alles egal sein können, von ihr aus soll

Pauline doch alle drei Tage ihr Geschlecht wechseln, wenn ihre Art des Denkens nicht den Alltag bestimmt hätte.

Einmal war sie abends in die Küche gekommen, die Jungs hatten schon ein paar Bier hinter sich, Pauline nippte an dem sauren Bio-Rosé, den sie immer trank. Alle wirkten müde und ausgepowert, was Marie zu der Äußerung »Na, Leute, haben euch eure Professoren mal wieder Überstunden machen lassen?« inspirierte.

»Auf jeden«, sagten Andy nur. Sie nippten am Bier und glotzen weiter in ihre Handys. Aber Pauline nahm den Ball gleich auf und korrigierte: »Wir haben auch Professorinnen, Marie. Inzwischen sogar über zwanzig Prozent. Nur der Dekan ... der ist natürlich ein Mann.«

Sie sprach auch nie von Studenten, sondern immer von Studierenden, Lehrenden und so weiter. Wenn Marie, was selten vorkam, über Straftaten und Straftäter sprach, wenn es um Mörder, Gewalttäter und Einbrecher ging, war Pauline allerdings nicht so kritisch. Als Marie das zum ersten Mal aufgefallen war, hatte sie Pauline angelächelt und gesagt: »Tschuldigung, Pauline, ich muss mich korrigieren, es muss natürlich Mordende heißen, wenn nicht klar ist, welches Geschlecht der Täter hatte.«

Doch da kannte Pauline keinen Spaß, Selbstironie war ihr fremd. Sie konterte: »Da auf zehn Mörder nur eine Mörderin kommt, muss man das hier nicht so genau nehmen.«

So arbeitete Marie als Beamtin und lebte wie eine Studentin. Sie dachte häufig darüber nach, eine Wohnung für sich allein zu suchen. Aber das würde Mühe machen und es gefiel ihr, Leben um sich herum zu haben, wenn es auch nicht ganz ihr eigenes war.

An diesem Dienstagmorgen war sie also wach und wollte das rücksichtslose Verhalten ihres Mitbewohners nicht unkommentiert lassen. Sie stand auf, zog sich eine Jogginghose an und ging in die Küche. Dort saß Juan am Küchentisch, steckte ein Messer ins Nutella-Glas und leckte es ab. Noch ein Vergehen.

»Guten Morgen, mein lateinamerikanischer Freund, nett dass du mich weckst.«

Der Chilene war ein ausgesprochen gutaussehender Bursche. Er zuckte ertappt zusammen, schaute Marie aus schwarzen, glasigen Augen an und knarzte kleinlaut: »Oh, Marie, war ich zu laut? Tut mir leid.«

Der Junge war erst seit zwei Jahren in Deutschland und sprach fast akzentfrei Deutsch. Er war sehr ehrgeizig. Studierte irgendwas mit Nachhaltigkeit und Technik in Lüneburg, war aber auch ein Party-Tier und Aufreißer. Eigentlich eher ungewöhnlich, dass er ohne attraktive Begleitung von der Piste kam.

»Wo warst du denn am Montagabend so intensiv feiern in Lüneburg?«

»Wir sind mit ein paar Leuten nach Hamburg gefahren, ein paar neue Bars austesten.«

»Schön und wie wart ihr unterwegs? Mit der S-Bahn?«

»Ah, Marie, bist du schon im Dienst? Ich habe mein Auto die ganze Nacht nicht angerührt. Schwöre ich.«

»Ja, sehr witzig. Du hast doch gar kein Auto. Aber wenn ich einen von euch kleinen Spackos besoffen im Auto erwische, sorry, dann gibt's keine Mitbewohnergnade. Da kenne ich keinen Spaß.«

»Schon gut, Marie. Hast ja recht.«

Er begann mit unsicheren Fingern einen kleinen Joint zu rollen.

»Nicht in der Küche«, sagte Marie streng und machte sich an der Kaffeemaschine zu schaffen. Manchmal kam sie sich hier vor wie eine alleinerziehende Mutter von drei verhaltensauffälligen Kindern.

Marie konnte noch so früh ins Büro kommen, Walter Sobchak war schon da. Er wohnte praktisch im Präsidium. Er hatte noch weniger Privatleben als Marie. Nach der Wende, als es für den ehemaligen DDR-Beamten ungemütlich wurde, hatte ihn seine Freundin verlassen und war mit einem Koch nach Mallorca gegangen. Das hatte Walter Marie mal erzählt. Danach hat sich mit Frauen nichts mehr ergeben. Immer dicker und frustrierter, war er nicht gerade eine Top-Partie.

»Na, Walter, schon fleißig«, fragte sie und knallte ihren Helm auf den Schreibtisch.

»Ja, und auch schon mit neuen Informationen. Das Blut im Kofferraum ist tatsächlich Tierblut.«

»Das war doch klar. Dann können wir unseren Gast ja wieder nach Hause schicken.«

»Habe ich schon veranlasst. Weide muss nur noch unterschreiben.«

»Ach, wer weiß, wann der kommt, lass mich unterschreiben. Das reicht.«

Sie ließ sich von Walter das Entlassungsformular geben und setzte ihr Kürzel darunter. Sie wusste gar nicht genau, ob das jetzt, wo sie wieder einen offiziellen Vorgesetzten hatte, wirklich reichte, aber das würde niemand so genau nehmen.

Sobchak stutzte und sah an Marie vorbei Richtung Tür: »Äh, Marie, Herr Weide ...«

Marie drehte sich um und sagte: »Guten Morgen, Herr Weide, sind Sie aus dem Bett gefallen?«

»Der frühe Vogel fängt den Wurm, wie es so schön heißt«, grinste er verheißungsvoll. »Und hier ist der Wurm.« Er wedelte mit einem drei Zentimeter dicken Papierstapel. »Kommen Sie mal mit, Marie.«

Marie folgte ihrem Chef in sein Büro. Er schloss die Tür geheimnisvoll.

»Wissen Sie, was das ist?«

»Auf Basis der mir zurzeit vorliegenden Informationen würde ich sagen ein Stapel Papier. Bedruckt. Vermutlich aus ihrem Schwarzweiß-Laserdrucker. Aber das ist nur eine Mutmaßung.«

»Sehr scharfsinnig«, sagte Weide und lächelte. Maries Humor schien ihn nicht ganz kalt zu lassen.

»Das sind Unterlagen der Finanzbehörden in ...« Er stockte, guckte auf das oberste Blatt und fuhr fort, »Uelzen. Ich habe dort darum gebeten, die Verhältnisse der Mordopfer, dieses Ehepaares ...«

»Vaupel.«

»Ja, genau. Die Verhältnisse dieser Leute noch mal etwas gründlicher zu durchleuchten.«

»Und?« Marie war gespannt, klar. Aber sie war auch sauer. Warum hatte er das hinter ihrem Rücken getan? Oder war das die falsche Sichtweise? Er durfte das. Er war der leitende Beamte hier. Aber es war doch ihr Fall. Oder nicht? Auf jeden Fall fühlte sie sich übergangen und da war wieder, wie in letzter Zeit so oft, Paulines Stimme in ihrem Ohr, die sagte: Typisch männliches Verhalten, Informationen zurückhalten, um allein erfolgreich zu sein. Wettbewerb statt Kooperation. Das alte Bild. Aber Marie entschloss sich, nicht nur Paulines imaginäre Einflüsterungen zu ignorieren, sondern auch Weides Alleingang und sich stattdessen ausschließlich auf den Fall und die Fakten zu konzentrieren.

»Diese Leute hatten nicht nur eine Reinigung«, hob Weide an und sein Ton und seine Haltung ließen eine wahrhaft große Enthüllung erwarten. »Die Frau war auch Mitinhaberin einer Spielhalle im Ort.«

»Aha.«

»Mehr fällt Ihnen dazu im Moment nicht ein?«

»Nein, so spontan nicht. Was bedeutet das? Ist das illegal?«

»Natürlich nicht. Interessant wird es, wenn man sich die Zahlen anschaut. Diese Spielhalle hat echten Reibach gemacht. Da ist jeden Tag Hochbetrieb, wenn man sich die Umsätze ansieht.«

»Ja, schön für die Vaupels. Ihre Angestellte in der Reinigung hat mir nichts von einer Spielhalle erzählt.«

»Weil sie nichts davon wusste. Niemand wusste das. Auch die Nachbarn nicht und die Freunde im Schützenverein auch nicht.«

»Woher wissen Sie das alles?«

»Ich habe den jungen Kollegen, diesen Studenten ...«

»Benjamin ...«

»Den habe ich mal ein bisschen herumtelefonieren lassen gestern Nachmittag.«

»Ach, hatte er mir gar nicht erzählt.« Es war schwer für Marie, das nicht beleidigt klingen zu lassen – es misslang.

»Seien Sie jetzt nicht beleidigt, ich wollte, dass Sie bei Ihren Spuren bleiben und nicht von irgendwelchen vagen Ideen von mir beeinflusst werden. Jetzt, da es konkreter wird, spreche ich ja mit Ihnen.«

»Okay. Und weiter?«

Weide hatte inzwischen hinter seinem Schreibtisch Platz genommen, Marie im Besucherstuhl davor. Weide hielt seine Papierstapel immer noch wie einen Schatz in den Händen. Marie hätte schon gerne mal reingesehen.

»Ich war gestern Abend mal in dieser Spielhalle. Sie liegt in einer miesen Gegend, wo die Leute kaum Geld für Miete und Essen haben. Aber da laufen solche Dinger ja am besten. Die größten Verlierer glauben am hartnäckigsten ans große Glück. Absurd ist das.«

»Und?« Marie hatte keine Lust auf weitschweifige Welterklärungen.

»Waren Sie schon mal in so einer Spielhalle?«

»Das bleibt nicht aus, wenn man so viele Jahre bei der Polizei ist. In diesen Dingern passieren immer mal wieder Sachen, die uns auf den Plan rufen.«

»Ja, klar. Ein trauriger Ort. Dreckig. Muffig. Ich habe da eine Stunde gesessen und Zwei-Euro-Münzen versenkt und gewartet.«

»Worauf? Auf den Hauptgewinn?«

»Auch, aber der kam nicht. Was aber ebenfalls nicht kam, waren Leute. Andere Zocker.«

»Und?«

»Mensch, Marie, jetzt denken Sie mit. Lassen Sie mich nicht alles allein kombinieren. Für mich ist das ein Widerspruch: tolle Umsätze und keine Besucher? Das riecht für mich nach, na …?«

»Geldwäsche?« War das ein verdammtes Quiz, dachte Marie.

»Genau. Das ist eine eins A Geldwaschanlage und die Reinigung zu einem gewissen Teil sicher auch.«

»Wie muss man sich das vorstellen?« Marie war da wirklich nicht so fit. Das war Organisiertes Verbrechen, so was kam in Lüneburg nicht vor, und wenn doch, dann ging es direkt an höhere Instanzen.

»Okay, ich erklär's Ihnen.« Das kam jetzt überhaupt nicht gönnerhaft oder klugscheißermäßig, dachte Marie, sondern kooperativ. Ihre innere Pauline schwieg dazu.

»So eine Spielhalle ist in jeder Hinsicht ein undurchsichtiges Geschäft. Man kann von außen nicht reinsehen, das ist Vorschrift. Man kann aber auch nicht nachvollziehen, wer drin war. Anders als in einem Spielcasino, wird man nicht registriert. Der Ausweis wird nur bei jungen Leuten kontrolliert, um Volljährigkeit sicher zu stellen. Besucher werden nicht mal gezählt. Das ist eine tolle Voraussetzung für Geldwäsche: unkontrollierter Kundenverkehr. Außerdem: Einsatz von Bargeld. In der Spielhalle zahlt niemand mit Kreditkarte.«

Marie lehnte sich zurück und lauschte dem Vortrag des Chefs. Schön, wenn man noch was lernen kann, dachte sie.

Weide fuhr fort: »Illegale Geschäfte haben das Problem, dass sie massenhaft Bargeld anhäufen, mit dem der Besitzer dann nichts Gescheites kaufen kann. Ob Schwarzarbeit, Drogen, Prostitution oder illegales Glücksspiel, am Ende will sich der Gangsterboss doch auch mal eine Wohnung kaufen oder ein neues Auto, vielleicht sogar Aktien. Geht aber nicht, denn Bargeschäfte über fünfzehntausend Euro sind in Deutschland meldepflichtig. Also eröffnet er einen Betrieb, in dem potenziell viel Bargeld eingeht und lässt es einfach nach viel mehr aussehen. Er verbucht weit mehr Umsatz, als er tatsächlich tätigt. In einer Spielhalle kann man sein Bargeld aus miesen Geschäften also einfach in die Automaten schmeißen. Keiner kann nachvollziehen, wie viele Menschen dort waren und wie viel Geld jeder einzelne eingesetzt hat.«

»Aber es ist doch ganz einfach zu sehen, wenn da nichts los ist. Sie waren doch selbst da.«

»Ja, aber das ist eine Momentaufnahme, die nicht verwertbar ist. Es gibt sicher auch Tage, wo die Gangs ihre Leute zum Zocken in den Laden schicken. Da werden dann auch ein paar arme Teufel von der Straße geholt und dafür bezahlt, im warmen Laden bei kostenlosem Kaffee die Automaten zu füttern. So wird das Geld sogar vor den Augen der Steuerfahndung gewaschen.«

»Okay. Aber, wenn das Geld durch die Automaten rauscht, dann werden doch Abgaben fällig, Steuern und so.«

»Ja, das ist ja das Tolle. So wird das Geld ja legal. Es wird weniger, okay. Aber es wird universell verwendbar. Der Automat muss einen gesetzlich geregelten Gewinnanteil ausschütten. Der landet dann ja sowieso als Bargeld wieder in den Taschen der getürkten Spieler und wird erneut eingesetzt. Der Verlust des Spielers ist die Einnahme des Spielhallen-Betreibers. Darauf werden Mehrwertsteuer und eine Vergnügungssteuer von neunzehn Prozent oder so fällig. Bleibt immer noch genug hängen. Davon kann man Aktien und Wohnungen kaufen oder legale Betriebe führen. So einfach ist das.«

»Und was hat Frau Vaupel an ihrer Geldwäsche verdient?«

»Nicht so wirklich viel. Sie war ganz offensichtlich nur die Strohfrau bei dem Business.« Pauline, dachte Marie, er hat *Strohfrau* gesagt und musste innerlich kichern.

»Wie viel?«

»Sie bekam als Geschäftsführerin ein Gehalt von dreitausend Euro brutto. Nicht die Welt.« Wie man's nimmt, dachte Marie.

»Es gab in der Spielhalle eine paar Angestellte, die meisten auf Vierhundertfünfzig-Euro-Basis, die dort schichtweise herumgesessen haben und sicher keine Ahnung von der Geldwäscherei hatten. Leute, die froh waren, ein paar Euro ohne viel Aufwand verdienen zu können. Die gucken nicht hin und stellen keine Fragen.«

»Und wer hat dann die Kohle abgeschöpft?«

»Frau Vaupel hatte einen Anteil am Unternehmen von fünf Prozent. Und sie war die Inhaberin der erforderlichen Lizenz. Die restlichen fünfundneunzig Prozent gehörten zur Hälfte einer Holding in Lichtenstein und zu anderen Hälfte einer Briefkastenfirma in Costa Rica. Mehr muss man dazu eigentlich nicht wissen.«

»Klingt nicht nach unserem Aufgabenbereich.«

»Nein, sicher nicht. Darüber bin ich auch froh. Das ist die Jagd nach Phantomen, die man nie gewinnen kann. Aber für unseren Fall ergibt das eine neue Lage.«

»Verstehe.«

»Was verstehen Sie?«

»Wenn die Vaupels mit dem organisierten Verbrechen zu tun hatten, dann lässt das ihr Dahinscheiden in einem neuen Licht erscheinen.« Blöd bin ich ja auch nicht. »Dann können wir es hier auch mit einem Auftragsmord oder Ähnlichem zu tun haben.«

»Genau. Und darum müssen wir auch in Betracht ziehen, dass die beiden gar nicht im Göhrde-Forst ermordet, sondern dort nur hingebracht wurden. Warum auch immer.«

»Und das Motiv?«

»Da gibt es eigentlich nur zwei Möglichkeiten. Die Leute wollten nicht mehr mitmachen und drohten zur Polizei zu gehen. Oder sie wollten einen höheren Anteil und drohten zur Polizei zu gehen. In beiden Fällen Grund genug, sie … nun ja, zu entlassen.«

Marie schluckte. Zum einen, wegen dieser sarkastischen Bemerkung, zum anderen, weil sie ein gewisses Gefühl von Versagen verspürte. Sie war in der Reinigung in Uelzen gewesen, hatte mit der Angestellten gesprochen und war völlig arglos wieder weggefahren. Dabei war die Reinigung sicher auch ein Ort der Geldwäsche. Wie viele Hemden und Anzüge hier jeden Tag gereinigt wurden, konnte doch auch keiner nachvollziehen. War sie zu naiv für diesen Scheißjob?

»Und jetzt?« Marie war etwas überrollt von den neuen Informationen und wäre dankbar für eine dienstliche Anweisung, über die sie nicht lange nachdenken musste. Und die kam dann auch von ihrem Chef, der aber, das räumte sie sich selbst zur Entschuldigung ein, auch eine ganze Nacht mehr Zeit zum Nachdenken gehabt hatte.

»Mmmh«, sagte Weide und tat so, als würde er sich die Strategie gerade ganz spontan überlegen, »der Tatort – besser vielleicht Fundort – bringt uns nicht weiter. Nach so langer Zeit sind da keine Spuren mehr. Die Kontaktlinse war ein Glückstreffer. Reinigung und Wohnung der Opfer wurden bereits ausführlich durchsucht. Die

Spielhalle ist gerade dran. Nirgendwo werden wir Hinweise auf einen Mord finden.«

»Bleibt das Auto.«

»Genau. Bitte sprechen Sie doch mit diesem ...«

»Herrn Pieper.«

»Genau. Dass er den Kofferraum und alles noch mal sehr genau durchsucht.«

»Und sollen wir den Herrn Agoupolos vorsorglich wieder einfangen? Denn wenn mit dem Fahrzeug nun doch Leichen transportiert ...«

»Nein. Den brauchen wir nicht. Ich habe selten einem Ganoven so sehr geglaubt. Der ist nicht unser Mörder, nicht mal unser Leichenwagenfahrer. Das wird schwieriger.«

***

Stephan Weide musste sich beeilen. Eine Hausbesichtigung. Diesmal südlich von Lüneburg. In einem Kaff namens Deutsch Evern. Den Namen fand er etwas furchterregend. Aber sie waren ja hier noch in den alten Bundesländern. Bloß nicht zu den Ossis, hatte seine Frau gefordert, als sie das schöne Düsseldorf verlassen mussten. Es war ihr schwer genug gefallen, sich auf die Provinz einzulassen. Wenn du schon an den Arsch der Welt willst, hatte sie gesagt, dann bitte im Westen und mit einer ernst zu nehmenden Großstadt in der Nähe.

Sie war, obwohl als Tochter eines Millionärs geboren, der inzwischen Milliardär war, keine Luxus-Tussi. Sie mochte schöne Klamotten, ging gerne gut essen, wollte in die Oper, ins Theater. Sie hatte auch nichts gegen Luxushotels auf Bali oder in der Karibik. Und sie wollte gerne in der Businessclass fliegen. Aber sie mochte im Alltag den einfachen Lebensstil. Ein schönes Haus. Als Personal nur dreimal die Woche eine Putzfrau. Mehr nicht. Sie stand auch nicht auf Society. Das hatte sie als Kind und Jugendliche genug erdulden müssen, wenn ihr wichtiger Vater, der Holzkönig, in Düsseldorf seine berühmten Partys gab. Das brauchte sie wirklich nicht mehr.

Sie hatte sich in Stephan verliebt, weil ihm ihr Reichtum gar nichts bedeutete. Auch er konnte genießen, er konnte aber auch verzichten. Und sie akzeptierte, dass er arbeitete, obwohl ihr Vater ihr genug Immobilien für ein langes, sorgloses Leben überschrieben hatte.

Stephan fuhr den Weg nach Deutsch Evern in seinem 1963er Mercedes SL Cabrio. Der einzige Traum, den er sich vom Reichtum seiner Frau bisher genehmigt hatte. Sie war mit dem Jaguar wieder nach Düsseldorf gefahren. Dort hatten sie noch einen Passat für die Familienfahrten. Mit dem Oldtimer war er noch nicht zur Arbeit gefahren. Es hatte gereicht, dass diese Marie und andere Kollegen den Jaguar und seine nach Geld duftende Frau gesehen hatten. Das war in Düsseldorf auch ein Problem gewesen, wenn auch nicht das Größte. Seine Kollegen wussten natürlich, aus welchem Stall seine Frau stammte und hatten ihm mehr als einmal unterstellt, seinen Job eher als Hobby zu betrachten. Fehlende Ernsthaftigkeit, heißt das im Klartext und da war er empfindlich. Er war ein guter Polizist. Vielleicht gerade weil er es nicht fürs Geld tat. Auf jeden Fall war er kein korrupter Bulle. So viel stand fest.

Deutsch Evern war wirklich ein Kaff. Keine viertausend Einwohner. Viele alte Bauernhäuser, wenig Bauern. Die Gutshöfe waren eindeutig von Leuten gekauft und restauriert, die ihr Geld im eine Stunde entfernten Hamburg verdienten.

Ein Anwesen dieser Art war Weides Ziel. Ein Resthof, wie man sagt, wenn Land und Nebengebäude der Zersiedelung anheimgefallen sind. Wunderbar restauriert. Ein Traum in Fachwerk mit Reetdach als Krönung. Großes Grundstück. Schuppen für die Autos. Dreihundert Quadratmeter Wohnfläche. Dreitausend Quadratmeter Grundstück. Er hatte Miriam das Exposé weitergeleitet und sie hatte nur mit einer WhatsApp-Nachricht mit strahlenden, applaudierenden Emojis geantwortet. Sie liebte diese neue Art der non-verbalen Kommunikation.

Ja, dachte Stephan, als er auf das Haus zuging, das ist was für meine verwöhnte Süße. Das ist ihr Ding. Die Nachmittagssonne schien auf die Fassade aus Fachwerk und roten Ziegeln, ließ alles warm und wertvoll erstrahlen. Vor dem Haus wartete der Makler. Ein junger Mann. Guter, ordentlich sitzender Anzug ohne Krawatte, teure Schuhe, schicke Ledermappe unter dem Arm. Der war bei dem großen Maklerunternehmen zweifellos der Mann für die besonderen Objekte. Strahlend kam er auf Stephan zu.

»Herr Weide, schön, dass Sie da sind. Michael Krause mein Name. Haben Sie es gut gefunden?«

»Ja, danke. Es gibt ja Navis.«

Krause schaute anerkennend auf Stephans Auto. »1963 gab es die aber noch nicht.«

»Treffer, auf's Jahr genau. Kennen Sie sich aus?«

»Nicht generell. Aber mit diesem Modell liebäugle ich auch. Das erste Baujahr der 113er Reihe. Wunderschön. Wenn es dann irgendwann mal passt.«

Für die achtzigtausend Euro musst du aber noch eine Menge Villen verkaufen, bis es passt, dachte Stephan und ärgerte sich gleich über seine Überheblichkeit.

Sie gingen zunächst ums Haus herum; der Makler sprach nicht viel. Eigentlich sagte er nur etwas, wenn Stephan eine Frage stellte. Dieses Objekt musste von seinem Verkäufer nicht angepriesen werden. Es pries sich ganz allein an. Das wusste der junge Makler. Stephan sog die Ästhetik des Ortes förmlich in sich auf und fragte nicht viel. Seine Fragen nach Heizungsart, Isolierung, Schulen und Einkaufsmöglichkeiten in der Umgebung, dieser ganze Immobilienquatsch eben, wurden durch das Exposé auf der Website beantwortet.

Im Inneren des Hauses ging die Symphonie von Qualität und Geschmack weiter. Vier Schlafzimmer, zwei davon mit eigenen Bädern, die modern und im Stil dem Alter des Hauses entsprechend eingerichtet waren. Die Küche war riesig, funktional und wohnlich. Ein Ort, der allein für ein erfülltes Leben ausreichen würde. Alles perfekt. In den meisten Zimmern standen noch Möbel, als wären sie dort organisch gewachsen. Man konnte sich das Haus gar nicht ohne diese stilvollen Sofas, Sessel, Tische und Schränke vorstellen. Auf den neuen Terrakotta-Böden lagen die passenden Teppiche.

Nachdem sie alle Räume durchlaufen hatten, standen sie in der Eingangshalle und Stephan sagte nur, emotionaler, als er eigentlich wollte: »Ein Traum.«

»Ja, das ist es«, sagte der Makler nach einer kurzen Pause, als wäre ihm diese Erkenntnis auch gerade erst gekommen.

»Die Möbel bleiben drin?«

»Wenn Sie es wünschen? Dann müssen wir über einen überschaubaren Abstand sprechen.«

Überschaubar. Was für ein Wort, dachte Stephan. Das Anwesen war mit einer Million zweihundertneunzigtausend Euro angeboten. Da meinte ›überschaubar‹ sicher fünfzig bis hunderttausend Euro, wer weiß. Ist in dieser Kategorie doch sowieso egal.

»Sie sind bei der Polizei?«, fragte der Makler plötzlich unvermittelt und eigentlich ohne jeden Zusammenhang. Er schaffte es fast, die Frage wie beiläufig klingen zu lassen. Als hätte er nach dem früheren Wohnort oder der Anzahl der Kinder gefragt. Aber für Stephan war der Hintergrund der Frage unüberhörbar: Können Sie sich das überhaupt leisten?

»Woher wissen Sie?«

»Google. Wir schauen immer gerne, wer unsere Interessenten sind. Das inspiriert uns dann auch für die passenden Angebote.«

»Bei Google haben Sie gefunden, dass ich Polizist bin?«

»Ja. Sie waren ja in Düsseldorf offenbar häufiger mit Fällen in den Medien. Und auf der Website der Lüneburger Polizei ist Ihr Name auch schon. Mordkommission. Auch nicht immer ein Spaß, oder?«

»Nein, nicht immer.« Manchmal hasste er dieses Internet. »Aber um Ihre Frage zu beantworten, das Geld für das Haus kommt von meiner Frau. Von deren Familie. Machen Sie sich da keine Sorgen.«

»Nein, nein, so war das nicht gemeint.«

»Doch. Und es ist auch okay so. Ein Polizeibeamter, der sich eine solche Immobilie leisten kann, ist entweder maßlos korrupt oder er hat reich geheiratet. Bei mir ist es Letzteres.«

Miriam hatte bei der Hochzeit seinen Namen angenommen und damit das deutlichste Anzeichen des uralten Familienreichtums abgelegt. Das passte ihrem Vater überhaupt nicht, der seine Familie als Dynastie sah, die von Stammhaltern – männlichen Stammhaltern – weitergetragen wird. Es passte ihm aber auch nicht, dass sie einen kleinen Polizisten aus einer unbedeutenden Lehrerfamilie heiratete, also war das auch schon egal. Zu guter Letzt hätte er sich von dieser ungünstigen Verbindung wenigstens einen männlichen Nachkommen gewünscht. Aber inzwischen liebte der grantige, alte Geldsack seine Enkelin abgöttisch und hatte ihr das falsche Geschlecht fast verziehen.

Der Makler schaute peinlich berührt ins Nichts. Dann verabschiedeten sie sich.

»Ich spreche mit meiner Frau, dann melde ich mich.«

»Ja. Natürlich. Und wenn Ihre Frau auch noch mal schauen möchte. Ich stehe jederzeit bereit. Und wenn ich jederzeit sage, dann meine ich das auch so.«

Da war sich Stephan sicher. Wenn Herr Krause die Hütte für eins Komma drei Millionen verkaufen würde und von der Maklercourtage nur ein Viertel abbekäme, wären das zwanzigtausend Euro. Glückwunsch.

Stephan hatte das Ortsausgangsschild von Deutsch Evern noch nicht passiert, da rief Miriam an.

»Und?«

»Was und? Hallo, Schatz, schön, deine Stimme zu hören.«

»Stephaaaan. Wie ist das Haus?«

»Weg.«

»Wie weg?«

»Ja. Weg verkauft. Der Makler hatte mich schon angerufen, als ich noch auf dem Weg war. Ich bin dann trotzdem hingefahren und habe es mir angesehen. Auch in der Hoffnung, dass ich noch zocken kann.«

»Und wieso ist das so schnell weg?«

»Es gibt nicht viele solcher Traumanwesen. Und in Hamburg gibt es viele reiche Leute.«

»Es ist toll, oder?«

»Es ist ein Traum, aber eben nicht unser Traum, sondern der von einem Verleger aus Hamburg, der sicher schon auf Sylt und Ibiza tolle Anwesen hat.«

»Ein Verleger? Ich denke, die haben alle Probleme?«

»Der offenbar nicht.«

»Ach scheiße.«

»Ja, scheiße. Nicht traurig sein, Miriam. Wir finden was anderes.«

Er wusste, wie sie sich jetzt fühlte. Sie war es gewohnt zu bekommen, was sie haben wollte. Schon als Kind war für sie der Satz ›Ich will ein Pony‹ nicht Ausdruck eines Kleinmädchenwunsches, sondern eine Bestellung.

Stephan hatte keine Probleme damit, seine Frau anzulügen. Das tat er ständig. Nicht, dass er sie mit anderen Frauen betrügen würde. Aber er belog sie hinsichtlich der Gefahren seines Berufes. Er verschwieg ihr, wenn es irgendwie ging, wenn man auf ihn geschossen hatte. Er verschwieg auch Morddrohungen, die er bei so einigen Ermittlungen erhalten hatte. Er log, wenn es um seinen Gesundheitszustand ging, und er log auch, wenn sie mal wieder nach Lüneburg kommen wollte, er aber seine Ruhe brauchte.

Zu viel zu tun, Schatz, tut mir leid.

Und so machte es ihm auch nichts aus, sie über das Haus zu belügen. Er konnte dieses Haus nicht kaufen. Okay, eins Komma drei Millionen hatten sie nicht auf irgendwelchen Konten. Aber sie könnten dreißig Prozent anzahlen und den Rest finanzieren. Die Zinsen waren niedrig. Das würde sogar sein Schwiegervater sagen. Der würde sagen: Macht Schulden, es war nie günstiger. Die Raten würden sie locker aus den Einnahmen ihrer vielen Mietshäuser in Düsseldorf, Köln und weiß der Geier wo stemmen.

Nein, Stephans Problem mit diesem Haus war ein anderes. Allein der Unterhalt dieses Landhauses – Energie, Versicherungen, Steuern, Reparaturen – würde die Hälfte seines Gehaltes auffressen. Die andere Hälfte würden Putzleute, Gärtner und Handwerker bekommen. Nebenkosten. Seine Arbeit wäre nur für lächerliche Nebenkosten gut. Der Rest käme vom Holzkönig. Das war zu viel.

Nicht nur für ihn. Auch für seine Umgebung. Wie lange würde es hier in der Einöde dauern, bis es sich herumgesprochen hätte, wie der Herr Kommissar residiert? Erst lästern die Kollegen, dann stürzen sich die Medien auf ihn. Der Kommissar, der eigentlich ein Gutsherr ist. Mord ist sein Hobby. Er sah die Schlagzeilen vor sich. Das hatte in Düsseldorf ähnlich begonnen. Und da wohnten sie nur in einem Penthouse, das seinem Schwiegervater gehörte.

Strich drunter. Dieses Haus würde nicht ihr Haus werden. Miriam würde auch das überstehen. Man kann im Leben eben nicht jedes Pony haben.

Dann rief Marie an. »Herr Weide? Das Labor war schnell. Die haben noch mal Blutproben von verschiedenen Stellen im Kofferraum ausgewertet. Und sie haben mit Sicherheit auch Blut der Frau Vaupel gefunden. Sie suchen noch weiter, aber ich gehe davon aus, dass auch Herr Vaupel dort transportiert wurde.«

»Das war ja zu erwarten, aber Marie …?«

»Ja?«

»Passen überhaupt zwei erwachsene Menschen in den Kofferraum eines Audi A6? Das war ja kein Kombi, richtig?«

»Die Frage haben wir uns auch gestellt und es ausprobiert. Herr Pieper und ich haben uns in …«

»Was? Sie haben sich in den vollgebluteten Kofferraum …«

»Nein. Nicht in das Opferfahrzeug.« Marie lachte. »Die Kollegen von der Drogenfahndung haben auch so einen Wagen. Mit dem haben wir es ausprobiert. Und es passt. Nicht bequem. Aber wenn man tot ist, geht's.«

»Alles klar. Danke, Marie. Und bis morgen.«

8. Kapitel

»Mein lieber Kollege«, begann LKA-Mann Mitschke das Gespräch und Stephan Weide war von seinem überheblichen Tonfall schon gleich genervt. »Ich verstehe ja, dass Sie in dieser unappetitlichen Geschichte nach jedem Strohhalm greifen, aber ob wir es hier wirklich mit Auftragsmorden zu tun haben, möchte ich doch schon in Zweifel ziehen.«

Mitschke, Ende fünfzig, klein, untersetzt, trug einen durchschnittlichen grauen Anzug mit Weste und Krawatte, offensichtlich als Zeichen des höheren Beamtentums, das er sich in langen Jahren hier ersessen hatte. Sein graues Haar war voll und akkurat frisiert, seine Hände gepflegt. Wenn er vor sich in die dünne Akte schaute, setzte er eine kleine Lesebrille auf. Er hatte wache blaugraue Augen, die verrieten, dass hinter dem bleichen Gesicht des Beamten ein hocheffektives Gehirn Dienst tat.

Weide saß Martin Mitschke an einem kleinen Konferenztisch in einem engen, schmucklosen Besprechungsraum gegenüber. Durch die vom Regen gesprenkelten Fensterscheiben sah er auf eine vierspurige Straße. Es war sein erster Termin im Landeskriminalamt Niedersachsen in Hannover, aber sicher nicht sein letzter, wenn er, wie es geplant war, die nächsten Jahre in Lüneburg bleiben würde.

Er hatte Martin Mitschke, der hier zur Abteilung Organisierte Kriminalität gehörte, seinen Verdacht geschildert, dass es sich bei den Morden an den Eheleuten Vaupel um eine Hinrichtung handeln könnte.

»Sind Ihnen diese Leute denn im Zusammenhang mit Geldwäsche schon mal aufgefallen?«

Mitschke lachte. »Ich bitte Sie, Herr ...« Er stutzte kurz, hielt die Brille vors Gesicht und blinzelte auf die Visitenkarte, die vor ihm auf dem Tisch lag »Herr Weide. Da fällt uns gar nichts auf. Wenn, dann fällt dem Finanzamt etwas auf. Und wenn die einen Verdacht haben, dann kommen sie zu uns. Das kommt aber seltener vor, als Sie denken.«

»Wieso?«

»Na, zunächst, weil die Finanzbeamten das ja selbst nicht bemerken. Es schreibt ja niemand in seine Steuererklärung ›Einnahmen in Höhe von x sind frisiert wg. Geldwäsche‹. Die werden stutzig, wenn ein Betrieb von einem Jahr aufs nächste plötzlich seine Einnahmen vervielfacht. Oder wenn die Einnahmen im Vergleich zu Betrieben ähnlicher Größe und in ähnlicher Lage ungewöhnlich hoch sind. Aber, wie gesagt, das kommt selten vor.«

»Und wie gehen Sie dann überhaupt vor?«

»Wenn wir einen Laden im Visier haben, erfragen wir beim Finanzamt die wirtschaftlichen Hintergründe. So ist es ja auch im Fall Ihrer Spielhalle geschehen. Und dann kann tatsächlich Geldwäsche im Spiel sein. Muss aber nicht. Wir können ja nicht alle irgendwie dubiosen Kleinunternehmen observieren. Und selbst wenn wir dann einen überführen, haben wir einen kleinen Geldwäscher oder Steuerhinterzieher, der uns nie im Leben seine Auftraggeber nennen wird.«

Weide kam sich vor wie ein kleiner Polizeischüler, und Mitschke unternahm alles, um dieses Gefühl zu verstärken. Hatte er nicht erst dieser Marie lang und breit erklärt, was Geldwäsche überhaupt ist und nun bekommt er selbst eine Lektion.

»Es kann auch sein«, fuhr Mitschke fort, »dass die Geschäfte einfach viel besser laufen, weil die Leute irgendwas richtiger machen oder weil sich die Lage verbessert hat. Stellen Sie sich vor, gegenüber der Reinigung der Vaupels wird ein Bürogebäude mit fünfhundert Angestellten hochgezogen. Die bringen dann zukünftig alle ihre Klamotten dort zur Reinigung und der Umsatz schnellt in die Höhe.«

Weide versuchte einen weiteren Vorstoß. »Aber Sie haben doch bestimmt ein paar Organisationen im Auge. Wessen Handschrift könnte das denn sein, Reinigungen, Spielhallen, Auftragsmorde, Briefkastenfirma in Costa Rica?«

Mitschke stand auf, ging zu einem kleinen Tisch am Rande des Raumes, auf dem Tassen, eine Thermoskanne und Wasserflaschen standen. Er hob eine Tasse an und hielt sie wie ein Fragezeichen hoch. Weide nickte. Mitschke goss zwei Tassen ein und stellte eine vor Weide ab. Dann stellte er ein Schälchen mit Zuckertütchen und kleinen Milchdöschen dazu. Weide nickt ein Dankeschön. Offenbar kam der LKA-Kollege etwas von seinem hohen Ross runter und war bereit, zu helfen.

»Ja, darüber habe ich auch schon nachgedacht, als ich Ihre E-Mail bekommen habe. Spielhallen sind beliebt, auch um Leute sozialversicherungspflichtig zu beschäftigen, die eigentlich im Drogenhandel oder als Huren arbeiten. Und auch für Geldwäsche. Reinigungen habe ich noch gar nicht erlebt. Die Chinesen haben Restaurants, diese Läden, die ›Peking‹ oder ›Shanghai‹ heißen, riesengroß sind und immer leer. Albaner und Türken sind mit Imbissen zugange. Aber so pauschal kann man das gar nicht sagen.«

»Auftragsmorde?«

»Das ist schon sehr speziell und darum kann ich mir das in Ihrem Fall auch nicht so richtig vorstellen. Die Vaupels, wenn sie überhaupt Geld gewaschen haben, sind kleine Fische. Die bringt man nicht um. Das reicht völlig, solche Leute einzuschüchtern. Ein Mord ist auch bei den ganz schweren Jungs der allerletzte Ausweg. Besonders hier bei uns, wo die meisten Morde aufgeklärt werden. In Russland oder auf dem Balkan ist das vielleicht noch was anderes.«

»Machen Sie es mir etwas leichter«, bat Weide und lächelte verschwörerisch. »Welcher Gruppe, welchem Clan trauen Sie so was zu?«

»Mir ist ein Fall im Gedächtnis, liegt fünf Jahre oder so zurück, da haben wir einen Burschen verknackt, der den Inhaber eines 99-Cent-Ladens in Göttingen erschlagen hat. Ziemlich brutal und offenbar ungeplant. Er hat den Kerl nach Feierabend in seinem Laden so übel verdroschen, dass der im Krankenhaus gestorben ist, noch bevor die Kollegen ihn befragen konnten.«

»Was hatte das LKA damit zu tun?«

»Der Fall ist bei uns gelandet, weil Nachbarn des Geschäfts von ominösen Machenschaften sprachen und davon, dass da häufig zwielichtige Typen auftauchten. Zigeuner, wie sie sagten. Die Kollegen in Göttingen haben uns dann eingeschaltet, weil auch der mutmaßliche Täter ein Roma war. Die meinten, da stünde vielleicht ein Clan dahinter, Schutzgeld-Erpressung und ähnliche Sachen. Geldwäsche in einem 99-Cent-Laden funktioniert natürlich auch.«

»Also haben Sie nach Roma gesucht. Nennt man das nicht inzwischen Racial Profiling?«, grinste Weide.

»Ach«, winkte Mitschke ab, »hören Sie mir bloß mit diesem Quatsch auf. Das ist einfach Jahrzehnte lange Polizeierfahrung. Wo ein Roma Mist baut, stehen zehn weitere dahinter und planen, vertuschen und kassieren ab.«

»Wie haben Sie den Täter überhaupt gekriegt?«

»Das war ein Kinderspiel. Überwachungskamera, Fingerabdrücke, DNA, alles da – die Göttinger hatten ihn noch vor dem Morgengrauen.«

»Und wo ist er jetzt?«

»Wurde, soweit ich mich erinnere, wegen Totschlags und räuberischer Erpressung zu acht Jahren verurteilt und nach Kassel gebracht. Ob er da heute noch sitzt, weiß ich nicht. Spaka oder Spada oder so hieß der.«

»Vielleicht ist er ja inzwischen wegen guter Führung wieder draußen und konnte in seinen alten Job einsteigen und sich um die Vaupels kümmern.« Stephan Weide musste selbst schmunzeln über diese schlichte Kombination. »Steckte hinter diesem Täter denn ein Clan, den man dem organisierten Verbrechen zuordnen kann?«

»Ja und nein«, Mitschke zuckte die Schultern, »es war wie so oft. Es gibt Onkel und Brüder und einige von denen haben auch Dreck am Stecken. Aber das fügt sich nicht zu einem Bild. Die sind ja clever. Hier ein Diebstahl, dort eine Erpressung, Körperverletzung, aber kein Hinweis darauf, dass alle Straftaten zu einem großen Business gehören, mit Führungsebenen und allem. Das bleibt im Dunkeln.«

»Auch frustrierend, oder?«

Mitschke nickte und Weide spürte, dass er dem spröden Kollegen etwas näher gekommen war. Er ließ sich für alle Fälle die Daten des verurteilten Roma geben und machte sich auf den Heimweg nach Lüneburg.

Auf der Straße ärgerte er sich, dass er nicht mit dem Auto nach Hannover gefahren war. Es regnete nun stärker und er musste im Trenchcoat ohne Schirm zur Straßenbahnhaltestelle. Taxi war nur erlaubt, wenn die Ermittlungen Eile erforderten.

Seine ursprünglichen Gründe für die Nutzung des öffentlichen Verkehrs an diesem Tag kamen Weide nun lächerlich vor. Der Golf war ihm zu klein und einen angemessenen Dienstwagen hatte man ihm noch nicht zur Verfügung gestellt. Außerdem hatte der Golf kein Navigationsgerät, sodass er sich im fremden Hannover und auch im fremden Lüneburg garantiert verfahren würde.

Also hatte er den ICE genommen, verwundert darüber, dass in einer Kleinstadt wie Lüneburg überhaupt ein ICE hielt. Allerdings eher selten. Der nächste Zug für den Rückweg von Hannover war ein IC. Er mochte die meist alten, muffigen Züge nicht. Außerdem musste er in der zweiten Klasse reisen, die im IC meist von Rentnern und Schülern überfüllt war. Er war sich der Tatsache bewusst, dass der Reichtum seiner Frau ihn in den sechs Jahren ihres Zusammenlebens schon etwas verbogen hatte. Wenn man sich jederzeit jeden erdenklichen Komfort leisten kann, möchte man nicht mehr darauf verzichten.

Natürlich hätte er ein Ticket erster Klasse selbst bezahlen können, aber dann hätte ihm die Rechnungsstelle der Polizei gar nichts erstattet. Er hätte die Fahrt voll aus eigener Tasche bezahlt und das war es ihm dann doch nicht wert.

Der nächste Zug ging erst in einer Stunde und wäre dann gegen sieben Uhr in Lüneburg. Eine Stunde im grauen, verregneten Hannover. Ihm war nach Alkohol. Ein Bier. Ein kleines. Unentschlossen ging er die lange Ladenpassage im Hauptbahnhof rauf und dann wieder runter.

Er verzichtete auf das Bier entschied sich für ein Big-Mac-Menu mit Cola bei McDonald's. Eine Verfehlung, die Miriam nur fast so schlimm finden würde wie das Bier. Aber erfahren würde sie sowieso nie davon.

Kurz vor Lüneburg klingelte sein Handy. LKA-Mann Mitschke war dran. Weide war verwundert, dass der korrekte Beamte so spät noch dienstlich aktiv war. Die Verbindung war, wie immer im Zug, schlecht und Weide rechnete damit, dass sie jeden Moment abbrach. Das machte ihn nervös, weil er doch davon ausgehen konnte, dass Mitschke noch etwas Wichtiges zu berichten hatte.

»Herr Weide, sind Sie noch unterwegs?«

»Ja, ich bin gleich ...«

»Passen Sie auf. Mir ist noch etwas eingefallen. Der Roma, dieser Spada, der in Kassel sitzen soll, Sie erinnern sich ...«

»Ja, klar, was ist mit dem?«

»Der war ein Jahr, bevor er wegen der Sache in Göttingen eingefahren ist, in einen Auftragsmord verwickelt ...«

»In einen Auftragsmord? Das sagen Sie mir jetzt erst?«

Weide hatte offenbar ziemlich laut in sein Handy gesprochen, die junge Frau neben ihm sah ihn vorwurfsvoll und irgendwie ängstlich an. Er drehte sich mehr zum Zugfenster und nahm sich vor, leiser zu sprechen.

»Ja. Sorry. War mir nicht gleich im Gedächtnis. Auch deshalb, weil es gar kein Auftragsmord war.«

»Hä?«

»Na ja, jedenfalls haben wir nichts nachgewiesen. Ich habe mir die Akte eben schnell angesehen. Mutmaßliches Opfer war der Inhaber einer kleinen Cocktailbar, der plötzlich verschwunden war. Seine Frau war sicher, dass er von irgendwelchen Typen entführt wurde, mit denen er sich eingelassen hatte.«

»Worauf hatte er sich denn eingelassen?«

»Das wusste sie nicht. Irgendwelche Geschäfte, die den maroden Laden retten sollten. Möglich, dass es um Geldwäsche ging.«

»Und? Ist er ermordet worden?«

Die junge Frau neben Weide zuckte zusammen. Hektisch packte sie den Laptop auf ihrem Klapptisch ein, nahm ihre Jacke vom Haken und verließ fast fluchtartig den Wagen.

»Das wissen wir nicht«, sagte Mitschke. »Eine Leiche wurde nie gefunden. Inzwischen wird da auch nicht mehr ermittelt.«

»Und was hat dieser Roma, wie hieß er noch ...«

»Spada.«

»Ja, was hat der damit zu tun?«

»Die Frau des Barbesitzers hat ihn in unserem Fotoalbum erkannt als einen, der häufiger kurz in die Bar kam und mit ihrem Mann im Hinterzimmer sprach.«

»Und die Frau wollte nie wissen, was da läuft?«

»Offenbar nicht. Jedenfalls hat sie keine entsprechenden Angaben gemacht. Die Braunschweiger Kollegen haben den Spada zwei Mal vernommen. Ohne Ergebnis.«

»Gut, Herr Mitschke, vielen Dank. Schicken Sie mir die Akte?«

»Mache ich. Schönen Feierabend.«

Der Zug lief in Lüneburg ein und Stephan Weide hatte das Gefühl, einen winzig kleinen Schritt weiter zu sein.

9. Kapitel

»Mahlzeit, der Herr«, rief Weber, sein Chef, als Jens aus dem Wagen stieg. »Wir beginnen hier um sieben. Vergessen?« »Nein«, murmelte Jens. »Sorry. Mein Hund ...« Er beendete den Satz gar nicht, sondern dachte nur, dass der Kerl sich mal nicht so anstellen solle, wegen der zwanzig Minuten.

Eigentlich kam er gut klar mit seinem Chef Wolfgang Weber. Sie waren auf den Tag genau gleich alt, so etwas verbindet doch irgendwie, hatte Wolfgang mal nach ein paar Schnäpsen an ihrem gemeinsamen Geburtstag gesagt. Jens kam mit seiner charmanten Art, diesem halb Kumpelhaften, halb Unterwürfigen, bei Wolfgang gut an. Weber vertraute Jens und war sich gleichzeitig sicher, dass er das Kommando hatte. Sollte er denken, dachte Jens.

Jens ging in den Umkleideraum zu seinem Spind und zog sich um. Die anderen bei Webers kleiner Friedhofsgärtnerei kamen meistens schon in Arbeitsklamotten von zu Hause. Aber Jens mochte das nicht. Er wollte in sauberen, anständigen Sachen unterwegs sein. Außerdem unternahm er nach der Arbeit oft noch etwas und da musste ja nicht jeder gleich sehen, dass er nur Gärtner war.

Wolfgang reichte Jens das Klemmbrett mit den Aufträgen. Zehn Gräber standen auf der Liste, die fein gemacht werden mussten. Und auf Feld XII war der Rasen zu mähen. Ganz ordentlich für einen Tag. Und es würde sicher wieder hübsch heiß werden. Jens lud eine Schubkarre mit Geräten voll und schob los. Er wollte weg sein, bevor Sascha, der neunzehnjährige russische Lehrling, ihn erwischte. Der Typ nervte irgendwie. Sagte nicht viel, glotzte immer nur so komisch. Und eine echte Hilfe bei der Arbeit war er auch nicht. Aber offenbar hing er an Jens. Er hatte wohl sonst keine Freunde.

Zu spät. Sascha stand schon neben ihm und übernahm die Schubkarre. Heute würde sich Sascha also an ihn dranhängen. Da konnte man nichts machen. Jens würde sich bemühen, Sascha alles tun zu lassen, was anstrengend war.

Jens mochte die Arbeit an den Gräbern. Gut, er hasste das frühe Aufstehen, war davon genervt, überhaupt einen Chef zu haben und kam mit dem miesen Lohn vorne und hinten nicht zurecht. Aber das Graben in der Erde, das Säen, Pflanzen und Beschneiden der Blumen und Büsche, das gefiel ihm. Es war ruhig und man sah, was man schaffte. Was er im Frühling gesät hatte, blühte im Sommer. Die Tanne, die ihm bis zum Knie reichte, als er sie zu Beginn seiner Zeit hier vor zwei Jahren pflanzte, ging ihm jetzt schon bis zum Bauchnabel. Noch besser waren die kleinen Pappeln oder das Heidekraut. Konnte man zusehen, wie das alles wuchs.

Vor ein paar Wochen hatte er wahllos an gut zwanzig Gräbern Sonnenblumensamen gesetzt. Er hatte längst vergessen, wo überall, und er freute sich jetzt schon darauf, wenn im Herbst an einigen Gräbern plötzlich die gelben Riesen strahlten. Möglich, dass die Angehörigen der Toten die Blumen schon als kleine Pflänzchen für Unkraut hielten und rausrissen. Aber die meisten Gräber besuchte sowieso kein Mensch. Da konnte er machen, was er wollte.

Oft, wenn er da so allein vor sich hin buddelte, schnitt und zupfte, stellte er sich vor, was das wohl für Leute waren, die da unter der Erde lagen. Mistkerle oder Heilige? Reiche Typen oder arme Schlucker?

Zwei Gräber hatten es ihm auf dem Lüneburger Zentralfriedhof besonders angetan. Das von Kurt von Tippelskirch und das von Erhard Milch. Beide waren verdiente Wehrmachtsoffiziere. Milch war ein enger Vertrauter Hitlers und hatte 1943 den Auftrag, die eingeschlossenen Truppen von Stalingrad aus der Luft mit Proviant und Waffen zu versorgen. Er hätte ein Held werden können, wenn die Wehrmacht damals nicht schon zu wenig Flugzeuge für diese Aufgabe gehabt hätte. Milch wurde später von der Nürnberger Siegerjustiz als Kriegsverbrecher zu lebenslanger Haft verurteilt, wurde aber 1954 entlassen. 1972 starb er. Warum er unbedingt in Lüneburg beigesetzt werden wollte, hatte Jens nicht herausgefunden. Jens las viel über den Krieg und über die Zeiten, als Deutschland noch stark war und nicht von den Alliierten fremdbestimmt.

Herrmann Milch war für Jens ein Held, einer der bis zuletzt, auch noch im Prozess, an seiner Haltung festhielt. Anders Kurt von Tippelskirch, der sich nicht nur im Mai 1945 bei Ludwigslust mit seiner Truppe den Amerikanern ergab. Er half später auch den Engländern, die Geschichte des Zweiten Weltkrieges umzuschreiben und die deutschen Soldaten als Verbrecher und Feiglinge dastehen zu lassen. In Jens Augen ein Verräter. Einmal im Winter, als es schon früh dunkel wurde, hatte Jens an seinen Grabstein gepinkelt.

Und nun stand er hier mit dem Russen Sascha, okay, dem Deutschrussen, und musste viel zu viele Gräber nacheinander machen. Sie sprachen nicht viel.

»Gib mal Spaten!« – »Mach mal Gießkanne voll!« – »Hey, schmeiß mir nicht den ganzen Dreck vor die Füße!«, waren die einzigen Sätze, die Jens so sagte. Sascha sagte dann immer nur »Gutt!«. Er sprach ganz ordentlich Deutsch, aber er hatte nicht viel zu sagen und Jens hatte keine Lust mit ihm zu plaudern. Worüber sollte er mit dem jungen, ungebildeten Kerl auch reden.

»Wie geht's dir, Jens?«, fragte Sascha plötzlich und sah ihn, auf eine Harke gestützt, interessiert, fast durchdringend an. Was war das für eine bescheuerte Frage, dachte Jens. Seit wann interessiert ihn das und was geht ihn das an? Sind sie jetzt Freunde oder was? Soll das jetzt Small Talk werden?

»Gut, alles okay. Wieso fragst du?«, sagte er in einem Ton, der deutlich machen sollte, dass er keine Antwort auf diese Frage erwartete.

Sascha quatschte weiter, immer noch auf die Hacke gestützt: »Ja, wir arbeiten immer zusammen und ich weiß gar nicht, was du sonst so machst. Ich mein, bist Kollege und so. Kann man doch mal sprechen, über Sachen, die man gut findet und gerne macht und so.«

Jens war verwirrt. So viel wie gerade hatte er den Jungen in den paar Monaten, die er jetzt hier die Lehre machte, noch nie sprechen hören. Jens war genervt, aber auch interessiert, wie es mit diesem Annäherungsversuch weitergehen würde.

»Hast du Frau, Jens, oder?«

»Ja.«

»Schöne Frau?«

»Ja, ganz okay. Und du?«

»Keine Frau. Geh manchmal Hamburg, Reeperbahn, ficken. Weißt. Aber teuer.«

»Oh, ja. Such dir lieber hier ne Freundin, kannste kostenlos ficken.«

»Ja, so wie du. Mit anderen Frauen, nicht nur mit deiner, oder?«

Jens lehnte sich mit dem Hintern an einen bemoosten Grabstein, nahm die Mütze ab und wischte sich mit einem Stofftaschentuch den Schweiß von der Stirn.

»Was willst du, Sascha? Was soll das Gerede?«, fragte er den Jungen und sah ihn streng an. Der grinste hämisch oder überlegen, schwer zu sagen, dachte Jens.

»Hab dich gesehen.«

Jens hatte große Mühe, nicht entsetzt zu wirken. Ob er es wirklich schaffte, konnte er nicht beurteilen.

»Wie gesehen? Wo? Was meinst du?«

»Na mit die Frau«, sagte er und grinste. Er grinste tatsächlich. Was will der Irre?

»Ich habe keine Ahnung, wovon du sprichst.« Jens nahm einen Unkrautstecher, hockte sich hin und machte sich mit Eifer an einem Grab zu schaffen.

»Na«, sprach Sascha unbeeindruckt weiter, »geh ich manchmal in Gegend rum, wo reiche Leute wohnen. Autos sind manchmal offen. Fahrräder nicht abgeschlossen. Kann man gut Sachen klauen.«

»Aha«, grinste Jens, »dir ist schon klar, dass das kriminell ist.«

»Deine Sache ist auch nicht ganz sauber, Jens. Wenn ich Chef erzähle ...«

Ein paar Gräber weiter hatte sich eine alte Frau vor ein Grab gestellt und sah versonnen auf den Grabstein. Jens musste leise sprechen, er war etwas in Sorge. Was wusste dieser bekloppte Russe, was hatte er gesehen? Und wieso sollte er dem Chef davon erzählen? Wieso nur dem Chef? Da gab es ganz andere, die das interessieren würde.

»Machst du heimlich Arbeit in Garten von reiche Frau. Hab ich gesehen. Neulich. In Brietlingen. Fickst du reiche Frau auch? Sieht gut aus.«

Irgendwie war Jens erleichtert. Aber auch wütend auf den Jungen, der hier offensichtlich eine Erpressung im Sinn hatte.

»Benutzt du auch Werkzeug und Sachen von Chef? Machst du auch Arbeit, wenn Chef denkt, du bist krank?«

»Was willst du, Arschloch?«, zischte Jens den Russen an und packte ihn am Kragen. Die alte Frau sah kurz herüber und ging dann in die andere Richtung fort.

»Ich will auch so eine Job. Mit Extrageld und extra ficken. Mach das klar für mich, Jens.«

Natürlich war ein bisschen Schwarzarbeit keine große Sache, aber Jens wusste, dass der Chef das nicht gerne sah. Wenn sich solche Jobs ergaben, wollte er sie lieber selbst machen. Offiziell und mit seinem Betrieb. Und dabei natürlich die Kohle abgreifen, die Jens eigentlich zustand. Außerdem war Jens auch an Tagen bei seinen Extrajobs, an denen er offiziell krankgemeldet war. Dafür würde Wolfgang ihn feuern. Und das konnte er sich zurzeit überhaupt nicht leisten.

»Ich habe keine Ahnung, wovon du da redest und was du angeblich gesehen hast. Aber ich versichere dir, wenn du irgendeinen verlogenen Scheiß in der Gegend herumerzählst, dann liegst du schneller hier in der Erde, als du ›Druschba‹ sagen kannst. Kapiert?«

Das wirkte. Sascha stand die nackte Angst in den Augen.

»Hey, wassn los dahinten, alles klar?«, brüllte Wolfgang vom anderen Ende des großen Feldes.

»Ja«, brüllte Jens zurück, »alles in Ordnung.«

»Hey, Sascha«, brüllte Wolfgang wieder, »komm mal rüber, ich brauche dich hier. Jens kann da allein weitermachen.«

Danke, Wolfgang, dachte Jens. Den Irren bin ich los. Aber mulmig war ihm den Rest des Tages trotzdem.

10. Kapitel

Tür zu. Schlüssel herumgedreht. Ruhe. In seinem Raum konnte Jens die Welt ausschließen. Da waren nur er, seine Sachen und seine Geheimnisse. Niemand durfte diesen Raum betreten. Niemand. Auch seine neugierige Frau nicht, schon gar nicht die Putzfrau, die er seit einiger Zeit bezahlen musste, weil die feine Dame keine Lust hatte, ab und zu mal durchs Haus zu feudeln.

Der Raum war nicht groß. Zwölf Quadratmeter vielleicht. Er lag im Keller und hatte nur ein schmales Oberlicht. Es war breit genug, um hindurch zu krabbeln, wenn das mal nötig sein sollte. Ein Schreibtisch, ein Regal, ein schmales Bett. Hier schlief er, wenn er nachts spät zurückkam und die Frau nicht wecken wollte. Sie stellte dann nur Fragen. Blöde, überflüssige Fragen.

Auf dem Tisch hatte er die Zeitungen der letzten Wochen gestapelt. Von Leichenfunden in der Göhrde war noch nichts zu lesen. Nur von einem vermissten Ehepaar und einem Auto, das man gefunden hatte. Wie lange lag das Ereignis nun zurück? Vier Wochen? Fünf Wochen? In diesem Waldstück war wirklich nicht viel los, sonst hätte der Hund eines Jägers oder eines Spaziergängers die beiden sicher längst erschnüffelt. Jens war schon gespannt, was passieren würde, wenn sie die beiden endlich fänden. Das könnte bald sein oder auch in ein paar Jahren. Spannend fand er das schon. Außerordentlich spannend. Aber hatte er Angst? War er beunruhigt? Nein. Sie würden nicht auf ihn kommen. Wie denn? Und wenn, dann wäre es halt so.

Er schnitt die kleine Meldung von dem Autofund aus und klebte sie in sein Album. Er las alles, was immer so geschrieben wurde. Erst seit Kurzem schnitt er die Artikel aus und klebte sie in Alben, die er in seinem Raum versteckte und die niemand zu sehen bekam. Irgendwann wird alles vorbei sein. Dann würden sie kommen und die Alben nehmen, blättern, staunen, aber nichts verstehen. Gar nichts.

Jens nahm eine Flasche Wodka Moskovskaya vom Regal und goss sich ein Wasserglas voll. Er musste seine Seele ölen. Er trank nicht täglich, manchmal ein paar Wochen hintereinander gar nichts. Aber dann brauchte er wieder den Rausch. Das Wegdämmern im Nebel.

Die Zeitungen schrieben, dass die Besitzer des Autos sicher einem Verbrechen zum Opfer gefallen seien und sich ein verrückter Mörder in der Gegend herumtreibe. Die Leute sollen aufpassen, auf sich, auf ihre Kinder. Kinder? Er hatte noch nie einem Kind etwas getan. Kinder waren heilig. Damals, diese Siebzehnjährige, die war ja kein Kind. Die war ein verdammt heißes Luder. Hatte er später erst erfahren, dass sie siebzehn war. Sah aus wie zwanzig. Lange blonde Haare, volle Lippen, so ein Modelgesicht. Und richtig Möpse und einen geilen Arsch. In so engen, abgeschnittenen Jeans. Muss sie sich doch nicht wundern, wenn ein Mann da scharf wird. Er war so blöd gewesen, sie laufen zu lassen. Die hinterhältige Fotze hatte versprochen, ihn nicht zu verpfeifen. Er war damals noch jung, selbst erst zweiundzwanzig.

Sie stand an der Straße, als er mit seinem alten Benz vorbeikam. Sie brauchte Hilfe, weil ihr Fahrrad einen Platten hatte. Echt nett war die und ziemlich aufgedreht und Jens war sofort scharf auf sie, klar. Er bot ihr an, sie nach Hause zu bringen. Das Fahrrad stopfte er in den

113

Kofferraum. Als er in einen Waldweg einbog, war er sicher, dass sie es auch wollte. Aber dann fing sie an rumzuzicken. Sie kreischte, schlug und kratzte ihn. Er musste sie dann ordentlich rannehmen, war kein Halten mehr. Es war nicht schwer, mit der kurzen Jeans klarzukommen. Weil sie einfach keine Ruhe gab, langte er ihr richtig eine und sie war still. Er schmiss das Fahrrad in den Wald und stopfte die Kleine in den Kofferraum. Ratlos fuhr er eine Weile in der Gegend herum. Er würde sie kaltmachen müssen, dachte er damals. Aber er wusste nicht so recht, wie.

Als er dann irgendwo an einem Waldweg hielt und den Kofferraum öffnete, hatte die Schlampe einen Spaten in der Hand, seinen guten Bundeswehr-Klappspaten, und schlug auf ihn ein. Doch Jens war stärker.

»Bist du irre, du Miststück«, brüllte er sie an und schlug noch mal ordentlich zu. Sie sackte zusammen und heulte fürchterlich. Er legte ihr die Hände um den Hals und wollte das Drama beenden. Da tat die Ische etwas Merkwürdiges.

»Hast du mal ne Kippe?«, krächzte sie, nach Luft schnappend. Er war dabei, ihr das Licht auszublasen und sie wollte rauchen? Und was dann passierte, bereute Jens noch heute. Er gab ihr die Kippe und sie rauchten.

Sie plauderten. Das Mädchen, das er gerade noch gefickt hatte, das er gerade im Begriff war zu töten, plauderte nett mit ihm. Vielleicht hatte es ihr ja doch gefallen, dachte Jens damals. Versteh einer die Weiber. Aber das war natürlich alles nur ein mieser Trick.

Sie sagte: »Lass mich gehen. Ich verpfeife dich auch nicht.«

»Das kann ich nicht. Du rennst sofort zu den Bullen. Und dann bin ich dran.«

»Nein, echt nicht. Versprech ich dir«, sagte sie. Und dabei flehte sie nicht. Sie sagte das ganz ruhig, ganz normal, so wie man einem Freund ein erstgemeintes Versprechen gibt.

Dann fuhr Jens sie nach Hause, blöd, wie er war. Und die Kleine ging natürlich zu den Bullen. Ein paar Tage später stand alles in der Zeitung. *Siebzehnjährige aus Lüneburg brutal vergewaltigt – Täter fuhr weißen Mercedes.* Sie hatte nur sein Auto gut beschrieben. Ohne Kennzeichen. Ihre Beschreibung von ihm hätte auf hundert andere genauso zutreffen können. Genauso wie das Phantombild, das die Bullen an die Zeitungen gegeben hatten.

Was Jens richtig sauer machte, war die Aussage des Mädchens. Sie hatte ihn als widerlichen, brutalen Kerl beschrieben. Sie hatte den Bullen erzählt, dass er sofort über sie hergefallen sei, total brutal. Das stimmte doch gar nicht. Er hatte sie erst gestreichelt, sie zärtlich auf den Hals geküsst. Er war total nett. Sie hat ja auch nicht direkt herumgebrüllt. Nur so ein bisschen gezickt. Nee, lass mich, ich will nicht. Kennt man doch. Sagen sie doch alle wegen Jungfräulichkeit. Dabei war die bestimmt keine Jungfrau mehr. Das hat ihn total scharf gemacht und er hat die ganze Zeit gedacht, gleich hat er sie so weit, dann macht sie mit.

Das Auto fuhr er nach Hamburg und stellte es irgendwo auf einen Parkplatz. Es würde eine Zeit dauern, bis sie es fänden. Dann hätten sie natürlich auch seinen Namen und seine Adresse. Ein paar Tage lief er herum und hatte ständig Angst, erwischt zu werden. Die waren ja jetzt hinter ihm her. Ein beschissenes Gefühl. Er hatte ein paar Jahre im Heim verbracht und Jugendarrest war ihm auch nicht fremd. Das ging alles noch. Aber wenn sie ihn nun kriegen würden, dann wäre Knast fällig. Keine Chance.

Trotzdem kam er auf die zweite blöde Idee in dieser Sache. Er ging zu den Bullen. Er dachte, wenn er erzählt wie es wirklich war, dann kommt er mit Bewährung davon. Der Richter müsste sich das Mädchen ja nur mal angucken. Er würde darauf bestehen, dass die Kleine in ihren kurzen Hosen vor Gericht erscheint. Dann würde der Richter verstehen. Jeder Mann versteht das.

Aber die Bullen glaubten ihm nicht. Vergewaltigung, Nötigung, Freiheitsberaubung – das ganze Programm. Fünf Jahre und sechs Monate Gefängnis. Sein Pflichtverteidiger machte keinen Finger für ihn krumm, keine zwei Wochen konnte er ihm vom geforderten Strafmaß ersparen. Ein echter Penner! Aber für einen besseren Anwalt hatte er kein Geld, und sein Vater hatte nur den Hörer aufgelegt, als er ihn angerufen und um Hilfe gebeten hatte. Arschloch!

Jens benahm sich anständig im Knast. Das war nicht so schwer. Es gab klare Regeln, und wer das Maul hielt, sich nirgendwo einmischte, hatte auch nichts zu befürchten. Nach etwas mehr als drei Jahren war er wieder frei.

Passiert mir nie wieder, dachte er, während er langsam rückwärts durch das Album blätterte. Nie wieder werde ich jemanden laufen lassen. Zwei Jahre zuvor, 1968, hatte er es bei der süßen Melanie richtig gemacht. Er hatte sie spät abends am Ufer der Ilmenau getroffen, als er mit seinem Moped da lang fuhr. Sie saß da und heulte, weil sie Streit mit ihrem Freund gehabt hatte. Echt süß war die. Sah auch aus wie siebzehn. Später stand in den Zeitungen, dass sie erst vierzehn war. Aber sie hatte schon einen Freund. Jens hatte ihr angeboten, sie mit dem Moped nach Hause zu fahren. Als sie sich dann auf den Gepäckträger setzte und sich fest an ihn klammerte, konnte er nicht anders.

Hinterher hat er sie in die Ilmenau geworfen und das war alles überhaupt nicht schwer. Da hatte er zum ersten Mal diese Leere gespürt. Das musste man doch stärker spüren, wenn man so was Großes tut. Aber es war einfach nur leer in ihm drin.

Jens leerte das Wodkaglas und füllte es gleich wieder. Ex. Dann noch mal. Nun würde er in kleinen Schlucken weiter trinken. Er legte den Ordner beiseite und ließ sich in den ausgeleierten Chefsessel sinken, den er aus dem früheren Arbeitszimmer seines Vaters behalten hatte. Alles andere aus diesem Zimmer hatte er weggeworfen, auf den Sperrmüll. Seinen Vater hatte er auch weggeworfen. Als der alte Sausack endlich verreckt war, hat Jens sich einen Scheißdreck um Beerdigung und den ganzen Mist gekümmert. Wer wollte dem Mistkerl die letzte Ehre erweisen? Niemand. Weg mit ihm und schnell vergessen.

Dann bekam er irgendwann eine Mitteilung über eine Bestattung von Amts wegen, oder wie das hieß, verbunden mit einer Rechnung über 1.233,40 Mark. Der Totenschein kam dann auch und so konnte er sich einen Erbschein besorgen und auf das Konto des Alten zugreifen. Nach der Begleichung der Bestattungskosten war noch viel, sehr viel, übrig. Schmerzensgeld, dachte Jens. Steht mir zu. Seinem jüngeren Bruder Helmut hat er damals nichts von dem Vermögen erzählt. Der wusste nur von dem Haus.

Der Wodka beförderte ihn in eine Welt hässlicher Erinnerungen. Er selbst. Ganz klein. Erste Klasse oder so. Der Alte brüllt. Er sieht das aufgerissene Maul, die glühenden Augen. Warum er brüllt, wird nicht klar. Jens hört nichts. Er hatte früh die Fähigkeit entwickelt, taub zu sein, wenn der Alte brüllte. Als er noch kleiner war, hatte er sich immer die Ohren zugehalten. Aber das machte den Vater nur noch wütender und es setzte heftigere Schläge. Besser war es, die Ohren von innen zu verschließen.

Es gab immer einen Grund, ihn anzubrüllen, oder auch die Mutter. Später den Bruder, der geboren wurde, als Jens zehn Jahre alt war. Der Vater war Angestellter bei der Stromfabrik, wie die Mutter ihm erklärte. Mehr wusste und verstand er nicht. Und Vater musste viel arbeiten, hatte viele Sorgen und deshalb war er oft wütend. Er sei nicht böse, erklärte die Mutter immer. »Aber wenn einer haut und schreit, dann ist er doch böse«, hatte Jens entgegnet. »Nicht immer«, war die Antwort der Mutter, »nicht immer.« Und sie schaute dabei noch trauriger als sonst.

Der kleine Bruder erschien in Jens Wodkawolken. Vier, vielleicht fünf Jahre alt. Er schrie fürchterlich, als Jens spät vom Nachhilfeunterricht nach Hause kam. Der Vater stand in der Küche und brüllte die Mutter an. Spucke spritzte von seinen Lippen in ihr Gesicht, so dicht stand er ihr gegenüber. Daneben, nur einen Schritt entfernt, der kleine Bruder. Kreischend, abwechselnd Mama, Mama und Papa, Papa stammelnd. Erst jetzt sah Jens, was der Alte in der Hand hatte: Ein Beil, das riesige Beil, das sonst an der Garagenwand hing und nur zum Holzhacken verwendet wurde. Es war immer gut geschliffen und eingeölt gegen Rost. Es blitzte im

Schein der Küchenlampe und zitterte über dem Kopf der Mutter.

Jens war mit fünfzehn fast schon so groß wie sein Vater und er hatte schon lange keine Angst mehr vor ihm. Er hatte sich angewöhnt, den Alten einfach zu ignorieren, aus seinem Leben auszublenden. Sein unzufriedenes Gemurmel, seine barschen, oft unverständlichen Kommandos. Jens ging normalerweise auf sein Zimmer oder gleich ganz aus dem Haus, er machte um seinen Vater einfach einen Riesenbogen. Aus den Augen aus dem Sinn.

Aber an diesem Abend in der Küche, als der Vater das Beil hob, konnte er keinen Bogen machen. Hier war sein kleiner Bruder, der so sehr auf seinen Schutz angewiesen war, in Gefahr. Klar, seine Mutter auch. Aber die war selbst schuld, dass sie sich von diesem Irren quälen ließ. Sein Bruder war wehrlos. Jens sprang mit drei, vier Schritten durch die große Küche auf den Alten zu und rammte ihn mit dem ganzen Körper im Stil eines Bodychecks beim Eishockey in Richtung Spüle. Weg von der Mutter, weg vom Bruder. Der nicht besonders schwere Mann krachte mit den Rippen auf den Rand der Steingutspüle, die Axt sprang ihm aus der Hand und knallte unter Klirren ins Küchenfenster. Mutter und Bruder rannten aus der Küche. Jens blieb wie angewurzelt stehen. Er wollte sehen, was als Nächstes passierte. Als wäre er ein unbeteiligter Zuschauer im Kinosessel und nicht in unmittelbarer Gefahr.

Der Alte war an der Spüle zusammengesunken, kauerte auf dem Küchenboden und hielt sich die Seite. Er stöhnte mit schmerzverzerrtem Gesicht: Rippen gebrochen. Ich bring dich um.

Das tat er nicht. Er steckte Jens stattdessen in ein Heim für schwer erziehbare Kinder. Das ging ganz fix und ohne viele Formalitäten. Jens sah im Wodkanebel den großen Schlafsaal, in dem fünfzehn, zwanzig Kinder jede Nacht ihre offenen und versteckten Rangkämpfe ausfochten.

Das Heim war kein Internat, es war eher ein Arbeitslager. Es gab damals viele solcher Heime und es war durchaus üblich, dass Eltern, die mit ihren Kindern nicht gut klarkamen, sie in solche Heime steckten. Später hatte Jens mal in einer Fernsehdokumentation gesehen, dass die Terroristin Ulrike Meinhof, bevor sie mit der RAF in den Untergrund ging, über solche Heime geschrieben und Filme gemacht hatte. Eine richtige Kampagne hatte sie damals losgetreten. Aber in Jens' Heim ist die Meinhof nie gewesen. Den Irrsinn dort hat keiner öffentlich gemacht.

Einmal im Monat durfte er, nein, musste er nach Hause. Für ein Wochenende. Sein Bruder berichtete ihm dann die neuesten Gräueltaten des Vaters und sie schmiedeten Mordpläne. Nie würden sie diese Pläne in die Tat umsetzen. Er war ihr Vater. Sie liebten ihn und er liebte sie auf seine Art vermutlich auch. Aber es tat gut, ihn in der Fantasie sterben zu sehen.

In dem Raum, in dem Jens nun saß und die Erinnerungen mit noch mehr Wodka nach oben spülte, brachten die Eltern damals häufiger Feriengäste unter. Leute, die in der Heide wanderten und für ein Zimmer mit Frühstück gutes Geld zahlten. Jens vermutete, dass Mutter sich die Arbeit mit den Feriengästen auch deshalb machte, weil der Vater nicht ausrasten konnte, solange Gäste im Haus waren.

Jens und sein kleiner Bruder Helmut installierten in dem Raum ein Mikrofon, das sie mit ihrem Philips-Kassettenrekorder verbanden und nahmen auf, was die Gäste abends so sprachen. Jens musste schmunzeln, als dieser geniale Coup ihm wieder vor Augen kam. Er sah das Mikrofon in der Ecke hinterm Schrank, das Kabel, das unter der Fußleiste und am Türrahmen hinausführte in die Diele, wo sie hinter dem Schuhschrank den Kassettenrekorder versteckten. Mit 120er-Kassetten konnten sie eine Stunde aufnehmen, dann die Kassette umdrehen und noch eine Stunde.

Es war meistens ziemlich langweiliges Zeug, was die Leute so sprachen. Wenn Jens und Helmut auf dem Bett in Jens Zimmer die Kassette abhörten, spulten sie deshalb oft vor auf der Suche nach interessanteren Stellen. Die gab es. Etwa, wenn die Gäste, meistens Paare, stritten. Oder wenn sie über Jens Eltern herzogen. Das war spannend. Besonders spannend war es natürlich, wenn die Paare rummachten. Ganz komische Geräusche waren das dann. Lachen, Stöhnen, Klatschen, das Knarzen des alten Ehebettes seiner Eltern, das in dem Raum stand.

Manchmal stritten sich die Paare auch beim Rummachen. Weil er ihr wehtat oder sie ihn nicht in den Mund nehmen wollte. Solche Sachen. Einmal waren zwei Männer, zwei Wanderer, für nur eine Nacht zu Gast. Die haben auch rumgemacht. Jens und Helmut wussten nicht wie, weil sie ja nur hörten und nicht sahen, aber die Vorstellung, dass da zwei Schwule zugange waren, war gleichzeitig eklig und aufregend. Jens Mutter wollte den beiden eigentlich auch kein Zimmer geben, aber der Vater grinste nur und sagte, dass es ihm völlig egal sei, wenn sie nur zahlten und keinen Dreck machten.

Mit der Zeit hatte sich ein Stapel von Kassetten mit solchen Aufnahmen in einem von Jens zahlreichen Geheimfächern und Verstecken überall im Haus angesammelt. Einige hatte er sogar heute noch.

Diese Abenteuer mit seinem kleinen Bruder waren der einzige Grund, warum er sich auf die Besuche zu Hause freute. Sie waren besser als Kino, weil sie Zugang in eine private Welt eröffneten. Weil das alles echt war, weil es ohne Wissen der Eltern stattfand. Und weil es Jens erregte, den Menschen beim Sex zuzuhören. Oft, wenn sein Bruder schon in seinem Zimmer war und schlief, hörte er sich die Kassetten mit den entsprechenden Stellen noch mal an und masturbierte dazu. Er hatte nur ein Ziel: erwachsen zu werden. Weg von den Eltern und endlich richtigen Sex haben.

Oben im Flur rumorte die Frau. »Jens, kommste da auch noch mal raus heute?«, rief sie in gespielter Weinerlichkeit. »Ich fühle mich so allein.«

Gut, dachte Jens, er würde sie ficken. Das war okay. Nicht der Himmel auf Erden, nicht die Erfüllung aller seiner Wünsche, aber zumindest einiger.

11. Kapitel

»Danke, Murat, du bist ein Schatz«, flötete Marie, klopfte dem jungen Leiter der Fahrbereitschaft auf die Schulter und stieg aufs Motorrad.

»Erzähl das nicht überall herum und poste es nicht auf
Facebook«, rief Murat noch. »Ich weiß gar nicht, ob ich
das darf.«

Klar, darfst du das, dachte Marie, als sie den Start-
knopf drückte und der voluminöse Boxermotor der
BMW 1200 RT kraftvoll zum Leben erwachte. Das ist
eine Dienstfahrt und die BMW ist ein Dienstfahrzeug.
Sie legte den Gang ein und fuhr mit Schwung vom Hof.

Schon lange hatte sie auf eine Gelegenheit gewartet,
den stärksten Gaul im Stall der Lüneburger Polizei mal
ausreiten zu dürfen. Nun war es so weit. Marie liebte
ihre kleine Enduro und sie war eigentlich kein
Speedjunkie, aber zwischendurch mal hundert PS mehr
unter dem Hintern zu haben, hatte schon seinen Reiz.

Tolles Wetter, die Autobahn hoffentlich frei, in zwei
Stunden würde sie in Kassel sein. Die sieben magischen
weißen Buchstaben auf blauem Grund an der Vollver-
kleidung der BMW machen jede Geschwindigkeitsbegrenzung bedeutungslos.

Durch den Lüneburger Stadtverkehr fuhr sie noch
vorschriftsmäßig. Sie durfte nicht auffallen. Nicht, dass
ein neidischer Kollege noch rummaulte, die Gläser wäre
mit dem falschen Fahrzeug unterwegs. Auch auf der
Landstraße hielt sie sich zurück und genoss es, mit der
schweren Maschine moderat durch die Kurven zu glei-
ten. Die BMW wog fast doppelt so viel wie ihre alte

Yamaha, aber Marie hatte die Maschine gut im Griff. Als sie schließlich bei Soltau-Ost auf die Autobahn A7 fuhr, gab es kein Halten mehr. Sie riss den Gasgriff herum und die BMW beschleunigte mit der brutalen Wucht ihrer einhundertfünfundzwanzig PS in wenigen Augenblicken auf über zweihundert.

So hatte dieser blödsinnige Auftrag wenigstens etwas Gutes. Weide wollte, dass sie in der JVA Kassel einen Schwerverbrecher vernahm, der dort schon fünf Jahre einsaß. Er sollte ihr etwas über die Verflechtungen des organisierten Verbrechens in Norddeutschland erzählen. So ein Quatsch. Es gab ja nur drei Möglichkeiten: Entweder er hatte nichts mit OK zu tun und somit auch nichts zu erzählen, das war am wahrscheinlichsten. Oder er war ein kleines Licht und würde sich mit seiner Aussage in Lebensgefahr bringen, also den Mund halten. Und wenn er ein großer Boss sein sollte, ein Insider, dann würde er erst recht nichts sagen. Also was sollte das. Und was hatte das überhaupt mit ihrem Mordfall zu tun?

Vermutlich gar nichts, das hatte auch Weide zugegeben. Aber dieser Kerl, Jakob Spada, ein Roma, der vielleicht, sehr vielleicht, schon mal mit einem Auftragsmord zu tun hatte, sollte ihr einen Einblick in die Psyche der Gangs geben, sollte sie inspirieren zu einer weiterführenden Erkenntnis. Wie Hannibal Lector im ›Schweigen der Lämmer‹ Jodie Forster das Innenleben eines kranken Killers begreifbar gemacht hatte.

In was für einer Welt lebt Weide eigentlich? In den wenigen Wochen ihrer Zusammenarbeit hatte sie den verschlossenen Kollegen noch nicht aufschließen können. War er ein Logiker, der Fakten addiert und zu einem zweifelsfreien Ergebnis kommt? Oder war er eher so der intuitive Typ, der die Zeichen deutet und irgendwann einen Geistesblitz hatte? Oder war er sogar ein Dummkopf? Wer geht schon freiwillig aus einer Landeshauptstadt in eine Kleinstadt? Egal. Der Roma würde sie nicht weiterbringen. Aber einen Motorradausflug während der Arbeitszeit hatte sie auch schon lange nicht mehr gemacht. Oder eigentlich noch nie.

Stau am Kreuz Hannover-Ost. Vermutlich wieder irgendeine Messe. Marie hatte zwar genug Zeit, aber keine Lust im Stau zu stehen. Sie schaltete Blaulicht und Martinshorn ein und zog zügig durch die Gasse, die sich zaghaft bildete. Kollegen der Autobahnpolizei könnten sich nun fragen, wieso ein Polizeimotorrad aus Lüneburg hier fernab der Heimat in einer Alarmfahrt unterwegs war. Aber die hatten sicher Wichtigeres zu tun.

Eine Stunde vor ihrem Termin kam sie am Gefängnis in Kassel an. Zeit genug für einen Kaffee und ein Brötchen an der Imbissbude gegenüber des Knasts. Mit ihrem Behördenfahrzeug gewann sie bei den dort Stehenden nicht gleich den Sympathiepreis. Frauen und Männer, die hier auf ihren Besuchstermin warteten, oder gar keinen hatten und auf eine Gelegenheit hofften, dem inhaftierten Angehörigen auf Entfernung eine wichtige Neuigkeit oder einen Liebesschwur zuzurufen. Jede Menge tragischer Schicksale mit Kaffee aus Pappbechern.

Gefängnisse deprimierten Marie. Obwohl sie ja häufig genug maßgeblich daran beteiligt war, dass Menschen in Gefängnissen landeten, hielt sie nicht viel von dem Konzept. In Gefängnissen trafen arme Schweine, die aus Dummheit oder Zufall Mist gebaut hatten, auf professionelle Verbrecher. In Gefängnissen herrschte Gewalt, Unterdrückung, das Gesetz des Stärkeren. Wer

125

sollte sich da bessern? Sie hatte auch keine Idee, wie man schlimme Gewalttäter, wie dieser Spada sicher einer war, bestrafen sollte. Sie glaubte aber, dass die Zufallstäter, besonders die jungen Typen, so lange vom richtigen Knast ferngehalten werden sollten, wie möglich. Elektronische Fußfessel, offener Vollzug, Meldepflicht – es gab viele Möglichkeiten, die nicht so Schlimmen von den ganz Schlimmen zu trennen. Aber wer fragte schon eine kleine Polizistin.

Im Besuchsraum musste Marie nicht lange warten. Jakob Spada wurde von einem Justizbeamten hereingeführt. Ein großer, schwerer Kerl. Gut einen halben Kopf größer als Marie. Tattoos am Hals und auf den Armen. Brutale Motive, Totenköpfe, Schwerter, aber auch eine Frau mit großen Brüsten. Das Übliche halt, dachte Marie. Spada setzte sich auf den Stuhl, seine mit Handschellen verbundenen Hände legte er vor sich auf den Tisch.

»Können Sie Herrn Spada die Handschellen für unser Gespräch vielleicht abnehmen?«, bat Marie den Justizbeamten, der nun steif hinter Marie in der Ecke stand, den Häftling fest im Blick. Sie hielt es für eine gute Idee, erst mal auf nett zu machen, um die Zusammenarbeit zu fördern.

»Nein. Ich habe Anweisung, den Häftling so zu belassen«, antwortete der Schließer in offiziellem Ton.

Marie, eigentlich Nichtraucherin, zog eine Packung Zigaretten hervor, die sie extra besorgt hatte und bot Spada eine an. Auch das ein Versuch, das Eis zu brechen.

»Hier ist Rauchen verboten«, schnarrte der Beamte. »Sie dürfen dem Häftling auch keine Gegenstände geben.«

Gut, dachte Marie, dann muss es eben so gehen. Spada sah sie interessiert an. Aber sein Interesse galt gar nicht dem, was sie nun fragen würde. Es war der Blick eines Mannes, der eine Frau taxiert, um sich die Frage zu beantworten, ob er diese Frau gerne knallen würde oder nicht. Der Blick eines Mannes, der Frauen verachtete und sie nicht ernst nahm.

Marie hatte die dicke Motorradkombi an, mit vielen Taschen und Polstern. Das ließ sie noch wuchtiger erscheinen, als sie sowieso schon war, und so passte sie sicher nicht ins Fickschema dieses Gorillas. Anderseits: Wer fünf Jahre im Knast hockt, ist nicht mehr wählerisch. Wenn er seine sexuellen Fantasien auf sie projizierte, ergab das vielleicht so eine Art Vertrautheit, dachte sie kurz, verwarf den Gedanken aber gleich wieder als absurd.

»Sie wissen, warum ich hier bin?«

Spada hing nun breitbeinig auf seinem Stuhl, die Hände vor dem Bauch. Er war muskulös. Kein Gramm Fett. Er trainierte vermutlich jeden Tag.

Er schüttelte den Kopf.

»Es geht gar nicht um Ihren Fall. Es geht um einen anderen. Ich könnte mir vorstellen, dass Sie im Laufe Ihrer Karriere auch mal auf Leute gestoßen sind, die Aufträge vergeben. Aufträge, Leute unter Druck zu setzen. Oder auch Leute aus dem Weg zu räumen. Sie verstehen, was ich meine?«

Spada zuckte mit den Schultern.

»Heißt das, Sie wissen es nicht, ob Sie solchen Leuten begegnet sind? Sie erinnern sich nicht?«

Er schüttelte den Kopf. Marie fühlte sich etwas hilflos. War die Aufgabe, die Weide ihr angetragen hatte, völlig unlösbar oder war sie nur damit überfordert? Welche Frage sollte dazu führen, dass dieser sture Fleischklops den Mund aufmacht?

»Sprechen Sie Deutsch?«

»Ja.«

Wow. Dachte Marie. Es kann sprechen. Die Frage hätte sie sich natürlich auch selbst beantworten können. Spada war in Deutschland geboren und aufgewachsen. Das stand in seiner Akte.

»Dann antworten Sie mir doch bitte in Worten. Sind Ihnen Leute oder Organisationen begegnet, die Auftragsmorde ausführen oder beauftragen? Ich behaupte ja nicht, dass Sie selbst ein Auftragsmörder sind. Dafür gibt es keine Hinweise. Aber wir wissen, dass Sie in einem bestimmten Umfeld unterwegs waren, in dem man damit in Berührung kommen kann.«

Das war jetzt ziemlich viel Text, dachte Marie. Und dem Kerl war auch anzusehen, dass er sich konzentrieren musste, um ihr zu folgen. Er war sicher nicht besonders helle. Kein Schulabschluss, nie anständige Arbeit, Straftaten seit frühester Jugend. Auch das stand in seiner Akte.

»Und wenn ich eine Idee habe? Was bringt mir das?« Spada brach unvermittelt sein Schweigen. Das ist eine Basis, dachte Marie, er versucht, einen Deal zu machen. Marie hatte Weide gefragt, ob es da irgendwelche Verhandlungsspielräume gäbe. Aber der hat nur lapidar geantwortet, dass die Lüneburger Polizei da gar nichts versprechen könne. Da müssen ein paar Richter in Hannover oder so zu nicken. Aber sie könne ja mal versuchen, wie seine Haltung zu dieser Frage wäre. Dann bekomme man das schon irgendwie hin.

Das war nicht viel, wusste Marie. Ein Schwerverbrecher wie Spada musste schon ein paar Gangchefs auf dem Silbertablett servieren, bevor er irgendein Zugeständnis bekäme. Und das ginge dann nur mit Zeugenschutzprogramm und dem ganzen Kram. Sonst wäre er tot, noch bevor er aus dem Knast raus wäre. Marie musste bluffen.

»Sie haben hier noch drei Jahre abzusitzen? Sehe ich das richtig?«

»Dreieinhalb. Sind noch sechs Monate dazu gekommen.«

Marie erinnerte sich an einen Vermerk in der Akte. Angriff auf einen Justizvollzugsbeamten. Das hatte ihm noch mal einen Aufschlag gebracht.

»Wenn Sie uns helfen, kann das vielleicht auch wieder weniger werden.«

Spada schwieg und musterte sie. Sein Spatzenhirn versucht jetzt einzuordnen, ob er Marie trauen konnte oder nicht. Schien ihn ordentlich anzustrengen.

»Sofortige Entlassung. Dann fällt mir vielleicht was ein.«

Marie schüttelte den Kopf und grinste.

»Das ist doch Quatsch. Das wissen Sie selbst. Was können Sie uns dafür denn bieten?«

»Vielleicht kenne ich eine Gang in Hannover, die so Sachen macht. Leute killen gegen Kohle. Vielleicht weiß ich da was.«

»Klingt nach zu wenig für dreieinhalb Jahre Strafverkürzung.«

»Dann habe ich einen besseren Vorschlag.«

»Und?«

»Du bläst mir jetzt ordentlich einen und ich sage alles, was ich weiß.« Er warf den Kopf in den Nacken und lachte dreckig.

Marie stand ruhig auf und gab dem Beamten in der Ecke ein Zeichen, dass er Spada wieder abführen könne. Sie hatte es ja gewusst. Der Kerl würde nichts sagen, das hatte er nie vor. Der Termin war für ihn nur eine Abwechslung vom Knasteinerlei.

»Dann wünsche ich noch eine schöne Zeit«, rief Marie dem Gefangenen hinterher. Sie war nicht gekränkt, oder beleidigt. Typen wie Spada konnten ihr nicht zu nahe treten. Sie war wütend, dass sie sich von Weide zu diesem schwachsinnigen Termin hatte schicken lassen.

Auf dem Parkplatz funkelte die Polizei-BMW in der Mittagssonne. Sie würde nun einen kleinen Umweg über den Harz nehmen. Ein paar Bergstraßen. Den Kopf frei kriegen.

12. Kapitel

Lothar war schon wieder kurz vor dem Herzinfarkt. Dabei war er doch hier in Kur in Bad Bevensen, um sich von seinem letzten zu erholen. Er war erst dreiundvierzig und eigentlich noch gar nicht reif für so einen Herzkasper. Aber er hatte sich wohl immer schon zu viel zugemutet. Zu viel Arbeit, zu viele Zigaretten, zu viel Herumgurkerei. Fünfundzwanzigtausend Kilometer fuhr er im Jahr, um Versicherungen aller Art an die Leute zu bringen. Er war gut, er war recht erfolgreich. Aber er war auch immer unter Druck, damit das so blieb. Da hat es ihn dann eines Tages umgeworfen. Einfach so. Gerade hatte er noch an einem seiner seltenen Innendiensttage auf seinem Bürostuhl gesessen und irgendwelche Vorgänge bearbeitet. Und im nächsten Moment lag er schon am Boden. Um ihn herum das Geschrei der Kollegen und in seiner Brust dieses lange, breite, glühend heiße Messer. Jetzt sterbe ich, hatte er gedacht. Und eine Angst empfunden wie nie zuvor. Er würde dieses Gefühl nie vergessen.

Aber er starb nicht. Einer der Kollegen hatte Ahnung von Erster Hilfe und machte irgendetwas richtig. Dann traf der Notarzt ein und die Klinik in Hannover lag auch nicht weit von der Zentrale seiner Versicherung entfernt. Er wurde gerettet. Nach ein paar Wochen Krankenhaus ging es in die Reha. Und so war er nun in Bad Bevensen gelandet. In einer schönen Kurklinik, weit weg von seiner dauerbesorgten Ehefrau und der grauenhaften Arbeit im Außendienst.

Der Grund für das neuerliche Herzrasen hieß Luise aus Uelzen. Zwei Jahre älter als er, aber heiß wie eine Fünfundzwanzigjährige. Sie saß ihm nun im Café gegenüber und lachte ihr raues, ansteckendes Lachen. Sie lachte ständig. Und er, Lothar, der seit fünfzehn Jahren keine Frau mehr erobert hatte, war der Grund für ihr Lachen. Er konnte sein Glück kaum fassen.

Luise war groß, fast eins achtzig, wie er. Sie hatte lange blonde Haare, die jetzt so wild aussahen, als sei sie gerade aufgestanden. Sie war gekonnt geschminkt. Nicht zu stark, gerade so, dass ihre wunderschönen blauen Augen und ihr sinnlicher, ständig lächelnder Mund betont wurden. Sie hatte lange Beine, eine schmale Taille und einen für ihr Alter wohlgeformten, großen Busen, der sich unter der dünnen Sommerbluse in einem zarten BH nicht wirklich versteckte.

Luise war von ihrem wohlhabenden und viel beschäftigten Mann nach Bad Bevensen geschickt worden. »Er war der Meinung«, hatte sie Lothar erklärt, »ich würde zu viel trinken und zu wenig lachen. Ich würde mir zu viele Sorgen machen. Er meinte, ich sei depressiv. Oder was auch immer.« Sie lachte. »Aber die Krankenkasse war anderer Meinung und darum muss er den ganzen Quatsch hier selbst bezahlen. Mir egal, solange ich es mir gut gehen lassen kann.«

Sie waren nun beide schon zwei Wochen hier. Vier weitere würden folgen und sie hatten beide noch keinen Besuch von ihren Ehepartnern bekommen, obwohl die keine weite Anfahrt hatten.

Also waren sie an einem Mittwochnachmittag mit Lothars Toyota zum Café im Zentrum von Bad Bevensen gefahren und taten Verbotenes. Sie tranken Kaffee und Weinbrand, aßen Torte und rauchten. Und sie rückten immer näher zusammen. Längst waren sie beim Du.

»Und was machen wir jetzt als Nächstes, mein herzgeplagter Kurschatten?«, säuselte Luise und sah Lothar tief in die Augen.

»Weiß nicht, sag du es mir.«

»Gehen wir noch woanders hin?«

Lothar war ein Mann aufgefallen, ungefähr in seinem Alter, der allein an einem Tisch saß. Sonst waren kaum Gäste im Café. Der Mann las Zeitung, hatte aber schon ein paar Mal, wenn Luise besonders verführerisch lachte, herübergesehen. Er lächelte. Er schien nicht gestört, eher angesteckt von Luises Lachen. Nun bemerkte der Mann, dass Lothar ihn ansah und lächelte. Dann sprach der Mann ihn an.

»Machen Sie mir doch die Freude und trinken Sie noch einen Weinbrand mit mir. Es trinkt sich nicht schön allein und Sie strahlen ja wirklich gute Laune aus«, sagte er höflich und im Tonfall eines offenbar gebildeten Menschen. Auch seine Kleidung zeugte von Geschmack. Helle Bundfaltenhose, offenes weißes Seidenhemd, Slipper ohne Socken. Lässig und dem heißen Tag angemessen. Er trug eine Pilotenbrille, die ihm etwas Weltmännisches verlieh.

Lothar hatte eigentlich keine Lust, Luises Aufmerksamkeit mit einem anderen Mann zu teilen. Aber die hatte sich längst entschieden.

»Gerne«, trällerte sie, »setzen Sie sich doch zu uns.«

Der Mann stand auf, ging zum Tresen des Cafés und sprach leise mit der Kellnerin. Dann kam er zu Lothars und Luises Tisch und setzte sich.

»Peter Langemann mein Name. Aber Peter reicht.«

»Luise.«

»Lothar.«

»Lassen Sie mich raten«, sagte Peter. »Sie sind hier in Kur und haben sich kennengelernt.«

»Volltreffer«, freute sich Luise. Lothar war schon genervt von dem Wichtigtuer. Da hätte ja jeder draufkommen können.

Die Kellnerin kam mit einem Tablett, darauf eine Flasche Champagner. Luise bekam große Augen.

»Oh, das wäre aber doch nicht nötig gewesen, gleich echten Schampus. Haben Sie was zu feiern?«

»Ja, habe ich. Und Sie auch. Wir haben alle jeden Tag etwas zu feiern. Die Sonne, das Leben, den Frieden, die Gesundheit ...«

»Wenn wir noch lange so weiterfeiern, wird das mit der Gesundheit aber eher kritisch«, warf Lothar ein.

»Ach was«, lachte Peter, »krank wird man durch Verzicht und Trübsal. Freude und Genuss machen uns gesund.«

»Ja, genau«, kreischte Luise und hob das Champagner-Glas das Peter randvoll geschenkt hatte. Sie tranken.

Peter stand auf und ging zu der Jukebox, die in der Ecke des Cafés stand. Er schaute kurz über die Titel, warf dann Geld ein und die Musik begann. *Looking for Freedom* von David Hasselhoff.

Luise quietschte: »Toll. Ich liebe dieses Lied.« Sie sang halblaut mit. Peter spielte den Song danach bestimmt noch fünf Mal.

Lothar wollte sich nicht lumpen lassen und bestellte nach dem Champagner noch drei Ramazzotti und Käsegebäck. Seine Frau führte eisern Buch über die Ausgaben. Er verdiente nicht schlecht, aber es ging alles in die Raten für das neue Haus, das sie sich am Stadtrand von Hannover gerade gebaut hatten. Die hohen Zinsen zurzeit ließen ihnen kaum Luft. Für die Kur hatte sie ein tägliches Budget festgelegt, das Lothar fast regelmäßig überschritt. Irgendwann würde er sich erklären müssen. Aber irgendwann war nicht heute.

»Entschuldigt mich kurz«, sagte Peter und ging Richtung Toilette. Zwischen Champagner und Ramazzotti hatte er ihnen das Du angeboten.

»Der ist doch echt nett«, sagte Luise und ihr von Alkohol und Feierlaune gerötetes Gesicht strahlte.

»Ja, schon. Aber hatten wir nicht eben noch etwas anderes vor?«

»Etwas anderes«, raunzte Luise, »was sollte das denn sein? Zu dir oder zu mir?«

»Weder noch würde ich sagen, meine Liebe, wir wohnen in einer Kurklinik.«

Peter kam von der Toilette zurück und setzte sich wieder. Er trank seinen Ramazzotti aus und wollte sich schon zu der Kellnerin umdrehen, da stoppte ihn Luise.

»Peter, mal eine ganz indiskrete Frage. Du kennst dich doch bestimmt hier aus. Wo können ein Mann und eine Frau denn mal für ein Weilchen ungestört sein?«

Lothar war dieser Vorstoß etwas peinlich, aber er hatte auch keine bessere Idee. Außerdem schien Luise ungeduldig und wirklich willig zu sein. So etwas hatte er ja schon ewig nicht mehr erlebt. Er merkte, wie sich trotz Herzinfarkt und Alkohol in seinem Schritt das Blut staute.

»Ihr verliert keine Zeit«, sagte Peter, »das finde ich gut. Ja, ich glaube, da kann ich helfen. Ich habe in Lüneburg ein großes Haus mit Gästezimmer. Das gehört euch, wenn ihr wollt. Ich störe euch nicht und meine Frau ist bei ihrer Mutter in Hamburg.«

Lothar ging das alles etwas zu schnell. Dieser fremde Typ, die Verabredung zum Sex mit Luise. War das okay? Würde er das bereuen? Und warum tat dieser Peter das? Was hatte er davon?

»Du musst uns kein Zimmer geben. Das ist zu viel. Wir kennen uns ja kaum und du hast doch sicher auch Besseres zu tun«, sagte er und beobachtete, wie sich ein Hauch Enttäuschung auf Luises Gesicht zeigte.

»Ach, Unsinn«, lachte Peter. »Ich habe nichts anderes vor. Und ich helfe gerne. Wir kommen doch alle mal in diese Lage.«

Sie traten aus dem Café und Lothar ging auf den Toyota zu. Jetzt, wo er nicht mehr am Tisch saß, bemerkte er erst, wie betrunken er war. Er wankte. Das merkten die anderen sicher auch.

»Lass mal«, rief Peter, »wir fahren mit meinem Wagen.«

»Ja, aber«, versuchte Lothar abzuwehren, »wir müssen doch irgendwie zurückkommen.«

Luise hatte sich bei Lothar eingehängt und kicherte. »Du bist doch viel zu blau zum Fahren. Du wirst uns noch umbringen. Lass Peter fahren. Der geht ja noch einigermaßen gerade.«

Lothar ärgerte die Tatsache, dass der Fremde offenbar trinkfester war als er, aber er musste Luise recht geben. Fahren war jetzt keine gute Idee. Die Sonne brannte ganz schön und schien den Rausch noch zu verstärken. Lothar merkte, dass er nicht mehr klar denken konnte. Er dachte nur noch an Sex mit Luise, die ihn nun zu Peters Wagen steuerte.

Peter hatte ein fast neues weißes Mercedes Coupé. Ein Viersitzer, aber hinten war nicht viel Platz. Dennoch setzten sich Luise und Lothar auf Peters Drängen auf die Rückbank. Peter fuhr ziemlich zügig und trotz des vielen Alkohols sicher. Sie verließen Bad Bevensen und kamen auf die B4 Richtung Lüneburg.

Lothar und Luise begannen zu knutschen wie die Teenager, und Lothar hatte zwischendurch den Eindruck, dass Peter sie im Rückspiegel beobachtete.

»Wie weit ist es denn zu deinem Haus?«, fragte Lothar schließlich.

»Dauert nicht lange, eine halbe Stunde«, antwortete Peter.

»Also meinetwegen kannst du uns hier auch irgendwo an einem lauschigen Wald absetzen. Wir finden bestimmt eine sonnige Lichtung. Ist doch warm«, Lothar versuchte, locker zu klingen, aber irgendwie war ihm die ganze Situation inzwischen unheimlich.

Luise war immer noch in Champagnerstimmung. »Im Wald, auf der grünen Wiese willst du mich verführen? Das ist ja romantisch. Bist du sechzehn? Au ja, sei mein Teenage-Lover.«

Lothar fand sie ziemlich erregend, wie sie da an seinem Hals knabberte, die Hand zwischen seinen Beinen, er seine Hand in ihrem BH. Aber es störte ihn, dass das alles unter den Augen eines fremden Mannes geschah. Er war nicht prüde. Aber ein flotter Dreier war auch nicht sein Ding. Wollte Luise etwa diesen Peter einladen?

»Okay, Leute, wenn ihr die Natur bevorzugt, dann kann ich das gut verstehen. Da hinten kommt ein Stück Wald, da ist eine Lichtung mit schönem Gras. Da ist mitten in der Woche nichts los. Ich fahre euch da hin. Und dann komme ich in zwei Stunden noch mal vorbei. Wenn ihr dann noch da seid, bringe ich euch nach Hause.«

»Das ist doch nicht nötig«, sagte Lothar. »Wir kommen da dann schon irgendwie weg. Wir können trampen oder ein Taxi nehmen. Es ist ja genug los auf der Landstraße.«

Nach einer Weile wurde Peter langsamer, setze den Blinker und fuhr links in einen Forstweg. Der Weg war nur auf den ersten Metern asphaltiert. Peter fuhr weiter. Der hart gefederte Wagen holperte über den unebenen Weg. Aber da es lange nicht geregnet hatte, war der Waldweg fest.

»Gut«, sagte Lothar, »hier steigen wir aus und gehen den Rest zu Fuß.«

Aber Peter antwortete nicht und fuhr langsam weiter.

»Peter, hallo«, rief Luise und nun schien auch sie etwas beunruhigt. »Wir möchten aussteigen.« Peter schwieg.

Einfach rausspringen konnten sie bei dem Zweitürer nicht. Sie waren auf der Rückbank regelrecht gefangen.

Doch dann sprach Peter wieder: »Keine Sorge. Noch ein kurzes Stück.«

Er bog in einen noch engeren Waldweg. Hier standen die Bäume dicht und Äste peitschten vor die Windschutzscheibe. Neben einem großen Holzstapel hielt Peter an.

Er stieg aus und klappte den Fahrersitz nach vorne, sodass erst Lothar ausstieg. Peter reichte Luise die Hand und zog sie mit Schwung aus dem Wagen, sie stolperte und fiel gegen ihn. Er lachte, als ob dies ein nettes Missgeschick gewesen wäre.

»So, da wären wir«, sagte Peter.

»Aber wo ist die Lichtung?«, frage Luise und sah sich um.

»Weiches Moos, keiner sieht euch, hier könnt ihr es treiben. Glaubt mir.«

Lothar war etwas erstaunt über den plötzlich so rüden Tonfall dieses vorher so höflichen Mannes.

»Okay«, sagte er, »danke fürs Fahren. Du kannst dann los. Wir kommen klar.«

»Okay. Aber ich habe noch was für euch. Moment.«

Er ging um den Wagen herum, öffnete den Kofferraum und zog eine Decke heraus. Er warf sie Lothar zu.

»Ich glaube, ich bleibe noch etwas und schaue euch zu.« Peter grinste.

Luise wurde panisch, versuchte aber, das zu überspielen: »Lass mal, Peter, auf so was stehen wir nicht. Danke für alles, aber hier ist jetzt Schluss.«

Nun zog Peter noch etwas aus dem Kofferraum. Ein Gewehr. Ein Kleinkalibergewehr, soweit Lothar das wusste. Er richtete den Lauf lässig aus der Hüfte auf Lothar.

»Ausziehen. Beide.«

»Ey, was soll das? Was machst du da? Bist du irre?«

»Hilfe«, rief Luise laut und rannte los. Peter schoss ihr direkt zweimal vor die Füße. Absolut präzise. Sie blieb stehen und sah Lothar hilfesuchend an. Der schaute hilflos zurück.

***

Von der Wärme des Tages war nicht mehr viel zu spüren, als Jens einige Zeit später mit der Bestattung fertig war. Er war mit Lothar und Luise im Kofferraum in den Göhrde-Forst gefahren ganz in der Nähe der Stelle, wo er vor ein paar Wochen das Picknick-Pärchen getroffen hatte. Die beiden waren immer noch nicht entdeckt worden. Schien also eine gute Gegend zu sein. Je später die Leichen entdeckt wurden, umso weniger gab es zu ermitteln. Er hätte sie natürlich ganz verschwinden lassen können. In der Elbe, im Elbe-Seitenkanal oder in der Ilmenau. Auch ganz tief vergraben wäre eine Möglichkeit, wenn auch anstrengend. Aber Jens reizte die Tatsache, dass sie irgendwann gefunden wurden. Er genoss es, wenn ermittelt wurde, wenn die Zeitungen berichteten und Angst und Schrecken verbreiteten. Die Spießbürger bedroht von einem Monster. Das gefiel ihm.

Den Mann hatte er noch im Wald bei Bad Bevensen erschossen. Der Idiot war weggerannt. Er hatte der Frau noch zugerufen, dass er an der Straße eine Telefonzelle gesehen hätte, von der aus er die Polizei rufen wollte. Feigling. Die Frau konnte nicht wegrennen. Die hatte Jens an einem Baum festgebunden und angefangen ihr ganz langsam die Klamotten vom Leib zu schneiden. Dafür nahm er die Schere aus dem Verbandskasten. Die war besonders gut geeignet dafür, weil sie an einem Schneideblatt eine Verdickung hatte, die es verhinderte, dass man in die Haut ritzte, wenn man den Stoff am Körper schneidet. Sie wimmerte nur noch. Er legte ihren Oberkörper frei, durchtrennte den BH, aus dem ihm große, feste Brüste entgegensprangen. Er war erregt, keine Frage.

Sicher brauchte er deshalb drei Schüsse, bis er den fliehenden Kerl gestoppt hatte. Der erste ging daneben. Das verzieh er sich nicht, war er doch eigentlich ein sehr guter Schütze. Der zweite Schuss ging in den Kopf. Doch dieser Lothar lief weiter. Der dritte Schuss ging dann mitten in den Hinterkopf und Lothar fiel ohne einen Laut um.

Jens musste davon ausgehen, dass jemand die Schüsse gehört hatte und beschloss, abzuhauen. Erst zerrte er den toten Lothar in den Kofferraum, den er schon vor ein paar Tagen mit einer dicken Plastikplane ausgelegt hatte. Dann stopfte er Luise Reste ihrer Bluse in den Mund und fixierte den Knebel mit dickem Klebeband, das er immer im Wagen hatte.

Er band sie vom Baum los, fesselte sie an Armen und Beinen und legte sie in den Kofferraum auf den toten Lothar. Sie quiekte und wimmerte. Es war nicht einfach, die nur schwach zappelnde Frau so in den Kofferraum zu bugsieren, dass die Klappe zuging. Der Mercedes war keine Familienkutsche. Jens hoffte, dass sie die Fahrt überleben würde. Er hatte schließlich noch viel mit ihr vor.

Nach gut einer halben Stunde war er am Ziel. Er fuhr so weit wie möglich in den Wald hinein. Dann stellte er den Wagen am Wegesrand ab und zog die Frau aus dem Kofferraum. Sie war fast ohnmächtig. Er löste ihr die Beinfesseln. Sie sollte selbst bis zu einem sicheren Ort laufen. Aber das gelang ihr nicht so richtig. Sie wimmerte leise, hatte die Augen halb geschlossen und sackte ständig zusammen.

»Du wirst mir hier doch jetzt nicht abnibbeln, »zischte Jens sie an. »Wir machen es uns doch jetzt noch richtig nett.«

Er kam nicht besonders weit mit der Halbtoten. Er würde den Wagen etwas weiter wegfahren müssen – der war zu auffällig. Er legte die Frau auf den weichen Waldboden und fesselte ihr erneut die Beine. Dann zog er ihren toten Kurschatten aus dem Kofferraum und legte ihn neben ihr ab.

Jens rannte zum Auto und fuhr den Wagen langsam an die Hauptstraße, wo er ihn an einem Parkplatz für Spaziergänger abstellte. Das sah ziemlich normal aus. Er nahm eine Plastiktüte mit dem nötigen Werkzeug aus dem Kofferraum und ging wieder in den Wald. Der Fußweg zu seiner neuen Freundin war weiter, als er vermutet hatte. Obwohl er querfeldein durch den Wald ging, brauchte er sicher zwanzig Minuten.

Endlich kam er an und fand den Ort unverändert. Die Frau lag still, wand sich etwas, als sie ihn kommen hörte. Lothar lag steif neben ihr. Jens beugte sich über die Frau und fummelte an ihr herum. Er war von der ganzen Arbeit ziemlich erschöpft, und es dauerte eine Zeit, bis er wieder auf Touren kam. Dann genoss er es. Vor allem den leeren Blick von Lothar neben sich. Jetzt bist du es, der zuschauen muss, Lothar, dachte Jens, als er in sie eindrang. Sie war zu kaputt, um sich wehren zu können. Jens hätte sich etwas mehr Kampf gewünscht. Aber er kam trotzdem auf seine Kosten. Sie war ein guter Fang.

Zu guter Letzt holte er noch ein scharfes Messer aus der Plastiktüte. Er war völlig vernarrt in die großen, festen Brüste dieser Luise, er wollte sie mitnehmen. Als

Trophäe. Mit dem gut geschliffenen Jagdmesser ging es so leicht, als würde er einen Braten aufschneiden. Butterweich, ohne jedes Gezerre. Wenige, saubere Schnitte. Viel Blut, sehr viel Blut. Anfangs versuchte die Frau, unter ihrem Knebel noch zu schreien. Ihr Kopf war fast blau vor Anstrengung. Dann sackte sie weg und als Jens sich an die zweite Brust machte, dämmerte sie nur noch trübe vor sich hin.

Die Brüste stopfte er in eine Plastiktüte. Inzwischen war sie wieder bei Bewusstsein und wimmerte leise. Er zog die Pistole aus der Tüte, schraubte den Schalldämpfer auf und setzte dem Elend mit einem gezielten Kopfschuss aus nächster Nähe ein Ende.

Er drapierte die beiden Leichen sauber nebeneinander. Wie im Ehebett lagen sie da. Schade, dass ihnen diese traute Zweisamkeit nicht vergönnt war, dachte Jens und schmunzelte. Ihr wärt euch schnell auf die Nerven gegangen, sagte er in Gedanken zu den beiden. So ist das mit der Liebe. Ein kurzer Moment Geilheit und dann Gezeter und Generve Jahr um Jahr. Glaubt mir, so ist es besser. Mit dem Fuß schob er Laub und kleine Äste über die Körper. Das musste reichen.

Zwei Plastiktüten in der Hand, in der einen Pistole und Messer, in der anderen die Brüste, machte er sich auf den Weg zum Auto. Er war ungefähr die Hälfte des Weges gegangen, als er Stimmen hörte, Rufe, und da sah er zwischen den Bäumen auch schon zwei Leute, die eilig und offenbar sehr aufgeregt auf ihn zukamen. Ein Paar, um die vierzig. Der Mann etwas dicker, die Frau dünn und farblos. Sie hatten Wanderschuhe und Parkas an. Er trug einen Rucksack.

»Hallo, Sie«, riefen die beiden, während sie auf ihn zu-kamen, »wissen Sie, wo man hier telefonieren kann. Es ist dringend, wir müssen die Polizei rufen.«

»Nee, keine Ahnung«, sagte Jens und hoffte, dass die beiden ihn in Ruhe lassen würden, wenn er unfreundlich war und gleich weiter ging. Die Plastiktüten in seiner Hand gaben nicht auf den ersten Blick Aufschluss über ihren Inhalt. Aber vielleicht auf den zweiten.

»Bitte«, flehte die Frau, »ein Haus oder eine Telefon-zelle. Wir haben da etwas Schreckliches entdeckt.«

Jens versuchte weiterzugehen, aber sie standen direkt vor ihm. Er überlegte kurz, die Pistole aus der Tüte zu nehmen und die beiden ruhig zu stellen. Vermutlich erwarteten sie jetzt, dass er mehr wissen wollte. Aber er wollte nicht. Er wollte nur zu seinem Auto und weg.

Ungefragt gab der Mann Auskunft: »Zwei Tote, da-hinten«, er deutete unbestimmt in den Wald, »schreck-lich ist das.«

Sie konnte doch unmöglich Lothar und Luise meinen. Die liegen in der anderen Richtung.

»Die sind schon ganz verwest«, wurde die Frau deutli-cher. »Schrecklich.«

Das musste dann wohl sein Picknick-Paar sein. Nun hatte man sie also gefunden.

»Gut«, sagte Jens um die beiden loszuwerden, »ich ru-fe die Polizei, wenn ich an einem Telefon vorbeikom-me.« Zügig ging er weiter. Das Paar stand wie ange-wachsen und Jens spürte, wie sie ihm hinterherstarrten.

Endlich kam er am Auto an. Er ließ den Blick durch den Wald streifen, sah die beiden Wanderer aber nicht mehr. Auf der Plane im Kofferraum war ziemlich viel Blut, die musste er schnell loswerden.

Als er ein Stück die Landstraße hinunter gefahren war, kam ihm eine ganze Kolonne von Polizeiwagen mit Blaulicht entgegen. Irgendwie hatten die Wanderer dann wohl ein Telefon gefunden. Ein Rettungswagen war auch dabei. Den braucht ihr hier nicht mehr, dachte Jens, war aber gleichzeitig etwas beunruhigt. Wenn sie Lothar und Luise nun auch finden würden, wären sie vielleicht viel schneller an ihm dran.

Hatte er Angst? Nein. Die Gefahr, entdeckt, gefasst, eingesperrt zu werden, war einfach da. Sie gehörte zu diesem Spiel. War es ein Spiel? Sicher nicht. Mit einem Spiel kann man aufhören. Das pfeift man ab und Ende. Man hatte eine Wahl. Aber Jens konnte es nicht abschalten. Diesen Drang, extreme Dinge zu tun, dieses großartige Gefühl, über andere bestimmen zu können. Er hatte den Mut und die Entschlossenheit, seinem Hass auf so vieles ein Ventil zu geben.

So einen Satz hatte er mal irgendwo in einem bescheuerten Heftchenroman gelesen. Das gefiel ihm. Mut und Entschlossenheit. Man muss sich was trauen, wenn man ein paar Leute einfach abknallt. Warum er das tat? Er war kein Idiot. Er wusste, dass es krank war und grausam. Er wusste, dass es schlimme Verbrechen waren. Aber wie viele schlimme Verbrechen werden jeden Tag begangen, die anders genannt werden?

Erst vor Kurzem hatten die Schergen an dieser verrückten Ostzonengrenze einen zwanzigjährigen Jungen erschossen, weil er nicht mehr in ihrem Kommunistenknast leben wollte. Das ist Mord, sonst nichts, dachte Jens. Da wird nie jemand für bezahlen. Der hat ja auf Befehl gehandelt. Oder was die Amis da in Nicaragua veranstalten. Massenmord. Warum? Aus Hass? Weil's den Geschäften nützt? Aus sogenannten niederen Beweggründen auf jeden Fall.

Er, Jens, der nette, gutaussehende Jens, den es so oft in den Fingern juckte, der gerne fickte und gerne wehtat, würde bezahlen müssen. Irgendwann. Aber noch nicht jetzt. Er würde sich etwas einfallen lassen.

Er fuhr eine halbe Stunde bis in eine alte Kiesgrube. Dort nahm er vorsichtig die Plane aus dem Kofferraum. Kein Blutstropfen hatte den Textilboden im Kofferraum benetzt. Alles war auf der Plane geblieben. Nur der Kofferraumdeckel hatte ein paar rote Flecken, die er mit Reiniger aus der Sprühflasche und Papiertüchern abwischte.

Dann warf er die Plastikplane auf den Boden, legte die Tüte mit den Titten dazu und ein paar Bretter, die herumlagen. Aus einem Reservekanister goss er Benzin über die Plane und zündete das Ganze an. Die Flammen loderten hoch. Erst stank es nach Gummi, dann nach angebranntem Fleisch, dann glühte da nur noch ein undefinierbares Häufchen.

Saubere Arbeit.

13. Kapitel

»Hat er ihr die Brüste abgeschnitten?« Marie zuckte zusammen, als sie die schrille Frauenstimme vernahm, die diese Frage brüllte. Die Beamten hatten alle Hände voll zu tun, die kleine, dunkelhaarige Frau davon abzuhalten, das Absperrband zu übersteigen und sich näher an den Tatort zu begeben.

Es war ganz schön viel los im Wald an diesem frühen Samstagmorgen. Ein paar Spaziergänger, zwei Rettungssanitäter mit einem Notfallkoffer – wer hatte die gerufen? – und der Förster, der die Polizei alarmiert hatte. Mittendrin die dunkelhaarige, kreischende Frau.

»Wer ist das?«, fragte Weide fast verschwörerisch an Marie gewandt.

»Das ist Ina Feldmann von der ›Lüneburger Stimme‹. Ich dachte, die kennen Sie schon?«

»Nur vom Telefon. Persönlich hatte ich das Vergnügen noch nicht. Und woher weiß sie das …«

»Mit dem Brüsten? Das kann sie nicht wissen. Das vermutet sie. Wir sollten mit ihr reden, bevor sie ihre Vermutungen ungefiltert in die Welt bringt.« Marie wusste, dass sie nach diesem Leichenfund nicht mehr von Zufällen sprechen konnten. Das waren unübersehbare Parallelen.

Marie ging mit Weide auf Ina Feldmann zu. Die Reporterin war Anfang fünfzig. Ein hartes Leben mit viel Arbeit und viel Alkohol stand ihr ins Gesicht geschrieben. Die Haare waren tiefschwarz gefärbt und gaben ihr etwas Zigeunerhaftes. Marie hob das Absperrband etwas hoch und ließ die kleine, drahtige Frau darunter durchgehen. Sie zog sie etwas beiseite und gab Weide ein Zeichen, dass er mitkommen solle. Die Spurensicherung hatte inzwischen über den beiden Leichen ein weißes Zelt aufgebaut. Frau Feldmann konnte noch so den Hals recken, da war für sie nichts zu entdecken.

»Frau Feldmann«, flüsterte Marie der Reporterin zu, »was schreien Sie denn da Grauenhaftes durch die Gegend? Sie verschrecken ja die ganze Nordheide.«

»Hat er ihre Brüste abgeschnitten? Mal ehrlich, hat er?«

»Wie kommen Sie darauf«, fragte Weide jetzt, der es wirklich nicht wusste, weil er den Stapel uralter Fälle, den Marie vor mehr als drei Wochen auf seinem Schreibtisch abgeladen hatte, immer noch nicht angeschaut hatte.

»Sie sind der Kommissar Weide, nehme ich an ...«

»Oberkommissar.«

»Auch gut. Ich weiß, Sie sind nicht von hier, aber Sie sollten auch inzwischen mitbekommen haben, dass genau hier, an dieser Stelle vor achtundzwanzig Jahren ganz ähnliche Leichenfunde vorkamen und wir seitdem von den Göhrde-Morden sprechen. Und einer der gefundenen Frauen waren damals die Brüste abgetrennt worden. Die wurden nie gefunden. Hat der Kerl wohl mitgenommen. Und da liegt die Frage wohl nahe, ob nun auch wieder ...«

»Ja«, sagte Marie.

»Wie, ja?«, fragte die Feldmann.

»Ja, auch hier wurden einem weiblichen Opfer die Brüste abgetrennt und wir haben sie noch nicht gefunden.«

Weide sah Marie verdutzt an. So viel unabgestimmte Kooperation mit der Presse war ihm gar nicht recht.

»Dann stimmen Sie mir doch sicher zu, wenn ich darin keinen Zufall sehe. Zwei Paare innerhalb weniger Monate an genau denselben Stellen ermordet, wie damals ...«

»Nicht ganz«, unterbrach Weide. »Wir haben sie hier gefunden. Wir wissen nicht, ob die Opfer hier ermordet wurden.«

»Und«, fragte er fast spöttisch an Feldmann gewandt, »dann haben Sie sicher auch eine Theorie über den Täter? Derselbe wie damals, vermuten Sie sicher.«

»Haha, sicher nicht«, lachte die Reporterin und Marie ärgerte Weides Unwissenheit, mit der er der Nervensäge die Gelegenheit gab, sich hier wichtig zu machen. Wusste er das nicht längst?

»Der Täter von 1989, Jens-Peter Brogmeier, hat sich ein paar Jahre später im Gefängnis aufgehängt. Der kann höchstens noch als Zombie durch die Göhrde schleichen. Aber es sieht fast so aus, als hätten wir es mit einem echten Fan zu tun.«

»Ja.« Marie übernahm jetzt wieder. Weide war offensichtlich damit beschäftigt, diese Informationen zu verarbeiten. Er hatte eindeutig zu wenig Fakten, um sich einen Reim auf das alles zu machen. »Dann mache ich Ihnen einen Vorschlag, Frau Feldmann. Wir versprechen Ihnen, Sie immer mit den aktuellen Fakten zu versorgen. Und Sie versprechen, dass Sie sich mit Spekulationen und Horrorszenarien zurückhalten. Wir können da jetzt keine Massenhysterie gebrauchen.«

»Da machen Sie sich mal keine Sorgen. Ich bin ja noch vom alten Schlag. Ich weiß noch, was Journalismus ist. Ich recherchiere, bevor ich schreibe. Aber wenn ›Bild‹, ›Spiegel online‹ und die anderen Bluthunde erst mal Wind davon haben, dann werden die Horrorszenarien nur so ins Kraut schießen. Wenn Sie mir Fakten liefern, dann schreibe ich Fakten. Wir haben einen Deal.«

Die Reporterin begab sich wieder hinter die Absperrung und begann, den Umstehenden Fragen zu stellen. Fakten würde sie von denen sicher nicht bekommen. Der Förster, der mit seinem Hund die Kadaver aufgespürt hatte, stand ihr nicht zur Verfügung. Den hatte sich Marie schnell gegriffen und befragte ihn etwas abseits hinter einem Baum.

Der Mann war noch völlig geschockt. Ein noch recht junger, schlanker Kerl. Anfang dreißig vielleicht. Sanfte Gesichtszüge, sanfte Augen, einer der den Beruf ergriffen hat, weil er den Wald liebt und die Natur. Einen Kontrollgang hatte er gemacht, erzählte er, um die jungen Bäume an der nahegelegenen Lichtung auf Wildschäden zu kontrollieren. Nichts Besonderes, nichts Dringendes. »Es ist so friedlich hier am Morgen«, sagte er versonnen. »Und dann das.«

Der Hund hatte angeschlagen und dann wie irre an der Leine gezerrt. Zunächst glaubte der Förster an ein Kaninchen. Doch dann sah er unter einem Haufen Äste und Reisig eine Hand. Schmutzig und kaum zu erkennen. Er ist näher ran und hat mit einem Stock das Gestrüpp ein wenig beiseitegeschoben und unvermittelt in die toten Augen einer Frau gestarrt. »Das Bild wird nie wieder aus meinem Kopf gehen«, sagte er fast weinend. Schlimmer als der Fund war dann das Warten. Er hatte mit seinem Handy den Notruf alarmiert und die haben gesagt, er solle dort bleiben, damit die Beamten die Stelle schneller finden. Dort bleiben. Bei den Toten. Der reinste Horror.

»Ich habe mich dann weit dahinten hingestellt. Auch um den Hund zu beruhigen. Ich habe eine Heidenangst gehabt, dass der Mörder sich hier irgendwo noch versteckt.«

Der Förster hatte weiter keine verwertbaren Angaben zu machen. Und die Spurensicherung kam schnell zu der Vermutung, dass die beiden Opfer, ein Mann und eine Frau Ende vierzig, vor wenigen Tagen ermordet worden waren. Mit hoher Wahrscheinlichkeit nicht im Wald. Es fehlten ein paar Kleidungsstücke, es gab ein paar Spuren im Wald, die auch Schleifspuren sein konnten. Außerdem fanden sie in der Nähe weder ein Auto noch Fahrräder, mit dem die Opfer in den Wald hätten kommen können.

»Das sieht mir weniger nach Organisiertem Verbrechen aus als viel mehr nach einem erstklassigen Psychopathen«, sagte Marie, als sie mit Weide im Auto Richtung Präsidium fuhr.

»Ja, schon möglich«, murmelte Weide und Marie war sich nicht sicher, ob es ihm schwerfiel, seine Fehleinschätzung zuzugeben, oder ob er so in Gedanken versunken war.

»Mit diesen Göhrde-Morden«, fragte er schließlich, »was hat es damit auf sich? Die Kurzform bitte, bevor ich mich durch die ganzen Akten wühle.«

»Okay«, stöhnte Marie, »eine lange Geschichte ist das trotzdem. Ich mache Ihnen einen Vorschlag: Es ist Samstagmittag, die Sonne scheint und wir müssen etwas Normalität atmen nach diesem Massaker dort. Protokolle schreiben können wir immer noch. Sie laden mich jetzt zum Mittagessen ein und ich erzähle in Kurzform, was ich von den Göhrde-Morden weiß.«

Weide nickt und Marie steuerte zielsicher auf ›Schröder's Garten‹ zu, einem Gartenlokal direkt an der Ilmenau. Es war schon recht voll, aber sie fanden noch einen Platz an einem der Vierertische. Am Ufer bestiegen Familien Tretboote, die Stimmung an den Tischen war gut. Niemand hier hatte zuvor zwei übel verstümmelte Leichen begutachtet.

Marie bestellte eine Currywurst mit Pommes und Weide einen gemischten Salat.

»Und ein großes Bier für mich«, sagte Marie, »Ich erkläre mich jetzt offiziell außer Dienst. Sie auch? Den Wagen kann ich morgen ins Präsidium fahren.«

Sie war gespannt. Würde Weide einsteigen und mit ihr ein paar Bierchen leeren, wie es ihr alter Chef manchmal getan hatte? Oder käme er jetzt, ganz Chef, mit irgendwelchen Pflichten, die sie nach dem Leichenfund noch zu erfüllen hätten? Aber Weide tat nichts dergleichen.

Er sagte zur Kellnerin: »Für mich eine große Apfelschorle.«

Und zu Marie: »Trinken Sie ruhig.«

»Alleine? … Auch doof.«

»Mag sein. Aber mit mir trinken Sie nicht. Nie.«

Er sagte das nicht vorwurfsvoll oder belehrend. Er stellte es nur fest. Als Tatsache.

Marie verstand und würde nun viele überflüssige Gedanken an die Frage verschwenden, warum der Kollege Weide nicht trank.

Das Essen kam, Marie trank das Bier in wenigen Schlucken aus und bestellte schon das nächste, während sie ihren Vortrag begann. Sie beugte sich etwas über den

Tisch zu Weide und sprach fast konspirativ leise. Die Tische füllten sich. Neben ihnen saßen jetzt zwei junge Paare, die sich offenbar viel Lustiges zu erzählen hatten, unablässig kicherten und reichlich Weizenbier schluckten. Die wollte sie nicht mit ihren Schilderungen verschrecken und sie wollte sie auch nicht als Zuhörer.

»Neunzehnhundertneunundachtzig« begann Marie, »ging ich in die vierte Klasse. In Lüneburg. Ich habe in einer Jungsmannschaft Fußball gespielt und ›Bibi Blocksberg‹-Kassetten gehört. Von Mördern habe ich nicht viel mitbekommen. Was ich weiß, weiß ich aus dem letzten Jahr. Da hat eine LKA-Sonderkommission die sogenannten Göhrde-Morde und viele andere Morde noch mal untersucht.«

»Stimmt es, was diese Reporterin sagt, dass die Opfer damals an denselben Stellen gelegen haben wie unsere Opfer heute?«

»Ja. Das stimmt. Und ich bin sicher, dass die Orte sogar genau stimmen werden, wenn wir sie überprüfen.«

»Genau?«

»Ja. Die Koordinaten der Fundorte von damals stehen auf Wikipedia. Außerdem gibt es eine Menge Hobbyermittler, die seit Jahren alle Details zu den Fällen im Internet diskutieren.«

»Also haben wir es mit einem Nachahmungstäter zu tun?«

»Sieht fast so aus.«

Für Marie war es ein kleiner Triumph. Weides Geldwäsche-Theorie fiel gerade in sich zusammen wie der Schaum auf ihrem inzwischen dritten Bier.

»Okay.« Weide schaute konzentriert ins Nirgendwo: »Dann haben wir also irgendeinen irren Fan dieses, wie hieß er noch ...?«

»Jens-Peter Brogmeier.«

»Ja. Genau.«

»Ein Fan. Das kann sein.«

»Aber wie passt dann die Geldwäsche-Sache von unseren ersten Opfern da hinein?«

»Vermutlich gar nicht.«

»Zufall?« Weide schaute Marie an, als wäre ihm dieser Zusammenhang besonders zuwider.

»Ja. Zufall.«

***

Als Marie gegen siebzehn Uhr in die Küche ihrer WG kam, saßen Juan und Andy am Küchentisch und rollten einen Joint. Sie holte sich ein Bier aus dem Kühlschrank und setzte sich zu ihnen.

»Na, Marie«, sagte Juan »wieder am Samstag gearbeitet?«

»Ja, meine Kunden machen ja auch kein Wochenende.«

»Erzähl«, sagte Andy, dem man deutlich anmerkte, dass das nicht die erste Tüte an diesem Nachmittag war. »Welcher Krimi ist heute wieder im schönen Lüneburg abgegangen?«

Juan hatte den Joint fertig gerollt, klopfte ihn auf den Tisch und zündete ihn langsam und fast pathetisch an. Sofort verbreitete sich ein intensiver Marihuana-Geruch in der Küche.

»Das wollt ihr gar nicht wissen. Das ist ziemlich eklig.«

»Ja, genau«, lachte Andy, »das sind doch genau die Geschichten, die wir hören wollen.«

Andy zog am Joint und Marie streckte die Hand in seine Richtung. Sie nahm einen tiefen Zug.

»Ein Paar. Im Wald. Um die fünfzig. Sie lagen nebeneinander. Wie im Ehebett. Beide erschossen.«

Marie machte eine Pause und sah den beiden Studenten ins Gesicht. Wollten sie mehr hören? Sie wollten.

»Und«, fragte Juan. »Was ist das Eklige?«

»Beide halb nackt.«

Die Männer grinsten sich an. Ist wohl ironisch gemeint, dachte Marie.

»Waren die so hässlich?«, fragte Andy.

»Weiß ich nicht, ist auch egal. Es ist eklig, dass sie tot im Wald liegen. Reicht das nicht?«

»Komm«, grinste Andy, »wenn das alles wäre, würde dich das nicht so beschäftigen. Raus damit.«

Marie zog noch mal an dem Joint. Sie nahm einen tiefen Schluck Bier. Manchmal trank sie wochenlang so gut wie nichts und sie kiffte noch viel weniger. Aber es gab Momente, in denen sie sich gerne vernebelte. Jetzt war so ein Moment. Das war nicht weiter schlimm. Aber in solchen Momenten redete sie zu viel. Wer zu viel redet, braucht Freunde. Freunde, die vergessen oder nicht vergessen und den Mund halten. Oder Freunde, die einen guten Rat haben.

Marie hatte keine Freunde. Marie hatte Kollegen und Mitbewohner. Und sie hatte etwas Familie.

»Der Frau«, sagte Marie, weil sie es einfach mal irgendjemandem sagen musste, in der Hoffnung es loszuwerden, »hat der Täter die Brüste abgeschnitten.« Und indem sie es sagte, merkte sie, dass man Sachen durch

Aussprechen nicht loswerden kann. Sie können sogar noch viel näher kommen.

»Was?«, bellte Andy und verzog angewidert das Gesicht.

»Ja.«

»Als sie noch lebte?«, Andy wollte es genau wissen.

Marie zuckte mit den Schultern. Das wurde unangenehm. Waren das Männerfragen? Was würden Frauen wissen wollen über diese Tat? Pauline war offensichtlich nicht da. Sonst hätte sie sie fragen können.

»Habe ich richtig verstanden«, fragte Juan und hatte dabei mehr Akzent als sonst, »wirklich die Titten abgeschnitten?«

Das war zu viel für Marie: »Juan«, kreischte sie und sprang auf, sodass der Stuhl hinter ihr zu Boden knallte, »du sprichst super gut Deutsch. Du solltest kapiert haben, wann es besser ist Brüste zu sagen statt Titten.«

Im Rausgehen sah Marie noch, wie Juan aufsprang, Schreck und, ja, Schuldbewusstsein im Blick und zu einer Entschuldigung ansetzte. Aber was er sagte, hörte sie nicht mehr. Sie ging in ihr Zimmer und knallte die Türe zu.

Sie warf sich auf ihr Bett. Juan würde sich am nächsten Tag bei ihr entschuldigen. Und sie würde sich bei ihm entschuldigen, für ihre Überreaktion. Wobei: Man kann sich nicht entschuldigen, dachte Marie noch mit ihrem vom Marihuana sensibilisierten Klugscheißerhirn, man kann nur um Entschuldigung bitten. Und die muss der andere dann gewähren. Sie würde Juan Entschuldigung gewähren und er ihr auch, dachte sie. Dann schlief sie ein.

14. Kapitel

Ein ordentliches Haus, dachte Helmut Wiesmüller, als er im Wendehammer der Straße Am Reiherweg aus dem Auto stieg. Roter Backstein. Kein architektonischer Schnickschnack. Ein solides Einfamilienhaus, wie man sie nicht direkt nach dem Krieg baute, sondern ein paar Jahre später, als Material wieder vorhanden war und Qualität wieder zählte.

Das Haus wirkte klein, aber das lag wohl an der besonderen Lage. In den Hang gebaut, der vermutlich weniger zeigte, als das Haus wirklich zu bieten hatte. Und es stand auf einem wirklich großen Grundstück direkt am Wald.

Wiesmüller fielen solche Details auf, weil er selbst erst vor wenigen Jahren gebaut hatte und immer noch aufmerksam schaute, wie Häuser noch sein konnten. Er war mit seinem Haus zufrieden, aber dieses hier hätte ihm auch gefallen.

Der junge Kollege war auch ausgestiegen und stand vor dem Haus, ohne solche Gedanken zu haben. Er dachte vermutlich, dass es langweilig und anstrengend würde, den Friedhofsgärtner in diesem Haus zu befragen. Der war so verdächtig wie die anderen sechs Leute, die sie bisher befragt hatten. Leute, die die Vermisste kannten und deshalb befragt werden mussten. Der junge Kollege hatte nicht das Gefühl, dass dieser Verdächtige oder Zeuge besonders war.

Zwei Löwenfiguren schauten sie von den Betonpfosten der Eingangspforte an. Sie gingen den Plattenweg zur Haustür hoch. Das Grundstück war gepflegt. Rechts war eine Garage, deren Tor geschlossen war. Kommissar Wiesmüller hatte diesen Besuch nicht angekündigt, er war also nicht sicher, ob Jens-Peter Brogmeier zu Hause war. Aber die Überraschung ist ja oft ein guter Kollege und den wollte Wiesmüller dabei haben.

Der junge Kollege klingelte und trat gleich zurück, um seinem Chef die erste Position zu überlassen. Es passierte nichts. Wiesmüller klingelte noch mal. Etwas länger. Jetzt hörte man auch die Klingel im Innern des Hauses. Ein Hund bellte. Der Frequenz nach ein großer Hund. Schritte. Ein Mann öffnete die Tür.

Groß. Fast eins neunzig, wie Wiesmüller. Schlank. Gut frisierte blonde Haare. Ein kantiges, männliches Gesicht mit einem eingebauten Lächeln. Es gab diese Menschen, das stellte Wiesmüller immer wieder fest, die ein serienmäßig eingebautes Lächeln hatten. Das waren die Leute, die andere spontan als freundlich und charmant beschreiben würden. Dieser Mann wirkte freundlich und charmant. Er trug eine helle Jeans und einen dünnen, hellblauen Pullover. Er war barfuß. Durch seine goldfarbene Pilotenbrille fixierten Wiesmüller Augen, die er als kalt empfand.

»Guten Tag«, sagte Wiesmüller, der sich genötigt fühlte, das Gespräch zu eröffnen, weil der Hausbesitzer nur freundlich lächelte, aber nichts sagte.

»Kriminalpolizei Lüneburg«, sagte Wiesmüller und war, wie immer, hoch konzentriert bei dieser Ansage. Wie würde sein Gegenüber auf diese Information reagieren? Jeder könnte vor der Tür stehen. Der Stromzählerableser, der Nachbar mit der Bitte um ein paar Eier oder die Zeugen Jehovas. Völlig unvorbereitet wird der Mann mit der Kripo konfrontiert. Wie reagiert er?

Der junge Kollege versuchte, sich im Hintergrund ruhig zu verhalten, was ihm nicht gelang. Er trat von einem Bein aufs andere und war so laut, wie man wort- und bewegungslos nur sein kann. Wiesmüller machte das nervös. Er wollte diese Anfänger nicht mehr. Aber es gehörte zu seinem Job, diesen Lehrlingen den Weg in die Welt des Verbrechens zu weisen.

Es gehörte ebenso zu seinem Job zu akzeptieren, dass diese jungen Typen anders waren. Er, der Hauptkommissar, legte Wert auf eine seriöse Erscheinung. Anzug, sauberes, gebügeltes Hemd, Krawatte. Auch wenn man sich mal schmutzig machte. Recht und Gesetz müssen auch irgendwie sichtbar sein. Der junge Kollege trug ein türkisfarbenes T-Shirt und ein helles Leinenjackett zu einer Jeans. Als wolle er in die Disco gehen oder bei ›Miami Vice‹ Drogendealer jagen.

Die jungen Kollegen hatten die falschen Vorbilder. Auch dieser Schimanski im ›Tatort‹. Der verstieß gegen alle Regeln, war mit Gangstern und Prostituierten per Du und das Publikum fand das toll. Und die dachten dann, Polizeiarbeit wäre so. Prügeln hier, saufen da, ein paar zwielichtige Freunde im richtigen Moment – und schon ist der Fall gelöst. Nein. Polizeiarbeit ist Ausbildung, Erfahrung, Intuition und Recherche, harte langwierige, langweilige, nervenaufreibende Recherche. Nur so kam eine Aufklärungsquote bei Mord von fünfundneunzig Prozent zustande.

Jens-Peter Brogmeier stand entspannt in seiner Haustür und reagierte untypisch. Die Präsenz der Kriminalpolizei schien ihn nicht mehr zu beeindrucken, als es die Zeugen Jehovas getan hätten, wobei er Letztere vermutlich nicht hineingebeten hätte.

»Was kann ich für Sie tun?«

»Wir haben ein paar Fragen zu einem Fall. Dürfen wir hineinkommen?«

»Interessant. Was für ein Fall?«, fragte Brogmeier, als ginge es gar nicht um ihn.

Die Beamten folgten ihm durch einen engen Flur in ein großes Wohnzimmer. Es war traditionell eingerichtet. Wuchtige Schrankwand, Couchgarnitur aus grünem Samt und Bilder an den Wänden, Landschaften, Mädchen-Gemälde, die so gar nicht zu einem Vierzigjährigen passen wollten. Vermutlich, dachte der Kommissar, lebt er in der unberührten Welt seiner Eltern.

»Nehmen Sie Platz«, deutete Brogmeier auf die Sessel. »Kann ich Ihnen etwas anbieten?«

»Nein«, beeilte sich der junge Kollege, weil er es für richtig hielt, nichts anzunehmen. Doch er wusste einfach noch nicht, dass es manchmal sinnvoll ist, Vertrautheit aufzubauen, um weiterzukommen.

»Wenn Sie einen Kaffee haben«, sagte der Kommissar und lächelte, »sagen wir nicht Nein.«

»Nur Nescafé, wenn das reicht«, erwiderte Brogmeier und es schien ihm peinlich zu sein. Der lösliche Kaffee war längst unmöglich geworden. In den Großstädten tranken alle nur noch Espresso oder Cappuccino. Und Brogmeier wirkte wie jemand, dem solche Sachen wichtig waren.

»Das reicht, danke«, sagte der Kommissar und Brogmeier verschwand in der Küche. Das gab Wiesmüller Gelegenheit, seinem Kollegen eine kurze Ausbildungseinheit zu geben.

»Sagen sie, Jürgen …« Er nannte ihn beim Vornamen, der Junge war erst vierundzwanzig. »Was ist Ihnen aufgefallen?«

»Jaaaa«, begann Jürgen und es war gleich klar, dass ihm nichts Besonderes aufgefallen war, »er ist sehr …«

Wiesmüller unterbrach den Kollegen: »Er hat überhaupt nicht gefragt, was wir von ihm wollen.«

»Doch«, entgegnete der junge Kollege fast beleidigt, »was für ein Fall, hat er gefragt.«

»Ja, genau, was für ein Fall. Fragt man das, wenn die Kripo vor der Tür steht? Fragt man dann nicht eher, was habe ich damit zu tun?«

»Ja, äh.« Der junge Kollege schien zu verstehen. Aber dann fing er sich, begann zu denken und sagte, immer noch im Flüsterton: »Aber wir wissen ja auch, dass der Mann bei uns kein …«

Bevor er den Satz zu Ende sprechen konnte, kam Brogmeier mit einem Tablett aus der Küche. Darauf drei Tassen in blau-weißem Zwiebelmuster, gefüllt mit tiefschwarzem und ölig wirkenden löslichen Kaffee, eine Dose ›Bärenmarke‹-Kondensmilch und eine ungeöffnete Packung Würfelzucker.

»Sie müssen entschuldigen, meine Frau ist nicht da, da muss ich improvisieren.«

»Was macht Ihre Frau?«, fragte Wiesmüller und hätte dem jungen Kollegen gerne erklärt, dass er seine Worte sorgfältig gewählt habe und eben nicht fragte ›Wo ist Ihre Frau?‹ oder ›Was macht denn Ihre Frau?‹. Das wären investigative Fragen, die gleich einen Verdacht in sich getragen hätten. Wiesmüllers Frage war beiläufig, unverfänglich und so kam auch gleich eine Antwort.

»Sie ist bei ihrer Schwester in Hamburg. Die lebt allein. Die besucht sie öfter.«

Wiesmüller wusste natürlich, wie der Satz, den der junge Kollege begonnen hatte, enden sollte: kein unbeschriebenes Blatt sei Brogmeier und deshalb darauf vorbereitet, dass Polizei bei ihm reinschaut. Da wisse er, dass er besonnen reagieren müsse. Ja, hätte ihm Wiesmüller gerne entgegnet, ein beschriebenes Blatt ist er, seit er vierzehn Jahre alt ist. Seit fünfzehn Jahren ist die Polizei aber nicht mehr bei ihm gewesen. Warum ist er also irgendwie innerlich vorbereitet?

Sie nippten am Kaffee, der viel zu heiß zum Trinken war und Wiesmüller entschied, dass das Vorgeplänkel ein Ende haben musste.

»Kennen Sie eine Frau Christina Schmitter?«

»Christina Schmitter?«, sagte Brogmeier, tat so, als würde er überlegen, um dann zu antworten: »Klar kenne ich die. Tina. Was ist mit ihr?«

»Wir sind von der Mordkommission.«

»Was? Ist ihr etwas zugestoßen?« Der Mann schien besorgt, nicht schockiert. Es war unmöglich zu ergründen, ob er spielte oder echt reagierte.

»Sie wird seit ein paar Tagen vermisst.«

»Vermisst?«

»Ihr Ehemann, sagt, sie würde nicht einfach so verschwinden. Er befürchtet ein Verbrechen.«

»Ach, und da haben Sie gedacht, der Brogmeier ist ja früher schon aufgefallen und da klopfen wir da mal direkt an?«

»›Aufgefallen‹ ist ein sanftes Wort für Vergewaltigung, Freiheitsberaubung und schwere Körperverletzung«, sagte der junge Jürgen und sein Chef sah ihn kurz strafend an ob dieses vorlauten Einwurfs.

»Das ist ewig her. Ich habe meine Strafe verbüßt. Seitdem habe ich mir nichts zu Schulden kommen lassen.«

»Woher kennen Sie Frau Schmitter?«, fragte nun wieder der Kommissar.

»Ich habe sie auf einer Party kennengelernt. Vor ein paar Monaten. Seitdem helfe ich ihr gelegentlich im Garten. Das war aber rein freundschaftlich, ich habe nicht ...«

»Ja, ja«, unterbrach Wiesmüller ihn, »schon gut. Wir sind nicht von der Gewerbeaufsicht. Schwarzarbeit ist nicht unser Fachgebiet. Wann haben Sie die Frau denn zum letzten Mal gesehen?«

»Das muss vor zwei Wochen gewesen sein ...« In diesem Moment klingelte das Telefon. »Entschuldigung«, sagte Brogmeier und ging hinaus in die Diele, wobei er die Tür zum Wohnzimmer zuschob. Wiesmüller konnte nicht hören, worum es in dem Gespräch ging.

Er stand auf und ging zur Schrankwand, die mit kitschigen Reiseandenken aus Italien und Spanien bestückt war. Wenige Bücher standen sauber aufgereiht. Auswahl und Titel verrieten, dass Brogmeier oder seine Eltern Mitglieder in einem Buchclub gewesen sein mussten: ›Und Jimmy ging zum Regenbogen‹ von Johannes Mario Simmel, ›Die Bankiers‹ von Arthur Hailey, ›Wir Kinder vom Bahnhof Zoo‹. In einem anderen Fach standen säuberlich in Schubern gesammelt mehrere Jahrgänge der Kriegsromanhefte ›Der Landser‹ und darüber viele Bücher, die sich mit dem Zweiten Weltkrieg beschäftigten. Russlandfeldzug, Schlacht um England, die Helden der Lüfte. So einer war er also, dachte Wiesmüller.

Schließlich hatte Brogmeier sein Telefonat beendet und kam zurück ins Wohnzimmer.

»Wie war Ihre Frage?«

»Ich wollte wissen, wann Sie Frau Schmitter zum letzten Mal gesehen haben.«

»Ja, wie gesagt, vor ungefähr zwei Wochen. Ich habe den Rasen gemäht und Unkraut gejätet. Ist halt immer viel zu tun in diesem großen Garten.«

»Und mehr haben Sie da nicht getan?«

»Äh, ich verstehe nicht. Was meinen Sie?«

»Ganz einfach: Hatten Sie ein Verhältnis mit Frau Schmitter? Ihr Mann ist ja wohl viel unterwegs, wie er uns mitgeteilt hat. Er hat Sie wohl noch nie gesehen.«

»Ja, ich kenne ihn auch nicht.«

»Zufall?«

»Was?«

»Na, dass sie immer bei Frau Schmitter sind, wenn ihr Mann nicht da ist.«

Brogmeier druckste herum. Es war offensichtlich, dass er einknicken würde: »Nein. Kein Zufall. Die Christina steht auf mich. Und sie ist ja auch nicht ohne.«

»Also haben Sie regelmäßig mit ihr geschlafen.«

»Mehr oder weniger.«

»Wusste ihr Mann davon?«

»Oh, Gott, nein.«

»Sicher?«

»Ziemlich. Ja. Wieso fragen Sie? Haben Sie ihn in Verdacht? Glauben Sie, er hat sie ...?«

»Wir wissen nur, dass sie verschwunden ist. Glauben tun wir gar nichts. In Verdacht, mit ihrem Verschwinden etwas zu tun zu haben, stehen viele. Sie auch.«

Brogmeier schien diese Aussage nicht zu erschrecken.

»Wo waren Sie am 10. August?«

»Das war ...?«

»Letzten Donnerstag.«

Brogmeier überlegte. Er dachte wirklich nach.

»Tagsüber bei der Arbeit. Danach zu Hause.«

»Wer kann das bezeugen?«

»Meine Frau. Die war hier. Wir haben den ganzen Abend ferngesehen.«

Der junge Kollege schwieg, machte sich ab und zu Notizen in einem kleinen Block, den er auf den Knien liegen hatte. Er beobachtete Brogmeier intensiv, als ob er in seinem Verhalten, in seiner Mimik etwas entschlüsseln wollte.

Wiesmüller sah den jungen Kollegen an und nickte ihm kaum merklich zu. Der verstand die Aufforderung, nun doch noch ein paar Fragen zu stellen. Seine Stimme war fest und sicher, kein Zittern, kein Zögern: »Herr Brogmeier, haben Sie noch andere Beziehungen?«

»Ich weiß nicht, was das hier für eine Rolle spielt.«

»Also ja.«

Brogmeier schwieg.

»Weiß Ihre Frau davon?«

»Nein, und es wäre auch gut, wenn sie davon nichts erfahren würde. Das ist nämlich Privatsache.«

»Ihre Frau ist deutlich älter als sie.«

»Und?«

»Frau Schmitter ist jünger.«

Brogmeier lächelte den jungen Kollegen schelmisch an: »Wissen Sie, junger Freund, wenn Sie mal wie ich die Vierzig erreicht haben, dann werden Sie die Erfahrung gemacht haben, dass die Attraktivität einer Frau nicht von ihrem Alter abhängt. Ganz im Gegenteil. Das Alter macht sogar noch attraktiver und leidenschaftlicher.«

Wiesmüller war beeindruckt, irritiert von der gepflegten Sprache dieses Friedhofsgärtners. Kein Schulabschluss, keine vernünftige Ausbildung, viele Jahre in Heimen und Gefängnissen. Der Kerl war intelligent und belesen. Keine Frage. Wenn es auch ziemlicher Mist war, was er da las. Und er redete gern und hörte sich gern dabei zu.

Brogmeier war mit seinem Vortrag über Frauen noch nicht am Ende: »Ihr jungen Kerle denkt, dass ein paar straffe Brüste der Himmel auf Erden sind. Oder stehen Sie gar nicht auf Frauen, junger Mann? Kann ja sein, ist ja heute keine große Sache mehr. Jeder nach seiner Fasson, wie man so schön sagt.«

Natürlich wollte Brogmeier den jungen Kollegen provozieren, aber der blieb professionell.

»Herr Brogmeier, vor Ihrer jetzigen Frau hatten Sie eine Beziehung in Karlsruhe. Die Frau hatten Sie kennengelernt, als Sie in Wolfenbüttel im Gefängnis saßen. Marianne Schröder. Die war auch viel älter als Sie. Sie waren sechsundzwanzig, Frau Schröder dreiundvierzig.«

»Was tut das hier zur Sache?«

»Also stimmt es?«

»Das wissen Sie doch aus Ihren Akten. Da ist doch vermutlich jeder meiner Schritte seit meiner Geburt dokumentiert.«

Die Aufarbeitung seines Lebenslaufes schien Brogmeier zu langweilen. Auch Wiesmüller wusste nicht so ganz, worauf der junge Kollege hinauswollte.

»Warum haben Sie Frau Schröder verlassen und sind nach Lüneburg gezogen?«

»Ich erbte mein Elternhaus. Da bin ich zurück in den Norden. Marianne wollte nicht mit. Und dann habe ich irgendwann Stefanie kennengelernt. In Hamburg. Aber ich weiß immer noch nicht, warum das so wichtig ist.«

»Haben Sie noch Kontakt zu Frau Schröder?«

»Nein.«

»Warum nicht?«

»Keine Ahnung. Aus den Augen, aus dem Sinn.«

»Lieben Sie Christina Schmitter?«

»Also, Sie können Fragen stellen.« Brogmeier war sichtlich unwohl bei der Frage nach seinen Gefühlen.

»Lieben Sie Ihre Frau?«

»Ist das hier eine Paarberatung, oder was? Ich liebe die Frauen, junger Mann, die eine mehr die andere weniger. Und sie lieben mich. Mal mehr, mal weniger.«

»Und wenn Sie eine mal nicht mehr liebt?«

»Dann hat sie Pech gehabt«, bellte Brogmeier heraus, amüsiert über seinen Witz, der das unangenehme Fragespiel beendete.

Wiesmüller warf dem jungen Kollegen einen Blick zu, der deutlich machte: Es reicht.

Nun war der Kommissar wieder an der Reihe: »Herr Brogmeier, wenn wir uns jetzt hier ein wenig in Ihrem Haus umsehen wollen, würden Sie das zulassen?«

Jetzt schien Brogmeier zum ersten Mal etwas unsicher. Er hatte offenbar kurz den Reflex, den Wunsch abzulehnen, er wusste, dass er das konnte. Doch dann besann er sich offenbar: »Bitte, schauen Sie sich um. Wonach suchen Sie denn?«

»Das weiß man manchmal erst, wenn man es gefunden hat«, sagte der junge Kollege und klang dabei ziemlich altklug, dachte Wiesmüller.

Das Haus hatte viele Zimmer. Die meisten waren nicht sehr groß und im Obergeschoss hatten alle Räume eine Dachschräge. Die Räume waren, wie das Wohnzimmer, altmodisch eingerichtet. Brogmeier hatte offenbar in dieser Hinsicht keine hohen Ansprüche.

Die Polizisten öffneten jede Türe, schauten in jeden Schrank, aber sie wühlten nicht in Schubladen und hoben keine Matratzen hoch. Wiesmüller hatte nicht wirklich damit gerechnet, irgendetwas Verdächtiges zu finden. Aber er wollte gründlich sein und er wollte Brogmeier vermitteln, dass sie mit ihm noch nicht fertig waren.

Am Ende der Begehung, eine Durchsuchung konnte man das nicht wirklich nennen, stießen sie auf dem Weg in den Keller auf halber Treppe auf eine Tür. Sie war mit Tapete beklebt und hatte keine Zarge. Hätte sie nicht Schloss und Klinke gehabt, wäre sie als Geheimtür durchgegangen.

Wiesmüller drückte die Klinke herunter. Die Tür war verschlossen. Die einzige Tür im ganzen Haus, die verschlossen war.

»Können Sie die Tür bitte öffnen«, sagte Wiesmüller in einem Ton, der kein Nein zuließ.

Brogmeier fingerte ein Schlüsselbund aus der Hosentasche und steckte den Schlüssel ins Schloss.

»Das ist jetzt ziemlich privat«, sagte er sichtlich genervt. »In diesen Raum darf nicht mal meine Frau.«

168

Dann schloss er auf, öffnete die Tür und trat zurück, sodass die Polizisten eintreten konnten.

Wiesmüller sah einen Raum von zwölf Quadratmetern vor sich. Ein kleines Oberlicht ließ durch transparente Gardinen etwas Licht hinein. Das Haus war so in den Hang gebaut, dass dieser Raum zwischen Untergeschoss und Keller lag.

Ein Bett mit Kissen, das auch als Sofa diente. Ein Schreibtisch, ein Fernseher, eine kleine Stereoanlage, ein Regal mit Büchern und Videokassetten. Viele Schuber mit Zeitungen und Ordnern.

»Was ist Ihr Hobby?«, fragte Wiesmüller.

»Wie meinen Sie das?«

»Na, es sieht aus, als würden Sie sich mit etwas intensiv beschäftigen. Etwas sammeln.«

»Geschichte ist so ein Steckenpferd von mir. Deutsche Geschichte.«

»Ja«, sagte Wiesmüller süffisant, »das habe ich schon im Wohnzimmer gesehen.« Er drehte sich um und sah nun neben der Eingangstür eine große Reichskriegsflagge.

»Deutsche Geschichte«, murmelte er und schüttelte den Kopf.

Der junge Kollege nahm einen der Schuber aus dem Regal und zog vorsichtig mit zwei Fingern ein paar der Magazine heraus, die dicht gepackt in dem Pappschuber steckten. Pornohefte. Die billige Kategorie. ›Trucker-Mösen‹, ›Mega-Möpse‹, ›Versaute Schulmädchen‹. Er ließ die fünf oder sechs Hefte angeekelt auf den Schreibtisch plumpsen: »Ist das auch deutsche Geschichte?«

Wiesmüller musste grinsen. Brogmeier war empört. »Jetzt reicht es aber. Das ist meine Privatsache.«

»Ja, danke«, sagte Wiesmüller, »wir sind dann auch fertig hier.«

Wiesmüller steuerte den Dienstwagen aus der Stichstraße, durch die Wohnsiedlung in Richtung Stadtzentrum.

»Warum«, fragte er jetzt den jungen Kollegen, »haben Sie das alles mit den Frauen und Karlsruhe und so gefragt?«

»So genau, weiß ich das eigentlich auch nicht«, sagte der junge Kollege und Wiesmüller war enttäuscht. Er hatte irgendeine geniale Strategie erwartet, einen Ansatz, auf den er selbst nicht gekommen wäre. Fehlanzeige?

»Ich wollte wissen, wie der Kerl über seine Frauen spricht. Respektvoll, abschätzig, gleichgültig. Das sagt doch viel aus.«

»Und? Wie spricht er?«

»Eher gleichgültig.«

»Und das bedeutet?«

Wiesmüller fand Gefallen an dem Denkspiel mit dem jungen Kollegen, auch wenn er sich davon keine bahnbrechende Erkenntnis erwartete.

»Wenn er abschätzig über sie gesprochen hätte, wäre er für einen Mord infrage gekommen. Also: alte, lästige Beziehung entsorgen. Bei einem eitlen Charakter wie Brogmeier kann das auch zutreffen, wenn die Frau ihn verlassen hat.«

»Nun war er aber gleichgültig. Was bedeutet das?«

»Das bedeutet, dass es ihm gleichgültig ist, wie es den Frauen geht, was sie tun. Vermutlich ist es ihm auch gleichgültig, wenn seine Frau ihn betrügt.«

»Also kein Mörder?«

»Jedenfalls keiner, der aus Eifersucht mordet.«

»Sondern?«

»Wenn überhaupt, dann aus Lust. Weil ihm die langweiligen Durchschnittsbeziehungen nichts bringen, weil er den Kick sucht.«

Wiesmüller kamen die Morde in der Göhrde in den Sinn, die seine Abteilung noch immer auf Trapp hielten. Ob hier derselbe Täter am Werk war? Aber das waren Paare und sie wurden gefunden. Dass sie Christina Schmitter noch finden, war ja auch nicht ausgeschlossen. Das konnte aber noch ein paar Wochen dauern.

»Wissen Sie«, teilte er seine Gedanken mit, »der Fall ist vielleicht viel einfacher. Der Herr Schmitter von der Frau Schmitter ist ziemlich reich, deshalb ist doch eine Entführung mehr als naheliegend. Und als ich den Raum dort hinter der Geheimtür gesehen habe, fehlte mir nur noch eine gefesselte Frau Schmitter.«

»Oder sie ist gar nicht gefesselt, sondern sitzt weit weg in einem schönen Hotel und wartet, bis ihr Liebhaber das Lösegeld in der Tasche hat.«

»Klingt plausibel«, sagte Wiesmüller.

»Aber etwas fehlt«, entgegnete der junge Kollege.

»Ja, eine Lösegeldforderung.«

Sie fuhren eine Zeit lang schweigend die Hauptstraße Richtung Zentrum. Kurz vor der Wache sagte der junge Kollege: »Mir ist da noch was in die Tasche gerutscht.«

Mit einem Kugelschreiber zog er etwas aus der Innentasche seines Jacketts. Ein paar Handschellen. »Gehört offenbar auch zu den Hobbys unseres Herrn Brogmeier.«

Wiesmüller überkam einen kurzen Augenblick Bewunderung für die Frechheit des jungen Kollegen, die dann gleich einer Wut wich: »Ja, sehr hilfreich. Was auch immer wir an diesen Handschellen finden, wir können es in unseren Ermittlungen nicht verwenden. Das müsste ihnen eigentlich klar sein.«

Schweigen. Der junge Kollege schaute betreten auf seine Schuhspitzen. Als Wiesmüller den Wagen vor dem Präsidium parkte, sagte er: »Ich weiß, dass das nicht gerichtsverwertbar ist. Aber wenn wir an den Handschellen irgendetwas finden, drehen wir Brogmeier die Bude auf links und dann werden wir so viel mehr finden, dass diese Handschellen keine Rolle mehr spielen.«

»Ihr Wort in Gottes Ohr«, murmelte Wiesmüller.

15. Kapitel

Dieser Typ, diese blöde Fresse mit dem Robbenbart und der Hippiefrisur. Jens hasste Wolf Biermann. So wie er dieses ganze linke Liedermacher- und Weltverbessererpack hasste. Da stand der Kerl nun also in einer Halle in Leipzig auf der Bühne und schwadronierte von der Freiheit. Und das zeigen sie dann live in einer Sondersendung direkt nach der ›Tagesschau‹. »So weit ist es gekommen«, sagte Jens zu Stefanie, die neben ihm auf dem Sofa hockte, »was wissen Kommunisten wie der denn von der Freiheit?« Aber Stefanie hörte ihn nicht. Sie schlief, wie eigentlich immer, wenn der Fernseher lief und nicht gerade Sascha Hehn durch die Schwarzwaldklinik schleimte.

Sie hatten es geschafft, die Ossis, und alles hatte sich verändert. Drei Wochen war es her, dass sie Mauer und Stacheldraht *Wir sind das Volk* grölend überwunden hatten. Jens hatte sich darüber gefreut, klar, wie jeder anständige Deutsche. Aber die Welt war anders geworden. Lauter. Unübersichtlicher. Direkt in Lauenburg, keine dreißig Kilometer entfernt, wo vor ein paar Wochen noch bewaffnete Vopos das Ende der Welt markierten, klaffte jetzt ein Loch im Zaun, durch das die Arbeiter und Bauern in den Westen strömten.

Mit ihren stinkenden Trabbis knatterten sie durch Lüneburg, fielen über die Geschäfte und Cafés her und brachten ihr Begrüßungsgeld unter die Leute. Einhundert Mark bekam jeder von denen. Wofür eigentlich? Langsam wurden es weniger DDR-Touristen, aber die bevorstehenden Weihnachtstage würden sicher wieder mehr von denen in die Heide bringen.

Nicht, dass Jens etwas gegen diese Leute hätte. Es waren Deutsche wie er und sie waren ihm tausend Mal lieber als die ganzen Türken und Araber, die seit Jahren ungefragt ins Land kamen. Aber es waren zu viele. Und sie waren hässlich. Die Männer sowieso mit ihren Schnauzbärten, aber auch die Frauen, die Jens in den Cafés und Kneipen ansprach. Billige Klamotten, grauenhafte Frisuren und sie rochen komisch nach Parfums, die Jens völlig fremd waren. Sie quatschen auch dauernd davon, was sie sich demnächst noch alles kaufen wollten. Dabei war der Hunderter schnell verballert und wo sie das nächste Westgeld herbekommen sollten, stand in den Sternen.

Okay, sie waren leicht zu haben, die Ostfrauen. Als gutaussehender Westler mit Kohle konnte man was reißen. Der Mercedes war ein ideales Mittel, um diese Weiber abzuschleppen. Eine hatte er schon im Auto gevögelt und es war nicht schlecht. Kalt, aber nicht schlecht.

Doch mit der Ruhe war es dahin in Deutschland und man durfte gespannt sein, wie das jetzt weitergehen würde. Nach diesem unsäglichen Idioten Erich Honecker hatten sie drüben nun gerade diesen Edelkommunisten Egon Krenz an die Spitze gesetzt. War ja nur noch eine Frage der Zeit, bis dieser Sauladen da in Ostberlin komplett zusammenbrach.

Und nun sang Biermann in Leipzig. »Das war vielleicht das Beste an der DDR, dass Typen wie der da früher nicht singen durften«, murmelte Jens grinsend, aber Stefanie schlief einfach weiter.

174

Er griff die Fernbedienung und schaltete um. Dort glotzte ihn das traurige Gesicht von Eduard Zimmermann an. ›Aktenzeichen XY ungelöst‹. Und was dort, genau in diesem Moment begann, also … Jens konnte es kaum fassen. Gibt es solche Zufälle? Irritiert starrte er auf den Fernseher, dann auf die schlafende Stefanie. Wäre blöd, wenn sie nun aufwachen würde, dachte er. Er nahm eine Wolldecke, die am Boden lag und deckte seine Frau zu. Schlaf schön weiter, Liebes, flüsterte er.

»Meine Damen und Herren, im vergangenen Sommer«, sprach Zimmermann aus dem Fernseher heraus, wobei er mit seinem Kugelschreiber fuchtelte, »wurden in einem großen Wald- und Ausflugsgebiet im Raum Lüneburg relativ kurz hintereinander zwei Doppelmorde verübt. Jeweils an einer Frau und einem Mann, die in dem Wald spazieren gegangen waren.«

Jens rückte näher ans Gerät und lauschte weiter. Ohne den Blick vom Bildschirm zu wenden, fingerte er eine Zigarette aus der Packung und zündete sie an.

Der ›Aktenzeichen XY‹-Moderator fuhr fort: »Die Kripo geht davon aus, dass beide Verbrechen von ein und demselben Mann verübt worden sind. Und der Zufall wollte es sogar, dass der mutmaßliche Täter nach dem zweiten Verbrechen der Polizei fast in die Arme gelaufen wäre. Die Beamten waren nämlich gerade dabei, den Fundort der ersten Opfer zu untersuchen.«

Was folgte, waren die üblichen schlecht gespielten Szenen, in denen Laiendarsteller die Fälle nachstellten. Das kannte man aus ›Aktenzeichen XY.‹ Schon als Jugendlicher hatte Jens die Sendung gerne und mit leichtem Grusel gesehen. Wenn die Inszenierungen auch hölzern und unwirklich waren, so reichte doch das Wissen, dass diese Taten tatsächlich begangen worden waren aus, um Spannung zu erzeugen.

Umso spannender war es nun, die eigenen Fälle nachgestellt zu sehen. Es stimmte natürlich nichts. Nur bei der Kleidung der Opfer waren die Fernsehleute erstaunlich genau. Auch beim verschwundenen und dann wieder aufgetauchten Honda Civic stimmten Farbe und Modell.

Szenen über die Arbeit der Ermittler schlossen sich an Alles Blabla, dachte Jens, und es zeigte nur, dass sie, ein halbes Jahr nach der ersten Tat, immer noch völlig im Dunkeln tappten. Das war auch die Botschaft von Kommissar Helmut Wiesmüller, der nach den Spielszenen bei Zimmermann im Studio saß. Es war der Kerl, der ein paar Monate vorher bei Jens war und nach Christina Schmitter gefragt hatte, die sie auch noch nicht gefunden hatten. Der Kommissar jammerte darüber, dass die Leute nicht mehr in der Göhrde spazieren gehen wollten und erklärte, dass die Polizei ein so großes Gebiet nicht auf Dauer lückenlos überwachen könne. Jens schmunzelte. Nicht auf Dauer? Nicht lückenlos? Ihr könnt das gar nicht überwachen, ihr Pfeifen. Während ihr an der einen Ecke rumwuselt, liegt ein paar Meter weiter schon das nächste Grauen.

Der Kommissar saß steif hinter einem Tisch. Im schlechtsitzenden Nadelstreifenanzug, vermutlich sein bester, sprach er wie auswendig gelernt und schaute immer wieder auf einen Zettel vor sich. Ein Lüneburger Kripobeamter hat sicher nicht so oft den ganz großen Auftritt. Er appellierte an die Zuschauer, die Kripo zu unterstützen und sie blendeten eine Karte der Gegend um Lüneburg und die Göhrde ein.

Auch die Opfer wurden noch mal gezeigt, weil der TV-Ermittler wissen wollte, wer die Paare zuletzt gesehen hatte. Dafür waren lustige Fotomontagen gebastelt worden, wo Darstellern, die ähnliche Kleidung wie die Opfer trugen, die Gesichter der echten Opfer aufmontiert waren.

Erstaunlich fand Jens, dass es der Polizei aufgefallen war, dass der Täter mit dem Toyota von diesem Lothar noch sechzig Kilometer gefahren war. Wie kamen sie darauf? Er hatte die Scheißkarre nicht angepackt. Erstaunlich auch, dass der Kommissar nach seinem Besuch im August nie mehr bei Jens gewesen war. Ließ dieser Sherlock Holmes sich so schnell abwimmeln? Das würde Jens wundern. Erhöhte Aufmerksamkeit war sicher ratsam.

Am Ende versprach Kommissar Wiesmüller noch insgesamt fünfzigtausend Mark für Hinweise, die zur Ergreifung des Täters führten. »Fünfzigtausend, das ist doch ganz ordentlich, aber bei vier Leichen könnten sie auch etwas großzügiger sein«, sagte Jens halblaut in Richtung Stefanie. »Was meinst du, Kleines?«

Stefanie drehte sich im Schlaf und murmelte Unverständliches. Die Knie fast ans Kinn gezogen lag sie in krummer Haltung in der Ecke des großen Sofas unter der Wolldecke. Jens sah ihr Gesicht im Profil. Die blond gefärbten Haare wuselig, die Wimperntusche verschmiert, die Brille schief auf der Nase. Der Mund war leicht geöffnet und er hörte sie leise schnaufen.

Jetzt sah sie aus wie seine Mutter. Alt. Müde. Hilflos. Einfach erbärmlich. Warum wurden Frauen so? Er hatte sich schon als Jugendlicher nicht vorstellen können, dass ein Mann eine Frau wie seine Mutter scharf finden konnte. Nur ein fantasieloser Ficker wie sein Vater, ein langweiliger, leidenschaftsloser Sachbearbeiter konnte an eine zu blasse, später zu dicke und immer zu weinerliche Frau wie seine Mutter geraten. War Stefanie jetzt auch so weit? Nicht ihr Alter war das Problem. Es war das fehlende Feuer, das ihn so bedrückte.

Frauen mit Feuer: Diese Luise mit diesem Kurschatten Lothar, das war so eine. Tina Schmitter auch, dieses geile Luder. Und auch die erste im Wald, mit den dicken Titten. Schade, dass da nichts mehr gelaufen ist. Hatte er anders geplant. Das waren Weiber, die in einem Mann alle Energie freisetzen. Es waren aber auch Frauen, die alles wollten, immer mehr und einen Mann am Ende völlig aussaugen, vernichten konnten.

Seine Mutter, die auch immer so vor dem Fernseher pennte wie jetzt Stefanie, hat ihn auch ausgesaugt. Mit ihrer Hilflosigkeit, mit ihrer stummen Aufforderung: Schaff mir diesen Kerl vom Hals. Sie hat es nie gesagt, aber immer gehofft, dass er seinem Vater final den Spaten über den Kopf zöge. Dabei hätte er viel lieber ihr, dieser erbärmlichen Made, die Luft abgedrückt, um ihre stummen Schreie nicht mehr hören zu müssen. Doch das konnte er seinem kleinen Bruder nicht antun. Der brauchte doch seine Mama – wozu auch immer. Sie starb einen erbärmlichen Brustkrebstod, als er im Knast saß.

Sein Vater hatte das in einem kurzen Anruf mitgeteilt. Ohne großes Drama, einfach als Nachricht: »Deine Mutter ist tot. Brustkrebs.« Das war alles. Und Jens hatte auch nicht nachgefragt, wie sie gestorben war, ob sie gelitten hatte, wie es ihm jetzt ginge. Er wollte das alles nicht wissen.

Für die Beisetzung hätte er damals sicher Knasturlaub bekommen, aber es interessierte ihn nicht. Er wollte vor allem seinem Vater nicht über den Weg laufen. Nach der Haftentlassung war er noch einmal in Lüneburg, um ein paar Sachen abzuholen. Damals zog er nach Karlsruhe zu Marianne. Während er in seinem Zimmer ein paar Sachen packte, stand der Vater in der Tür und beobachtete ihn. Er sagte nichts. Er fragte nichts. Er schaute nur. Klar, hatte Jens damals gedacht, der passt auf, dass ich nichts nehme, was ihm gehört, der Geizhals.

Danach hat Jens seinen Vater nie wiedergesehen oder gesprochen. Als er starb, rief sein Bruder ihn an und sagte nur: »Er ist tot.« Und Jens entgegnete: »Okay. Danke.« Er hat nie gefragt, woran sein Vater mit fünfundsechzig Jahren gestorben ist. Es war ihm egal. Mag sein, dass sein Bruder es ihm irgendwann mal gesagt hat, aber er hatte es vergessen.

Er schaltete den Fernseher aus, löschte das Licht im Wohnzimmer und ging ins Schlafzimmer. Stefanie ließ er auf dem Sofa in ihrer unbequemen Haltung weiterschlafen.

16. Kapitel

Ina Feldmann hatte Wort gehalten. Ihr Text in der ›Lüneburger Stimme‹ am Montag nach dem zweiten Leichenfund war bei Weitem nicht so spekulativ und sensationsheischend, wie die der anderen Zeitungen und Websites. Überall wurde viel spekuliert, gemutmaßt und geschnüffelt. Den Vogel schoss die Bild-Zeitung ab mit der Schlagzeile: *Auferstanden? Der Göhrde-Mörder mordet wieder.*

Stephan Weide schob den Zeitungsstapel entnervt bei Seite. Der Polizeipräsident hatte ihn zu sich bestellt und Weide hatte um eine halbe Stunde Geduld gebeten. Das war seine Masche, das hatte er sich so angewöhnt. Man darf nicht wie von der Tarantel gestochen zum Chef rasen, wenn der ruft. Das tun nur Lakaien. Wer für den Chef alles stehen und liegen lassen kann, hat nichts Wichtiges zu tun. Und die halbe Stunde würde Weide Gelegenheit geben, sich auf die drängenden Fragen vorzubereiten, die ihm Polizeipräsident Mucha stellen würde.

Einen Teil der Arbeit hatte ›Spiegel online‹ bereits für ihn erledigt. Dort waren alle Morde, die dem Göhrde-Mörder zu Last gelegt wurden, minutiös aufgelistet. Zwölf Taten zwischen 1968 und 1993 hatte die Redaktion aufgeführt. Ein alter Kriminologie-Professor, von dem Weide noch nie gehört hatte und der sich hier als Experte präsentierte, durfte unwidersprochen mutmaßen: Es kann sein, dass wir es bei den neuen Fällen mit einem Fan zu tun haben, einem Täter, der aus welchen Gründen auch immer, dem berühmten Mörder nachei-

180

fert. Warum er das tat und warum erst jetzt, über zwanzig Jahre nach Brogmeiers Tod, verriet der Experte allerdings nicht. Was der Artikel nicht verschwieg: Keine der aufgelisteten Taten war eindeutig Jens-Peter Brogmeier zuzuordnen. Er war nicht eines Mordes überführt worden. Gesessen hatte er nur in den Siebzigern wegen Vergewaltigung. Es gab kein Geständnis, und auch der weinerliche Abschiedsbrief, den er vor seinem Freitod 1993 in der Untersuchungshaft geschrieben hatte, gab keinen Hinweis auf eine konkrete Tat. Ich habe Schreckliches getan, stand da und er bettelte um Vergebung. Aber er nannte keine Namen, beschrieb keine Taten.

Es hatte in der Zeit nach Brogmeiers Tod zahlreiche Mordermittlungen gegeben, die ihn in Zusammenhang mit noch viel mehr Taten brachten. Allein im Raum Karlsruhe fand man nicht weniger als zwölf unaufgeklärte Morde aus den Jahren zwischen 1975 und 1980, als Brogmeier dort gelebt hatte. Die einzigen Parallelen, die die meisten dieser Fälle aufwiesen, waren der nicht gefundene Täter und ein nicht erkennbares Motiv. Etwas wenig, dachte Weide.

Er tippte alle Details, die er noch nicht gesammelt hatte, in sein iPad mini. Wann immer möglich, notierte er sich hier alles, was er über diesen Fall aufschnappte, las und dachte. Das iPad war sein Gedächtnis. Meistens machte er sich Notizen, wenn ihn keiner beobachtete. In seinem Büro, im Auto, sogar auf dem Klo. Er durfte nicht zu lange warten mit einer Notiz, da die Fakten, Gedanken und Eindrücke zu schnell verblassten in seinem strapazierten Hirn.

Marie Gläser hatte ihn schon dabei beobachtet und er hatte das als Marotte abgetan. Solange sie nicht mitbekam, wie viel er sich notierte und was genau, würde es ihr nicht merkwürdig vorkommen. Mit ihr gemeinsam hatte er eine Liste der nächsten Schritte aufgestellt. Eine Pressekonferenz stand nicht auf dieser Liste, aber der Präsident würde sicher eine fordern. Zu groß war die Verunsicherung, die die Morde in der Bevölkerung auslöste. Die Medien forderten Details und die Menschen in Lüneburg und Umgebung wollten beruhigt werden. Zurzeit taten die Medien eher das Gegenteil. ›Bild‹ führte im Beitrag über ihre Auferstehungstheorie an, dass der Göhrde-Mörder von 1989 vielleicht gar nicht Brogmeier war, sondern ein anderer, der nie gefasst wurde und immer noch, oder nun wieder, sein Unwesen trieb. Natürlich hatten die ›Bild‹-Reporter auch gleich eine Menge unaufgeklärte Morde parat, die zwischen 1993 und heute verübt worden waren und eben diesem geheimnisvollen Täter zuzuschreiben seien.

Das wirklich Schlimme an all diesen kruden Theorien: Es war alles nicht gänzlich auszuschließen. Alles war möglich. Eine kleine Sondereinheit des LKA hatte im letzten Jahr ein paar angebliche Brogmeier-Morde noch mal untersucht und dabei forensische Methoden angewendet, die zum Tatzeitpunkt noch nicht möglich waren. Einziges Ergebnis: Christina Schmitter, die im August 1989 verschwand, könnte von Brogmeier ermordet worden sein. In seinem Haus waren bei Ermittlungen unmittelbar nach ihrem Verschwinden ein paar Handschellen mit Blutspuren entdeckt worden. Ein Beamter hatte die Handschellen ohne offizielle Hausdurchsuchung einfach an sich genommen. 1989 konnte man mit dem Blut der Allerweltsblutgruppe A Rhesus positiv noch nicht viel anfangen, doch die erneute Untersuchung förderte die DNA von Christina Schmitter zutage. Das Problem: Eine Leiche wurde nie gefunden. Das Blut hätte auch bei irgendwelchen Sexspielen zwischen Schmitter und Brogmeier an die Handschellen gekommen sein können – dass die beiden ein Verhältnis hatten, war unstrittig.

Mit Polizeipräsident Herbert Mucha hatte Stephan bisher noch nicht viel zu tun gehabt. Beim Vorstellungsgespräch war der Oberpolizist damals kurz dazu gekommen, hatte aber nicht viele Fragen gestellt. Das überließ er dem Personalchef. Dann gab es ein paar offizielle Anlässe in der Dienststelle, bei denen der Präsident ein paar Worte sprach. Aber ansonsten hielt sich der Chef aus dem Tagesgeschäft heraus. Das war auch gut so, denn die oberen Dienstgrade behinderten in der Regel den Betrieb und stellten Fragen, die entweder absurd oder längst beantwortet waren.

Muchas Sekretärin klopfte an die Türe, steckte zaghaft den Kopf in den Raum und sagte fast flüsternd: »Oberkommissar Weide wäre dann da, Herr Präsident.« Ihr fast devotes Verhalten weckte bei Weide eine dunkle Vorahnung über das Monster, das in diesem Raum auf ihn lauerte. Dann öffnete die Sekretärin die Tür ganz und ließ Weide eintreten.

Der Polizeipräsident hatte ein schönes, großes Büro. Ob das angemessen war oder nicht, darüber machte sich Weide keine Gedanken. Er war nicht neidisch. Weder auf die Besoldungsgruppe, noch auf die ganzen anderen Privilegien. Er strebte diese Position nicht an. Seine Karriere bei der Polizei endete als Oberkommissar, weil es nicht zu ändern war und – letztendlich – weil er es auch so wollte. Sesselfurzer und Grüßaugust, ständig im Gerangel um Planstellen und Budgets, das war nichts für ihn.

Er stand etwas verloren in dem großen Raum, rechts von ihm eine Sitzgruppe mit Sofa und zwei Sesseln, links ein kleiner Besprechungstisch mit vier Stühlen. Am Ende des hellen Eckbüros mit den großen Fenstern ein Schreibtisch. Groß, aber nicht wuchtig. Modern, aus dunklem Holz mit gebürstetem Edelstahlgestell. Links und rechts vom Schreibtisch standen großen Töpfe mit Pflanzen, die bis zur Decke reichten. Mucha sah er nicht.

»Herr Polizeipräsident?«, rief er verhalten in den leeren Raum. »Sind Sie da?«

»Ja, hier«, stöhnte es angestrengt von irgendwoher.

Weide trat näher an den Schreibtisch, reckte den Hals, um darüber zu schauen. Da lag er, der Polizeipräsident. Sein langer, dünner Körper ausgestreckt auf dem Rücken, die Arme an die Seiten gepresst. Er trug einen vermutlich maßgefertigten hellblauen Anzug, ein weißes Hemd mit Manschettenknöpfen und eine geschmackvolle dunkelblaue Krawatte. Die Schuhe hatte er ausgezogen. Sein Gesicht war schmerzverzerrt, doch er bemühte sich, zu lächeln. Er hatte volles, grau meliertes Haar und war nur ein paar Jahre älter als Weide.

»Herr Weide, guten Tag, danke, dass Sie sich Zeit genommen haben.«

»Ja, klar ich ...«

»Machen Sie Yoga?«, fragte Mucha.

»Nein, ich nicht. Aber meine Frau, die schwört drauf ...«

»Meine auch. Und ich werde es jetzt auch machen. Mein Rücken verlangt das.«

»Bandscheibe?«

»Nee. Verspannungen. Muskulatur zu schwach. Macht es Ihnen was aus, wenn ich noch etwas so liegen bleibe? Das ist die einzige Haltung, die ich im Moment ertrage.«

»Klar, bleiben Sie liegen. Was kann ich für Sie tun?«

»Sie können meinen Kopf aus der Schlinge ziehen, die mir der Innenminister heute Morgen um den Hals gelegt hat.«

»Verstehe.«

»Da bin ich nicht so sicher, ob Sie das in seiner gesamten Tragweite verstehen. Im Januar sind Landtagswahlen und Sicherheit wird ein großes Thema sein. Da können die Freunde in Hannover keinen durchgedrehten Serienkiller gebrauchen. Die wollen ganz schnell Ergebnisse.«

Weide kam es vor wie eine Bitte, eine flehentliche Forderung und nicht wie eine dienstliche Anweisung. Er hatte mehr Härte erwartet. Fast komplizenhaft fuhr der Polizeipräsident fort. »Ich bin ja sicher, dass Sie alles tun, um Licht in die Sache zu bringen. Bitte nehmen Sie sich alle Leute, die Sie brauchen. Sagen Sie mir sofort Bescheid, wenn es irgendwo Barrieren gibt, ich räume die dann weg. Sie sind ja noch nicht so lange hier und ich weiß genau, dass man hier manchmal Seilschaften braucht.«

»Danke, wir sind dran und ich bin sicher, dass dieser Täter Fehler machen wird.«

»Ja, soll er machen. Wir dürfen keine machen. Der Minister wollte mir das LKA schicken, aber die will ich hier nicht haben. Die haben mir letztes Jahr schon den ganzen Laden durcheinandergebracht und nichts gefunden, diese Superbullen.«

»Ja«, sagte Weide, »ich hab's gehört. Die haben die alten Göhrde-Fälle noch mal untersucht.«

Nun richtete sich Mucha auf. »Helfen Sie mir mal.«

Weide ging um den Schreibtisch herum, streckte seinem Chef die Hand entgegen, der ergriff sie und ließ sich von Weide hochziehen. Der Einmeterneunzig-Mann stand noch etwas wackelig, aber er stand.

»Ah, geht schon besser«, ächzte er. »Ja, die haben das alles untersucht. Die ganze alte Scheiße und wissen Sie auch warum?«

»Neue Hinweise?«

»Nee. Eine Nervensäge. Diese Christina Schmitter, die seit 89 weder als Leiche noch sonst irgendwie aufgetaucht ist, ist die Schwester eines Kollegen aus Hamburg.«

»Ja«, murmelte Weide, »ich hörte so was.« Das war nicht die ganze Wahrheit. Er vermutete, dass er davon gehört hatte. Er war sogar sicher, dass ihm Marie davon erzählt hatte, er konnte sich nur nicht daran erinnern.

»Dieser Kollege, Ole Jakobs mit Namen, nervt uns alle seit Jahren. Man muss ihm zugutehalten, dass er auch 1993 maßgeblich dafür verantwortlich war, dass eine neue Staatsanwältin den Fall noch mal aufgerollt hat und so Brogmeier aufscheuchte. Mit dem bekannten Ergebnis. Jetzt ist Jakobs im Ruhestand und hat noch mehr Zeit ungefragt zu ermitteln. Er setzt alle möglichen Weisheiten in die Welt über den angeblichen Mord an seiner Schwester und die anderen Morde. Er hat sich mit einem Typen zusammengetan, so ein Hobbybulle, der eine Website dazu unterhält und ein Buch schreiben will.«

»Aha.« Weide hätte sich jetzt gerne Notizen gemacht. Das waren zu viele Informationen. Sein iPad mini steckte in der Innentasche seines Jacketts. Aber das konnte er ja jetzt schlecht rausziehen.

»Das könnte mir ja alles egal sein«, knurrte der Präsident, der sich inzwischen in seinen großen, ledernen Chefsessel gequält hatte, »wenn wir jetzt nicht diese ähnlichen Morde am Hals hätten. Was halten Sie davon?«

»Also ich ...« Weide sammelte noch ein paar kluge Bemerkungen, als Mucha ihn unterbrach.

»Soll ich Ihnen sagen, was ich denke? Ich denke, dieser Jakobs hat viel zu viel Wind um die alten Morde gemacht. Letztes Jahr hat er das LKA mobilisiert und die haben noch mehr Wind gemacht, was zu einer Reihe von Medienberichten führte. Es gab sogar eine Serie in der ›Zeit‹. Haarklein wurde da die Mordserie von damals aufgedröselt. Da ist es doch nur naheliegend, dass da irgendein Spinner inspiriert wurde, der nun ...«

»Wir haben die Opfer aber auch mit unsauberen Geschäften in Verbindung bringen können. Geldwäsche und so.«

»Ach, hören Sie mir auf. Ich habe den Bericht von der Frau Gläser gelesen. Die war ja da bei diesem Typen im Knast. Unsinn, wenn Sie mich fragen.«

»Ja, vielleicht haben Sie recht. Aber dass die Opfer ...«

»Weide«, bellte der Präsident, »suchen Sie im Umfeld dieses Brogmeier. Gucken Sie sich die Leute an, mit denen der damals zu tun hatte. Einiges ist da doch dokumentiert. Da kommen Sie weiter. Glauben Sie mir.«

»Ja, da haben wir auch ein paar auf unserer Liste ...«

»Gut, dann los. Ich versuche, uns die Unterstützung aus Hannover vom Hals zu halten. Aber lange wird mir das nicht gelingen.«

Weide war schon auf dem Weg zur Tür, als Mucha ihm hinterherrief: »Und, Herr Weide, bitte schicken Sie mir jeden Abend eine kurze Mail mit Ihren Erkenntnissen. Stichworte, formlos. Keine langen Protokolle, die lese ich nicht.«

»Ja, Herr Präsident, mache ich.«

Auf dem Weg in sein Büro dachte er über das Gespräch nach. Sollte er es als übertriebene Kontrolle empfinden, dass er nun jeden Abend berichten musste? Oder hatte er im Polizeipräsidenten nun einen Genossen, der ihn, wie er sagte, unterstützen würde? Klar war, der Präsident musste dem Minister einen Täter liefern. Unverzüglich. Klar war aber auch: Das LKA würde die Sache nicht beschleunigen. Mehr Kommunikation, mehr Leute, die sich auf die Füße treten. Und wenn es einen Erfolg gibt, klopfen sich die Herren aus der Landeshauptstadt auf die Schultern. Wenn es schief geht, haben es die Deppen aus der Provinz verbockt. Das war in Düsseldorf so und das wird hier nicht anders sein.

17. Kapitel

Die Schrebergartenanlage am Stadtrand von Lüneburg war an diesem Freitagmittag nicht besonders belebt. Die meisten Leute, die hier ihre Gärten hatten, waren vermutlich an ihren Arbeitsplätzen. In ein paar Gärten saßen alte Leute, nur wenige arbeiteten in der Mittagshitze. Irgendwo vernahm man einen Rasenmäher.

Helmut Brogmeier stand vor seiner Laube und hielt den Schlauch in ein Beet mit Heidekraut. Der Garten war nicht sonderlich gepflegt, aber auch nicht verwahrlost. Die Gartenlaube war offensichtlich im Laufe der Zeit zu einem richtigen kleinen Haus ausgebaut worden. Vorne am Häuschen eine kleine, verglaste Veranda, an der linken Außenwand war recht fachmännisch ein weiterer kleiner Raum mit einer Tür angebaut. Ein Duschbad, vermutete Marie, die mit Weide am niedrigen Jägerzaun stand und den Mann fixierte.

Den Akten hatten sie entnommen, dass Jens-Peter Brogmeiers Bruder achtundfünfzig Jahre alt war, aber er sah deutlich älter aus. Leicht untersetzt, Glatze, ein Kranz aus langen grauen Haaren. Brogmeier trug eine dunkle Brille mit dicken Gläsern. Seine Gesichtshaut war von feinen, roten Äderchen marmoriert. Ein krankes Herz und zu viel Alkohol, dachte Marie.

Brogmeier trug ein fleckiges graues T-Shirt, eine knielange, schlabbrige Jeans und dunkelgrüne Croc-Schuhe. Seine dürren Beine waren von Knubbeln und Krampfadern durchzogen.

»Herr Brogmeier«, rief Marie über den Zaun. »Können wir Sie mal sprechen?«

Der Mann führte gemächlich den Schlauch über die Pflanzen und reagierte nicht.

»Herr Brogmeier?«

Langsam hob der Mann den Kopf, schaute Marie an und sagte langsam und tonlos: »Seid ihr auch wieder so Zeitungsfritzen?«

»Nein«, mischte sich Weide ein und öffnete das Tor zu Brogmeiers Garten. Einen Schritt, den Marie ohne die Zustimmung des Zeugen – das war er in diesem Moment, wenn überhaupt – nie getan hätte. So baut man kein Vertrauen auf, und was sie von Brogmeier brauchten, war Kooperation, nicht Konfrontation. Aber Weide war der Chef, er gab die Richtung vor. »Wir sind von der Kriminalpolizei.« Er ging langsam auf Brogmeier zu. Ungefähr fünfzehn Meter trennten den Polizisten noch vom Bruder des mutmaßlichen Göhrde-Mörders.

»Ich habe euch nichts zu sagen. Ich habe alles gesagt. Tausendmal. Jahrelang.« Der Mann sah wieder auf den Schlauch und die Beete. Hauptkommissar Weide ging langsam näher. Warum tat er das, fragte sich Marie. Das war doch ein Anschleichen. Das führte doch nicht dazu, dass der Kerl sich öffnete. Marie stand immer noch hinter dem Zaun und beobachtete Brogmeier. Er sah Weide nicht direkt an, blinzelte aber so, dass er jede seiner Bewegungen wahrnahm.

»Herr Brogmeier, wir würden gerne mit Ihnen über ein paar Fälle sprechen, die uns im Moment beschäftigen.«

»Ich habe davon gelesen. Ich weiß nichts. Mein Bruder ist tot. Der war's nicht. Habe ich den Pressefritzen auch erzählt.«

»Wir würden mit Ihnen gerne ein paar Daten klären. Wo waren Sie zum Beispiel am ...«

Noch bevor Weide das Datum nennen konnte, ließ Brogmeier den Schlauch fallen und sprang erstaunlich flink zur Seite, rannte hinter die Hütte, sprang über einen niedrigen Zaun und lief durch den Nachbargarten davon. Weide brauchte etwas Zeit, um in den Aktionsmodus zu schalten, lief aber dann schnell hinter dem Mann her, sprang ebenfalls über den niedrigen Jägerzaun, blieb aber mit einem Zipfel seines Trenchcoats an einer spitzen Zaunlatte hängen und knallte der Länge nach in das angrenzende Gemüsebeet.

Marie hätte gerne kurz gelacht, war aber damit beschäftigt, die Topografie der Schrebergartenanlage zu ergründen, um Brogmeier den Weg abzuschneiden. Im großen Bogen lief sie die Wege entlang, sah, wie sich der kahle Kopf des Mannes zwischen den Pflanzen und Lauben langsam entfernte, bis sie ihn ganz aus den Augen verlor. Die Ortskenntnis machte es dem Flüchtigen leicht.

Japsend kehrte Marie zu Brogmeiers Schrebergarten zurück. Dort hatte sich Stephan Weide wieder aufgerappelt. Sein Trenchcoat war schmutzig und zerrissen, am Kinn hatte er eine kleine Abschürfung. Sonst war er unversehrt. Körperlich. Doch die Schlappe schien ihm schwer zu schaffen zu machen.

»Warum haut der Kerl ab?«, fragte er aufgebracht Marie.

»Weil er sich bedrängt fühlte?«

»Ja«, fragte Weide im selben Tonfall, »weil er etwas zu verbergen hat. Wir werden nach ihm fahnden müssen.« Er nahm sein Handy aus der Hosentasche und machte einen Anruf. Dabei nannte er Brogmeier einen Verdächtigen. War das zu viel, dachte Marie. Oder hatte seine Flucht ihn genau dazu gemacht, zu einem Verdächtigen?

Auf der Wache schrieb Marie den Bericht über diese kurze und wenig erfolgreiche Befragung. Weide hatte sich zu einer neuerlichen Hausbesichtigung verabschiedet. Walter Sobchak war mit irgendwelchen Internetrecherchen beschäftigt, die Marie selbst ihm vermutlich aufs Auge gedrückt hatte. Sie wusste nicht mehr, was es war.

Helmut Brogmeier war nun also ein Verdächtiger. Kaum vorstellbar, seine Akte war blütenrein, genau genommen gab es gar keine Akte, wenn man von den Zeugenvernehmungen im Zusammenhang mit den Taten seines Bruders mal absah.

»Walter«, rief sie dem Kollegen zu, weniger um etwas zu erfahren, mehr um etwas zu quatschen, vielleicht auch anderen beim Denken zuzuhören. »Wie lange bist du hier in Lüneburg?«

»Na, seit kurz nach der Wende. Ende 1990. Wieso?«

»Und warum bist du nach Lüneburg gekommen? Hast du mir das je erzählt?«

»Weiß ich nicht. Bestimmt. Das ist kein Geheimnis. Ich war vor der Wende in Hagenow. Eine kleine Wache der Volkspolizei. Wenig echte Kriminalität.«

»Aber die Grenze in der Nähe.«

»Ja. Da war schon was los. Republikflüchtlinge. Du weißt ja.«

Sobchak schob seine Tastatur etwas von sich. Er hatte das Marie noch nicht im Detail erzählt, da war sie sicher. Aber jetzt, kurz vor Feierabend und wo sie so ganz alleine im Büro waren, schien der Zeitpunkt gekommen.

»Ist Feierabend?«, fragte er Marie und sie wusste, worauf diese Frage hinauslief.

»Denke schon«, sagte Marie und Sobchak zog seine Schreibtischschublade auf und förderte eine Flasche besten polnischen Belvedere Wodka und zwei saubere Wassergläser hervor.

»Du auch?«

»Einen.«

Sobchak goss die Gläser halb voll. Marie machte eine Handbewegung, die unmissverständlich Stopp bedeutete.

Er gab ihr das Glas, sie prosteten sich wortlos zu. Marie nippte, Walter trank ex und goss sich gleich wieder nach.

»Nach der Wende hat man Leute wie mich gerne in den Westen geschickt. Da waren wir unter Kontrolle.«

»Verstehe.«

»Die hatten nicht genug in der Hand, um mich aus dem Dienst zu werfen. Stasi-Kontakte, okay. Welcher Vopo hatte die nicht? Aber sonst nichts. Und darum durfte ich meinen Job behalten. Ich war damals dreißig und hätte bei der neuen Polizei gerne etwas Karriere gemacht. Aber als Ossi-Bulle ging da nichts. Den Rest siehst du hier.«

Er machte ein frustriertes Gesicht.

»Ach, Walter, wir sind doch froh, dass du da bist, und deine Erfahrung ...«

»Ach, Marie, lass stecken. Ich weiß doch, dass mir hier keiner wirklich traut. Auch über fünfundzwanzig Jahre danach noch nicht. Egal. Vielen Kollegen ist es schlimmer ergangen.«

»Walter, was mich interessiert, 1989, als hier in der Göhrde die Morde entdeckt wurden, habt ihr das da drüben in der DDR überhaupt mitbekommen?«

»Klar. Damals haben uns die Kollegen aus Lüneburg sogar um Amtshilfe gebeten.«

»Echt, wieso?«

»Na, man hielt es auch für möglich, dass sich der Mörder in den Osten abgesetzt hatte. Das war ja nichts Ungewöhnliches in dieser Zeit. Eure RAF-Terroristen haben sich ja auch bei uns versteckt.«

»Unsere RAF Terroristen?«

»Na ja, du weißt schon, was ich meine. Politische Kriminelle halt. Weiß man ja, dass sich die DDR-Bonzen mit denen irgendwie solidarisch fühlten, weil man denselben Feind bekämpfte.«

»Aber ein Serienkiller?«

»Darum ja Amtshilfe. Serienkiller waren auch in der DDR nicht besonders beliebt. Aber es war ja nicht auszuschließen, dass sich dieser Göhrde-Mörder in die DDR absetzt, einen auf sozialistische Erleuchtung macht und im Arbeiter- und Bauernstaat leben wollte. Die DDR war am Ende, die nahmen damals doch jeden. Da sah man nicht so genau hin.«

»Und, habt ihr was herausgefunden?«

»Nein. Im Herbst 1989 kam niemand aus eurer Richtung über die Grenze. Damals, du weißt das vielleicht nicht, warst ja noch ein Baby, da saßen wir vor dem Westfernsehen und mussten ansehen, wie Sonderzüge randvoll mit DDR-Bürgern, die wochenlang in der Prager Botschaft der BRD gehockt hatten, aus der Tschechei durch das Gebiet der DDR in die BRD fuhren. Das fing am 30. September an. Weiß ich noch genau. In

Dresden musste der Zug halten. Da sind dann noch ein paar Leute aufgesprungen.«

»Und was habt ihr da gedacht?«

»Das ist das Ende der DDR, haben wir gedacht, ganz sicher.«

»Wart ihr traurig?«

»Nein. Traurig sicher nicht, Wir hatten von diesem Staat alle die Schnauze voll. Auch wir Polizisten. Es lief ja nichts. Wir hatten kaum Unterstützung, um echte Kriminelle zu jagen, weil es die ja im sozialistischen Paradies nicht geben durfte. Psychopathische Mörder? In der besten aller Welten gibt es so was nicht. Gierige Räuber und Betrüger? Aber doch nicht dort, wo allen Gerechtigkeit widerfährt. Nein, wir hatten auch genug von den Lügen.«

»Angst?«

»Schon eher. Angst davor, wie das weitergehen würde. Wie würden sich die Russen verhalten? Was würde die Regierung tun? Honecker stand mit dem Rücken zur Wand, der vierzigste Jahrestag der DDR stand kurz bevor. Wir Vopos mussten damit rechnen, gegen Aufständische eingesetzt zu werden, gegen die eigenen Leute.«

»Was hättest du gemacht, wenn es dazu gekommen wäre?«

»Ehrlich?«

»Ehrlich«, sagte Marie und hielt Sobchak ihr leeres Glas hin. Er füllte nach und sie hielt es hoch wie eine Besiegelung ihrer Verschwiegenheit. Dann stürzte sie den hochprozentigen Inhalt mit einem Schluck hinunter.

»Ich weiß es nicht, Marie. Ich weiß es nicht. Ich habe viel darüber nachgedacht. Ich bin ein pflichtbewusster Mensch. Ich diene. Gerne. Nicht dumm oder unreflektiert. Aber ich habe an den Arbeiter- und Bauernstaat geglaubt. Das war eine gerechte Idee. Alle zusammen für den Wohlstand aller. Ist doch besser als im Westen, wo ein paar Bonzen steinreich werden und alle anderen vor sich hin krebsen.«

»Und darum hättest du geschossen?«

»Sicher nicht«, sagte Sobchak, vom Wodka sichtlich gezeichnet, »geschossen hätte ich nicht. Aber ich war einer der letzten Idioten, die auf der Wache und in der Kneipe das Hohelied der Zweistaatenlösung sangen. Lang lebe die DDR mit ein bisschen Hilfe von der BRD. War natürlich Quatsch.«

»Und was denkst du über unseren wiederauferstandenen Göhrde-Mörder?«

»Das finde ich gut.«

»Was?«

»Dass mich auch mal jemand fragt.«

»Hä?«

»Na, wir sind alle an dem Fall dran. Ihr rennt rum, guckt Leichen an und sprecht mit Leuten. Ich grabe mich durch Archiv und Internet und keiner fragt mich mal, ob ich vielleicht auch eine Theorie habe.«

»Und?«, fragte Marie ebenfalls vom Wodka befeuert, aber auch angespornt von Walter Sobchaks plötzlichem Engagement. »Hast du?«

»Nein«, sagte Sobchak und grinste.

»Nein? Na toll.«

»Ich habe keine Theorie. Ich habe einen Täter.«

»Hey«, lachte Marie und ließ sich einen ganz, ganz kleinen Wodka nachschenken. »Dann her damit, wir verhaften den Kerl und lassen uns feiern.«

»So einfach ist das nicht. Ich habe keinen Namen, nur ein Profil.«

»Und? Mach's nicht so spannend.«

»Der Täter kannte Brogmeier. Persönlich. Und er bewunderte ihn oder fühlte sich von ihm dominiert. Einer, der beweisen will, dass er genau so ein harter Kerl ist, wie Brogmeier einer war.«

»Und warum erst jetzt? Fast dreißig Jahre nach den Taten?«

»Weil er bisher verhindert war. Deshalb müssen wir entweder nach Leuten aus Brogmeiers Umfeld suchen, die lange gesessen haben.«

»Keine gefunden, das weißt du.«

»Weitersuchen. Das Umfeld kann größer sein, als du denkst.«

»Oder?«

»Oder wir müssen nach Leuten suchen, die ganz nah an ihm dran waren und gleichzeitig in seinem Schatten standen.«

»Sein Bruder.«

»Klar. Aber sicher nicht nur der.«

Er lehnte sich zurück und machte ein zufriedenes Gesicht.

»Danke, Walter, für deine Meinung. Und entschuldige, wenn ich dich nicht öfter danach frage. Das werde ich ändern.« Marie sagte das aus Höflichkeit, auch wenn sie Walters Gedanken nicht wirklich weiterbrachten.

Als Marie auf dem Hof des Polizeireviers ihre XT 500 bestieg, ging die Sonne unter. Sie hatte viel zu lange mit Walter gequatscht und war müde. Sie hatte in der Einsatzzentrale noch nachgefragt, ob Helmut Brogmeier gefunden worden sei. Natürlich nicht. Man hätte es ihr sonst sicher auch telefonisch mitgeteilt.

Sie spürte den Wodka und es wäre vernünftiger, das Motorrad stehen zu lassen. Aber Alkohol und Vernunft gingen bei Marie meistens getrennte Wege. Beherzt trat sie den Kickstarter und der Einzylinder nahm freundlich tuckernd seine Arbeit auf. Das musste man bei dieser Maschine können. Der Kolben musste genau in der richtigen Position stehen, damit das Antreten mit einem Kick funktionierte. In Zeiten, in denen jede kleine Vespa über einen Elektrostarter verfügte, genoss Marie das archaische Startritual ihrer alten Yamaha.

Sie verließ den Hof und ohne wirklich darüber nachgedacht zu haben, bog sie nicht nach links ab, was ihr Heimweg gewesen wäre, sondern nach rechts. Ihr Ziel war die Kleingartenkolonie, in der ihnen Stunden zuvor Helmut Brogmeier entkommen war.

Zweieinhalb große Wodka, das wusste Marie als Polizistin genau, machten in dieser kurzen Zeit und bei ihrem Körpergewicht knapp über ein Promille aus. Aber als Polizistin wusste sie auch: Fast jeder Uniformträger in Lüneburg kannte sie und ihren seltenen japanischen Oldtimer. Keiner von denen würde auf die Idee kommen, dass Marie unter Alkoholeinfluss am Straßenverkehr teilnähme. Und wenn doch, käme er nie auf die Idee, sie ins Röhrchen pusten zu lassen. Undenkbar.

Es war ein lauer Sommerabend und es dämmerte langsam. Marie mochte die Sommerzeit. Sie konnte nicht verstehen, dass alle jedes Jahr über die Zeitumstellung schimpften. Mag ja sein, dass der ursprünglich mal geplante Effekt der Energieeinsparung durch das Verschieben des Tageslichts um eine Stunde, nicht eingetreten war. Aber was war dagegen zu sagen, wenn es an schönen Sommerabenden länger hell war? Sie konnte nicht glauben, dass Leute wirklich durch die Zeitumstellung im März und Oktober in ihrem Lebensrhythmus durcheinanderkamen. Unsinn. Jeder Langstreckenflug über acht Zeitzonen und jede durchfeierte Nacht brachten den Rhythmus doch viel mehr durcheinander.

Sie stellte die Maschine auf dem leeren Parkplatz vor dem Vereinsheim des Kleingartens ab und hängte den Helm über den Spiegel. Den würde hier niemand klauen, dachte sie.

Die Siedlung lag in völliger Stille. Sie hatte erwartet, dass ein paar Kleingärtner um diese Zeit mit einem Bier im Kerzenschein ihren Garten genossen. Aber es rührte sich nichts.

Langsam ging sie den Hauptweg durch die Anlage, der Kies knirschte leise unter ihren Sneakers. Der Garten von Brogmeier lag recht weit hinten. Sie bog in einen schmaleren Weg ein und ging ihn bis zum Ende. Schließlich stand sie vor Brogmeiers Laube.

Was wollte sie hier? Warum war sie zurückgekommen? Brogmeier kam sicherlich nicht so schnell wieder. Und ohne richterliche Anordnung durfte sie hier auch keinen Schritt weitergehen. Sie tat es trotzdem. Vorsichtig öffnete sie die niedrige Pforte im Jägerzaun. Es war nun fast vollständig dunkel. In der Ferne schimmerte vom Horizont noch ein Rest Helligkeit, aber die Nacht hatte die Schrebergartenanlage längst erfasst. Im Dunkeln sah es hier anders aus. Alles schien enger, kleiner.

Vor der Laube auf dem Boden lag noch der giftgrüne Gartenschlauch, den Brogmeier bei seiner Flucht hatte fallen lassen. Das Wasser war abgestellt. Hatte sie das getan? Nein. Weide? Kann sein, aber sie hatte es nicht gesehen. Vielleicht waren aber auch Kollegen noch mal hier. Schließlich lief eine Fahndung. Hatten sie ihn etwa schon? Warum hielt hier kein Beamter Wache? Marie hatte nicht mitbekommen, welche Anweisungen Weide zur Fahndung gegeben hatte. Vielleicht hatte er ja den Schrebergarten absichtlich ausgeschlossen, um nicht unnötig Fahnder zu blockieren.

Marie ging um die Laube herum. Alles dunkel. Plötzlich ein leises Scheppern. Sie war mit dem linken Fuß gegen ein herumliegendes Gartenwerkzeug getreten. Sie hielt die Luft an und lauschte. Keine Geräusche. Brogmeier war nicht da. Und er würde so schnell auch nicht wiederkommen. Das machte ihn natürlich ihn hohem Maße verdächtig.

Marie konnte dem Drang nicht widerstehen, die Hütte zu betreten. Die Tür zum vorgebauten Wintergarten war unverschlossen. Im Wintergarten stand eine abgenutzte Gartengarnitur mit Plastiktisch, einer Bank und zwei Stühlen. Ein niedriges Schränkchen mit allem möglichen Gerümpel, ein alter Gartengrill. Auf dem Tisch lag eine geblümte Wachsdecke, an einigen Stellen mit Klebeband geflickt. Darauf ein Aschenbecher mit ein paar Kippen, eine leere Bierflasche und ein Frühstücksbrettchen mit ein paar Brotkrümeln darauf und ein Messer.

Die Tür zum Haus war verschlossen. Mit einem flachen Stahlhaken, den Marie an ihrem Schlüsselbund hatte, war es ein Klacks, das alte Buntbartschloss zu öffnen. Leise schob Marie die Tür auf. Dabei stieß sie auf Widerstand, irgendetwas war im Weg. Sie sah einen dicken Teppich, der sich hinter der halb offenen Tür etwas hochgeschoben hatte. Sie zwängte sich durch den Türspalt und schloss die Türe leise hinter sich.

Der Raum war dunkel. Sie erkannte nur schemenhaft eine Couchgarnitur, einen Tisch, eine Schrankwand und einen großen Flachbildfernseher. Um mehr zu sehen, brauchte sie Licht. Sie zog ihr iPhone aus der Tasche und schaltete die Taschenlampenfunktion ein.

Auf dem Sofa lagen Zeitungen, ein Pornoheft. Auch hier ein Aschenbecher mit Kippen. Der Fernseher leuchtete auf Standby. Sie ging zur Schrankwand und inspizierte deren Inhalt. Leitz-Ordner und Schuber, wenige Bücher. Sie nahm einen Ordner heraus und blätterte darin. Zeitungsartikel. Säuberlich ausgeschnitten, auf weiße DIN-A4-Blätter geklebt und handschriftlich mit Datum versehen. Manche Jahrzehnte alt, andere nur ein paar Monate. Und es gab nur ein Thema: den Göhrde-Mörder. Brogmeier hatte die Ermittlungen gegen seinen Bruder fast lückenlos dokumentiert. Auch Videokassetten standen dort. Im alten VHS-Format, für die sie aber kein Gerät sah. Auf einer stand in ungelenken Druckbuchstaben *Aktenzeichen XY – 01.12.1989.*

Helmut Brogmeier war Frührentner. So viel wusste sie. Er hatte sein Leben lang in verschiedenen Anstellungen als Hilfsarbeiter gearbeitet. Wegen eines Rückenleidens schied er im vergangenen Jahr aus dem Arbeitsleben aus. Er bekam eine winzige Rente. Vermutlich hockte er Tag aus Tag ein in dieser Bude und schlug die Zeit tot.

An der Rückwand des Raumes ging es in eine kleine Küche. Zweiplattenherd, Kühlschrank, Spüle. Ein Schrank mit Töpfen, Tellern, Konserven. Alles alt, hässlich, aber nicht schmutzig. Im Rahmen seiner Möglichkeiten schien Brogmeier auf Ordnung und Sauberkeit zu achten. Sie öffnete den Kühlschrank. Eine Flasche Korn, Toastbrot, eine dicke, angeschnittene Salami, ein paar Tomaten, ein Paket Margarine, Marmelade, Senf, der übliche Kram. Nichts Besonderes. Er legte offenbar keine großen Vorräte an, sondern ging öfter einkaufen.

Der Eingang zu winzigen Küche war keine richtige Tür, sondern nur eine Zarge mit einer Abtrennung aus bunten Plastikstreifen. Aber es gab auch noch eine richtige Tür an der Rückwand des Wohnzimmers und die führte ins Schlafzimmer. Es wirkte größer, als man von außen vermutet hätte. Der Raum war doppelt so breit wie das schmale, ungemachte Bett darin. An einer Kleiderstange hingen Hemden, Jacken, ein paar Hosen. Zwei Paar Schuhe standen auf dem Boden. Es roch muffig in dem Raum, der nur ein kleines Oberlicht hatte.

Vor dem Bett lag ein abgenutzter Webteppich. Er war etwas verrutscht und so sah Marie im Schein ihres iPhones die Fuge im groben Holzboden. Sie schob den Teppich ganz beiseite und stieß auf eine große Klappe im Boden mit einem eingelassenen Eisenring zum Öffnen. Ein Keller in einem Schrebergartenhaus? So was gibt es? Ist das erlaubt?

Marie beugte sich hinunter zum ringförmigen Griff. Dabei nahm sie das Handy so zwischen die Zähne, dass sie beide Hände frei hatte. Sie zog die Bodenklappe hoch. Das ging leicht. Sie war aus nicht sehr dickem Pressspan gefertigt. Die Scharniere quietschen leise, aus der größer werdenden Öffnung kam ihr feuchte, muffige Luft entgegen. Auf der Unterseite der Tür war dickes Schaumgummi mit Noppen angebracht, wie man es aus Tonstudios kennt. Schallschutz. Soll man draußen nicht hören, was da drinnen vorgeht, oder umgekehrt, fragte sich Marie. Als sie die Tür ganz geöffnet hatte, entdeckte sie am Rand der Öffnung eine Leiter, die ins Dunkel unter ihr führte.

Marie war kein Superbulle. Sie war keine Dana Scully, Saga Norén, Lisbeth Salander oder wie die Draufgängerinnen im Fernsehen noch so hießen. Sie ging eigentlich nie allein und ungeschützt in gefährliche Situationen. Da rief sie lieber die Kampfschweine vom SEK, was aber auch nur selten vorkam.

Sie hatte Angst. Das war merkwürdig hier.

Sie leuchtete mit dem Handy in das Loch unter ihr. Vielleicht ein mal zwei Meter in der Grundfläche und eins achtzig tief. Die Wände waren mit groben Baubrettern verkleidet, der Boden von einem alten Teppich bedeckt. Eine fleckige Matratze lag auf dem Boden. Daneben stand ein kleiner Teller, auf dem Kerzenstummel und eine Schachtel Streichhölzer lagen. Was war das hier? Ein Schlupfwinkel? Ein Gefängnis?

In der Ferne schepperte es leise. Dasselbe Geräusch, das sie selbst draußen verursacht hatte. War da jemand? Sie lauschte. Natürlich hatte sie, wie immer, keine Waffe dabei.

18. Kapitel

Jens erwachte früh in seinem geheimen Raum. Es war sechs Uhr und er hatte nur drei Stunden geschlafen. Stefanie schlief allein im Ehebett. Sie war es gewöhnt, dass er nicht bei ihr schlief. Sie stellte auch längst keine Fragen mehr, wenn er eine ganze Nacht nicht nach Hause kam.

Die kurze Begegnung mit den Bullen gegen zwei Uhr hatte ihn doch mehr beunruhigt, als er sich eingestehen wollte. Er war am Abend mit seinem nagelneuen Ford Probe Richtung Schwerin gefahren. Auf der Suche. Es brannte wieder diese Wut in ihm, diese unbändige Wut, die nach Taten verlangte. Seit vor gut drei Jahren die Polizei bei ihm gewesen war, um nach Christina Schmitter zu fragen, hatte er seinen Radius etwas erweitert. Mecklenburg-Vorpommern, Brandenburg, da hatten sich seit der Grenzöffnung ganz neue Gegenden aufgetan. Gegenden, in denen ihn niemand kannte und verdächtigte. Und so hatte er Ruhe. Seit diesem Nachmittag im August 1989 hatte kein Polizist mehr sein Haus betreten.

An diesem ungewöhnlich warmen Herbstabend im November 1992 hatte er sich nicht festgelegt, wonach er suchte. Eine Frau, ein Mädchen, ein Paar. Egal. Die Gelegenheit sollte es entscheiden. Und sie entschied. Irgendwo auf einer Landstraße bei Gadebusch kam ihm eine junge Frau auf einem Rad entgegen. Es war neun Uhr und stockdunkel. Das Licht an ihrem Fahrrad war kaputt und sie trug eine dunkle Jacke mit Kapuze, sodass Jens sie erst sehr spät sah. Der letzte Ort lag gut vier Kilometer zurück, der nächste war laut Beschilderung noch ebenso weit entfernt. Ideale Bedingungen. Was fährt die blöde Kuh bei Kälte und Dunkelheit auch ohne Licht und allein in der Gegend herum?

Nachdem er an der Radfahrerin vorbei gefahren war, dreht er an einem Feldweg und fuhr hinter ihr her. Er wollte sie nur leicht anfahren und vom Rad holen. Dann würde er der Leichtverletzten helfen und ihr anbieten, sie nach Hause zu bringen. Das hatte er nicht zum ersten Mal so gemacht. Das war einfach.

Doch irgendwie erwischte er sie falsch, er fuhr wohl zu schnell. Statt in den Straßengraben zu kippen, flog sie wie eine Puppe im hohen Bogen über den Lenker und knallte mit dem Kopf auf die Straße und blieb dort reglos liegen. Jens stieg aus und ging zu dem Körper. Sie atmete noch, war aber bewusstlos. Sie war hübsch, das sah er, obwohl ihr Kopf voller Blut war. Würde sie noch mal zu sich kommen, wäre ja noch etwas Spaß möglich.

Er ging zurück zum Auto und öffnete den Kofferraum. Er hob das Mädchen von der Straße auf und legte sie in den Kofferraum. Sie war federleicht. Der Ford hatte keinen besonders großen Kofferraum, schließlich war es ein Sportwagen. Aber für die kleine Lady reichte es. Das Fahrrad nahm er und trug es zu einem kleinen Tümpel, den er kurz zuvor im Vorbeifahren gesehen hatte. Er warf es im hohen Bogen hinein. Das Rad versank vollständig. Es würde eine Zeit dauern, bis man es fände.

Jens fuhr eine Zeit lang ziellos umher. Er kannte sich nicht aus in der Gegend und bog immer mal wieder in Waldwege ein, um nach einer Stelle zu suchen, die von der Straße nicht einsehbar war. Schließlich hielt er ziemlich tief in einem Nadelwald an.

Als er den Kofferraum öffnete, sah er sofort, dass es aus war mit der Kleinen. Im Kofferraum war ziemlich viel Blut. Er nahm einen Klappspaten und schaufelte im lockeren Waldboden ein Loch. Nicht besonders tief. Hier würde man sie lange nicht finden und wenn, dann würde man nicht auf ihn kommen.

Das alles hatte ziemlich lange gedauert, und erst nach Mitternacht hatte er den Heimweg angetreten. Er fuhr über die Landstraße 104 Richtung Autobahn, als er plötzlich ein Auto hinter sich bemerkte. Erst als ein entgegenkommendes Fahrzeug das Auto hinter ihm anleuchtete, sah er, dass es sich um einen Polizeiwagen handelte. Jetzt nur nichts falsch machen. Geschwindigkeitsbegrenzung einhalten, aber nicht zu genau, das macht auch verdächtig. Ein, zwei Kilometer fuhren sie hinter ihm, dann überholten sie und winkten mit der Kelle. Kurz überlegte er, ob er Gas geben solle, entschied sich aber, anzuhalten.

»So spät noch nach Lüneburg unterwegs?«, sagte der Beamte und betrachte streng den Wagen.

»Ja, Freunde in Gadebusch besucht, nun schnell nach Hause.«

»Fahrerlaubnis und Fahrzeugschein bitte.«

Jens gab dem Beamten die Papiere. Der leuchtete mit einer Taschenlampe darauf, dann gab er sie seinem Kollegen, der damit zum Streifenwagen ging.

»Und dann haben Sie mit den Freunden sicher das eine oder andere Gläschen geleert, oder?«

»Ja, Cola. Keinen Alkohol.«

»Dann wären Sie sicher mit einem Alkoholtest einverstanden.«

»Klar, kein Problem.«

»Dann steigen sie mal aus. Bitte.«

Während Jens die Alkoholkontrolle über sich ergehen ließ, ging der andere Beamte mit der Taschenlampe um seinen Wagen herum. Er leuchtete auf Nummernschilder, auf die Stoßstangen. Auf die Reifen.

»Ziemlich neu«, sagte er.

»Ja«, entgegnete Jens.

»Und ziemlich dreckig. Sind sie damit querfeldein gefahren?«

»Meine Freunde haben einen Bauernhof, da ist es ziemlich matschig im Moment.«

»Da kommen Sie dann nächstes Mal besser mit dem Geländewagen.«

»Ja, ist wohl besser«, sagte Jens und bemühte sich locker und amüsiert zu klingen, fürchtete aber die Standardfrage nach Warndreieck und Verbandskasten. Doch die Frage kam nicht und so konnte er schon bald nach Hause fahren.

Nun saß er da in seinem Sessel, wach und doch todmüde und überlegte, was zu tun sei. Die Begegnung mit der Polizei ließ ihn nicht los. Hatten Sie seine Daten notiert? War ihnen etwas aufgefallen an seinem Auto? Er fasste einen Plan. Das Auto musste weg. Er ging in die Küche, setzte Kaffee auf und ließ Rex in den Garten.

Bevor er zur Arbeit ging, musste er Stefanie wecken, sie war Teil seines Plans. Sie musste ihm helfen. Er ging ins Obergeschoss. Die Tür zum Schlafzimmer war nur angelehnt.

Sie schlief. Ruhig, bewegungslos, sie lag auf der Seite. Ihr Gesicht sah hübsch aus. Die blonden Haare fielen in ein paar Strähnen über die Wange. Die Bettdecke war etwas heruntergerutscht und er konnte den Ausschnitt ihres Nachthemds sehen. Ihre großen Brüste waren von der Seitenlage etwas gequetscht. Eine Brustwarze zeichnete sich unter dem dünnen, halbtransparenten Stoff ab.

Wie sie so da lag, mochte er sie. Er hatte sie mal geliebt. Das dachte er damals jedenfalls, als er sie über eine Kleinanzeige in der ›Hamburger Morgenpost‹ kennengelernt hatte.

Das war jetzt fast zehn Jahre her und viel Glanz war von der ehemaligen Hamburger Schönheitskönigin abgeblättert. Sie war jetzt sechsundfünfzig. Dreizehn Jahre älter als er. Das war eigentlich nie ein Problem für ihn. Er hatte immer schon lieber ältere Frauen gefickt. Sie waren dankbarer, anhänglicher. Die jungen Frauen sind immer schon auf der Suche nach dem nächsten Kerl. Die suchen immer einen mit mehr Kohle, mit dem dickeren Auto oder dem längeren Schwanz.

Jens hatte keinen tollen Job und auch keinen besonders langen Schwanz. Aber er hatte die schöne, selbstbewusste Frau damals im Sturm erobert, wie es so schön heißt. Sie war noch verheiratet und lebte mit einem ziemlich wohlhabenden Mann in Othmarschen. Den war sie leid und suchte eigentlich nur ein Abenteuer, als sie sich auf Jens Anzeige meldete. Und dann wurde mehr daraus. Erst trafen sie sich heimlich in Hamburg in Hotels, dann kam sie öfter zu ihm nach Lüneburg und blieb dann irgendwann ganz da. Der Ehemann hatte schnell aufgegeben und gemerkt, dass er keine Chance hatte.

Das Erbe seines Vaters erlaubte es Jens, in den ersten Jahren Stefanie das Leben zu bieten, das sie aus Hamburg gewöhnt war. Aber von der Kohle war inzwischen genauso wenig übrig wie von Stefanies Glanz. Sie war gelangweilt, mürrisch, nachlässig. Sie ließ sich gehen.

Sex mit Stefanie war Eheleutesex. Wie es sich gehörte. Jens fickte sie nur noch einmal in der Woche, höchstens. Es war langweilig. Sie machte mit, ging aber nicht mehr richtig ab. Jens brauchte das nicht wirklich.

»Hey, Stefanie, steh auf, du musst mich zur Arbeit fahren. Ich brauche heute Abend den Pritschenwagen.«

Sie öffnete langsam die Augen und blinzelte ihn an. Jens ging um das Bett herum, zog schwungvoll die Gardinen auf. Langsam wurde es heller.

»Los, Frau, steh auf. Ich muss los.«

Jens hasste es, wenn sie nicht sofort tat, was er verlangte. Das hatte sich in den letzten Jahren zunehmend eingeschlichen. Am Anfang war sie Wachs in seinen Händen. Er bekam alles von ihr, konnte alles mit ihr machen. Sie war ihm hörig. Sex, seine Nähe, seine Weisheiten, seine Kommandos. Stefanie folgte ihm wie ein Hund. Er schlug sie anfangs auch nicht. Nie. In der letzten Zeit war ihm allerdings manchmal die Hand ausgerutscht. Nicht schlimm. Eine Ohrfeige, wenn sie nicht spurte. Dann heulte sie rum.

»Darf ich vielleicht vorher noch duschen? Wieso hast du gestern nichts gesagt, dann wäre ich früher aufgestanden.«

»Nein, zum Duschen ist keine Zeit mehr und Kaffeetrinken kannst du unterwegs. Pack dann später ein paar Sachen ein und fahr zu deiner Schwester. Ich kann dich hier am Wochenende nicht gebrauchen. Ich habe was zu erledigen.«

»Was denn? Was hast du denn vor?«

Wieso fragte sie das jetzt, dachte Jens. Er hat sie schon so oft für ein paar Tage weggeschickt, ohne dass er das groß erklären musste.

»Ein paar Sachen halt. Frag nicht so blöd.«

»Du könntest ruhig ein bisschen netter sein, Jens. Komm doch noch mal ins Bett. Kuscheln, du weißt schon.«

»Nein, jetzt nicht. Ich muss los.«

Eine Viertelstunde später saßen sie in Stefanies altem Golf und fuhren die paar Kilometer zum Friedhof. Stefanie fuhr viel zu langsam, das nervte Jens, aber er sagte nichts.

»Ich weiß gar nicht, ob meine Schwester an diesem Wochenende Zeit hat«, sagte Stefanie mit quäkender Stimme. »Und ich weiß auch gar nicht, ob ich überhaupt Lust habe, zu ihr zu fahren.«

»Deine Schwester hat doch nie was vor. Fahr hin und geh mit ihr auf den Kiez. Dann findet sie vielleicht endlich mal einen Kerl, die alte Jungfer.«

»Du bist gemein. Sag so was nicht.«

Jens lachte: »Ist doch wahr. Aber so fett, wie die ist, wird das schwer.«

»Du bist unmöglich«, sagte Stefanie, musste aber selbst schmunzeln.

»Und wenn deine Schwester nicht kann, dann fahr halt zu einer deiner Freundinnen. Komm Sonntagnachmittag wieder, dann bin ich fertig.«

Den Rest der Strecke schwiegen sie. Jens spürte, wie es Stefanie juckte, noch mal nach seinen Plänen zu fragen. Aber sie traute sich nicht.

Als sie ihn am Friedhof absetzte, sagte sie: »Eigentlich kann ich hier ja irgendwo einen Kaffee trinken. Komm doch mit.«

»Nein. Keine Zeit. Und du solltest lieber schnell wieder nach Hause fahren. So ungeduscht und ungeschminkt kannst du doch nicht unter Leute gehen.« Er sagte das lachend, meinte es aber verdammt ernst. Er beobachtete sie bei einem ungelenken Wendemanöver. Dann fuhr sie langsam davon.

Sein Chef Wolfgang saß im Büro, las die ›Bild‹ und trank aus einer großen Tasse mit der Aufschrift *Der Chef hat immer recht* Kaffee. Er hatte gute Laune und begrüßte Jens freundlich.

»Das wird wieder ein schöner Tag, da bekommen wir viel geschafft. Wir müssen heute die olle Buche hinten im Feld siebenunddreißig umlegen. Die hat's hinter sich. Kannst du das machen?«

»Ja, klar.«

»Aber erst am Nachmittag. Am Vormittag ist in der Ecke eine Beerdigung. Wär blöd, wenn die Buche den Leuten auf den Kopf fällt.« Er lachte. »Dann müssen wir gleich noch ein paar Gräber schaufeln.«

Das war Wolfgangs Friedhofsgärtnerhumor. Dauernd machte er Witze über ihre Gäste, wie er die Toten nannte, und machte Sprüche über die alten Leute, die die Gräber besuchten. »Müssen wir abends immer gucken, bevor wir abschließen, ob sich nicht ein altes Mütterchen zu ihrem Ollen dazugelegt hat.«

»Wolfgang«, begann Jens seine Frage, »ich hätte da mal eine Bitte.«

»Was denn, Jens, schieß los.«

Er hatte sich noch nie etwas von seinem Arbeitgeber ausgeliehen und hatte überhaupt keine Ahnung, wie er darauf reagieren würde. Was, wenn er ablehnte? Dann wäre Jens Plan im Eimer.

»Ich könnte den kleinen Bagger mal gebrauchen, für meinen Garten.«

»Ah!« Wolfgang lachte. »Haste deine Frau um die Ecke gebracht und musst sie nun verbuddeln?«

»Ja, genau«, ging Jens auf den Scherz ein. »Aber verpfeif mich nicht. - Nein«, fuhr er sachlicher fort, »ich will im Garten einen Teich anlegen und habe keinen Bock mich da mit Spaten und Schaufel zu quälen.«

»Das kann ich verstehen. Ja, klar kannst du den Bagger mal mitnehmen. Aber da brauchst du ja auch den Pritschenwagen.«

»Ja. In meinen Kofferraum passt der nicht. Am liebsten würde ich den heute mitnehmen, mir morgen freinehmen und das schnell machen. Am Wochenende machen mir die Nachbarn Ärger, wegen dem Lärm.«

»Also willst du einen Bagger, den Pritschenwagen und einen Tag frei? Das ist ne Menge.«

»Ja, ich habe ja noch viel Urlaub. Der muss ja auch mal weg.«

»Okay, Jens. Bist ein netter Kerl und machst gute Arbeit, da will ich mal nicht so sein. Aber Hand aufs Herz und weitergelogen: Willst du wirklich in deinem eigenen Garten arbeiten? Oder hast du irgendeinen kleinen Nebenjob?«

»Nein«, rief Jens mit glaubwürdiger Empörung, »was denkst du von mir. Keine Schwarzarbeit. Wirklich für den eigenen Teich.«

»Okay. Aber mach den Bagger wieder sauber und tank ihn voll.«

»Klar, Ehrensache«, sagte Jens erleichtert und wollte schon das Büro verlassen, um sich umzuziehen, da rief Wolfgang noch hinter ihm her:

»Jens!«

»Ja.«

»Wenn dein Teich fertig ist, dann lädste mich mal auf ein Bier ein. Ich will mir das mal ansehen. Könnte auch was für meinen Garten sein.«

»Klar. Gerne. Das dauert aber noch, ehe da alles grünt und blüht.«

Am späten Nachmittag lud Jens den kleinen Bagger auf den Pritschenwagen und fuhr damit nach Hause. Er wollte die Sache schnell und möglichst unauffällig hinter sich bringen. Es war eine Menge Erde zu bewegen und das würde den Nachbarn nicht verborgen bleiben.

Er lud den Bagger an der Straße ab und fuhr mit dem kleinen Kettenfahrzeug langsam die Einfahrt hinauf am Haus vorbei. Sein Grundstück war riesig und wurde hinten von einem hohen Wall begrenzt, dahinter war der Wald.

Er begann, eine Höhle in den Wall zu graben. Langsam und vorsichtig. Sie musste tief und hoch sein, wie eine Garage und durfte nicht einstürzen, bevor er fertig war. Das Erdreich war feucht, aber nicht zu weich. Es ließ sich leicht lösen. Immer wieder machte er eine Pause und sah sich nach Neugierigen um. Aber es kam niemand.

Er arbeitete bis acht Uhr im Schein der kleinen Baggerlichter. Dann machte er Schluss. Wenn er noch später hier herum rumoren würde, könnte ein Nachbar neugierig werden. Er hatte den Schacht gut zur Hälfte gegraben und war zufrieden. Die ausgebaggerte Erde hatte er direkt neben dem Schacht aufgehäuft, er würde sie noch brauchen.

Er badete, machte sich das Essen warm, das Stefanie ihm in seltener Fürsorglichkeit hingestellt hatte, trank eine Flasche Weißwein und sah fern. Es gab eine Sondersendung über diese Sache in Mölln, nur eine Stunde von Lüneburg, wo ein paar Typen das Haus einer türkischen Familie abgefackelt hatten. Zwei Frauen und ein Kind waren dabei drauf gegangen und das Land heulte seit Tagen rum. Jedenfalls der Teil des Landes, der im Fernsehen gezeigt wurde. Jens fragte keiner. Er hätte gesagt, sollen sie dahin gehen, wo sie hergekommen sind, dann haben alle ihren Frieden. Ein Haus würde er deswegen aber nicht abfackeln. Das war ihm zu anonym. Und zu politisch.

Am nächsten Morgen grub Jens weiter an seinem Schacht. Es war Freitag und fast alle Nachbarn bei der Arbeit. Da sein Grundstück schlecht einzusehen war, konnte er es am Mittag wagen, seine Arbeit zum Abschluss zu bringen.

Er ging in seinen geheimen Raum und holte ein paar seiner Waffen. Er nahm nur die Pistolen und Gewehre, für die er keine Besitzkarte hatte. In der Garage öffnete er den Kofferraum seines Ford. Es schlug ihm ein bestialischer Gestank entgegen. Es war wirklich viel Blut aus der Kleinen ausgelaufen.

Er fuhr den Ford langsam aus der Garage und steuer-te ihn rückwärts in den Erdschacht. Bis zur vorderen Kante des Daches reichte der Schacht. Der vordere Teil des Wagens schaute noch raus. Aber dafür war ja die aufgehäufte Erde da. Nun musste es schnell gehen. Bis jetzt hätte er neugierigen Nachbarn alles Mögliche er-zählen können, warum er da im Garten so einen großen Schacht buddele. Aber zu der Tatsache, dass er einen fast neuen Ford Probe eingrub, konnte er keine glaub-würdige Story erfinden.

Mit dem Bagger war es ein Kinderspiel, die Haube des Ford mit Erde zu bedecken. Er ließ den Schacht kon-trolliert einstürzen, sodass der ganze Wagen verschüttet war. Mit der Baggerschaufel klopfte er die Erde fest. Das sah nun aus, als ob er hier Landschaftsgestaltung betreiben würde. Es fehlten noch ein paar junge Büsche und Bäume aus dem Gartenmarkt und ein paar schmu-cke Felsen und niemand würde vermuten, dass hier irgendetwas versteckt war.

Doch bevor er sich an die Begrünung machen konnte, musste er zur Polizei. Er fuhr mit dem Pritschenwagen zur Wache in Adendorf und meldete seinen Ford als gestohlen. Das war keine große Sache und es kostete ihn auch nicht viel Mühe, das aufgebrachte Opfer zu spie-len. Er war wirklich aufgebracht. Er musste sich damit abfinden, seinen geliebten Ford nun los zu sein. Sein ganzer Stolz. Gleichzeitig dachte er aber auch daran, dass er die Karre auf Pump gekauft hatte und nun über die Versicherung von dieser eigentlich zu schwerer Schuldenlast befreit wurde.

Der Beamte hackte Jens' Angaben auf seiner Schreibmaschine in ein Formular. Er habe den Wagen am Vorabend in einer Seitenstraße stehen lassen, weil er bei einem Freund zu viel getrunken habe. Dann war er mit dem Pritschenwagen seiner Firma unterwegs und als er jetzt den Wagen holen wollte, war der weg. So ein Ärger.

Jens ließ sich das Protokoll geben und ging. Irgendwann, in ein paar tausend Jahren, dachte er auf dem Heimweg, würden Archäologen seinen Wagen ausgraben und sich irgendeinen wunderlichen Mist zusammenreinem, was es mit diesem merkwürdigen Gerät auf sich habe.

19. Kapitel

Das waren Schritte. Kein Zweifel. Jetzt wurde die Tür des Gartenhauses geöffnet und die Schritte kamen näher. Marie hielt die Luft an. Wo sollte sie sich verstecken? In diesem Loch? Das wäre eine Falle. Unter dem Bett? Zu eng. Hinter dem Kleiderständer? Das könnte gehen. Die Klappe zum Kellerloch ließ sie offen. Sie zu schließen, hätte zu viel Lärm gemacht. Im Zeitlupentempo bewegte sich Marie durch den kleinen Raum. Die Handytaschenlampe war ausgegangen. Warum? Hatte Marie sie intuitiv ausgestellt? War sie so betrunken vom Wodka, dass sie das nicht mehr wusste? Nein. Sie hatte die Lampe ganz sicher nicht ausgeschaltet. Der Akku des Handys war leer.

Auf Zehenspitzen ging Marie, der ihre fünfundachtzig Kilo ausnahmsweise mal wirklich lästig waren, über den sanft knarzenden Holzboden. Sie hörte nichts von nebenan. Gar nichts. Was tat der Kerl? Eigentlich macht man doch Licht an, wenn man nach Hause kommt. Man geht in die Küche, holt sich ein Bier, macht den Fernseher an. Irgendetwas macht man. Aber Brogmeier, oder wer immer da gekommen war, verhielt sich völlig ruhig.

Marie hatte den Kleiderständer fast erreicht, beugte sich herunter und quetschte sich zwischen die muffigen, etwas klammen Klamotten.

»Aha.« Brogmeiers Stimme dröhnte ihr direkt ins linke Ohr. Sie hatte überhaupt nicht gehört, nicht mal gespürt, dass er in den Raum gekommen war. Sie war so sehr damit beschäftigt, unhörbar und unsichtbar zu sein, dass sie alle eigenen Sinne ausgeschaltet hatte.

»Habe ich mir doch gedacht, dass da jemand ist.«

Er stand nun ganz dicht neben Marie und funkelte sie bedrohlich an.

»Äh, Kriminalpolizei ...«

»Ich weiß. Sie waren ja am Mittag schon hier.«

»Gegen Sie liegt ein Haftbefehl vor, ich muss Sie bitten, mit mir zu kommen.«

Marie bemühte sich, das Zittern in ihrer Stimme zu unterdrücken. Aber vermutlich gelang ihr das nicht. Sie hatte panische Angst. Und Brogmeier konnte das sicher riechen.

»Ach ja?«, höhnte Brogmeier. »Ich möchte Sie ...« die Anrede zog er lang. »... bitten, mit mir zu kommen.« In dem Moment packte er Marie von hinten und drückte ihre Arme auf den Rücken. Die Überraschung war auf seiner Seite. Eine halbe Sekunde Vorsprung reichte, um Marie wehrlos zu machen. Er riss ihren schweren Körper herum, was eine beachtliche Leistung für den kleinen Mann war, und stieß sie in das klaffende Kellerloch. Marie stürzte vornüber hinein, stieß mit dem Kopf gegen die Leiter, dann mit dem Oberkörper, ihre Schienbeine knallten gegen den Rand des Lochs. Höllische Schmerzen überall. Kurz war sie benommen.

Das reichte Brogmeier, um etwas aus dem Wohnzimmer zu holen. Er legte sich bäuchlings neben das Kellerloch, griff Maries Hände und kettete sie mit einem Paar Handschellen an einen Stahlbügel, der an der Seitenwand des Kellerlochs eingelassen war. Ehe Marie wieder ganz bei Sinnen war, hatte er die Klappe auch schon wieder geschlossen. Es war stockfinster.

»Hey, Brogmeier, lassen Sie mich raus. Das macht doch alles nur noch schlimmer«, rief sie. Keine Antwort. Sie lauschte. Es war totenstill.

»Brogmeier«, brüllte sie, so laut sie konnte, »lassen Sie mich raus.« Nichts. Die Schallisolierung war offenbar perfekt. Sie konnte sich hier die Seele aus dem Leib brüllen. Niemand würde sie hören. Das war offenbar der Sinn dieses Lochs. Der Himmel weiß, wen Brogmeier hier schon alles eingesperrt hatte und was dann mit denen passiert war.

Die Angst war inzwischen der Wut gewichen. Wut setzt Kräfte frei. Nicht immer wirklich zielgerichtet. Marie zerrte wie irre an den Handschellen; sie versuchte, den Stahlbügel aus der Verankerung zu reißen. Sie schwitzte, sie brüllte. Doch das Ding bewegte sich keinen Millimeter. Der Stahl schnitt in ihre Handgelenke. Schmerzen nun auch dort. Hatte sie eine schlimme Kopfverletzung? Die Schulter gebrochen? Alles möglich. Sie konnte sich kaum bewegen in dem engen, dunklen Loch.

Sie saß auf der Matratze, an die kalte Wand gelehnt und versuchte, sich zu beruhigen. Angst hatte sie tatsächlich keine mehr. Sie würde hier nicht verrecken und sie würde sich auch nicht von Brogmeier vergewaltigen oder töten lassen. Das würde alles nicht passieren. Eher würde sie dem hässlichen Zwerg die Eier abbeißen. Er würde bezahlen für das, was er ihr hier antat. Und auch für das was er den Leuten im Wald angetan hatte. Denn daran herrschte für Marie nicht der geringste Zweifel, dass Brogmeier auf den Spuren seines psychopathischen Bruders wandelte. Warum? Warum erst jetzt? Keine Ahnung und egal. Der Typ gehörte eingesperrt. Für immer.

Irgendwann schlief Marie. Kurz vermutlich nur. Woher sollte sie das wissen. Keine Uhr. Kein Handy. Kein Licht und schon gar kein Zeitgefühl. Wie würde das hier weitergehen? Es war Freitag, als sie in diese Falle getappt war. Am nächsten Tag würde sie auf der Dienststelle niemand vermissen. Am Sonntag auch nicht. Erst am Montag würde man sich wundern, wo sie bliebe. Trübe Aussichten. Brogmeier würde sicher wiederkommen. Er konnte sie ja nicht ewig hier festhalten. Er war zur Fahndung ausgeschrieben und musste damit rechnen, dass die Polizei hier regelmäßig auftauchte.

Das Motorrad. Marie fiel ihre XT ein, die unübersehbar auf dem Parkplatz des Kleingartens stand. Die würden die Kollegen doch sofort erkennen. Und da der Helm am Spiegel hing, mussten sie annehmen, dass Marie in der Nähe ist. Sie würden sie suchen. Ja, so würde es laufen. Schon bald.

Plötzlich öffnete sich die Klappe. Licht drang durch einen Schlitz. Nicht viel, aber es war offensichtlich Tageslicht und es reichte aus, um Maries Augen zu blenden.

Brogmeier steckte den Kopf durch die nur zu einem Drittel geöffnete Klappe: »Na, alles klar da drin?« Er grinste.

»Sie sind fällig, Brogmeier. Sie haben keine Chance. Nur eine Frage der Zeit, bis meine Kollegen Sie gefunden haben.«

»Möglich. Aber dann sitzen Sie immer noch hier im Loch. Und ob die Kollegen Sie da finden?«

Marie schwieg.

»Ach, Ihr Motorrad habe ich auch versteckt. Das war doch Ihre Geländemaschine da draußen? Die ist jetzt in Sicherheit. Wird sonst noch geklaut, das gute Stück.«

Brogmeier öffnete die Klappe ganz und reichte Marie eine große Plastikflasche. Wasser. Marie spürte erst jetzt, wie durstig sie war. Er hielt ihr die Flasche an den Mund und kippte sie langsam. Sie schluckte gierig. Es lief viel daneben, übers Kinn, auf die Jacke, aber sie bekam noch genug ab. Aus dem Augenwinkel sah sie, wie Brogmeier sie musterte. Konzentriert? Interessiert? Geil? Es war schwer zu erahnen, was in diesem merkwürdigen Mann vorging.

Als er die Flasche absetzte, nutzte Marie die Gelegenheit und schrie. »Hilfe! Hilfe!« Ihre Lungen brannten, die Kehle wurde spürbar rauer, doch sie schrie weiter. »Hilfe!« Brogmeier schüttelte den Kopf und ließ die Klappe zufallen. Es war wieder dunkel und still. Es blieb die Hoffnung, dass irgendjemand an einem Samstagvormittag in diesem verschissenen Garten ihr Rufen gehört hatte. Doch sie erinnerte sich nun auch an die Geräusche, die sie bei offener Klappe vernommen hatte: Rasenmäher. Mehr als einer. Und nicht die smarten elektrischen, sondern brutal laute Motorrasenmäher. Die Hoffnung schwand.

Nach kurzer Zeit – ob es eine Viertelstunde oder eine halbe Stunde war, vermochte Marie nicht zu schätzen – öffnete sich die Klappe wieder ein kleines Stück. Brogmeiers blasses Gesicht erschien quer in der schmalen Öffnung.

»Ruhe jetzt. Nicht brüllen«, zischte er im Befehlston. »Wissen Sie eigentlich, warum Sie da drin hocken?«

»Weil Sie ein Schwerverbrecher sind ohne Verstand und ohne Skrupel?«

»Damit Sie mir zuhören.«

»Bis jetzt haben Sie nicht viel gesagt.«

»Sie sollen mir zuhören. Ihr Bullen und auch diese Schmierfinken, alle stellen mir dauernd Fragen, aber keiner hört zu. Und keiner stellt die richtigen Fragen.«

»Und wie wären die?«

»Hören Sie mir zu?«

»Lassen Sie mich dann laufen und stellen sich?«

»Vielleicht und auf keinen Fall.«

»Das klingt nicht besonders ermutigend.«

»Hörst du mir zu?« Brogmeier klang zunehmend ungehalten. Marie würde sich Spielchen mit ihm besser verkneifen.

»Ja.«

»Und du brüllst nicht rum?«

»Ja. Aber die Handschellen können Sie mir schon abnehmen. Wenigstens eine. Das ist eine ziemlich schmerzhafte Haltung.«

»Vergiss es, Mädchen.«

Er war also nun zum Du übergegangen. Die Anrede des Vertrauens, aber auch der Respektlosigkeit. Marie würde beim Sie bleiben. Das wahrte die Distanz. Sie war eine Polizistin. Eine Amtsperson, der vom Gesetz her Respekt zustand. Diesen Status wollte sie nicht leichtfertig aufgeben. Im tiefsten Innern hat das auch für den Schwerverbrecher noch einen Rest von Bedeutung.

Die Klappe ging zu.

»Verdammt, Brogmeier«, brüllte Marie, »ich höre doch zu.«

Dann ging die Klappe wieder einen Spalt weit auf. Brogmeier schob einen Holzscheit in den Spalt, sodass die Klappe nicht mehr zufiel. Am Knarren der Matratze vernahm Marie, dass er sich aufs Bett gesetzt oder gelegt hatte.

»Hörst du mich?«

»Ja. Was sind die richtigen Fragen?«

»Früher, als mein Bruder noch lebte, fragten mich alle ständig, wo er ist. Dann, als sie ihn hatten, wollten sie von mir erfahren, warum er das alles getan hat. Und dann kamen sie immer wieder zu mir, um zu fragen, was er überhaupt getan hat.«

»Wie meinen Sie das?«

»Na, noch viele Jahre nach seinem Tod wurde jeder Leichenfund in der Gegend, aber auch anderswo, direkt mit meinem Bruder in Verbindung gebracht. Ihr Bullen wart so hilflos. Bei jedem unaufgeklärten Mord habt ihr erst mal an meinen Bruder gedacht. Lächerlich.«

»Und diese Fragen wollten Sie alle nicht beantworten.«

»Ja. Wollte ich nicht. Konnte ich auch gar nicht.«

»Und welche Fragen hätten Sie beantworten können?«

»Zum Beispiel diese: Wie lebt es sich, wenn alle den Bruder für einen Serienkiller halten?«

»Was meinen Sie mit ›für einen Serienkiller halten‹? War er denn keiner?«

»Weißt du, dass meinem Bruder nicht ein einziger dieser vielen Morde, die ihm angelastet wurden, tatsächlich nachgewiesen wurde? Keiner.«

»Moment, er saß schließlich in Karlsruhe ...«

»In Untersuchungshaft. Der Prozess hatte noch gar nicht begonnen. Und er saß dort wegen Versicherungsbetrug. Von Mord war erst später die Rede.«

»Und Sie meinen, Ihr Bruder sei unschuldig?«

»Wieder die falsche Frage.«

»Und wie lautet die richtige?«

Das Bett knarrte wieder. Offenbar hatte sich Brogmeier jetzt hingelegt.

»Sag ich doch ...« Seine Stimme klang etwas entfernter. »Was macht das alles aus meinem Leben?«

»Und?«

»Sieh dich doch um.«

»Hier im Loch?«

»Das ist mein Haus. Das ist alles, was ich im Leben erreicht habe.«

»Und das ist Ihr Bruder schuld?«

»Nein, das sind die Leute schuld, die meinem Bruder Verbrechen anhängen, die sie nicht beweisen können.«

»Und die haben auch Sie verdächtigt.«

»Die haben immer geschrieben, dass ich in einem ... wie nannten sie das? ... Abhängigkeitsverhältnis zu meinem Bruder stand. Dass ich keinen eigenen Willen habe. Das klingt dann immer nach Komplize und so.«

Marie schwieg. Sie wollte jetzt keine Fragen mehr stellen. Was wollte er ihr mitteilen? Worauf lief das hinaus?

»Als mein Bruder ins Heim kam, war ich vier Jahre alt. Er hat mich mit meinem brutalen Vater und meiner jämmerlichen Mutter allein gelassen. Nur, wenn er ab und zu mal am Wochenende nach Hause kam, war es einigermaßen erträglich. Dann hat der Alte sich nicht so viel getraut.«

Das Bett knarrte wieder. Durch den Spalt in der Klappe sah Marie Brogmeiers Füße in den schmuddeligen Croc-Schuhen. Er schlurfte aus dem Zimmer. Kurz darauf kam er wieder. Klimpern, das Geräusch von

Flüssigkeit, die in ein Glas gefüllt wurde. Offenbar machte er es sich gemütlich. Ein Drink zum Plaudern.

»Hey, Brogmeier. Die Handschellen. Bitte. Wenn ich zuhören soll ...«

»Schnauze.«

Für einen Moment war es still. Dann sprach er mit monotoner Stimme weiter.

»Als Jens zum ersten Mal in den Knast kam, war ich acht. Betrug. Ein Jahr Jugendknast. Das war für mich die Hölle. Bei jeder Gelegenheit, bei jeder Kleinigkeit, die ich ausgefressen hatte, rastete mein Vater aus. Er schlug mich, brüllte rum, ob er denn nur Verbrecher großgezogen habe. Dann drosch er auf meine Mutter ein, die uns nicht anständig erzogen habe, weil sie zu weich sei. Dann soff er, dann heulte er rum. Das ging alle paar Tage so.«

Marie hatte kein Gefühl mehr in den Händen. Und sie hatte wieder Durst. Pinkeln musste sie vor einer Stunde auch noch, aber das hatte sich inzwischen erledigt. Ihre Haftbedingungen verschlimmerten sich. Aber sie wollte Brogmeier in seinem Redefluss nicht unterbrechen. Je mehr er sie ins Vertrauen zog, umso vertrauter wurde sie ihm und darin lag ihre Chance. Wenn der jämmerliche Typ überhaupt in dieser Weise berechenbar war.

»Dann kam er wegen Vergewaltigung in den richtigen Knast. Das war einundsiebzig. Da war ich zwölf. Fünfeinhalb Jahre hat er bekommen. Und jeder hier wusste es. In der Schule, in der Nachbarschaft, in jedem Geschäft. Alle guckten immer komisch, wenn ich kam. Das ist der Bruder von der Bestie, von dem Triebtäter. Der ist bestimmt genau so ein Irrer, haben alle gedacht. Ich habe meine Eltern angefleht, dass wir wegziehen, irgendwohin, wo uns keiner kennt. Aber mein Alter war zu faul oder zu feige, sich einen neuen Job zu suchen.«

Es plätscherte wieder aus einer Flasche in ein Glas. Brogmeier schluckte hörbar. Es war nicht abzusehen, wohin der zunehmende Rausch ihn führen würde. Würde er milder werden oder aggressiver? Oder würde er schlicht einschlafen? Seine Zunge wurde hörbar schwerer. Marie gewann immer mehr den Eindruck, als spräche Brogmeier gar nicht mehr zu ihr, sondern zu sich selbst. Er durfte sie nicht vergessen.

»Ich brauche noch mal was zu trinken. Und dann die Handschellen ... Bitte.«

Das Bett knarrte. Brogmeier bewegte sich. Dann öffnete er die Klappe ganz. Man sah ihm den Alkohol an. Sein Gesicht war noch teigiger, noch blasser. Er saß auf dem Bett und beugte sich mit der Wasserflasche zu Marie. Sie trank. Dann nahm er sein Schnapsglas und prostete ihr zu.

»Na, auch einen Kleinen?«

»Die Handschellen.«

»Gut. Ich mache dir eine Hand los und du machst keinen Quatsch. Ich lasse die Klappe auf. Damit ich dich im Auge habe.«

Er öffnete eine Handschelle, Maries linke Hand war frei. Kurz hatte sie den Impuls, den Kerl mit dieser Hand zu packen und mit dem Kopf irgendwo gegen zu hauen. Doch es ging alles zu schnell. Und das Risiko, dass es dann erst richtig gefährlich wurde, war zu groß.

Was Marie sich überhaupt nicht erklären konnte: Warum kam kein Kollege hierher? Warum fuhren sie im Zuge der Fahndung nicht regelmäßig am Wohnort des Gesuchten vorbei? Das war doch eine elende Schlamperei. Da würde sie ein Fass aufmachen, wenn sie mal wieder in der Dienststelle wäre. Irgendwann.

»Als ich vierzehn war, habe ich mal ein Mädchen kennengelernt. Die war keine Schönheit, aber irgendwie nett und sie hat mich auch rangelassen. Also nicht so richtig. Aber Küssen und Fummeln war okay. Klar, war die froh, dass sich überhaupt einer für sie interessierte. Sie ging in die Sonderschule und mein Vater sagte, sie sei ein bisschen doof, aber das war mir egal. Doch dann, als ihre Eltern dahintergekommen sind, war Schluss. Sie haben mir sogar mit der Polizei gedroht.«

»Verstehe«, sagte Marie.

»Gar nichts verstehst du, Bullenschlampe. Ich habe in meinem ganzen Leben kaum eine Frau gefunden, die freiwillig mit mir gevögelt hätte. 1991 war ich mal kurz verlobt. Mit Ilse. Das war ein Hoffnungsschimmer. Aber die hat mein Bruder beklaut. Geld und Scheckkarte hat er ihr dreist aus der Tasche gegriffen, als sie auf dem Klo war. Nicht nur einmal, mehrmals. Weil er ständig pleite war. Aber Ilse hat ihn nicht angezeigt, wie ich ihr geraten hatte. Nee, davor hatte sie Schiss. Die hat mich verlassen, die feige Schlampe.«

»Und nach diesen Sachen hat Sie nie jemand gefragt?«

»Nein. Niemand.« Er goss nach und stürzte es hinunter.

»Was war mit dem Haus? Ihr Bruder hat das Haus geerbt. Und Sie?«

»Gute Frage. Die hat mir auch niemand je gestellt. Ja, das Haus hat er geerbt. Und mir hat er Geld gegeben.«

»Wie viel?«

»Fünftausend Mark.«

»Nicht viel für ein halbes Haus.«

»Nein. Aber er hatte mir versprochen, mehr zu geben, wenn er wieder flüssig sei. War er aber nie. Er hat mir auch angeboten, bei ihm zu wohnen. Ohne Miete.«

»Das wollten Sie aber nicht.«

»Mit dieser Fotze, dieser Hamburger Schickimicki-Schlampe? Lieber penne ich unter einer Brücke.«

»Sie meinen seine Frau Stefanie.«

»Die hatte meinen Bruder voll bei den Eiern. Jedenfalls die ersten Jahre. Dann hat er nur noch durch die Gegend gevögelt. Kein Wunder.«

»Wieso?«

»Sie wurde alt und schlaff. War ja mal eine Schönheitskönigin. Vor langer, langer Zeit.«

»Als Ihr Bruder starb, hat seine Frau das Haus geerbt. Hätten Sie da nicht einen Pflichtteil einfordern können?«

»Ja. Vielleicht. Aber einen Anwalt konnte ich mir nicht leisten. Und diese Stefanie hat den Bullen gegenüber auch ständig Andeutungen gemacht, dass ich mit drin hinge in den Fällen meines Bruders. Irgendwann hat sie auch erzählt, dass ich der Göhrde-Mörder wäre und das ihrem Mann nur anhängen wolle. Völlig gestört die Alte.«

»Also haben Sie ihr das Haus gelassen.«

»Notgedrungen. Und was macht die Fotze? Verkauft es an einen Kerl und bleibt gleich bei dem. Der hat also mit dem Haus gleich die Frau dazubekommen. Elende Hure, die.«

»Wissen Sie, wie mir das vorkommt, was Sie da so erzählen?«

»Nee. Wie?«

»Als ob Sie immer noch für die Verbrechen büßen müssen, die Ihr Bruder begangen hat.«

»Möglich. Oder begangen haben soll. Das macht dabei eigentlich keinen Unterschied.«

»Und weil Sie das so sehr ankotzt, haben Sie sich nun vorgenommen, die Verbrechen tatsächlich zu begehen. Ist das so?«

»Das war jetzt wieder die falsche Frage«, sagte Brogmeier mit hasserfülltem Gesicht. »Und deine letzte.« Er ließ die Klappe zufallen. Es war wieder dunkel. Und still.

20. Kapitel

»Und wenn Jens-Peter Brogmeier noch lebt?« Weide hatte das Handy am Ohr und war sprachlos. Es dauerte einen Moment bis er, schlaftrunken und desorientiert, erkannt hatte, wer da am anderen Ende war. Der Polizeipräsident höchst selbst wollte am Telefon den Fall diskutieren. Am Samstagmorgen. Um acht Uhr.

Neben Stephan lag Miriam. Sie hatte sich gerade etwas gedreht. Dabei war die Decke verrutscht und ein Bein, eine Hälfte des Pos und ihr Rücken lagen frei. Was für ein perfekter Körper, dachte Weide und bekam schon wieder eine Erektion, obwohl die vergangene Nacht sehr intensiv gewesen war.

Die Hausbesichtigung am Freitag war eine Enttäuschung. Eine Bruchbude am Stadtrand von Lüneburg mit wenig Charme und viel Renovierungsstau. Er ärgerte sich, dass Miriam deshalb extra aus Düsseldorf gekommen war. Hedwig hatte sie, Gott sei dank, bei den Großeltern gelassen. Aber der Abend in einem netten Restaurant und alles Folgende waren den Aufwand wert.

Das einfache Appartement, in dem er für den Übergang wohnte, hatte wenig Raum für Privatsphäre. Um ein Gespräch zu führen, ohne seine Frau zu wecken, musste er entweder ins Bad oder auf den Balkon gehen. Er entschied sich für den Balkon.

»Einen Moment bitte«, flüsterte er ins Handy, zog sich einen Bademantel über und ging hinaus.

»Guten Morgen, Herr Polizeipräsident, was verschafft mir die Ehre zu dieser frühen Stunde?«

»Ja, ich weiß, es ist Wochenende. Tut mir leid. Aber der Gedanke lässt mich nicht los.«

»Aber das ist doch absurd. Der baumelte da doch in seiner Zelle. Mausetot. Wann war das noch?«

»Dreiundneunzig. Ich weiß, aber war er das?«

»Wieso. Wer soll das sonst gewesen sein?«

»Ich habe mir gestern noch mal alte Akten angesehen. So zur Inspiration.«

»Zur Inspiration?« Weide konnte sich einen ironischen Unterton nicht verkneifen.

»Ja. Sie dürfen ruhig schmunzeln. Da bin ich auf Bilder gestoßen von Jens-Peter Brogmeier und seinem Bruder Helmut.«

»Und?«

»Die sehen sich verdammt ähnlich.«

»Das kommt vor bei Brüdern. Ich sehe meinem ...«

»Ja. Geschenkt. Aber Jens-Peter ist zehn Jahre älter als Helmut, sieht aber viel jünger aus.«

»Vielleicht ein besseres Leben, wer weiß? Und so alt wie Helmut heute ist, ist Jens-Peter ja nie geworden. Wie alt war der noch bei seinem Freitod?«

»44«, assistierte der Polizeipräsident.

»Ja. Genau. Also worauf wollen Sie hinaus?«

»An irgendeiner Stelle in der langen Geschichte haben Helmut und Jens-Peter die Rollen getauscht.«

»Und wann genau soll das gewesen sein?«

»Zum Beispiel neunzehnhundertdreiundneunzig, als Jens-Peter Brogmeier auf der Flucht war.«

»Ich erinnere mich«, sagte Weide, obwohl er sich nicht erinnerte.

»Brogmeiers Haus in Lüneburg war zum x-ten Mal durchsucht worden. Im Garten hatten unsere Leute den Ford ausgebuddelt, im Kofferraum Blut und Hinweise auf Taten. Welche das auch immer waren.«

»Warum hatten Sie denn Brogmeier wieder im Visier?«

»Es gab damals eine neue Staatsanwältin hier, die sich ein paar Lorbeeren verdienen wollte. Sie war wohl auch von einem Kollegen heißgemacht worden, dessen Schwester Christina Schmitter ja auch seit Jahren vermisst wurde. Von der war das Blut in dem Auto aber nicht. Das war viel frischer. Das konnte nicht zugeordnet werden. Möglich, dass die Leiche nie gefunden wurde, die er in dem Ford transportiert hatte.«

»Ja. Und?«

»Brogmeier, also Jens-Peter, musste damit rechnen, dass die Kollegen nicht mehr lockerlassen. Er tauchte unter und schickte seinen Bruder mit seinem Auto und seinen Papieren auf irgendeine Mission.«

»Wie bitte?« Weide versuchte, leise zu sprechen, aber die Theorie des Präsidenten forderte laute Verblüffung. »Sie meinen, er hat seinen Bruder losgeschickt, seine Flucht vorzutäuschen?«

»Ja.«

»Aber warum sollte Helmut da mitmachen?«

»Weil er nichts davon wusste. Er hatte irgendeinen Auftrag und ist ja nur zufällig gefasst worden.«

»Ja, stimmt, wie war das noch?« Weide war inzwischen sehr gut darin, Wissenslücken zu überspielen.

»Helmut war in Heilbronn in einen harmlosen Verkehrsunfall verwickelt und als seine Personalien überprüft wurden, hielt man ihn für Jens-Peter und buchtete ihn ein.«

»Wieso?«

»Wegen Versicherungsbetrugs. Für den angeblich gestohlenen, tatsächlich aber vergrabenen Ford, hatte die Versicherung über dreißigtausend Mark abgedrückt. Das ist ein Verbrechen. Keine Kleinigkeit.«

»Und Helmut stellt den Irrtum nicht richtig?«

»Nein. Brudersolidarität. Jens-Peter hat ihm vermutlich irgendeine Story aufgetischt und versprochen, dass das keine große Sache wird. In der Haft hat Helmut dann aber mitbekommen, was seinem Bruder sonst noch so angehängt wird. Und das war dann zu viel für ihn.«

»Aber warum hat er dann nicht gesagt, wer er wirklich ist?«

»Hat er vielleicht. Den Schließern. Aber die haben ihn nicht ernst genommen. Und ein Verfahren hatte noch gar nicht begonnen.«

»Da gab es aber doch noch einen Abschiedsbrief.«

»Ja. Weinerliches Geschreibsel. Kein echtes Geständnis. Ohne konkrete Hinweise. Helmut – also nach meiner Theorie Jens-Peter – hat seinen Bruder noch mal in der Haft besucht. Da kann er ihm den Brief untergejubelt haben.«

»Um dem eigenen Bruder die Morde anzuhängen?«

»Ja.«

»Ziemlich schräg, oder?«

»Ja. Aber auch ziemlich clever.«

»Und der Bruder ist so blöd?«

»Oder so loyal.«

Miriam war aufgestanden und stand hinter der verschlossenen Balkontür. Sie beobachtete Stephan und lächelte ihn an. Liebevoll? Mitleidig? Lüstern? So ganz konnte er das durch die Scheibe, in der sich der Morgenhimmel spiegelte, nicht ausmachen.

Der Polizeipräsident wartete am anderen Ende offenbar auf eine Entgegnung.

»Aber er konnte doch nicht davon ausgehen, dass sein Bruder sich umbringen würde. Spätestens vor Gericht wäre der Schwindel doch aufgeflogen.«

»Ja, wenn der falsche Jens, also der richtige Helmut, geplaudert hätte. Und wenn man ihm geglaubt hätte. Möglich, dass sich der richtige Jens in der Zwischenzeit absetzen wollte. Dann wären beide fein raus gewesen. Helmut hätte man freilassen müssen und Jens wäre verschwunden.«

»Gut, Herr Mucha. Ich werde Ihrer Theorie nachgehen. Auch wenn ich sie ziemlich verwegen finde.«

Er legte auf, schaltete das Handy aus und ging zu Miriam, die sich wieder ins Bett gelegt hatte und ihn erwartungsvoll ansah. Er bat sie, um einen Moment Geduld, nahm sein iPad vom Nachttisch und notierte in kurzen Stichpunkten die Theorie des Präsidenten, an die er so gar nicht glauben konnte. Dann widmete er sich der Liebe seines Lebens.

21. Kapitel

Solange sie mit Brogmeier sprach, hatte Marie das Gefühl, die Situation unter Kontrolle zu haben. Doch jetzt war der Deckel wieder zu. Es war still und dunkel und sie hatte keine Ahnung, was der Kerl vorhatte. Wie lange war er schon weg? Eine Stunde? Zwei? Sie hatte überhaupt kein Zeitgefühl im dunklen Loch. Würde Brogmeier fliehen? Oder bereitete er gerade ihre Hinrichtung vor? Für solche Sachen hatte er das Kellerloch doch sicher gebuddelt. Er war offensichtlich genauso ein Psycho wie sein Bruder. Würde er sie vergewaltigen, bevor er sie umbrachte?

Marie spürte panische Angst aufsteigen. Die Form von Angst die man selten, fast nie spürt. Die sich langsam anschleicht, von Befürchtungen und Visionen gespeist, immer stärker wird, lähmt, brennt. Zum Verrücktwerden. Marie schrie. Sie kreischte. So laut sie konnte. Nicht Hilfe oder irgendein anderes Wort. Einfach infernalisches Gekreische. Aus Wut, aus Angst.

Doch das war anstrengend und so sinnlos. Sie sackte zusammen und weinte. Wie ein kleines Mädchen. Sie wollte nie ein kleines Mädchen sein, auch nicht, als sie eins war. Und nun: pure Verzweiflung und die Hoffnung, dass alles nur ein böser Traum war.

Mit der linken Hand wischte sie sich durchs verheulte, verschwitzte Gesicht. Moment. Die Hand war ja frei. Brogmeier hatte sie bei seinem raschen Abgang nicht wieder angekettet. Eine frei bewegliche linke Hand eröffnete ganz neue Möglichkeiten. Warum war ihr das nicht sofort aufgefallen? Hatte sie sich so schnell in ihr

Schicksal ergeben? War sie zu ängstlich, zu schwach für den Bullenjob?

Sie fasste unter die Klappe und drückte sie hoch. Das ging leicht und sie öffnete sich einen Spalt breit. Um sie ganz aufzumachen, musste sie sie nur mit Schwung hochdrücken, damit sie ganz aufflog. Aber das gelang nicht. Dafür fehlte ihr der Hebel. Nach ein paar Versuchen gab sie es auf.

Stattdessen drückte sie die Klappe nur einen Spalt breit auf und rief: »Hilfe, Hilfe. Hört mich jemand? Ich bin hier in der Hütte gefangen. Hilfe.« Es klang etwas unwirklich, wie sie fand. Unglaubwürdig, wie aus einem schlechten Film oder einem Sketch. Es war Samstagnachmittag, wenn sie richtig schätzte. Ein schöner warmer Tag, da müsste es hier doch nur so von Gartenbesitzern wimmeln. Einer müsste sie doch hören. Oder klang sie wie ein spielendes Kind, das man nicht ernst nehmen musste? Man kannte das doch von Klassenfahrt-Bussen auf der Autobahn. Da hielten Kinder Schilder ins Fenster: *Hilfe, wir werden entführt.* Sehr lustig. Wenn es wirklich mal zu einer solchen Entführung käme, würde sicher niemand die Polizei informieren.

»Hilfe!«, rief sie noch einige Male und versuchte dabei, so erwachsen und so ernsthaft wie möglich zu klingen. Aber die Angst war weg. Die Angst, die sie lähmte, die ihrer Stimme aber auch etwas Glaubwürdiges gegeben hätte, war verschwunden. Mit dem freien linken Arm und der Möglichkeit, die Klappe hochzudrücken und sich bemerkbar zu machen, hatte sie wieder die Kontrolle gewonnen. Sie würde hier nicht verrecken, sie würde irgendwie rauskommen. Blieb nur noch die Sorge, dass Brogmeier zurückkehrte, um sie zu töten. Aber daran glaubte sie auch nicht wirklich.

Der Arm, mit dem sie die Klappe hochdrückte, schmerzte. Sie spürte, wie sich ein Krampf aufbaute. Sie ließ die Klappe langsam runter und schüttelte den Arm aus. Ein paar Minuten würde sie Stille und Dunkelheit aushalten müssen, bevor sie die Klappe wieder anheben konnte.

Doch bevor sie einen weiteren Vorstoß zur Alarmierung ihrer Retter starten konnte, hob sich die Klappe von selbst. Nicht schnell, eher langsam und zaghaft. Brogmeier ist zurück, schoss es ihr durch den Kopf. Nun würde es ernst. Die Angst ergriff sie wieder und sie brachte keinen Ton heraus. Sie zog sich so weit wie möglich in das Kellerloch zurück und starrte auf den größer werdenden hellen Spalt. Ein paar schwarze Männerschuhe, nicht Brogmeiers komische Crocs. Eine dunkle Hose.

»Hallo?« Eine zaghafte Männerstimme.

»Ja, hallo! Wer ist da? Holen Sie mich hier raus, verdammt.«

Die Klappe öffnete sich vollständig und ein Polizist in Uniform sah verwundert auf Marie herab. Sie kannte ihn nicht, hatte ihn noch nie gesehen. Er stand reglos da und starrte nur. Was glotzt der, dachte Marie.

»Hallo, Herr Kollege, schön dass Sie sich die Mühe machen.«

»Kollege?« Marie war überrascht, dass die Ratlosigkeit in seinem Gesicht noch steigerungsfähig war.

»Ja. Kollege. Marie Gläser. Mordkommission Lüneburg. Und mit wem habe ich das Vergnügen?«

»Äh, Lutz Grabosch, Polizeimeisteranwärter. Ich ...«

»Ja, später«, zischte Marie, »holen Sie mich jetzt erst mal hier raus.«

Der Polizist beugte sich in die Luke, wobei ihm die Dienstkappe vom Kopf fiel und in das Loch plumpste. Mit einem Schlüssel machte er sich an der Handschelle zu schaffen, war aber zu zittrig und zu aufgeregt, um etwas zustande zu bringen. Genervt nahm Marie ihm den Schlüssel aus der Hand und öffnete mit der linken Hand die Fessel, mit der sie seit wie vielen Stunden verbunden gewesen war? Achtzehn, zwanzig?

Dann hob sie die Mütze des Polizisten auf und stieg aus der Luke. Marie war steif, verkrampft, die Gelenke schmerzten. Sie streckte sich und es wurde etwas besser. Kopfschüttelnd gab sie dem Anwärter seine Kopfbedeckung.

»Wo kommen Sie denn jetzt her?«

»Äh, ich war die ganze Nacht da.«

»Was?« Marie konnte es nicht fassen. »Wo?«

»Hinten, am Ende des Weges, auf einer Bank mit Blick auf die Hütte hier. Ich sollte Meldung machen, wenn jemand kommt, weil der Besitzer ja zur Fahndung ...«

»Und warum haben Sie keine Meldung gemacht?«

»Ist ja keiner gekommen.«

»Wie bitte? Waren Sie wirklich die ganze Zeit da?«

Sie überschlug den Ablauf der Nacht. Klar. Als sie in die Hütte kam, war es vielleicht zehn Uhr abends. Dann kam Brogmeier, der aber sicher vor Mitternacht wieder verschwunden war. Aber am Morgen hätte der Polizei-Azubi doch etwas bemerken müssen.

»Am Morgen haben Sie auch niemanden gesehen?«

»Nein.«

»Nein? Wo haben Sie denn hingeguckt, am Morgen.«

»Ja, ich war ...«

»Ich höre.«

»Ich war kurz weg, mein Bruder wird heute dreißig, hier in der Nähe. Und da bin ich nur kurz vorbei. Nicht lange.«

»Wie lange?«

»Eine Stunde. Höchstens zwei.«

»Toll, Herr Kollege, das war genau die Zeit, in der der Gesuchte hier noch mal vorbeigeschaut hat und es hätte nicht viel gefehlt und er hätte mir die Kehle durchgeschnitten.« Marie kochte vor Wut und sie hätte den Burschen gerne angebrüllt, aber das war so gar nicht ihre Art und genützt hätte es auch nichts.

»Wie waren Sie denn eigentlich unterwegs? Mit einem Peterwagen?«

»Ja.«

»Und wo haben Sie den abgestellt.«

»Ein gutes Stück entfernt von hier an einem Industriegelände. Den konnte man auf dem Weg hierher sicher nicht entdecken.«

»Haben Sie mein Motorrad gesehen?«

»Motorrad?«

»Vergessen Sie es. Geben Sie mir Ihr Handy.«

Sie rief auf der Dienststelle an und bestellte die Spurensicherung zur Gartenlaube. Dann wies sie den Polizisten an, auf das Eintreffen der Kollegen zu warten und machte sich auf die Suche nach ihrer XT. Weit konnte Brogmeier die Maschine nicht gebracht haben, denn er musste schieben. Den Schlüssel hatte sie in der Tasche. Nach gut zwanzig Minuten fand sie die Yamaha auf einem verlassenen Industriegelände hinter einer Mauer.

Nicht weit davon stand auch der alte Passat-Streifenwagen, den man dem Anfänger gegeben hatte. Der Wagen war nicht wirklich gut versteckt und würde Brogmeier zuverlässig davon abhalten, in die Nähe seiner Laube zu kommen. Was für ein Reinfall.

An diesem Samstag wollte sich Marie um nichts mehr kümmern. Nicht um Brogmeier, nicht um das erforderliche Protokoll und nicht um irgendwelche Toten. Sie fuhr nach Hause, duschte, versorgte die Beulen und Hautabschürfungen, aß die Reste einer Spaghetti-Mahlzeit, die ihre Mitbewohner auf dem Herd gelassen hatten, und ging schlafen.

22. Kapitel

Stephan Weide saß unruhig auf dem unbequemen Stuhl. Er sah aus wie ein Stuhl von Thonet, war aber kein Original, sondern eine billige Kopie, alt und wackelig. Er passte auch nicht zu den anderen Stühlen, die rund um den Küchentisch standen. Eigentlich passten sie alle nicht zueinander. Zusammengewürfelt. Die meisten vermutlich vom Sperrmüll. Eine Studenten-WG eben.

Der Küchentisch war groß und unaufgeräumt. Zeitungen, leere Bionade- und Bierflaschen, ein benutztes Frühstücksbrettchen und ein Messer. Keine Lebensmittel, die waren sicher wieder in den Kühlschrank gewandert. So viel Ordnung und Hygiene musste auch hier sein. Im Aschenbecher ein paar Kippen, eine davon unübersehbar mal als Joint geraucht.

Die junge Frau, die Stephan Weide hereingelassen hatte, war verschwunden. Sie hatte ihn in die Küche geführt und dann im Flur eine Tür geöffnet und hineingerufen: »Marie, für dich. Ich glaube, dein Chef.« Sonst hielt sich offenbar keiner der Bewohner an diesem Sonntagnachmittag zu Hause auf.

Marie kam in die Küche geschlurft. Sie trug einen grauen Jogginganzug und Badelatschen. Ihre Haare ungekämmt, sie war ungeschminkt. Das überraschte Weide, denn eigentlich schätzte er Marie Gläser als jenen Typ Frau ein, der sich aus Prinzip nicht schminkt. Aber so, wie sie nun aussah, durfte er vermuten, dass sie sonst wenigstens einen Hauch Make-up und Wimperntusche benutzte.

»Was machen Sie denn hier?«, fragte Marie. Weide grinste verlegen.

»Ich war eben kurz in der Dienststelle und da hat mir der Kollege, der Ossi, na ...«

»Walter Sobchak.«

»Ja. Genau. Der hat mir von Ihrem Abenteuer berichtet und da wollte ich mal sehen, wie es Ihnen so geht. Entschuldigen Sie, wenn ich ungelegen komme.«

»Das ist ja rührend.«

»Ich habe versucht, Sie anzurufen, aber Ihr Handy ist wohl ausgeschaltet.«

»Ja. Es ist leer. Ich habe völlig vergessen, es aufzuladen.«

»Und?«

»Was und?«

»Alles klar?«

»Ja. Sicher.«

»Mensch, Marie. Jetzt erzählen Sie mal. Lassen Sie sich nicht alles aus der Nase ziehen.«

»Kaffee? Tee?«

»Nein, danke. Gar nichts.«

Marie setzte sich gegenüber von Weide auf einen Stuhl und erzählte von ihrem Ausflug in den Schrebergarten. Walters Wodka, der ihr den Mut zu diesem Alleingang verliehen hatte, ließ sie aus. Und auch über den pflichtvergessenen Kollegen schwieg sie. Als Weide »Warum hat der Beamte Brogmeier denn nicht kommen sehen?« zwischenfragte, antwortete sie lapidar: »Keine Ahnung. Der hat sich vermutlich clever angeschlichen.«

Ausführlich berichtete sie davon, was Brogmeier über seinen Bruder erzählt hatte. »Ich bin inzwischen ziemlich sicher, dass Brogmeier die Taten seines Bruders nachmacht.«

»Echt?«

»Ja. Der ist auch so ein Psycho. Und Er ist Alkoholiker. Das Verlies im Gartenhaus. Das passt doch alles zusammen.«

»Und warum hat er Sie dann nicht umgebracht?«

»Weiß ich nicht. Aber sein Bruder hat auch nie einen Polizisten umgebracht, soweit wir wissen. Da gibt's vielleicht eine Hemmschwelle.«

»Aber Sie sind eine Frau. Das passt schon eher ins Beuteschema.«

»Ja. Danke. Sie machen mir Mut. Brogmeier ist noch flüchtig. Wollen Sie mein Polizeischutz sein?«

Weide lachte: »Wenn es sein muss, auch das. Aber mal ernsthaft. Warum soll Brogmeier denn so viele Jahre nach dem Tod seines Bruders damit anfangen. Das hätte er doch gleich tun können.«

»Weil das alles noch mal aufgewirbelt wurde, im vergangenen Jahr. Weil er die Nachstellungen von Polizei und Presse satt hatte und nicht mehr unter Taten leiden wollte, die er nicht begangen hatte.«

»Hmmm.« Weide sah nachdenklich auf den Aschenbecher. Marie schien das zu bemerken, entdeckte offensichtlich den Joint-Stummel im Aschenbecher und erschrak kurz. Weide ließ das unkommentiert.

»Vielleicht ist es ja noch anders«, sagte Marie, »und stellt schon viel länger Morde seines Bruders nach. Im Laufe der Jahre ist Brogmeier mit gut vierzig Morden in Verbindung gebracht worden. Und nicht nur im Raum Lüneburg. Von Hamburg bis Karlsruhe. Immer, wenn irgendwo eine Frauenleiche auftauchte, ermittelte man auch in Richtung Brogmeier.«

»Ohne Erfolg.«

»Ja. Ohne Erfolg. Also wissen wir nicht, ob das Brogmeier-Morde waren. Aber vielleicht wusste es sein Bruder.«

Man hörte einen Schlüssel an der Wohnungstür, dann öffnete sie sich. Ein junger Mann in T-Shirt und kurzer Hose, unrasiert und offenbar übernächtigt, schlurfte in die Küche. Er sagte »Hi!«, ging zum Kühlschrank, nahm eine Milchtüte heraus, trank im Stehen einen tiefen Schluck aus der Tüte, stellte sie wieder in den Kühlschrank und verließ den Raum. Weide beobachtete den Mann irritiert, Marie schüttelte genervt den Kopf, sagte aber nichts.

Stephan Weide holte tief Luft und sprach dann aus, was er selbst für so zweifelhaft hielt: »War der Mann, der Sie gefangen gehalten hat, tatsächlich der Bruder?«

»Hä? Wer sonst?«

»Vielleicht war es Brogmeier selbst.«

»Was? Sie meinen Jens-Peter Brogmeier? Der seit 1993 tot ist? Als Zombie vielleicht? Der war nicht hübsch, aber ein Zombie war er auch nicht.«

»Ja. Der Killer lebt und aufgehängt hat sich der jüngere Bruder. Nicht meine Theorie. Aber auch nicht ganz daneben?«

»Sobchak? Oder Ina Feldmann von der Lüneburger Stimme? Wer kommt auf so was.«

»Der Polizeipräsident höchstpersönlich kommt auf so was.«

Marie schüttelte mehrfach den Kopf, als Weide ihr ausführlich von seinem Telefonat mit dem Oberpolizisten am Vortag berichtete.

»Das muss doch herauszubekommen sein. DNA oder so, wer nun wer ist, oder?«, sagte Marie.

»Ja, eigentlich schon. Darum war ich auch eben in der Dienststelle. Es gibt kein brauchbares Material mehr vom toten Brogmeier. Und bei den Ermittlungen Anfang der Neunzigerjahre spielte DNA noch keine Rolle. Das ging doch damals erst richtig los mit dem genetischen Fingerabdruck. Es gibt also nichts zu vergleichen. Wir müssen jemanden fragen, der beide kannte.«

Marie lachte: »Wen denn?«

»Zum Beispiel seinen Nachfolger. Den Mann, der Brogmeiers Haus und Brogmeiers Frau geerbt hat.«

»Oswald Metzger.«

»Ja, so heißt er wohl.«

***

Metzger war nicht überrascht an diesem Montagmorgen. Wie eigentlich alle Menschen aus dem Umfeld des Göhrde-Mörders, denen Marie und Weide begegneten, nicht überrascht waren. Sie stellten zuerst alle dieselbe Frage: Presse oder Polizei? Seit der inzwischen eingeschlafenen Wiederaufnahme der Ermittlungen im Jahr ein Jahr zuvor waren alle Menschen und Orte im Fokus, die irgendwie auch nur im Entferntesten mit den Taten in Verbindung standen. Das Haus am Stadtrand von Lüneburg, vor dem die Polizisten nun parkten, war zwischendurch sogar zu einer touristischen Attraktion geworden. Zu genau waren die Berichte. Es war für jeden Zeitungsleser leicht zu finden.

Es war ein aus der Mode gekommenes, schlichtes Backsteinhaus am Ende einer Sackgasse. Links von der Straße begann der Wald. Das Haus stand auf einer Anhöhe und man konnte die Größe des Grundstücks, das nach hinten von einer Bahnstrecke begrenzt war, nur vermuten. Aber zwischen Haus und Gleisen lagen noch viel Wiese und alter Baumbestand. In dieser Anhöhe hatte Brogmeier seinen fast neuen Ford vergraben, stand in den Akten. Wieso? Kann man ein Auto nicht besser verschwinden lassen? In der Elbe versenken oder nach Polen oder Holland fahren und dort abstellen? Das Ausschlachten würden irgendwelche Gauner automatisch übernehmen. Aber Brogmeier verbuddelte die Karre in seinem Garten. Möglich, dass er davon träumte, sein Schätzchen irgendwann wieder auszubuddeln. Aber er hatte den Wagen als gestohlen gemeldet. Da konnte er ihn nicht einfach wieder auftauchen lassen. Vielleicht wollte er auch sichergehen, dass er das sperrige Beweisstück unter Kontrolle hatte. Was auch immer.

Marie hatte in den Akten keinen Hinweis darauf gefunden, wie er den Wagen eigentlich verbuddelt hatte. Das macht man nicht mit einem Spaten. Dazu braucht man mehr oder weniger schweres Gerät.

Weide drückte den Klingelknopf am gemauerten Torpfosten. Ein hässlicher weißer Betonlöwe blickte auf sie herab.

Lange Zeit tat sich nichts. Weide klingelte noch mal. Nun sahen sie, wie eine Gardine zur Seite geschoben wurde. Ein dickes rotes Gesicht kam zum Vorschein. Mürrischer Blick. Der Mann sagte etwas. War er nicht allein? Seine Frau Stefanie, die Witwe des mutmaßlichen Göhrde-Mörders, war schon zehn Jahre tot. Mit nicht mal siebzig Jahren war sie dem Krebs erlegen. Nach Maries Recherchen lebte Metzger allein.

Die Gardine fiel wieder zu. Dann öffnete sich die Haustür.

»Was wollen Sie? Presse oder Polizei?«, rief Metzger durch den Vorgarten. Eine Sprechanlage gab es nicht.

»Mordkommission, wir hätten mal ein paar Fragen.« Marie versuchte, das schmiedeeiserne Gartentor zu öffnen. Es war verriegelt.

Metzger schüttelte den Kopf, drehte sich um und ging wieder ins Haus. Die Haustür blieb einen Spalt geöffnet. Dann summte es am Gartentor und Marie konnte es aufdrücken.

Langsam gingen die Polizisten aufs Haus zu. Von Metzger war nichts zu sehen. Sie stiegen die vier Treppenstufen zur Haustür hoch und drückten die angelehnte Tür zaghaft auf.

»Hallo«, rief Marie, »Herr Metzger?«

Weide drängte hinter ihr, schob sie regelrecht ins Haus.

»Hierher«, vernahmen sie eine Stimme. »Kommen Sie ins Wohnzimmer.«

Weide und Marie gingen durch den kleinen Flur und schoben eine Tür auf. Im Wohnzimmer saß in einem Ungetüm von Sessel ein dicker, alter Mann. Kahlköpfig, mit rotem Gesicht. Herzkrank oder Alkoholiker, dachte Marie. Vermutlich beides.

»Kommen Sie näher«, sprach der Mann angestrengt, seine Stimme wurde von Rasseln und Pfeifen begleitet.

Metzger war achtzig Jahre alt und unübersehbar auf den letzten Metern seines Lebensweges unterwegs.

»Ich kann Sie sonst nicht gut sehen, wissen Sie. Der Star.« Marie und Weide traten näher, bis sie direkt vor dem alten Mann standen und auf ihn herabsahen. Wenn einer von den Polizisten im hintersten Winkel seiner Theoriensammlung auch mal Metzger auf die Täterliste gesetzt hatte, dann konnte er nun von dieser Liste gestrichen werden. Dieser Mann war kaum in der Lage, eine Dose Ravioli zu öffnen, geschweige denn, einen Mord zu begehen.

Ein Häufchen Elend, dachte Marie. Oder besser ein Haufen, denn Metzger wog gut und gerne einhundertdreißig Kilo. Ausgetretene Latschen an nackten, blaugrauen Füßen mit holzigen gelblichen Fußnägeln. Eine fleckige beige Hose, deren Bund fast bis zur Brust reichte. Ein kariertes, kurzärmeliges Hemd.

Das Wohnzimmer roch nach Verwahrlosung. Nicht gelüftet, kaum gereinigt, die meisten Möbel stammten sicher noch von den Eltern des berühmten Vorbesitzers. Kein Zweifel: Metzger lebte in einer trüben, feuchten Vorhölle.

»Was wollen Sie denn noch?«, stöhnte er genervt. »Habe ich in den letzten zwanzig Jahren nicht alle Fragen oft genug beantwortet? Ich bin zu müde für diese alte Scheiße.«

»Ja, wir haben aber ein paar neue Morde und da müssen ein paar alte Fragen neu gestellt werden, verstehen Sie, Herr Metzger?«

»Ihr seid schon eine bedauernswerte Truppe«, krächzte der alte Mann. »Damals habt ihr nicht einen einzigen der Morde wirklich aufgeklärt und jetzt steht ihr wieder wie die Ochsen vorm Berg. Erbärmlich ist das.«

Marie holte Luft, um auf diese Unverschämtheit zu antworten, aber Weide stoppte sie mit einer dezenten Handbewegung, die der halb blinde Metzger sicher nicht mitbekommen hatte.

»Wir suchen den Bruder von Jens-Peter Brogmeier, Helmut Brogmeier«, sagte Weide, ohne wirklich eine Frage zu stellen.

»Da suchen Sie hier an der falschen Stelle, den habe ich seit Jahren nicht gesehen.«

»Wann haben Sie ihn denn das letzte Mal gesehen?«, fragte Weide.

»Setzen Sie sich doch«, presste Metzger heraus, »Sie machen mich ganz nervös, wie Sie da über mir stehen.« Er deutete auf das plüschige, abgewetzte Sofa.

Widerwillig nahmen Weide und Marie Platz.

»Den Helmut habe ich zum letzten Mal bei der Beerdigung von der Stefanie gesehen. Das war 2006. Da hat er rumgeheult wie ein kleines Kind, der Penner. War mächtig verliebt in die Stefanie.«

»Sind Sie sicher?«, fragte Marie erstaunt.

»Womit?«

»Dass er in Ihre Frau verliebt war. Wir haben da andere Erkenntnisse. Er soll sie gehasst haben.«

»Ja, das hat die Stefanie auch immer gesagt. Die kam gar nicht mit ihm klar, als Jens-Peter noch lebte. Aber nach Jens-Peters Tod kam Helmut hier ein paar Mal angeschissen und wollte sie sprechen.«

»Und? Hat er sie gesprochen?«, fragte Weide.

»Nein. Ich habe ihn immer wieder weggeschickt. Sie wollte nichts mit ihm zu tun haben. Die ganze Familie war ihr ein Graus, nach allem, was passiert war.«

»Wie haben Sie Stefanie kennengelernt?«

»Ist das jetzt wichtig? Was soll der alte Mist? Zweiundneunzig oder so war das. Ich hatte ein Feinkostgeschäft in Lüneburg, in dem sie oft einkaufte. Sie war eine hübsche, nette Frau. Ihren Mann kannte ich vom Sehen. Der arbeitete auf dem Friedhof, auf dem meine Eltern lagen. Der kam mir immer schon windig vor. Er war viel jünger als sie. Zehn Jahre oder so. Sie war mein Jahrgang.«

Der Mann schien in Erinnerungen zu versinken.

»Und weiter?«, drängte Weide.

»Als der Brogmeier sich aufgehängt hat, das stand ja in allen Zeitungen, kam sie in meinen Laden und hat mir von ihren Sorgen erzählt. Sie hatte reichlich Schulden, weil der Kerl die letzten Jahre kaum noch gearbeitet hatte. Das Haus war beliehen, und Stefanie wusste nun nicht, wie sie die Raten zahlen sollte. Da habe ich ihr das Haus abgekauft.«

»Direkt nach Brogmeiers Tod?«, fragte Marie.

»Nee, ein Jahr später. Ich hatte ihr zugesagt, dass sie noch so lange wohnen bleiben durfte, bis sie was anderes gefunden hat. Ich hatte da keine Eile. Ich wollte nur schon mal mit dem Garten anfangen. Der sah aus wie ein Schlachtfeld, nachdem ihre Kollegen den Wagen da ausgebuddelt hatten. So was Verrücktes.«

»Aber sie ist dann nicht ausgezogen«, sagte Weide.

»Nein. Wir haben uns dann zusammengetan. Hat irgendwie gepasst.«

Jetzt hatte Marie ein paar Fragen: »Sie haben offenbar nicht viel verändert nach Ihrem Einzug. Vieles sieht hier aus, wie auf den Fotos, die wir in den alten Akten gesehen haben. Die Schrankwand, die Couchgarnitur. Und Brogmeiers geheimen Raum im Keller haben Sie auch so gelassen, wie er war, habe ich in der ›Mopo‹ gelesen.«

»Ja, und?«

»Fand Ihre Frau das nicht irgendwie gruselig? Vieles hier war mit den Taten verbunden.«

»Den mutmaßlichen Taten, meinen Sie. Sie sind dem Kerl ja nie wirklich auf die Schliche gekommen. Nein, Stefanie war froh, dass sie ihn los war. Und ich bin ein sparsamer Mensch. Das war ich auch damals schon. Und seit ich Rentner bin, sowieso. Man kriegt ja heute nicht mehr viel für ein arbeitsreiches Leben. Es sei denn, man ist Beamter.«

»Hat Stefanie nach Brogmeiers Tod seinen Bruder noch mal gesehen?«, fragte Weide.

»Nicht, dass ich wüsste. Der Jens wurde ja in Karlsruhe beerdigt. Da ist die Stefanie nicht hingefahren. Ob der Helmut da war, weiß ich nicht.«

Weide beugte sich vor und startete in die entscheidende Phase des Gesprächs, die Fragen, auf die sie sich neue Antworten erhofften: »Wie oft war Helmut Brogmeier denn bei Ihnen, um Stefanie zu sehen?«

»Zwei, dreimal vielleicht. Ich habe ihm gesagt, dass ich die Polizei rufe oder ihm eins mit dem Knüppel überbrate, wenn er noch mal auftaucht. Das könne er sich aussuchen.«

»Sind Sie sicher, dass es Helmut Brogmeier war, der da zu ihnen kam?«

»Hä? Wer soll das sonst gewesen sein? Was soll die Frage?«

»Wie nah waren Sie ihm? Konnte es nicht auch jemand anders gewesen sein?«

»Also echt jetzt. Meine Augen waren damals noch recht gut. Aber ich habe ihn auch nicht näherkommen lassen. Er stand unten am Tor, und ich habe ihm gesagt, er soll verschwinden.«

»Kann es nicht auch Jens-Peter Brogmeier gewesen sein, der vor ihrem Haus stand?«

»Nein. Der war ja tot.«

»Sicher? Die Brüder sahen sich recht ähnlich. Und Sie haben sie ja beide nicht gut gekannt. Da kann man Leute verwechseln. Halten Sie das für möglich?«

Metzger zuckte mit den Schultern: »Möglich? Möglich? Möglich ist alles, aber verrückt ist es schon, oder?«

»Gut«, sagte Weide in einem Ton, der das Gespräch für beendet erklärte, »dann danken wir Ihnen.« Er stand auf und trat dem massigen Mann im Sessel gegenüber. »Wenn Sie etwas von Brogmeier hören oder er hier auftaucht, dann informieren Sie uns umgehend.« Er drückte dem überraschten Metzger seine Visitenkarte in die Hand.

»Hier auftauchen?«, krächzte der. »Warum soll der hier auftauchen? Und welchen Brogmeier meinen Sie denn jetzt. Den Jens-Peter oder den Helmut?«

»Wenn wir das so genau wüssten«, seufzte Marie und folgte ihrem Chef auf dem Weg ins Freie.

»Wirklich schlauer sind wir jetzt auch nicht«, sagte Marie, als sie den Dienst-Golf Richtung Dienststelle steuerte. Weide saß neben ihr und tippte irgendwelche Notizen in sein iPad.

»Nein«, sagte er, »aber wir haben neue Einblicke in die Abgründe der Zivilisation erhalten.«

23. Kapitel

Victoria rannte. Sie rannte, so schnell sie konnte. Es gab keinen richtigen Weg, sie musste über Baumwurzeln, durch Gestrüpp. Sie spürte keine Schmerzen. Nicht auf der Haut, die von den Pflanzen des Waldes im Laufen gepeitscht wurde. Auch ihre Oberarme, die der Mann mit aller Gewalt gepackt hatte, schmerzten nicht mehr. Das Brennen zwischen ihren Beinen spürte sich ebenfalls nicht mehr, wo er doch ... Sie löschte den Gedanken daran. Für immer am besten. Aber das würde nicht funktionieren. Alle Schmerzen waren der Angst gewichen. Nur weg hier. Nichts wie weg.

Sie konnte nicht hören, ob der Mann hinter ihr her war. Dazu schnaubte sie selbst zu laut. Sie traute sich aber auch nicht, anzuhalten, um zu horchen oder sich gar umzusehen. Das würde ihren Vorsprung verkleinern.

Sie rannte in die Richtung, in der sie die Hauptstraße vermutete. Es dämmerte und sie glaubte, zwischen den Bäumen die Lichter vorbeifahrender Autos zu erkennen. Sie wurde langsamer, sie verlor an Kraft. Zu lange war sie schon so gelaufen. Zehn Minuten, fünfzehn? Sie hatte kein Zeitgefühl. Die Straße war noch zu weit. Sie würde kurz durchatmen müssen. Warum hatte sie ihr Handy nicht dabei? In der engen, abgeschnittenen Jeans konnte sie es nicht in die Hosentasche stecken. Es war in ihrer Tasche und die war im Korb hinten auf dem Fahrrad und das Fahrrad stand am Straßenrand. Mit einem platten Hinterreifen. So hatte das ja alles angefangen.

Hinter einem dicken Baum hockte sie sich hin, um kurz Luft zu holen.

Schritte. Ganz klar. Da stapfte jemand über das trockene Laub. Inzwischen war es vollständig dunkel. Und nun war es ganz klar: Die Lichter dahinten, nicht weit, waren Autos. Da war die Landstraße und wenn sie es bis dahin schaffen würde, wäre sie in Sicherheit. Der Mann war vielleicht sechzig, so genau konnte sie das nicht schätzen. Er war sicher langsamer als sie. Nicht so ausdauernd. An der Straße könnte Victoria ein Auto anhalten und alles wäre gut. Aber da musste ja auch noch die Vespa des Mannes stehen. Die könnte sie auch nehmen. Sie wusste, wie man so ein Ding fährt. Ihr Ex-Freund Jasper hatte eine. Natürlich müsste der Schlüssel stecken.

Die Schritte kamen näher. Starr vor Angst traute sie sich nicht loszulaufen. Ihr Vorsprung schrumpfte. Sie vernahm aber auch, dass die Geräusche nicht direkt auf sie zukamen, sondern eher ein gutes Stück an ihr vorbei wanderten. Das war gut, dachte sie. Doch auch wieder nicht, denn so würde der Kerl vor ihr die Straße erreichen.

Victoria fror. Im Wald stieg Feuchtigkeit auf und sie trug nur die kurze, nun zerrissene Jeans und ein T-Shirt. Ausreichend für einen warmen Tag, doch zu wenig für die Nacht. Dennoch blieb sie hocken. Fast unbeweglich und flach atmend. Wenn der Mann vor ihr an der Straße war, so ihr Gedanke, dann würde er nicht auf sie warten. Er würde auf seinen Roller steigen und abhauen. Was sonst. Sie würde es ja sogar hören, wenn der laute Motor aufjaulte. Dann wäre sie sicher. Dann könnte sie in aller Ruhe aus dem Wald treten.

Sie hörte die Schritte nicht mehr. Hatte der Mann angehalten? Lauschte er nach ihr? Worauf wartete er? Sie würde am liebsten laut schreien. Nun nicht durchdrehen. Sicher wollte er sie noch aus dem Weg schaffen, damit sie ihn nicht identifizieren konnte. Aber so lief das nicht.

Vor zwei Jahren hatte sie mal einen Selbstverteidigungskurs gemacht. Nichts von dem, was man ihr dort an Tritten und Schlägen beibrachte, hatte ihr heute etwas genützt. Aber sie erinnerte sich gut an den Hinweis der Trainerin, dass Vergewaltiger ihre Opfer so gut wie nie umbringen. Von siebentausend angezeigten Vergewaltigungen im Jahr endeten fünf bis zehn mit Mord. Ihre Chance, dass der Kerl einfach abhaute, war also groß.

Immer noch keine Geräusche. Vermutlich ruhte er sich auch aus. Er war betrunken, stank nach Alkohol. Vielleicht schlief er sogar irgendwo an einem Baum ein. Dann würde sie hier die ganze Nacht im Ungewissen hocken.

Dann plötzlich ... das Geräusch des Elektrostarters der Vespa. Quietschend, tuckernd. Der Motor sprang nicht sofort an. Jaspers Vespa war immer sofort angesprungen. - Noch mal. Dann noch mal. Victoria wusste nicht viel von Motoren, aber sie wusste, dass eine Batterie irgendwann leer ist und das Starten dann schwieriger wird. Spring an, du blödes Ding, spring an, flehte sie innerlich. Endlich. Das beruhigende Geräusch des laufenden Motors. Erst im Stand, dann heulte die Maschine auf und entfernte sich zügig. Sie war allein im Wald. Ganz sicher.

Nun ging alles ganz schnell. In wenigen Schritten war sie bei ihrem Fahrrad. Es stand immer noch an den Baum gelehnt, an dem sie es abgestellt hatte, als sie den Platten bemerkte. Es war noch hell gewesen, als sie den Schaden untersucht und überlegt hatte, was nun zu tun sei.

Da hatte auch schon der Mann auf der Vespa angehalten. Er trug keinen Helm, was sie ungewöhnlich fand für einen älteren Mann. Aber er war freundlich und bot Hilfe an. Sie hatte natürlich weder Flickzeug noch Luftpumpe dabei und der Vespa-Fahrer sicher auch nicht. Aber er stellte sein Motorrad ab und beugte sich zum defekten Hinterrad hinunter. Da kann man nicht viel machen, sagte er, das ist platt. Dabei sah er sie so komisch an. Und dann, völlig überraschend und ohne Vorwarnung, war er aufgesprungen, hatte sie gepackt, hielt ihr den Mund zu und zerrte sie von der Straße weg. Es war eigentlich recht viel Verkehr am frühen Abend. Aber genau in diesem Moment, in diesen dreißig Sekunden, die sie noch nicht vom Dickicht des Waldes verschluckt worden waren, kam gerade kein Auto vorbei. Jeder Autofahrer hätte auf den ersten Blick gesehen, dass sich hier ein Verbrechen abspielte. Aber der Zufall war gegen Victoria und so war sie ihrem Peiniger eine endlose Viertelstunde oder länger ... sie hatte das Zeitgefühl verloren ... ausgesetzt. Doch das war nun vorbei. Geschichte. Fast schon vergessen. Fast.

Ihre Tasche lag noch im Korb auf dem Gepäckträger und das Handy fand sie auch. Drei Anrufe in Abwesenheit. Mama. Klar, die machte sich Sorgen. Ausnahmsweise mal zurecht. Nach dem ersten Klingeln hörte sie die Stimme der Mutter.

»Victoria, Schätzchen, wo bist du? Ich hab mir Sorgen gemacht.«

»Mama«, sagte Victoria und brach dabei in Schluchzen aus, sodass sie kaum ein weiteres verständliches Wort herausbrachte, »es ist etwas Schlimmes passiert. Du musst mich holen.«

Victoria beschrieb ihr die Stelle an der Landstraße. Es war gar nicht weit mit dem Auto. Höchstens zehn Minuten von zu Hause. Victoria nannte die Bushaltestelle in der Nähe, das Holzkreuz auf der anderen Straßenseite, das an einen schlimmen Verkehrsunfall im letzten Jahr erinnerte. Die Mutter wusste sofort, wo sie hinmusste.

Sie stellte keine weiteren Fragen. Die Übermutter, die sonst immer alles ganz genau wissen wollte, sagte nur: »Bin gleich da.«

Es dauerte höchstens fünf Minuten, weil die Mutter alle Verkehrsregeln und auch die Blitzanlage am Ortsausgang ignorierte. Dennoch waren es die längsten fünf Minuten in Victorias jungem Leben. Sie zog sich wieder ins Dunkel der Bäume zurück. Sie wollte kein fremdes Auto anhalten, sie wollte keinen vermeintlichen Helfer mehr anlocken, der sich dann doch wieder als Monster entpuppte.

Die Mutter sprang aus ihrem alten Fiat und ging langsam auf ihre Tochter zu. Victoria fiel ihr in die Arme und weinte hemmungslos. »Es war so schrecklich«, sagte sie nur. Die Mutter öffnete die Beifahrertür, half Victoria beim Einsteigen und schnallte sie behutsam an. Dann nahm sie die Tasche aus dem Fahrradkorb und stieg ins Auto. Das Fahrrad ignorierte sie. Das teure Hollandrad, das sie Victoria im letzten Jahr von ihrem nicht gerade üppigen Gehalt als Sonderpädagogin zu ihrem siebzehnten Geburtstag geschenkt hatte, war nicht wichtig in diesem Moment.

Während der Fahrt sprachen die beiden Frauen kein Wort. Victoria empfand die stille Anwesenheit ihrer sonst ständig quasselnden, fragenden, beratenden, besserwissenden Mutter als sehr wohltuend. Es gab auch nichts zu fragen. Es war klar, völlig klar, was passiert war. Die Details waren jetzt nicht wichtig.

Zu Hause ging Victoria unter die Dusche. Ihr war in ihrem Selbstverteidigungskurs eingeschärft worden, genau dies nicht zu tun. Sie hatte es auch nicht vergessen. Und doch wollte sie keine Sekunde länger so beschmutzt sein. Ihre Mutter ließ sie gewähren und rief die Polizei an.

***

Marie und Walter Sobchak trafen gleichzeitig vor der einfachen Doppelhaushälfte ein, in der Victoria mit ihrer Mutter wohnte. Sobchak hatte Bereitschaft, doch er wollte zu einem Fall wie diesem nicht allein oder mit irgendeiner weniger vertrauten Beamtin fahren. Er hatte sich auf dem Weg noch an dem von der Mutter beschriebenen Tatort umgesehen und das Fahrrad sichergestellt. Marie, eigentlich schon auf dem Weg ins Bett, war sofort bereit, ihn bei der Aufnahme der Anzeige zu unterstützen.

Das ist eher so ein Frauending, sagte Walter, und ob das wirklich so war, wusste Marie auch nicht. Tatsache war allerdings, dass sie in ihrer Laufbahn schon sehr viele Vergewaltigungsfälle aufgenommen hatte. Viel mehr als Morde, was einfach daran lag, dass Vergewaltigungen im Gegensatz zu Morden fast an der Tagesordnung waren.

Und so war es folgerichtig, dass Marie das Gespräch mit der hübschen jungen Frau führte, die blass, verschüchtert und mit nassen Haaren im Jogginganzug auf dem Ledersofa im Wohnzimmer saß. Ihre Mutter dicht neben ihr, den Arm um die Schulter des Mädchens gelegt.

Wäre Walter Sobchak allein gewesen, hätte er dem Opfer vermutlich zunächst vorgeworfen, dass es durch das Duschen alle Spuren verwischt hätte. Dann wäre er mit einem Bombardement von Fragen auf sie losgegangen, zehn Fragen hintereinander, ohne eine Antwort abzuwarten. Er hätte die junge Frau, dieses schutzbedürftige kleine Mädchen, vermutlich auch geduzt. Marie tat all das nicht. Sie sagte nur: »Victoria, erzählen Sie, was ist passiert?«

Die entstehende Pause ertrug Marie und sie spürte, wie schwer es Walter fiel, diese Pause auszuhalten. Er stand neben ihr und trat von einem Fuß auf den anderen. Er wollte am liebsten gleich los und den Täter fassen.

Marie stellte keine weiteren Fragen, denn es war ja sowieso klar, was die Polizei wissen musste, um Victorias Ehre wiederherzustellen. Darum ging es, so sah Marie das. Die siebzehnjährige Victoria war entehrt worden. Nicht im traditionellen Sinne von entjungfert. Das war vermutlich längst geschehen, mit einem Jungen, den sie mochte, vielleicht liebte. Entehrt war sie, weil der Täter ihr die Selbstbestimmung über ihren Körper genommen hatte und über Handlungen, über die man eigentlich Liebe ausdrücken möchte, Zuneigung, Vertrauen. An diese Stelle hatte er Gewalt, Macht und Verachtung gesetzt. Das kann man nicht wirklich wieder gut machen. Man kann aber mit einem Urteil klarstellen, wer gut und wer böse ist und dafür sorgen, dass der Böse einen Preis bezahlt. So läuft das, wenn es gut läuft.

Marie machte Victoria auch keine Vorwürfe, dass sie Spuren verwischt hätte durchs Duschen. Wozu? Es war geschehen. Die DNA war durch den Ausguss, darüber musste man nicht mehr reden. Oder hätte sie sagen sollen: Also wenn Sie das nächste Mal vergewaltigt werden, dann ...? Lächerlich.

Und Marie duzte den Teenager nicht, weil sie sie zum einen als Frau behandeln und sie unterschwellig dazu auffordern wollte, wieder die Kontrolle über ihre Entscheidungen zu gewinnen. Zum Beispiel auch über die Entscheidung, alles, wirklich alles zu erzählen, was sie erlebt und gesehen hatte. Und sie duzte das Mädchen nicht, weil sie hier nicht als Freundin auftrat. Eine Freundin hatte Victoria mit ihrer Mutter an ihrer Seite, die sich angenehm zurückhaltend verhielt. Marie hatte in ähnlichen Fällen hysterische Mütter erlebt, die sachlichen Ermittlungen nur im Weg waren. Schlimmer noch die Väter. Die holten immer gleich die imaginäre Schrotflinte aus dem Schrank, verzweifelt darüber, dass sie ihr Baby nicht hatten beschützen können, und wollten Rache üben. Verständlich, aber so vergeblich.

Und deshalb sprach Victoria. Chronologisch, sachlich und mit vielen Details. Manchmal fragte Marie kurz zwischen: Farbe der Vespa, Stimme des Täters. Einfache Fragen, die mit einem Wort oder mit ja oder nein zu beantworten waren. Als es an die eigentliche Vergewaltigung ging, zögerte Victoria und Marie bat Walter Sobchak, draußen zu telefonieren, um in der Leitstelle zum Beispiel nach einer gestohlenen Vespa zu fragen.

Nach einer Stunde hatte Victoria alles erzählt, was sie erzählen konnte. Die ziemlich vage und ungenaue Täterbeschreibung, die Victoria abgegeben hatte, konnte auf jeden passen.

Victoria erklärte sich bereit, mit ihrer Mutter umgehend in eine Lüneburger Klinik zu fahren, in der man sich auf die Sicherung der Spuren verstand. Vielleicht war ja doch noch etwas zu finden, was zum Täter führte.

Als Marie sich verabschiedete, kam Sobchak rein und bestätigte den Diebstahl einer fast neuen, roten Fünfziger Vespa Primavera. Der Täter hatte sie an einer Tankstelle geklaut, als der Besitzer im Kassenraum das Benzin bezahlte. Nun war der mutmaßliche Vergewaltiger also mit vollem Tank und mit fünfundvierzig Stundenkilometern Höchstgeschwindigkeit auf der Flucht. Es wäre zum Lachen, wenn es nicht so traurig wäre, dachte Marie.

Sobchak fuhr im Dienst-Golf in die Dienststelle, Marie folgte ihm auf der XT. Im Büro schrieben sie gemeinsam den Bericht.

»Das hat er auch wieder seinem Bruder nachgemacht«, sagte Sobchak, als er die Fakten der Vergewaltigung im Zweifingersystem in den Rechner hackte. Dann ließ er Marie an den Computer, damit sie die unappetitlichen Details aus der Vernehmung einfügen konnte.

»Wer?«, fragte sie.

»Na, Helmut Brogmeier, das passt doch.«

»Wieso?«

»Na, der Jens-Peter hat doch auch eine Siebzehnjährige vergewaltigt. Dafür ist er zweiundsiebzig in den Knast gegangen.«

»Okay. Aber du meinst doch nicht, dass Helmut Brogmeier gezielt nach jungen Mädchen Ausschau gehalten hat, um es seinem Bruder nachzutun? Ausgerechnet jetzt, wo wir nach ihm suchen?«

»Er hat sicher nicht gerade erst mit dieser Suche angefangen, aber zufällig ist er heute fündig geworden. Das war schon lange geplant. Vielleicht war auch dafür die Grube in seiner Laube. Aber jetzt stand da diese Victoria zur falschen Zeit am richtigen Ort und da ...«

»Wie meinst du das, Walter, am richtigen Ort?«

»Ich habe gerade mal die Geodaten verglichen. Die Stelle, an der er sich Victoria geschnappt hat, ist nur wenige hundert Meter von dem Ort entfernt, an dem sein Bruder einundsiebzig die Anhalterin vergewaltigt hat. Das kann doch kein Zufall sein. Vielleicht patrouillierte er seit Monaten in dieser Gegend auf der Suche nach der passenden Gelegenheit.«

Marie schüttelte nachdenklich den Kopf: »Das ist doch Blödsinn, Walter. Absoluter Zufall.«

Walter, goss sich einen Wodka ein, hielt Marie die Flasche hin, doch die winkte ab.

»Der Täter hat Victoria nicht vergewaltigt«, sagte Marie unvermittelt.

»Was? Ich denke ...«

»Jedenfalls nicht im engeren Sinne. Er hat sie befummelt, ist wohl auch mit seinen Fingern in sie eingedrungen.« Sobchak verzog angewidert das Gesicht, während Marie weitersprach. »Er hat auch versucht, sie zum

Oralverkehr zu zwingen. Aber das hat alles nicht geklappt. Denn er hat keinen hochbekommen.«

Walter grinste: »Ist er impotent, unser Vergewaltiger? Hat die Möhre nicht mitgespielt?«

»Vermutlich, oder zu besoffen. Vielleicht wollte er auch gar nicht weitergehen. Nicht, dass das für die Kleine irgendeinen Unterschied machen würde. Die Demütigung, die Verletzung ist die gleiche. Das Drama ist, dass das vor Gericht anders bewertet wird. Wenn er den Verkehr nicht erzwungen hat, ist es nicht so schlimm. Kaum schlimmer als ein Klaps auf den Po.«

»Marie, jetzt hör auf, das siehst du zu schwarz.«

»Ach, Walter, glaub mir, wenn sie da an den falschen Richter gerät. Ich habe einige solcher Prozesse als Zeugin erlebt. Traurig ist das.«

Walter schwieg nachdenklich.

»Walter, wusstest du, dass laut einer Umfrage fünfundzwanzig Prozent unserer Mitbürger Vergewaltigung als nicht so schlimm bewerten? Wenn das Opfer zum Beispiel betrunken war oder zu sexy gekleidet. Darunter sind auch Richter, ganz sicher. Gute Nacht, Walter«, sagte Marie und machte sich auf den Heimweg.

24. Kapitel

Stephan Weide kaufte selten etwas an einem Kiosk oder Büdchen, wie die kleinen Läden in seiner Heimat Düsseldorf hießen. Er rauchte nicht, er trank nicht und Magazine las er auch nicht. Also, was sollte er da? Ein Eis kaufen? Höchstens für seine Tochter, aber das erlaubte Miriam nur sehr selten. An diesem Morgen auf dem Weg zur Arbeit hielt er an einem Kiosk, weil er keine Zahnpasta mehr hatte. Deshalb konnte er sich am Vorabend und am Morgen die Zähne nicht putzen und hatte einen ekligen Geschmack im Mund. Er hatte am Abend einen Döner gegessen. Auch etwas, was er sehr selten tat und was Miriam nicht billigte.

Er wollte sich eine Tüte ›Fisherman's Friends‹ kaufen für besseren Geschmack und gegen Mundgeruch. Und nur so stieß er auf ein Foto auf der ›Bild‹ die vor ihm auf dem Tresen lag. Es war nicht das Aufmacherfoto. Das stellte eine verdreckte, angeblich prominente, halbnackte Frau dar, die sich aktuell offenbar in einem Dschungelcamp zum Affen machte. Das Foto, das ihn aufschrecken ließ, war kleiner und mit der Schlagzeile *Luxus-Kommissar kauft Villa – und der Serienkiller läuft frei rum* verbunden. Es zeigte ihn, wie er vor dem kürzlich besichtigten Haus in seinen Mercedes stieg. Neben ihm stand der junge Makler.

Weide kaufte das Blatt mit einigem Widerwillen und las im Auto den Artikel. Auf der ersten Seite gab es nur ein paar Zeilen dazu, das vollständige Pamphlet stand dann auf der letzten Seite der Zeitung. Er las dort das Erwartbare. Während die Region in Angst und Schre-

265

cken erstarrt, geht der neue Kommissar in seinem Achtzigtausend-Euro-Oldtimer Villen shoppen. Warum er das konnte, hatten die ›Bild‹-Leute von ihren Düsseldorfer Kollegen natürlich auch erfahren und so durfte die Zwischenzeile *Mord ist sein Hobby* ebenso nicht fehlen, wie der Hinweis *Schwiegersohn des rheinischen Holzkönigs*.

Die alte Leier. Weil die Typen nichts über Täter, Verdächtige, Motive oder wenigstens Ermittlungsfortschritte schreiben konnten, stürzten sie sich auf ihn. Warum auf ihn? Warum nicht auf diese Marie? Die ermittelte auch. Und die war sogar von einem Verdächtigen festgehalten worden. Hätte er das an die Presse geben sollen, damit sie ihn in Ruhe ließen? Sicher nicht. Darüber hätten sie sich auch nur ihr Maul zerrissen. War ja auch ziemlich unprofessionell von der Kollegin, ganz allein zu der Gartenlaube zu fahren.

Blieb die Frage, wie die Pressefritzen an das Foto mit dem Haus und dem Makler gekommen waren. Verfolgten sie ihn? Lohnte sich das? Oder hatte ein aufmerksamer Nachbar den Leser-Reporter gemacht und sich einen Fuffi verdient? Die Qualität des Bildes ließ auf ein Handyfoto schließen. Vielleicht wollte einer auch nur das Auto fotografieren. So was kam vor. Und dabei hatte er zufällig den Kommissar erkannt, weil er selbst Reporter war oder Bulle oder der Verwandte von einem. Egal. Das Bild und die Story waren in der Welt und Stephan würde damit leben müssen.

Vor allem musste er aber eine Antwort auf die Frage finden, die am Ende des Artikels stand: *Wann befreit uns Herr Weide endlich von diesem unheimlichen Serien-Killer?*

Auf seinem Tisch lag ein Bericht, verfasst von Sobchak und Gläser, über eine nächtliche Vergewaltigung.

Weide hatte gerade begonnen, das Dokument zu überfliegen, da klingelte das Telefon.

»Hallo, Herr Weide, Ina Feldmann, ›Lüneburger ...‹«

»Nein, Sie jetzt nicht auch noch. Von Ihrer Zunft habe ich für heute genug«, stöhnte Weide und wollte schon auflegen.

»Halt, bitte, Herr Weide, nicht auflegen. Lassen Sie jetzt Ihre Wut nicht an mir aus. Wir haben das Foto nicht gebracht.«

»Klar, weil Sie es nicht hatten.«

»Weil wir es nicht haben wollten. Es ist uns auch angeboten worden.«

»Vom wem?«

»Was haben Sie für mich?«

»Nein.« Weide wurde noch zorniger. »So läuft das nicht. Keine Deals. Sagen Sie mir, wer das Foto gemacht hat. Da stalkt mich ja offensichtlich jemand.«

Ina Feldmann machte eine Pause, sicher, um es noch etwas spannender zu machen, rückte dann aber mit der Sprache raus.

»Günni heißt der.«

»Einfach nur Günni?«

»Ja. Das muss reichen. Ein ehemaliger Pressefotograf. Versucht sich jetzt im Ruhestand als investigativer Reporter und Paparazzi. Er hat uns das Bild auch angeboten. Tausend Euro wollte er haben?«

»Was? Wieso ist so ein blödes Foto so viel wert?«

»Ist es nicht.«

»Aber die ›Bild‹ hat es bezahlt.«

»Die haben sicher viel weniger bezahlt oder Günni einen kleinen Auftrag dafür gegeben.«

»Also lohnt es sich ja gar nicht für ihn, hinter mir her zu spionieren.«

»Das tut er nicht. Er hat wahrscheinlich einen Tipp bekommen, wann Sie an diesem Anwesen sind.«

»Das kann ja nur der Makler gewusst haben.«

»Ja, vermutlich.«

»Arschloch.«

»Ja.«

»Und jetzt habe ich noch eine Frage«, sagte die Reporterin. Das war ja klar, dachte Weide, dass die wertlose Günni-Information dennoch ihren Preis hatte.

»Und?«

»Die Vergewaltigung letzte Nacht an der L zweihundertweiundzwanzig bei Bleckede.«

»War das eine Frage?«

»Nein, die kommt jetzt. Haben Sie da schon einen Verdächtigen?«

»Frau Feldmann, ich bin da nicht viel schlauer als Sie. Ich habe gerade den Bericht vor mir und wenn Sie schon eine Mitteilung unserer Pressestelle haben, dann steht doch da vielleicht drin ...«

»Da steht gar nichts drin.«

»Das muss dann wohl fürs Erste reichen. Wir melden uns.« Und schon wieder hatte er fast die Taste mit dem roten Hörer gedrückt. »Herr Weide, sehen Sie denn den Zusammenhang nicht ... zwischen der Vergewaltigung und den Göhrde-Morden?«

Weide stutzt.

»Wieso. Was hat das damit zu tun?«

»Brogmeier hat neunzehnhunderteinundsiebzig genau in diesem Gebiet ebenfalls eine junge Frau vergewaltigt.«

»Also jetzt machen Sie mal einen Punkt«, schnaubte Weide. »Das ist doch Zufall. Es werden leider immer wieder schutzlose junge Frauen vergewaltigt. Traurige Realität, aber der Göhrde-Mörder ...«

»Genauso ein Zufall wie die vier Leichen im Wald? An genau denselben Stellen wie neunundachtzig? Also ich sehe da ein Muster.«

»Sie können da sehen, was Sie wollen. Aber schreiben Sie so einen Quatsch nicht. Sie machen ja die ganze Gegend verrückt.«

Pause.

»Was erwarten Sie jetzt, Frau Feldmann? Sollen wir alle Tatorte des Jens-Peter Brogmeier dauerobservieren, in der Vermutung, dass der Täter weiter irgendeinem Muster folgt?«

»Wäre vielleicht gut«, sagte Feldmann mehr nachdenklich als gehässig, »aber das können Sie nicht.«

»Wieso nicht?«

»Weil niemand die geringste Ahnung hat, was Brogmeier in fast fünfundzwanzig Jahren so alles angerichtet hat. Ein paar Delikte sind ihm nachgewiesen, ein paar Morde gehen fast sicher auf sein Konto, aber dann gibt es Lücken.«

»Was meinen Sie mit Lücken?«

»Zwischen den Göhrde-Morden neunundachtzig und seiner Verhaftung dreiundneunzig wurde es sehr still um Herrn Brogmeier. Hat er da gar nichts gemacht? Wo er doch seit neunzehnhundertfünfundsechzig immer wieder mit Gewaltdelikten in Verbindung gebracht wurde?«

»Kann ja sein, dass er vernünftig wurde.«

»Lieber Herr Weide ...«, jetzt klang die Feldmann überheblich, »Sie wissen besser als ich, dass ein krankhafter Mörder, ein Frauenhasser und Sextäter wie Brogmeier, nicht plötzlich aufhört. Der sagt nicht irgendwann, war nicht so toll, mache ich nicht mehr, geht beichten und führt ein rechtschaffenes Leben. Im Gegenteil. Er braucht den Kick immer öfter, das ist wie eine Sucht.«

»Ich weiß.«

»Dreiundneunzig wurde sein Haus durchsucht. Da war er bereits auf der Flucht. Im Garten fand man einen Sportwagen, den er sich erst einige Monate vorher gekauft und dann als gestohlen gemeldet hatte.«

»Danke, Frau Feldmann, ich weiß das alles.«

»Im Kofferraum dieses Autos wurden Waffen und eine erhebliche Menge getrocknetes Blut gefunden, das bis heute keinem Opfer zugeordnet werden konnte. Der hat munter weitergemordet und keiner hat's bemerkt. Genial, wenn es nicht so grausam wäre.«

»Und was wollen Sie mir jetzt damit sagen, Frau Feldmann?«

»Ich will mit Ihnen meine Vermutung teilen, dass irgendjemand hier herumläuft, der viel mehr über Brogmeiers Taten weiß als Sie und ich, und wenn er sich nun zur Aufgabe gesetzt hat, diese Taten nachzuahmen, kann er das im Schutz unserer Unwissenheit tun.«

»Ja. Und?«

»Deshalb ist die Frage ja nicht, welche Tat als nächste nachgeahmt wird, sondern warum der Täter dies tut und woher er das Wissen über Brogmeiers Taten hat.«

»Ist klar. Und wie lautet die Antwort?«

»Ja«, lachte die Feldmann jetzt, »wenn ich die wüsste, wäre morgen ich auf der ersten Seite der ›Bild‹, aber im

Zusammenhang mit dem Wort Heldin und einem Lorbeerkranz auf meiner schlechten Frisur.«

»Schade. Das wäre zu schön gewesen.« Weide schmunzelte, ihm wurde die nervige Reporterin fast sympathisch.

»Ja. Ich muss eben meine Arbeit machen und Sie die Ihre.«

»Genau. Und weil Sie Ihre Arbeit professionell und verantwortungsbewusst machen, werden Sie die gerade geäußerten Vermutungen nicht allzu breittreten, sondern sich an unverrückbare Tatsachen halten.«

»Natürlich, Herr Weide. Und damit komme ich zu meiner letzten Frage: Ist es eine unverrückbare Tatsache, dass Polizeikommissarin Marie Gläser kürzlich mehrere Tage von einem Unbekannten in einer Gartenlaube gefangen gehalten wurde?«

»Nein, Frau Feldmann, das ist keine Tatsache. Da hat man Sie falsch informiert«, sagte Stephan Weide in überzeugtem Ton. Schließlich kann ja von mehreren Tagen nicht die Rede sein. »Und für weiteree Neuigkeiten verweise ich auf unsere Pressekonferenz morgen. Bis dahin bitte ich um Geduld.« Er drückte endlich die Taste mit dem roten Telefonhörer.

Stephan überflog noch mal kurz den Bericht über die Vergewaltigung und rief dann laut durch die offene Tür seines Büros. »Frau Gläser, kann ich Sie mal kurz sprechen, bitte.« Er musste langsam etwas bossiger werden, dachte er. Die Schonzeit ist vorbei, der Neue muss Flagge zeigen.

Es schien zu funktionieren. Marie Gläser erschien sehr schnell in seiner Tür und konnte eine Fassade von Coolness und Beiläufigkeit nur schwer aufrechterhalten.

Sie hatte Schiss. Ganz offensichtlich. Ahnte sie, was kam?

»Frau Gläser …«, er nannte sie bewusst nicht beim Vornamen, »… haben Sie diesen Bericht verfasst?«

»Ja. Zusammen mit dem Kollegen Sobchak. Wir haben auch gemeinsam das Opfer vernommen.«

»Und sind Sie sicher, dass alle relevanten Fakten in diesem Bericht enthalten sind?«

»Ja. Ich denke schon. Was meinen Sie?«

»Ich meine, dass der Tatort uns vielleicht eine Botschaft senden will.«

»Wie bitte?«

»Der Tatort ist nicht zum ersten Mal Tatort. Und das sollte uns nicht egal sein.«

»Ach so«, Marie lachte verlegen, »Sie meinen, weil in der Nähe vor Jahrzehnten schon mal eine Vergewaltigung stattgefunden hat? Das hat Walter, also Herr Sobchak, auch angemerkt. Aber das ist doch Zufall, das ist ewig her …«

Weide lehnte sich fast genüsslich zurück, schwieg eine Weile und sagte dann langsam, ohne Marie anzusehen: »Es gibt Menschen, die glauben nicht an Zufall. Die glauben an Vorsehung oder daran, dass alles mit allem zusammenhängt. Das sind Mystiker, Esoteriker. Ich bin Realist. Ich halte Zufall für möglich. Aber ich erkenne auch ein Muster, wenn ich eins sehe.«

»Ja, aber …« Marie fühlte sich augenscheinlich ertappt.

»Hatten Sie nicht selbst den Gedanken, dass der Bruder des Göhrde-Mörders die Taten nachahmt, Marie? Das war doch Ihr Gedanke, oder?«

»Ja, als eine Möglichkeit. Aber eigentlich ist er dafür zu weich. Der ist kein Mörder.«

»Sagt wer?« Weide wollte sie provozieren.

»Mein Gefühl sagt das.«

»Er war auf jeden Fall hart genug, um Sie stundenlang festzuhalten und zu quälen.«

»Er hat mich nicht gequält. Er wollte vielleicht brutal sein. Aber er konnte es nicht. Hat nur gesoffen und rumgejammert.«

»Kommt er für die Vergewaltigung infrage? Er ist auf der Flucht.«

»Die Beschreibung ist vage und das Überwachungsvideo von der Tankstelle auch nicht wirklich gut. Es kann sein. Aber ich kann mir nicht vorstellen, dass er auf der Flucht noch so ein Ding anzettelt.«

Weide schwieg einen Moment. Er dachte nach.

»Mal ganz von vorne gedacht: Wenn Helmut Brogmeier tatsächlich Helmut Brogmeier ist ...«

»Ja?«

»... und er mit unserem Muster nichts zu tun hat ...«

»Vorausgesetzt, es gibt ein Muster ...«

»Ja, ja, bringen Sie mich jetzt nicht durcheinander.« Weide hielt sich die Fingerspitzen beider Hände an die Stirn, als könne er so seine Gedanken beschleunigen, »dann ist irgendjemand anders dabei, dieses Muster zu vervollständigen.«

»Wenn Sie meinen«, Marie nervte seine herablassende Art.

»Okay, Marie, wen haben Sie denn noch auf der Liste aus dem Dunstkreis des Göhrde-Mörders von damals?«

»Den Bruder haben wir befragt. Den müssen wir nur noch wieder einfangen und wegen Freiheitsberaubung einbuchten. Mit dem Nachfolger bei Haus und Ehefrau haben wir auch gesprochen. Wäre noch eine seiner Arbeitsstellen. Die Friedhofsgärtnerei gibt es noch.«

»Na, dann!« Weide sah wieder auf die Unterlagen auf seinem Tisch und erklärte so das Gespräch für beendet.

25. Kapitel

Polizeipräsident Herbert Mucha bestand darauf, die Pressekonferenz zu den ›Göhrde-Morden‹, wie die Medien den Fall in Anlehnung an die Taten von 1989 nannten, selbst zu leiten. Das war ungewöhnlich, da er sonst eigentlich nur freiwillig vor die Presse trat, wenn es einen Erfolg zu vermelden gab. Davon waren die Ermittler aber noch weit entfernt. Vermutlich wollte er im Falle von Maries Geiselnahme die Deutungshoheit behalten.

Der Saal platzte aus allen Nähten. Medien aus ganz Deutschland hatten sich eingefunden. Fernsehkameras wurden aufgebaut, Mikrofone drapiert. Gut fünfzig Journalisten füllten mit ihrem Gemurmel den Saal. Am Eingang hatten die Beamten alle Mühe, Hobbyermittler und Blogger fernzuhalten. Die wollte man hier nicht auch noch haben.

Herbert Mucha war schnell fertig damit, den Stand der Ermittlungen zu referieren. Dann kam er zu Maries peinlichem Verschwinden. Er blieb sachlich und ließ unerwähnt, dass Marie keinen Auftrag dazu hatte, abends Brogmeiers Laube zu durchsuchen. Auch von ein paar Wodkas mit Sobchak war nicht die Rede, aber davon wusste er natürlich auch nichts. Die peinlichen Fragen kamen von den Medienvertretern.

»Warum wurde die Laube denn nicht ununterbrochen bewacht, wo doch nach Helmut Brogmeier gefahndet wurde«, fragte ein dicker Kerl mit bayerischem Akzent.

»Wir gingen zu diesem Zeitpunkt nicht davon aus, dass der Flüchtige so schnell wieder an diesen Ort zurückkehrt.«

»Und warum ist die Beamtin allein dorthin? Nimmt man da nicht Verstärkung mit?«, fragte er weiter.

»Nicht unbedingt. Brogmeier galt zu diesem Zeitpunkt nicht als gefährlich.«

Eine Frau vom ›Spiegel‹ stellte sich vor und fragte: »Kommt Helmut Brogmeier als neuer Göhrde-Mörder in Frage? Gewissermaßen als Nachfolger seines Bruders?«

Nun antwortete Stephan Weide: »Wir gehen auch dieser Spur nach, halten es aber für wenig wahrscheinlich.«

»Warum?«

»Er ist nicht der Typ dafür. Und warum erst jetzt?«

Ina Feldmann meldete sich zu Wort und Weide sprach sie an: »Frau ...«

»Feldmann«, half sie ihm.

»Ja, Frau Feldmann, bitte.«

»Trifft es zu, dass Sie auch im Umfeld der Organisierten Kriminalität ermitteln?«

Weide setzte zu einer Antwort an, doch Mucha war schneller: »Wir ermitteln in alle Richtungen.«

Es folgten jede Menge Fragen, die sich um den alten Göhrde-Mörder drehten; die ließen die Polizei wieder mal in schlechtem Licht dastehen. Es war nicht zu verschleiern, dass dem 1993 durch Freitod aus dem Leben geschiedenen Jens-Peter Brogmeier nicht ein einziger Mord zweifelsfrei nachgewiesen werden konnte.

»Müssen wir hier jetzt auch fast dreißig Jahre warten, bis Sie in diesem Fall weiterkommen?«, fragte ein junger

Kerl von der Hamburg-Redaktion der ›taz‹. Die Frage blieb unbeantwortet.

Die meisten Journalisten verließen bereits den Raum, einige standen noch in Gruppen beieinander und redeten, Weide und Mucha sprachen in hingehaltene Mikrofone. Marie ging zu Ina Feldmann. »Wie kamen Sie auf die Frage zur Organisierten Kriminalität?«

»War ein Volltreffer, oder?«

»Wie kommen Sie darauf?«

»Ehrlich?«

»Ehrlich.«

»Okay. Ein anonymer Anrufer gab mir diesen Tipp.«

Marie erschrak. Wer mischte sich hier anonym in ihre Ermittlungen ein?

»Etwas genauer? Mann? Frau? Wann? Nummer?«

»Gestern. Gegen zehn. Ein Mann. Gutes Deutsch, aber Akzent. Balkan oder so. Keine Nummer. Und? Stimmt das?«

»Wie der Polizeipräsident gesagt hat: Wir ermitteln in alle Richtungen.«

»Er hatte noch eine Theorie. Also, genau genommen berichtete er von einer Theorie bei Ihnen.«

»Und wie geht die? Mensch, Frau Feldmann, machen Sie keine Ratespiele mit mir.«

»Er sagte, Sie verfolgen auch die Idee, dass Helmut Brogmeier gar nicht Helmut ist, sondern Jens-Peter.«

»Was?«, fragte Marie. »Von dieser Theorie weiß ich aber nichts. Wie kommt der auf diesen ganzen Quatsch?«

»Kann es sein, dass sich da jemand in Ihr Polizeinetzwerk hackt?«

»Eher unwahrscheinlich. Und diese Vertauschte-Brüder-Theorie steht da ganz bestimmt nicht drin. Die höre ich zum ersten Mal«, behauptete Marie erneut.

26. Kapitel

Marie parkte den Dienst-Golf vor dem Lüneburger Zentralfriedhof. Die Anlage hatte eine dreieckige Form und drei Eingänge, Marie hatte versäumt nachzusehen, an welcher Seite die Friedhofsgärtnerei lag. Also ging sie durch den nächstgelegenen Eingang und studierte den Lageplan.

Sie lebte schon fast ihr ganzes Leben in Lüneburg und war noch nie auf diesem Friedhof gewesen. Es war einfach niemand gestorben, zu dessen Beerdigung sie hätte gehen wollen. Ihre Eltern lebten noch und erfreuten sich ihres Rentnerlebens in ihrem schönen Haus in Harburg. Zwei ihrer Großeltern hatten auch dort gelebt und waren in Harburg beerdigt. Die anderen Großeltern hatte sie nie kennengelernt. Und sie gehörte auch nicht zu den schrägen Menschen, die gerne auf Friedhöfen spazieren gingen oder sich irgendwelchen Trauergesellschaften anschlossen.

Der Friedhof, so war es auf dem Plan zu sehen, war in durchbuchstabierte Felder aufgeteilt. Nur einige Felder hatte man mit Nummern bezeichnet: die Kriegsgräber. Säuberlich sortiert nach Kriegsopfer 1914–1918, Kriegsopfer 1939–1944, Kriegsopfer 1945, Hamburger Bombenopfer und einfach nur Kriegsopfer. Marie fiel auf, dass das Feld mit den 45er Opfern mehr als doppelt so groß war wie das mit den Opfern der fünf vorausgehenden Jahre. Aber sie wollte hier nicht der regionalen Geschichte des Grauens nachgehen.

Die Friedhofsgärtnerei lag am anderen Ende der weitläufigen Anlage, und es wäre einfacher gewesen, um den

Friedhof herum mit dem Auto dorthin zu fahren. Aber an diesem Tag hatte ein Spaziergang durchs Grüne ja doch etwas Reizvolles, dachte Marie und machte sich auf den Weg.

Die Friedhofsgärtnerei Weber lag in einem kleinen Backsteinhaus. Vorne ein Geschäftsraum, vor der Tür Schnittblumen, Kränze und Gestecke. Hinten ein paar kleinere Gewächshäuser. Alles machte einen gepflegten Eindruck. Eine hübsche Frau in Maries Alter bediente im Laden einen alten Mann. Auf dem Hof entlud ein Mann Anfang Vierzig einen Pritschenwagen. Als Marie auf ihn zukam, unterbrach er seine Arbeit und sah sie erwartungsvoll an. Er lächelte.

Das Lächeln traf Marie direkt ins Herz. Der Kerl sah verdammt gut aus. Gebräunt, Bartstoppeln auf dem kantigen Kinn, die mittellangen dunklen Haare wurden langsam grau und glänzten von ein paar Schweißperlen. Er trug eine grüne Arbeitshose und ein grünes T-Shirt mit Firmenlogo, unter dem sich sein muskulöser Oberkörper abzeichnete.

»Guten Tag«, rief Marie schon aus Entfernung. »Sind Sie Herr Weber?«

»Ja, der bin ich. Was kann ich für Sie tun?«

Er zog die Arbeitshandschuhe aus und gab Marie die Hand.

»Marie Gläser, Kripo Lüneburg, Mordkommission ...«

»Oh«, grinste der Mann überrascht. »Wenn Sie eine Leiche suchen, sind Sie hier richtig.«

»Ist das Friedhofsgärtner-Humor? Leichen habe ich genug, ich suche einen Täter.«

»Da kann ich kaum helfen. Alle Täter hier sind unschädlich. Bis auf meinen Azubi, der hat gestern mit dem Transporter eine junge Platane gemeuchelt.«

»Scherz beiseite, ich komme wegen Jens-Peter Brogmeier«, sagte Marie.

»Ach der. Interessiert der euch immer noch? Der ist doch lange tot. Wann war das, fünfundneunzig?«

»Dreiundneunzig.«

»Okay. Vierundzwanzig Jahre. Der kann ja unmöglich noch was angestellt haben.«

»Kannten Sie ihn?«

»Ja, klar. Der hat ja fast bis zum Schluss hier gearbeitet. Das fanden wir schon ganz schön gruselig, als wir erfuhren, was der so alles angestellt haben soll, während er hier die Gräber gepflegt hat.«

»Wie alt waren Sie damals?«

»Dreiundneunzig war ich neunzehn. Als das alles hochkochte, hatte ich gerade Abi und war mit Interrail unterwegs. Danach habe ich bei meinem Vater die Lehre begonnen. Da war der Jens aber schon weg.«

»Und was war das für einer?«

»Ich hatte nicht viel mit dem zu tun. Manchmal, wenn ich in den Ferien hier gearbeitet habe, mussten wir zusammen Ware holen und solche Sachen.«

»Und worüber haben Sie dann gesprochen?«

»Nichts Besonderes. Oberflächlichen Kram. Frauen, Fußball, Autos. Er war ein ziemlicher Angeber. Fuhr zum Schluss so einen fetten Sportwagen. Keine Ahnung, wie er sich den leisten konnte. Aber warum wollen Sie das alles wissen? Das ist doch tausendmal durchgekaut. Ich weiß gar nicht, wie oft mein Vater zu dem befragt wurde.«

»Ihr Vater ist tot?«

»Ja. Vor zehn Jahren. Herzinfarkt. Seitdem machen meine Frau und ich den Laden hier allein.«

»Was hatte Ihr Vater für ein Verhältnis zu Brogmeier?«

»Ich weiß nicht genau, aber ich glaube, er mochte den Kerl irgendwie. Das durfte er natürlich nicht mehr zugeben, als klar wurde, was für ein krankes Arschloch der war. Aber davon hat man ja hier nichts gemerkt. Brogmeier war am selben Tag geboren wie mein Vater, im selben Jahr. Mein Vater meinte wohl, dass das irgendwie verbindet. So ein Blödsinn. Ich bin am selben Tag geboren wie Leonardo DiCaprio. Uns verbindet sicher nichts.«

»Sicher?«, sagte Marie und lächelte, um sich eine Sekunde später über ihre bescheuerte Flirterei zu ärgern.

Marie deutete nach vorne, um Weber einzuladen, ein paar Schritte mit ihr zu gehen. Sie schritten einen breiten Friedhofsweg entlang.

»Darf ich Sie mal was fragen?«, sagte Weber.

»Ja.«

»Stimmt es, dass da ein Killer unterwegs ist, der die Morde vom Brogmeier, äh, nachstellt? Kann das echt sein?«

»Es deutet einiges darauf hin.«

»Ist ja krass.«

»Darum recherchieren wir auch in Brogmeiers Leben. Vielleicht findet sich da ein Anhaltspunkt.«

»Oder ein Verdächtiger.«

»Oder das. Hatte sich Brogmeier in den letzten Jahren irgendwie verändert? Ich meine, bis neunundachtzig hat er offenbar ein paar schreckliche Morde begangen. Danach, so scheint es, nichts mehr.«

»Das kann ich nicht sagen. Dafür hatte ich zu wenig mit ihm zu tun. Er war eigentlich immer der Gleiche. Unauffällig, etwas hochnäsig, kam oft zu spät.«

»Mit wem hat er in dieser Zeit gearbeitet?«

»Sie können Fragen stellen.« Weber lachte. »Der war vier oder fünf Jahre bei uns. Mit Unterbrechungen. In der Zeit haben unzählige Gärtner und Hilfskräfte sich hier die Klinke in die Hand gegeben. Nach der Maueröffnung kamen die Leute aus dem Osten. Auch viele Polen. Dann hat uns das Arbeitsamt immer wieder Langzeitarbeitslose geschickt, die nicht lange blieben. Denen war das hier zu anstrengend.«

Sie waren am Ende des Friedhofsweges angekommen und gingen nun denselben Weg zurück.

»Erinnern Sie sich an niemanden, mit dem Brogmeier mehr zu tun hatte? Besonders in der Zeit um neunundachtzig?«

»Da war ich fünfzehn. Da habe ich mich eher vom Friedhof ferngehalten. Das war mir zu traurig hier, und mein Vater hatte auch immer Arbeit für mich, wenn ich hier rumhing. Ich bin lieber mit meinem Mofa rumgefahren«, er lachte.

Sie gingen einen Moment schweigend weiter. Marie überlegte sich eine Frage, während Weber offenbar in seinen Erinnerungen kramte.

»Moment«, sagte er plötzlich, »da erinnere ich mich an eine merkwürdige Sache.«

»Und?«

»Das muss zu dieser Zeit gewesen sein, weil ich da noch mein Mofa hatte. Später hatte ich ein Kleinkraftrad. Da hat mein Vater mich mal gebeten, den Jens zu bespitzeln.«

»Weswegen?«

»Er hatte ihn im Verdacht, dass er heimlich schwarz bei einer Kundin arbeitete. Das war diese Christina Schmitter, die später verschwunden ist, Sie wissen schon. Ihre Eltern lagen hier auf dem Friedhof. Und manchmal hat sie auch Blumen für ihr Haus gekauft.«

»Ja, und?«

»Ich bin damals mit dem Mofa nach Brietlingen zu ihrem Haus gefahren und habe ihn dort auch im Garten arbeiten sehen.«

»Und das haben Sie ihrem Vater gesagt?«

»Nee. Das war mir zu blöd. Ich bin doch nicht die Stasi.«

Sie waren wieder an der Gärtnerei angekommen und setzten sich auf eine verwitterte Gartenbank in die Juni-Sonne.

»Und was war das Merkwürdige?«, fragte Marie.

»Ja. Ich fuhr schnell wieder weg, damit Jens mich nicht sieht und eine Straßenecke weiter latscht da der Sascha lang. Er hat mich nicht gesehen und ich war auch zu schnell, um hundertprozentig sagen zu können, dass das der Sascha war ...«

»Wer ist Sascha?«

»Ein Lehrling. Russischer Aussiedler, um den sich mein Vater damals gekümmert hat. Komischer Typ.«

»Haben Sie das damals, als die wegen Brogmeier ermittelten, der Polizei gesagt?«

»Die haben mich doch gar nicht befragt. Nur meinen Vater und der wusste das ja nicht. Schien mir auch nicht so wichtig. Und dass der Brogmeier bei dieser Schmitter den Garten gemacht hat, wussten Ihre Kollegen ja schon. Die konnten ihm aber nichts nachweisen, dabei bin ich sicher, dass er ...«

»Ja. Vermutlich. Aber warum war Sascha in der Gegend. Wohnte der da?«

»Sicher nicht. Da wohnen nur reiche Leute. Der wohnte, glaube ich, irgendwo in Kaltenmoor. Wo so Leute wie er halt wohnen.«

»Und was meinen Sie, hat er in der Gegend gemacht?«

»Keine Ahnung. Entweder er hat dem Jens geholfen oder er hat ihn auch beobachtet. Vielleicht wollte er ihn bei meinem Vater in die Pfanne hauen.«

»Waren die befreundet oder so?«

»Ich glaube nicht. Der Sascha war viel jünger als Jens und so ein typischer Aussiedler. Schlechtes Deutsch, billige Klamotten, hat manchmal Frauen auf dem Friedhof angequatscht. Deswegen hätte mein Vater ihn mal fast rausgeschmissen.«

»Und was ist aus diesem Sascha geworden?«

»Keine Ahnung. Vor ein paar Jahren kam mal ein Schrieb von einer Justizvollzugsanstalt. Die wollten einen Arbeitsnachweis oder so. Wohl für die Rente. Da muss ich meine Frau mal fragen, die kümmert sich um so was.«

Er stand auf und ging ins Haus. Kurz darauf kam er mit der jungen Frau aus dem Laden wieder. Die Zeit hatte offenbar gereicht, um die Frau darüber zu informieren, wer Marie war und was sie wollte, denn Sabine Weber, wie sie sich vorstellte, gab direkt Auskunft.

»Ja. Ich erinnere mich, dass da mal eine Anfrage wegen diesem Herrn Sigalov kam. Ich musste lange nach seinen Unterlagen suchen. Mein Schwiegervater war da etwas nachlässig in der Ablage ...«

»Er hatte ja auch nicht so eine Hochleistungsbürokratin zur Frau wie ich«, unterbrach Weber und lächelt seine Frau liebevoll an. Traumpaar, dachte Marie, spürte aber keinen Neid.

»Ich habe denen dann geschickt, was da war und habe nichts mehr gehört.«

»Mich hat das nicht gewundert, dass der im Knast gelandet ist. Der hatte eine richtige Gangstervisage«, sagte Weber.

»Wenn es die gäbe, die berühmte Gangstervisage, wäre unser Job einfacher, sagte Marie nachdenklich.«

»Das Schreiben habe ich bestimmt abgeheftet. Es war von der JVA Kassel. Daran erinnere ich mich. Wir haben ja nicht oft mit Gefängnissen zu tun. Ich kann's holen.«

»Danke«, sagte Marie. »Ich glaube, das reicht mir. Damit komme ich weiter.«

***

Der unrühmliche Lebenslauf des Alexander ›Sascha‹ Sigalov war im Polizeinetz nahezu lückenlos dokumentiert. 1970 in Donezk in der Ukraine geboren. 1979 mit seinen Eltern nach Lüneburg gekommen. Erste Auffälligkeiten wegen Diebstahl und Schlägereien, auch sexuelle Belästigung. 1988 sechs Monate Jugendknast. Dann Lehre bei der Friedhofsgärtnerei Weber. 1993 Umzug nach Göttingen, warum, das war nicht ersichtlich. Wollte er den Ermittlungen gegen Brogmeier ausweichen? 2000 verurteilt zu zehn Jahren Haft in Wolfenbüttel wegen räuberischer Erpressung und Totschlag. 2008 vorzeitig entlassen. Umzug nach Kassel. Dort arbeitslos. Mutmaßlich als Schuldeneintreiber im Milieu im Einsatz. Das konnte ihm aber nicht nachgewiesen werden, bis er 2013 wegen schwerer Körperverletzung zu fünf Jahren Haft in der JVA Kassel verurteilt wurde.

Und da klingelte es bei Marie. Das Telefon. Weide war am Apparat.

»Hallo, Marie!« Er klang gehetzt und war unüberhörbar im Auto unterwegs. »Ich habe da noch ein Haus anzusehen. Ich komme in einer Stunde oder so rein. Waren Sie bei dem Friedhofsgärtner?«

»Ja. Klar.«

»Und? Irgendetwas Besonderes?«

»Eher nicht.«

»Dann bis später.«

»Ja. Bis später.«

Marie wählte die Nummer der JVA Kassel und ließ sich mit der Anstaltsleiterin Elisabeth Lindwedel verbinden. Der Stimme nach zu urteilen, war sie eine ältere, müde Frau. Vermutlich erwartete sie sehnsüchtig ihre Pensionierung.

»Ja«, sagte Frau Lindwedel, »an den Sigalov kann ich mich gut erinnern. Der hat uns ja erst im Januar verlassen.«

»Vorzeitig offenbar.«

»Ja. Der hat sich gut geführt hier und unser Psychologe hat eine zuversichtliche Prognose abgegeben.«

»Aber als er bei Ihnen ankam, hatte er schon eine erstaunliche Karriere als Schwerverbrecher hingelegt. Was haben Sie mit ihm Wunderbares gemacht?«

»Er hat zur Kunst gefunden.«

»Was?«

»Ja. Er hat gemalt und fotografiert. Porträts von Mitgefangenen, oft sehr düstere Sachen. Ich kann das nicht beurteilen, aber ich glaube, er hatte Talent.«

»Wie kam es zu diesem Wandel?«

»Unser Pfarrer hat ihn darauf gebracht. Der hat ihm in der Bibliothek Bücher rausgesucht. Über alle möglichen Maler. Das schien ihn zu interessieren. Der las, was ihm in die Finger kam. Nicht nur Kunst. Auch Geschichte. Der Pfarrer und auch der Psychologe waren sich einig, dass dieser Sigalov, der nicht mal die Hauptschule abgeschlossen hat, überdurchschnittlich intelligent sei.«

»Und wo ist er jetzt, der ach so intelligente Herr Sigalov?«

»Wir haben hier eine Meldeadresse in Kassel. Angeblich wohnt er bei einem früheren Arbeitskollegen. Aber als er nicht bei seinem Bewährungshelfer erschien, haben Ihre Kollegen ihn dort nicht angetroffen. Ich weiß das, weil die auch hier waren und Mitgefangene befragten. Von denen hat aber auch keiner was gewusst. «

»Dann wird jetzt nach ihm gefahndet?«, sagte Marie.

»Davon gehe ich aus. Ich hätte ihm gewünscht, dass er es schafft. Aber danach sieht es jetzt ja nicht aus.«

»Können Sie mir sagen, mit wem er in einer Zelle gesessen hat?«

»Das waren in vier Jahren eine Menge Leute. Aber das ist natürlich dokumentiert. Ich lasse die Namen raussuchen und maile Sie Ihnen.«

»Das ist nett. Vielen Dank. Ach, Frau Lindwedel, der Pfarrer, der Sigalov zur Kunst gebracht hat, ist der noch bei Ihnen?«

»Nein. Tut mir leid. Der ist Weihnachten gestorben. Krebs.«

27. Kapitel

Weide hatte sich von einem Beamten abholen lassen, nachdem er schon morgens um sechs aus dem Schlaf geklingelt worden war. Ein Selbstmord. Sicher kein Fall für die Mordkommission, aber die Vorschriften verlangten, dass man sich das wenigstens mal ansieht. Marie hatte wegen einer Familienfeier in Harburg oder so frei, also musste er selbst hin. Diesem Sobchak traute er nicht. Der würde da vielleicht eine große Sache draus machen.

Der Beamte lenkte den Polizei-Passat in hohem Tempo durch Lüneburg und ein paar Kilometer über Land zu einem Waldstück. Die ganze Zeit mit Blaulicht und Martinshorn. Überflüssig, dachte Weide, hatte aber keine Lust auf Diskussionen mit dem Beamten.

Sie näherten sich über einen asphaltierten Feldweg dem Waldstück. Eine weiträumige Flatterbandabsperrung kam in Sicht. Es war vollständig hell; ein wunderbarer Sommertag brach an.

Er ging in den Wald hinein, in dem schon eine Handvoll Beamte herumlief auf der Suche nach irgendetwas. Zunächst sah er nur Bäume. Das Sonnenlicht fiel so ein, dass er leicht geblendet wurde. Es dauerte etwas, doch dann sah er den Körper dort baumeln. Aufgehängt an einem dicken Plastikseil. Das Gesicht war aufgedunsen. Dieser Mann war nicht schnell am Genickbruch gestorben, sondern langsam und qualvoll erstickt. Fliegen saßen an Augen, Ohren und Mund.

Die Leiche pendelte etwas, obwohl es windstill war. Vermutlich stieß dauernd einer der Beamten dagegen, während sie den Waldboden absuchten.

Ein Beamter kam auf Weide zu: »Guten Morgen. Bei dem Toten handelt es sich aller Wahrscheinlichkeit nach um ...«, er sah auf seinen Notizblock, »Helmut Brogmeier. Der Gerichtsmediziner sagt, dass er hier seit ungefähr zwei Tagen hängt. Und das hatte er in seiner Tasche.«

Der Beamte reichte Weide eine Plastikhülle, die einen Briefumschlag enthielt. DIN lang, ohne Fenster. Offenbar war der junge Kollege kompetent genug, um nicht unkontrolliert auf dem Beweisstück herumzugrabbeln, sondern es sofort zu sichern.

»Danke«, sagte Weide. »Haben Sie ein paar Handschuhe für mich?«

Der Beamte ging zu einem Gerätekoffer, der in der Nähe im Gras stand, und entnahm ein paar Einweg-Latexhandschuhe. Weide streifte sie über und holte den Briefumschlag aus der Plastiktüte.

Der Umschlag war nicht verschlossen. Weide zog ein säuberlich zusammengefaltetes DIN-A4-Blatt heraus. Es enthielt nur wenige, handschriftliche Zeilen. Der Verfasser schrieb nicht oft, das sah man an den ungelenken Schnörkeln. Und er bemaß der Rechtschreibung keine große Bedeutung bei. Es würde nicht lange dauern, diese Zeilen zweifelsfrei Helmut Brogmeier zuzuordnen, da war Weide sicher.

Weide überflog den Brief. Dann nahm er sein Handy aus der Jacke und rief Marie an. Es dauerte eine Weile, bis sie ans Telefon ging. Vermutlich lag sie verkatert in ihrem alten Kinderzimmer mit Michael-Jackson-Postern an der Wand und hätte gerne die Folgen der Familienfeier noch etwas weggeschlafen.

»Wir haben ihn«, sagte Weide ohne jede Vorrede.

»Wen?«

»Brogmeier.«

»Welchen?«

»Vermutlich den Helmut, was weiß ich.«

»Glauben Sie auch nicht mehr an die Theorie vom vertauschten Göhrde-Mörder? Was sagt er denn?«

»Nichts. Man sagt nicht viel, wenn man seit zwei Tagen mit einem Seil um den Hals einem Meter über dem Boden an einem Ast hängt.«

»Oh. Können Sie das nicht etwas weniger sarkastisch ausdrücken? Suizid?«

»Es gibt im Moment keinen Grund, etwas anderes anzunehmen. Und wir haben sein Geständnis.«

»Geständnis worüber?«

»Über alle Fälle, die wir zurzeit ermitteln. Sauber aufgeschrieben, na ja nicht wirklich sauber, in eigenen Worten und eigener Handschrift. Da werden wir ein paar Akten schließen können. Ich rufe jetzt den Präsidenten an.« Den Schulterklopfer, dachte Weide, würde er sich gerne allein und sofort abholen.

»Ich komme«, sagte Marie und Weide glaubte zu hören, wie sie sich in ihrem alten Mädchenbett aufrichtete.

»Nur keine Eile. Schlafen Sie erst mal Ihren Rausch aus. Der Brogmeier läuft uns nicht mehr weg.«

***

Marie kam gegen Mittag in der Dienststelle an. Den freien Tag hatte sie geopfert. Zu neugierig war sie auf Brogmeiers Geständnis. Noch im Reingehen ließ sie sich den Brief vom überraschten Weide geben und las ihn mehrmals.

An die Polizei, dies ist ein Gestädniss. Ich habe die Leute im Göhrde-Forst ermordet. Alle vier. Genau wie mein Bruder damals. Die Frau wollte ich ficken, aber sie hat sich zu ser gewährt. Da habe ich sie erschosen. Den Mann habe ich vorher schon erschosen mit einer Pistole von meinem Bruder. Später habe ich die anderen beiden erschossen. Und der Frau die Titten abgeschnitten, weil mein Bruder das auch so gemacht hat. Ich bin mein ganze Leben dafür bestraf worden was mein Bruder gemacht hat. Er war tot und ich musste büßen. Jetzt habe ich endlich das alles auch gemacht und ihr dürft mich hassen. Ich gehe jetzt in die Hölle zu meinem Bruder. Ich weiß nicht genau, was mein Buder noch alles gemacht hat. Aber ich habe jetzt genug gemacht um böse zu sein und ich will nicht mehr. Unsere Mama ist schon lange im Himmel und kriegt hoffentlich nicht mit, was für böse Kinder wir sind. Den Papa treffe ich in der Hölle.

Helmut Brogmeier, 11. Juni 2017

Marie machte dieses Dokument eines verpfuschten Lebens zunächst traurig. Doch dann machte es sie wütend. Wie konnte Weide dieses faktenarme Geschmiere für ein ernst zu nehmendes Geständnis halten?

In ihrem E-Mail-Postfach war schon früh eine Mail der JVA Kassel eingetroffen. Im Anhang eine Liste mit den Namen von Sascha Sigalovs Zellengenossen und den Zeiträumen Eine lange Liste. In vier Jahren hatte er sich die Zweierzelle mit zwölf verschiedenen Kriminellen geteilt.

Marie fiel auf, dass die meisten Namen auf einen Migrationshintergrund deuteten. Das war die traurige Wirklichkeit. Keiner der Namen sagte Marie irgendetwas, doch dann am Ende ein Bekannter: Jakob Spada. Der Roma, den sie vernommen hatte, um Weides-Mafia-Theorie den Boden zu entziehen. Er hatte 2016 sechs Monate lang mit Sigalov gesiebte Luft geatmet. Dann war, aus Gründen, die hier nicht ersichtlich waren, ein anderer Häftling in die Zelle gekommen.

Sie ging in Weides Büro.

»Herr Weide, haben Sie den Präsidenten bereits über Brogmeiers Täterschaft informiert?«

»Ja. Er war überaus erfreut. Ich soll auch Ihnen seinen Dank ausrichten.«

»Und wann machen wir das öffentlich?«

»Na, morgen oder übermorgen. Ein paar Routineüberprüfungen brauchen wir noch. Aber dann können wir einen Deckel drauf machen.«

»Gut. Aber ich glaube nicht, dass Brogmeier der Täter ist.«

Weide lehnte sich selbstgefällig in seinem Chefsessel zurück.

»Ach, Marie, hören Sie auf. Das ist doch zu offensichtlich. Ein weiterer kranker Perversling aus einer durch und durch kaputten Familie. Das ist banal, das ist traurig, aber das ist auch wahr.«

»Aber die Opfer sind gar nicht aus der Gegend, die sind nicht zufällig genug. Da steckt doch viel mehr System dahinter. Und eine der Taten hat er nicht gestanden. Die Vergewaltigung bei Bleckede. Sie haben selbst gesagt, dass diese Tat zum Muster gehört. Davon steht aber nichts in Brogmeiers Geständnis und die Vespa wurde auch nicht bei ihm gefunden. Wie ist er überhaupt in den Wald gekommen?«

»Das wissen wir noch nicht. Aber das finden wir auch noch heraus.«

»Wissen Sie, warum er die Vergewaltigung nicht gesteht?«

»Nein.«

»Weil er davon nichts wusste. In der Zeitung wurde nur eine belästigte Frau gemeldet. Keine Vergewaltigung. Und eine Vermutung über den Zusammenhang mit dem Göhrde-Mörder hat sich Frau Feldmann auch verkniffen. Ich bin sicher, sonst hätte Brogmeier diese Tat auch noch gestanden.«

»Also, wissen Sie ...«

»Ich habe da noch eine andere Spur. Ich würde gerne noch mal in die JVA Kassel zu diesem Spada fahren. Diese Theorie mit dem organisierten Verbrechen ist vielleicht doch nicht so abwegig.«

»Wollen wir jetzt wieder von vorne anfangen?«

»Das sicher nicht. Aber am Ende sind wir auch noch nicht.«

28. Kapitel

Vor elf Tagen war Helmut Brogmeier am Baum hängend mit dem Geständnis in der Tasche aufgefunden worden. Weder Marie noch Weide noch irgendeinem anderen Kollegen war es in dieser Zeit gelungen, Brogmeier die Taten zweifelsfrei nachzuweisen oder ihn als Täter auszuschließen. Seine Laube war wieder und wieder durchsucht worden. Jede seiner Bewegungen in den letzten Wochen war, soweit möglich, dokumentiert und ausgewertet worden. Es fand sich kein Alibi, nichts.

Alle Spuren an den Leichen wurden noch mal auf Helmut Brogmeiers DNA hin untersucht. Erfolglos. Er konnte der Täter sein – oder eben nicht. Für eine Verurteilung hätte das nie gereicht, nicht einmal für eine Festnahme.

Deshalb hatte die Polizei die Presse bisher auch nur über den Freitod Brogmeiers informiert und nicht über sein Geständnis. So hatten die Schreiberlinge genug Freiraum, um über Brogmeiers verkorkste Psyche zu spekulieren, die ja nur im Suizid enden konnte.

Maries neuerlicher Besuch bei Jakob Spada in der JVA Kassel war auch zunächst nicht sonderlich ergiebig. Der Knacki erzählte nichts Interessantes über Sascha Sigalov. Er machte sich über dessen künstlerische Ambitionen lustig, beschrieb seine Gemälde und Fotos als düster und blutig und war der Meinung, dass das keine Kunst sei. Das könne ja jeder. Anschauen konnte sie keines der Bilder. Sie waren verschwunden.

Interessanter wurde es, als Marie noch mal mit der JVA-Leiterin Elisabeth Lindwedel sprach, die tatsächlich so müde und ausgebrannt war, wie ihre Telefonstimme hatte vermuten lassen.

Sie erzählte, dass sie Spada aus Sigalovs Zelle verlegt hatte, als Sigalov plötzlich Besuch von Spadas Bruder bekam. Dieser Roma war auch vorbestraft und sicher nicht aus reiner Freundschaft an Sigalov interessiert. Ob die beiden sich vor Sigalovs Haft schon gekannt hatten, wusste sie nicht, hielt es aber für möglich. »Wenn die da für die Zeit nach Sigalovs Entlassung etwas ausheckten, dann wollten wir ihnen hier nicht den Raum dafür geben«, hatte sie gesagt.

Marie konnte ihre Verwunderung darüber nicht verbergen, dass ein Intensivtäter wie Sigalov, der schon in der Haft Kontakt zu frei herumlaufenden Bandenmitgliedern unterhält, mit positiver Prognose vorzeitig aus der Haft kommt. Aber der zuständige Psychologe war offenbar auch ein Kunstliebhaber. Sie würden noch weiter nach ihrem Täter suchen müssen.

Doch nun war Sonntag. Marie hatte mit Juan, Andy und ein paar ihrer Kommilitonen schon sehr früh einen Picknick-Ausflug mit Weinflaschen und Grill an die Elbe bei Lauenburg gestartet. Sie hatte große Lust auf die unbekümmerte Lebensfreude der Studenten. Manchmal waren ihr die Jungs und ihre Freunde einfach zu albern, zu unreif. Aber heute konnte sie das gut gebrauchen. Sie lag im Gras und ließ sich von der Morgensonne die Beine wärmen.

Ein Tag, an dem man das Handy eigentlich auf *Nicht stören* stellt oder ganz ausschaltet. Aber dazu konnte sich Marie dann doch nicht überwinden.

29. Kapitel

Das Frühstück in ›Annas Café‹ war ausgezeichnet. Stephan Weide betrachtete über den reich gedeckten Tisch hinweg seine wunderschöne Frau und seine süße Tochter und war glücklich. Gut, eine heiße Liebesnacht hätte sein Glück vervollständigt, aber mit der kleinen Prinzessin im Ehebett verbot sich das von selbst.

Nun würden sie ein weiteres Haus ansehen. Der Makler hatte vor ein paar Tagen angerufen, sich auf seinen Kollegen Michael Krause berufen, den Stephan schon kannte, und von der Immobilie in den höchsten Tönen geschwärmt. Stephan hatte den Makler den Link zum Exposé der Immobilie gleich an Miriam schicken lassen. Er wollte so was nicht mehr in seinem Dienstpostfach. Sie war sofort begeistert, obwohl das Exposé nur Außenansichten enthielt. Schnell hatte sie mit dem Makler einen Besichtigungstermin an einem Sonntag vereinbart.

Das Haus lag in einem kleinen Ort zehn Kilometer von Lüneburg entfernt. Den Namen hatte Weide vergessen, aber Miriam hatte das Navi des Passat längst programmiert. Den Jaguar hatte sie in Düsseldorf gelassen, da er zum Familienausflug nicht taugte.

Miriam fuhr. Stephan alberte mit Hedwig auf der Rückbank herum. Er liebte ihr kehliges, zügelloses Lachen, wenn er sie kitzelte, Grimassen schnitt oder absurde Geschichten erfand. In solchen Momenten merkte er, wie sehr er die Kleine vermisste. Vielmehr noch als Miriam. Das Leben ohne Frau war auszuhalten, manchmal sogar entspannender, das Leben ohne die wunderbare Tochter hingegen farblos. Das mit dem

Haus musste jetzt klappen, damit sie endlich wieder zusammen sind.

Miriam lenkte den Passat in einen kleinen Ort, eher ein Dorf. Ein schmuckes Heidedorf, in dem ein paar schöne Gasthöfe auf Wochenendtourismus schließen ließen. Miriam lieferte, während sie von der Hauptstraße in eine Seitenstraße abbog, Informationen aus dem Exposé. Grundschule und Einkaufsmöglichkeiten im Ort. Für alles Weitere musste man nach Lüneburg. Und Hamburg war ja auch nicht weit. »Genauso viel Provinz, wie ich auszuhalten im Stande bin«, scherzte Miriam.

Sie hielten vor einem großen, weißen Einfamilienhaus, das in einem weitläufigen Garten auf einer kleinen Anhöhe stand. Es war nicht mehr neu. Baujahr 1979, berichtete Miriam aus dem Exposé. Aber es strahlte eine zeitlose Eleganz aus und war äußerlich in bestem Zustand. Auch der große Vorgarten war gepflegt.

Vor dem Haus stand ein roter VW Golf, neu, mit Wiesbadener Kennzeichen. Neben dem Kennzeichen war ein kleiner Klebestreifen mit einem Barcode. Ein Mietwagen, dachte Weide, der nie ganz aus dem Ermittlermodus herausfand. Hat der Makler keinen Firmenwagen?

Hedwig hüpfte den leicht geschwungenen Plattenweg zur Haustür hinauf. Sie war fürchterlich gespannt auf ihr neues Zuhause. Da konnte Miriam ihr noch so oft erklären, sie seien noch gar nicht sicher, dieses Haus zu kaufen. Die Kleine plante schon ein Prinzessinnenbett in ihrem neuen Zimmer und ein Schildkrötengehege im Garten.

Hedwig drückte den messingglänzenden Klingelknopf und kurz darauf öffnete ein recht gutaussehender Mann in Stephans Alter die weiße Haustür. Er trug einen hellgrauen, perfekt geschnittenen Anzug. Darunter ein weißes Hemd ohne Krawatte. Dreitagebart, eine sauber rasierte Glatze. Ein Gewinnertyp, dachte Stephan. Der verkauft bestimmt häufiger Häuser in dieser Größenordnung.

»Einen wunderschönen Tag. Das muss die Familie Weide sein. Und du bist sicher die kleine Hedwig.«

»Ja«, strahlte die Kleine, glücklich darüber, dass er ihren Namen kannte. Aber woher kannte er ihn. Vermutlich hatte Miriam dem charmanten Kerl am Telefon ihre ganze Lebensgeschichte erzählt. Sie war anfällig für unangemessene Offenheit. Stephan war da vorsichtiger.

»Ich bin Alexander Kleinschmidt. Willkommen. Immer herein in die gute Stube. Fühlen Sie sich wie zu Hause.«

»Das ist unseres neues Zuhause«, rief Hedwig und rannte in das lichtdurchflutete Wohnzimmer.

Das Haus war vollständig eingerichtet. Miriam hatte vom Makler erfahren, dass die Besitzer bereits im Ausland seien, Neuseeland oder Südafrika, Stephan hatte es vergessen. Die Möbel könnten ganz oder teilweise übernommen werden. Es waren teure Möbel, keine Frage, aber in ihrer barocken Spießigkeit nicht Miriams Geschmack. Da werden noch viele Entscheidungen zu treffen sein, wenn Madame erst mal durch die Design-Shops von Hamburg zieht, um über zweihundert Quadratmeter Wohnfläche zu ihrem Heim zu machen.

Der Makler verhielt sich angenehm zurückhaltend. Er sparte sich nervige Anpreisungen und sprach nur, wenn er etwas gefragt wurde. In der Küche hatte er Gläser und Getränke bereitgestellt. Hedwig bekam eine kühle

Apfelschorle. Miriam ließ sich einen Prosecco einschenken. Stephan verzichtete.

Das Haus war perfekt. Großer Wohnbereich. Esszimmer, Gästezimmer im Parterre. Eine große Küche mit moderner Technik. Das Obergeschoss hatte am großen Elternschlafzimmer ein separates Bad und ein Ankleidezimmer. Zwei weitere Zimmer, von denen Hedwig eines gleich für sich reklamierte. Gut zwanzig Quadratmeter, bodentiefe Fenster. Eingerichtet war es als altdeutsches Arbeitszimmer, aber schon bald würde es eine pinkfarbene Prinzessinnenhölle sein, von Einhörnern bewacht. Stephan war klar, dass seine Frauen sich längst entschieden hatten. Er war zögerlicher. Aber das war er immer. Fast neunhunderttausend Euro sollte dieser Palast kosten. Unerschwinglich für einen Beamten im mittleren Dienst. Aber das waren nur seine Komplexe. Die Finanzierung würde ihnen keine Probleme machen.

»Und im Keller geht's weiter«, sagte der Makler, der plötzlich hinter Stephan stand. »Wollen Sie die Sauna und den Weinkeller sehen. Da ist auch Platz für weitere Hobbys.«

Was er damit meinte, sagte er nicht. Irgendetwas an diesem Makler stimmte nicht, dachte Weide.

»Ist eine Sauna so ein heißes Zimmer, wie bei Opa, Mama?«, fragte Hedwig, als sie die steile Treppe in den Keller hinuntergingen.

»Ja, Schätzchen, genau.«

»Das finde ich doof. Da geht Opa immer nackig rein.«

Miriam lachte verlegen.

Der Keller war groß, aber dunkel. Die kleinen Kellerfenster ließen nur wenig Licht hinein. Kleinschmidt schaltete in allen Räumen Licht ein. Er öffnete eine Stahltür zu einem weiteren Raum.

»Und hier der Weinkeller. Der derzeitige Besitzer ist ein echter Kenner.«

Alle traten in den ungefähr fünfzehn Quadratmeter großen Raum. Hier war kein Kellerfenster. Es war fast vollständig dunkel, Licht kam nur aus dem Vorraum. Es roch muffig. Schemenhaft erkannte Stephan Holzregale an allen Wänden, einen hohen Kühlschrank mit Glastür. Als der Makler das Licht einschaltete, sah er, dass die Regale und der Kühlschrank leer waren.

»Hat er den Wein vor der Abreise schnell ausgetrunken?«, fragte Stephan.

»Ich glaube nicht«, lachte der Makler künstlich. »Den hat er irgendwo eingelagert. Hat vielleicht Angst vor Einbrechern.«

Noch während er das sagte, huschte er mit einer Drehung blitzschnell aus dem Raum, knallte die Stahltür zu und schloss hörbar von außen ab.

Stephan und Miriam sahen sich entsetzt an. Als Hedwig die Überraschung, die Angst in den Gesichtern ihrer Eltern sah, fing sie augenblicklich an, laut zu kreischen.

30. Kapitel

Es war erst halb zehn und doch schon richtig warm an der Elbe. Marie lag mit Anne, einer Freundin von Juan, unter einem Sonnenschirm. Die Jungs standen bis zu den Hüften in der Elbe und versuchten, einen Kasten Bier im Elbwasser zu kühlen, ohne dass er unterging oder davontrieb. Das war offenbar schwierig, aber auch lustig. Ihr Brüllen und Lachen drang in Fetzen zu ihnen hoch.

Pauline war nicht dabei. Sie war schon gestern zur Kunstausstellung ›documenta‹ nach Kassel gefahren. Sie hatte versucht, Marie zum Mitkommen zu bewegen, aber die hatte keine Lust, sich auch noch privat mit Kassel zu beschäftigen und Kunst war sowieso nicht ihr Ding.

»Marie, du bist der erste Bulle, den ich so privat kennenlerne«, sagte Anne.

»Ey, Anne, ich bin zwar ganz locker und cool und so, aber ich wäre dir schon dankbar, wenn du nicht Bulle sagen würdest. Richtiger wäre auch Kuh, aber das bin ich auch nicht. Was ist so schwer an Polizistin?«

»Ja, klar, sorry. Aber ihr nennt euch doch selbst auch oft Bullen.«

»Im Fernsehen vielleicht. Und Schwarze nennen sich manchmal Nigger und trotzdem wollen sie das von keinem anderen hören. So ist das bei uns Polizeibeamten auch.«

»Ich denke halt, Polizisten sind immer voll streng und passen immer auf, was man so macht und so. Irgendwie verunsichern mich Polizisten.«

»Aber warum? Du hast doch nichts verbrochen.«

»Na ja, irgendwas Verbotenes macht doch jeder mal.«

»Falsch parken?«

»Oder kiffen. Neulich, als ich bei euch in der Küche war, da haben die Jungs gekifft und du saßt daneben. Das fand ich schon komisch.«

»Und da hast du Angst, dass ich meine Mitbewohner und Freunde bei den Kollegen anscheiße? Was glaubst du denn? Wir sind hier nicht in Nordkorea. Du wirst lachen, ich ziehe sogar ab und zu mal an einem Joint. Wenn mich dann einer von euch bei meinen Vorgesetzten verpfeift, bekomme ich viel mehr Probleme als ihr wegen ein paar Gramm Gras.«

»Ja, klar. Ist für mich nur ungewohnt.«

»Und, Anne, ich bin bei der Mordkommission. Wenn du einen umbringst, dann werde ich dir Probleme machen. Also mach es besser nicht.«

Maries Handy klingelte. Es lag in ihrer großen Badetasche, war aber nicht zu überhören. Hätte sie es doch wenigstens lautlos gestellt. So musste sie nun nachsehen, wer dran war. Bullen-Paranoia. *Pauline* stand auf dem Display ihres iPhones. Da konnte sie dran gehen. Das war nicht dienstlich.

»Marie, Pauline hier«, rief die Mitbewohnerin ziemlich erregt. Im Hintergrund hörte Marie Geräusche von vielen Menschen, entfernt Musik.

»Hey, Pauline, was ist passiert? Alles klar bei dir?«

»Nein. Ich habe hier was ganz Merkwürdiges entdeckt. Das muss ich dir zeigen. So Kunstwerke, die mich an eine Sache erinnern, an der du dran bist. Warte ich schick dir mal ein Bild.«

Kurz darauf piepte Maries Telefon. Sie öffnete WhatsApp und war sich nicht sicher, ob sie damit das Gespräch unterbrechen würde.

»Pauline? Bist du noch dran?«

»Ja. Klar. Hast du das Bild gesehen?«

»Noch nicht. Warte.«

Sie nahm das Telefon wieder vom Ohr und sah auf das Display. Sie hatte sich noch nicht die Technik ihrer jungen Freunde zu eigen gemacht, das Telefon eher vors Gesicht zu halten als ans Ohr, um jederzeit das Display im Blick zu haben.

Auf dem Telefon erschien ein dunkles Foto, auf dem sie zunächst nichts erkennen konnte. Sie zog das Bild mit zwei Fingern größer. Dann wurde sie starr vor Schreck.

Das Bild war aus zwei Bildern zusammengesetzt, die sie beide schon oft gesehen hatte. Tatortbilder. Links waren die ersten Göhrde-Opfer von 1989 zu sehen. Gut zu erkennen, die ekligen Überreste. Das Foto stammte offenbar aus einer alten Zeitung. Daneben das Bild von ihrem Tatort. Das Ehepaar Vaupel. Das Bild muss entstanden sein, noch bevor die Polizei am Tatort war. Unter den beiden Bildern stand die Zeile. Leben. Kunst. Tod.

»Verdammt, Pauline, wo hast du das her?«

»Das sind so Plakate. Manche groß, DIN A null oder so, manche kleiner. Die hängen hier an Bäumen und an Bauzäunen. Sind wohl plötzlich aufgetaucht. Gestern hingen die noch nicht.«

»Und was ist da sonst noch drauf?«

»Nicht nur Leichen. Auch Fotos von den Leuten, als sie noch lebten. Passfotos oder so. Ich schick es dir, warte.«

Unverzüglich erschien ein weiteres Bild auf ihrem Display. Links Passbilder der beiden Opfer von 1989, rechts die Vaupels, ebenfalls Porträts. Darunter stand: *Auf ewig vereint.*

»Pauline, ist die Polizei da dran? Werden die Plakate entfernt?«

»Nö. Das gucken sich die Leute an. Die glauben, das sei so eine documenta-Aktion. Man sieht hier so viel verrücktes Zeug, da fällt das gar nicht auf. Aber ich habe ja deine Fälle etwas mitbekommen und da habe ich gedacht, das interessiert dich.«

»Auf jeden Fall, ich komme nach Kassel.«

»Du fährst nach Kassel?«, fragte Juan, der mit zwei Bierflaschen, die nicht besonders kalt aussahen, vor ihr stand.

»Ja, das Bier muss warten.«

Ohne weitere Erklärungen zog sie sich an, packte ihre Sachen und raste mit der XT zum Präsidium. Sie holte ihre Waffe aus dem Büro und bestieg den Dienst-Golf.

Sollte sie die Polizei in Kassel auf dieses merkwürdige Kunstprojekt aufmerksam machen? Aber was würde dann geschehen? Die würden die Werke entfernen, die Aktion öffentlich machen und so den Täter warnen. Vielleicht würde er ja noch weitere Werke platzieren. Er durfte nicht gewarnt werden.

Wenn das die Art von Kunst ist, die Sascha Sigalov im Knast gelernt hat, dann Gute Nacht!

Während sie auf die A7 auffuhr, versuchte sie zum dritten Mal, Stephan Weide zu erreichen. Doch bei dem lief wieder nur die Mailbox.

31. Kapitel

Hedwig schlief auf dem Schoß ihres Vaters. Der saß an ein Weinregal gelehnt auf dem Fußboden. Dicht neben ihm Miriam. Sie hatten sich beruhigt. Gut eine halbe Stunde hatte Hedwig geschrien und Miriam hatte sie gehalten. Stephan hatte unablässig gegen die Stahltür gehämmert und gebrüllt. Doch es geschah nichts.

Beide hatten ihre Handys dabei, aber es gab keinen Empfang im Keller. Das schien der Makler zu wissen, sonst hätte er sie ihnen sicher abgenommen.

»Stephan«, fragte Miriam, »wer ist das? Was will der von uns?«

»Vermutlich hat er mit einem unserer Fälle zu tun. Ich hatte gleich so ein komisches Gefühl. Kommt mit einem Mietwagen. Wieso? Makler haben Dienstwagen, die sind doch dauernd unterwegs. Und dann der Name. Wie hieß er noch?«

»Kleinschmidt.«

»Genau. Ein urdeutscher Name. Aber der Kerl ist Pole oder Russe oder so was. Das sieht man an seinem Gesicht und einen leichten Akzent hat er auch. Hast du das auch bemerkt?«

»Ja. Aber dabei habe ich mir nichts gedacht.«

»Du bist ja auch total auf den Wichser abgefahren.«

»Stephan, bitte, jetzt keinen Streit. Sonst fällt mir ein, dass wir nur in dieser Situation sind, weil du unbedingt diesem grauenhaften Beruf nachgehen musst.«

Sie schwiegen eine Weile und lauschten. Hedwig zuckte leicht im Schlaf. Aber sie schlief tief und fest. Auf Papas Schoß war man vor der größten Gefahr sicher, dachte die Kleine bestimmt. Aber Stephan wusste, dass sie dem sicherlich bewaffneten Makler schutzlos ausgeliefert waren. Stephan hatte natürlich keine Waffe dabei.

»Werden dich deine Leute nicht irgendwann vermissen?«, fragte Miriam.

»Nicht vor morgen früh und auch dann würden sie nicht gleich nach mir fahnden.«

»Wer ist das, wer ist der Kerl?«

»Ich weiß es nicht, Schatz. Marie Gläser war da an irgendeinem Knacki dran, der mal mit dem Göhrde-Mörder zu tun hatte. Aber ich erinnere mich nicht.«

»Hattest du dir nicht vorgenommen, wichtige Dinge in dein iPad zu tippen?«

»Ja. Mache ich auch.«

»Und wo ist dein iPad?«

»Ich weiß es nicht.«

»Glaubst du wirklich, dass du diesen Beruf noch ausüben kannst, mit deinem Problem?«

»Wir kommen hier heil raus, Miriam. Vertrau mir.«

In diesem Moment hörten sie Geräusche im Vorraum. Dann wurde ein Schlüssel ins Schloss der Stahltür gesteckt.

32. Kapitel

Bis kurz vor Kassel war Marie gut durchgekommen, doch dann ging nichts mehr. Ab Hannoversch Münden herrschte Stop-and-go. Offenbar war diese weltberühmte Kunstausstellung, die alle fünf Jahre für hundert Tage in der nordhessischen Stadt zelebriert wurde, gut besucht. Sie selbst hatte noch nie davon gehört.

Kurz hatte sie noch mal erwogen, die Kasseler Kollegen einzubinden, aber wo hätte sie die hinschicken sollen. Stattdessen versuchte sie, Kontakt zum Veranstalter zu bekommen. Im Büro der Documenta GmbH saß nur eine Aushilfe, die keine Angaben darüber machen konnte, wo ihre Chefs zu erreichen waren. Sie hinterließ ihre Handynummer und die Nachricht, dass sie wegen einer polizeilichen Ermittlung dringend um Rückruf bitte.

Als gar nichts mehr ging auf der A7, setzte sie das Blaulicht aufs Dach, schaltete das Martinshorn ein und durfte mal wieder erleben, wie unfähig der deutsche Autofahrer beim Bilden einer Rettungsgasse war.

Um Punkt zwei erreichte sie die Kasseler Innenstadt. Pauline hatte sie zu einem Gebäude namens Fridiricianum gelotst, das offenbar den zentralen Ausstellungsort der Schau bildete. Sie sparte sich die Suche nach einem Parkplatz, ließ das Blaulicht eingeschaltet und betätigte dazu noch die Warnblinkanlage. Das musste reichen. Wenn die Kasseler Kollegen damit ein Problem hatten, umso besser. Sie würde sowieso bald Unterstützung brauchen.

Auch in Kassel strahlte der Sommer, und Massen von Menschen waren auf den Beinen, standen Schlange vor dem Museum, saßen in Cafés oder stiegen durch einen riesigen Tempel aus Büchern, der auf dem Platz vor dem Fridiricianum aufgebaut war. Offenbar auch ein Kunstwerk, dachte Marie. Würde sich vielleicht lohnen, sich das alles mal in Ruhe anzusehen, aber das war jetzt nicht ihre Mission.

Pauline stand wie verabredet direkt vor dem Fridiricianum und hatte sich inzwischen etwas beruhigt.

»Los komm, ich zeig dir so ein Plakat.«

Sie ging voraus über die Einkaufsstraße der Stadt zu einer Straßenbahnhaltestelle. Auf der Rückseite des Wartehäuschens hing eines der Plakate, das Pauline fotografiert hatte: DIN-A1-groß, sauber gedruckt, ebenso sauber auf eine feste Platte aufgezogen und mit verschraubbaren Klemmen an dem Haltestellenhäuschen befestigt. Das sah professionell aus. Da konnte man meinen, das sei von offizieller Stelle angebracht worden. Es zeigte die vier Leichen von 1989 und 2017. Leute gingen vorbei, schauten mal neugierig, mal beiläufig auf die verwesten Körper und gingen ungerührt weiter. Einer der Betrachter zog sein Handy und fotografierte einen QR-Code in der rechten Ecke des Plakats. Den hatte Pauline beim Fotografieren nicht mit im Bild.

»Warst du auf dieser Website?«, fragte Marie Pauline und deutete auf den Code.

»Nee. Ich weiß gar nicht, wie das geht. Braucht man doch so eine App für, oder?«

Marie fotografierte den Code mit ihrem Smartphone und augenblicklich öffnete sich eine schlichte Website. Schwarzer Hintergrund, darauf in gelber Schrift: *Die Show beginnt in* ... darunter lief ein Countdown, der noch zweiundzwanzig Minuten zu zählen hatte.

»Gut«, sagte Marie, »dann bin ich mal gespannt, was da gleich passiert. Wo hast du noch ähnliche Plakate gesehen?«

Pauline führte sie fast im Laufschritt über den großen Platz zu einer Betontreppe, die in eine Tiefgarage führte. Gut sichtbar für alle, die in die Tiefgarage gingen, war ein kleineres Plakat an der Wand über der Treppe angebracht. Zu sehen waren zwei Fotos nebeneinander. Auf dem linken Foto ein silberner Honda Civic älteren Baujahrs. Daneben ein neuerer Audi A6. Darunter die Worte: Opfer 1989 – Opfer 2017. Das alte Foto war damals in den Zeitungen, das rechte Foto zeigte den Wagen im Wald, dort, wo ihn nur der Täter fotografiert haben konnte. Als die Polizei ihn fand, stand er ja schon seit Wochen im Parkhaus. Auch dieses Plakat hatte wieder einen QR-Code zu derselben Website. *Die Show beginnt in 14 Minuten.*

Maries Handy klingelte. Eine ihr unbekannte Handynummer.

»Marie Gläser?«

»Ertan Öztürk, Documenta GmbH, Sie hatten um Rückruf gebeten?«, sagte eine freundliche Stimme, die sicher einem jungen Mann gehörte.

»Ja. Danke. Kripo Lüneburg.« Marie musste sich ein Ohr zuhalten, um im Lärm der ausgelassenen Menschen um sie herum überhaupt etwas zu verstehen. »Wir haben Grund zu der Annahme, dass einer Ihrer Künstler ein von uns gesuchter Mörder ist.«

»Wie bitte? Wer soll denn das sein?«

»Alexander Sigalov.«

»Nie gehört. Ist kein Künstler von uns. Die kenne ich alle.«

»Vielleicht hat er sich auch nur an Ihre Ausstellung drangehängt. Auf jeden Fall hängen, wie soll ich sagen, Werke von ihm in der Stadt und zeigen Bilder von echten Mordfällen.«

»So etwas kommt vor. Trittbrettfahrer. Nicht schön, aber auch kein Drama. Wer sagt denn, dass die Bilder von Ihrem Täter sind?«

»Es ist sehr wahrscheinlich, fast sicher. Glauben Sie mir.«

»Wo sind Sie?«

»Auf diesem Platz hier in der Innenstadt vor diesem Frididingens.«

»Fridiricianum. Links neben dem Fridiricianum geht eine kleine Straße rein. Sehen Sie die?«

»Ja. «

»Stellen Sie sich dorthin und warten Sie auf mich. Wie erkenne ich Sie?«

»Ich bin groß, stark und blond. Nicht zu übersehen.«

33. Kapitel

Miriam schmiegte sich fester an ihren Mann, während sich die Stahltür öffnete. Hedwig erwachte und schaute verschlafen zur Tür. Als sie den Makler sah, vergrub sie ihren Kopf im Schoß ihrer Mutter, weinte leise und sagte immer wieder: »Der soll weggehen.«

»Was wollen Sie von uns?«, bellte Weide ihn an. »Was soll das alles? Ist es, weil ich bei der Polizei bin? Dann lassen Sie meine Frau und meine Tochter gehen.«

Der Makler, der sicher nicht Kleinschmidt hieß und auch kein Makler war, schwieg.

Er hatte zwei Wasserflaschen aus Plastik in der linken Hand, die er vor seinen drei Häftlingen auf den Boden stellte. Miriam griff sofort danach, probierte einen Schluck und gab dann ihrer Tochter zu trinken.

Sie spürte bestimmt, wie Stephan sich anspannte, wie er den Verbrecher beobachtete und nur auf den Moment wartete, sich auf ihn zu stürzen. Da war er ganz Polizist. Aber der andere war eben auch ganz Gangster, und es war sicher kein Zufall, dass er inzwischen sein Jackett ausgezogen hatte und eine große, chromglänzende Pistole hinten in seinem Hosenbund zu sehen war.

Weide sah seinen Peiniger erwartungsvoll an. Er würde nicht zögern zu schießen, falls Weide ihn angriff. Er musste ihn sofort kampfunfähig machen und an die Waffe kommen. Der Kerl war ein Schwerverbrecher, ein Profi in Sachen Gewalt, das war klar. Und er war gut trainiert. Weide sah im Moment keine Chance.

Der Gangster trat direkt vor Stephan Weide und sagte: »Stellen Sie sich hin.«

Um seiner Forderung zu unterstreichen, griff er nach der Pistole, ließ sie aber im Hosenbund stecken. Miriam zuckte zusammen und flüsterte: »Mach!«

Nun hatte der Makler plötzlich zwei dicke Kabelbinder in der Hand. Er gab einen Miriam.

»Los! Binden sie ihm die Hände zusammen! Auf dem Rücken. Aber richtig.«

Miriam stand zögerlich auf, die kleine Hedwig klammerte sich an ihr Bein und vergrub ihr Gesicht.

»Schneller.«

Sie stellte sich hinter ihren Mann, der die Hände auf den Rücken hielt. Nun hatte der Makler die Pistole in der Hand und dirigierte sie damit.

»Los. So schwer ist das nicht. Um die Handgelenke legen, die Spitze durch die Öffnung und fest zuziehen.«

Zittrig und nervös wie sie war, zog sie den Kabelbinder sehr fest zu und Weide verzog kurz das Gesicht.

»Jetzt die Füße.« Er gab Miriam den zweiten Kabelbinder.

»Und jetzt raus hier«, sagte er nur an Stephan gerichtet.

»Ganz sicher nicht«, sagte Stephan, »ich werde meine Familie hier nicht allein lassen.«

»Das sollen Sie auch gar nicht. Sie sollen nur hier vorne in den Raum kommen. Ihre Frau und Ihre Tochter kommen dann auch.«

Weide hoppelte, so gut es ging, los. Die Knie taten ihm weh. Wie lange hatte er da jetzt auf dem Boden gehockt? Drei Stunden? Eher vier. Er hüpfte aus dem

Weinkeller in den Vorraum. Der Makler schloss sofort die Tür und drehte den Schlüssel herum.

»Sie haben gesagt, meine Frau ...«

»Gleich. Keine Sorge. Setzen Sie sich.«

Weide sah nun, dass an einer Wand vor dicken Heizungsrohren in einem Meter Abstand zwei Stühle standen. Schlichte, schöne Küchenstühle mit Stahlbeinen. Die Stühle waren mit dicken Kabelbindern an die Heizungsrohre gebunden. Zwischen den beiden Stühlen lag eine kleine Matratze.

»Setzen!«

Weide setzte sich auf den linken der beiden Stühle. Blitzschnell zog der Gangster zwei Gurtenden hinter der Lehne hervor und schnallte sie vor Weides Bauch zusammen. Es waren Gurte, wie sie zur Sicherung von Ladung benutzt wurden. Solide Textilgurte mit messingglänzenden Schnallen. Weide stöhnte auf, weil er nun mit den Armen auf dem Rücken gegen die Stuhllehne gepresst wurde. Sehr unbequem. Er konnte sich nicht mehr bewegen, war fest mit dem Stuhl verbunden.

Zu guter Letzt nahm der Makler eine Rolle breites hellgraues Klebeband von einem kleinen Tisch, auf dem Weide noch einen Laptop, ein Smartphone und einen seltsamen Kasten mit Antenne sah. Er klebte das Ende des Klebebands auf Weides Mund und wickelte die Rolle zweimal um seinen Kopf. Nun war der Polizist auch stumm.

Der Verbrecher schloss die Tür zum Weinkeller wieder auf und ging hinein. Miriam Weide saß auf dem Boden, ihre weinende Tochter auf dem Schoß.

»Wir werden der Kleinen jetzt etwas geben, damit sie gut schläft«, sagte er ruhig.

»Nein, auf keinen Fall, wieso? Lassen Sie uns doch gehen.«

»Es ist besser. Wirklich. Ganz harmlos.«

»Und dann? Was haben Sie mit uns vor? Was soll das alles?« Miriam wurde lauter, kreischte fast.

»Bitte, hier.« Er hielt Hedwig eine Tablette hin.

»Mama«, wimmerte sie. Und Miriam gab auf. Vermutlich war es das Beste, wenn die Kleine diesen Albtraum überschlief. Und wenn dieser Irre sie alle umbringen würde, bekäme das Kind wenigstens nichts davon mit.

Das Kind schlief im Arm seiner Mutter schnell ein.

Nun führte der Makler Miriam in den Vorraum. Die Frau erschrak, als sie ihren Mann gefesselt und geknebelt auf dem Stuhl sitzen sah.

»Legen Sie das Kind auf die Matratze«, befahl ihr Peiniger und sie gehorchte. Dann fesselte er auch sie auf dem Stuhl.

34. Kapitel

Marie fielen auf dem Weg zur von Öztürk beschriebenen Seitenstraße die vielen Polizisten auf, die mit Schutzwesten vor dem Fridiricianum standen. Einige trugen Maschinenpistolen. Die Terroranschläge der letzten Monate – Berlin, London, Manchester, Nizza, Paris – sorgten auch bei der wichtigsten Kunstausstellung der Welt für Nervosität.

Sie hatte sich von Pauline verabschiedet. Was nun folgte, war Polizeiarbeit, da konnte sie die naive Studentin, die sicher gerne weiter an Maries Seite diesen Fall verfolgt hätte, nicht gebrauchen. Pauline rief die Freunde an, mit denen sie nach Kassel gekommen war, und machte einen Treffpunkt aus.

Marie musste nicht lange nach Ertan Öztürk suchen. Ein junger, gutaussehender Mann im schwarzen Anzug und offenem weißen Hemd. Schwarze, nach hinten gegelte, mittellange Haare, Dreitagebart mit einer messerscharfen Kante. Auch er erkannte Marie schon von Weitem – die Beschreibung groß, stark, blond war ausreichend.

Öztürk begrüßte sie freundlich und verlangte ihren Ausweis. »Nur damit alles seine Ordnung hat«, sagte er.

Er führte sie vorbei an der Seite des Fridiricianum zu einem alten roten Gebäude mit der Aufschrift *Kulturhaus Dock*. Gegenüber vernahm Marie das vertraute Surren und Scheppern von Skatern. Im Schatten der Bäume hatte man hier einen kleinen Skatepark gebaut. Das Geräusch erinnerte Marie an ihre Teeniejahre, als sie ihre Leidenschaft für die Rollbretter entdeckt hatte.

Doch weit ist sie damit nicht gekommen. Sie war zu schwer für die richtig guten Moves in der Halfpipe.

Öztürk führte sie in das dunkle, etwas muffige Gebäude und eine breite, geschwungene Treppe hoch in einen Flur zu einer Tür mit einem kleinen Schild: Emil Hauschka, Künstlerischer Leiter ›documenta 14‹. Sie betraten einen großen, hellen Raum. Ein Chefbüro mit großem Schreibtisch und geschmackvoller Sitzgruppe. Marie hatte nicht viel Ahnung von Design, aber dass diese Einrichtung teuer war, sah sie.

Auf keinen Fall zu übersehen war der Mann, der auf dem Sofa saß: nicht besonders groß, dafür aber unheimlich dick. Breitbeinig hing er in den Lederpolstern, sein voluminöser Bauch sprengte fast sein verschwitztes schwarzes Hemd. Des Weiteren trug er eine zerbeulte blaue Jeans und altmodische Sandalen ohne Socken.

»Darf ich Herrn Hauschka vorstellen, unseren Künstlerischen Leiter«, moderierte Herr Öztürk. »Emil, das ist die Polizistin, von der ich dir erzählt habe, Frau ...«

»Gläser«, sagte Marie und reichte dem dicken Mann die Hand über den niedrigen Couchtisch, er hob nur müde die Hand und winkte ab. Er hätte sich aufrichten müssen und das war ihm wohl zu anstrengend.

Auf dem dicken Oberkörper, Marie schätze den Mann auf Anfang vierzig und hundertzwanzig Kilo, saß ein runder Kopf mit wilden, grauschwarzen Locken, um das Doppelkinn ein wenig gepflegter Vollbart. Hauschka trug eine Sonnenbrille.

»Gut, Gnädigste, was kann ich für Sie tun«, fragte er in breitem österreichischen Akzent und mit der bei Menschen seiner Leibesfülle üblichen gepressten Stimme. »Sie machen ja einen ziemlichen Wirbel.«

»Haben Sie die Kunstwerke gesehen, um die es geht?«

»Ja, Ertan hat mir ein paar Fotos gezeigt. Gar nicht so uninteressant.«

»Finden Sie? Die Bilder zeigen echte Mordopfer und ich gehe davon aus, dass der Täter diese Bilder aufgehängt hat.«

»Warum? Das kann doch jeder gewesen sein«, sagte der Dicke.

»Ein paar der Bilder zeigen Motive, die nur der Täter am Tatort geschossen haben kann. Stört Sie das nicht, dass hier einer Kunst ausstellt, die Sie nicht ausgewählt haben?«

»Ach, wissen's, so bürokratisch sind wir da nicht. Früher war das hier so, ich weiß. Da wurde gleich nach der Polizei gerufen, wenn einer auf den Zug aufgesprungen ist. Ich sehe das nicht so eng.«

»Aha.«

»Schaun's, da vorne steht immer so ein Kerl, so eine Living Sculpture oder wie das heißt. Ganz in Silber. Ganz starr wie eine Statue steht er da und wenn die Leute sich mit ihm fotografieren, hält er die Hand auf. Das ist auch Kunst. Soll ich ihn deswegen wegjagen?«

»Haben Sie hier einen Internetzugang«, unterbrach Marie das Gespräch.

Öztürk schaltete einen großen Flachbildschirm ein und öffnete einen Laptop. Unverzüglich erschien eine Browser-Oberfläche mit der Startseite der ›documenta‹. Marie nahm ihr Handy, den Laptop von Öztürk und schrieb die komplizierte Internetadresse, auf die der eingescannte QR-Code verwies, in den Browser ein.

Die Show beginnt in 1 Minute.

Es war totenstill im Raum. Durch ein schräg gestelltes Fenster drang das Scheppern und Lachen der Skater.

Öztürk und Hauschka sahen erwartungsvoll auf den Bildschirm. Der Countdown verschwand, es erschien das erste Bild: die Leichen der beiden Paare im Wald. Danach sah man ihre Autos, Häuser, die wohl die Wohnhäuser der Opfer waren. Dann ein Bild eines grauhaarigen Mannes in einem Anzug im Wald, offenbar ein Polizist. Daneben ein Bild von Stephan Weide. Es war ein Ausschnitt des Fotos aus der ›Bild‹, das ihn mit einem Makler vor einer Villa zeigt. Darunter die Zeile: *Blind 1989 – Noch blinder 2017*. Zu der Bilderschau lief eine harmlose, fast alberne Dudelmusik, wie man sie aus Supermärkten und Flughäfen kennt.

Marie nahm ihr Handy und versuchte noch mal Weide anzurufen. Immer noch die Mailbox. Dann wählte sie Walter Sobchaks Handynummer.

»Walter, ich habe jetzt keine Zeit für Erklärungen. Ich schicke dir jetzt eine Internetadresse. Bitte stell unverzüglich fest, wo und auf wen die angemeldet ist. Wenn nötig, kannst du auch beim LKA nachfragen.«

»Ja, mache ich«, sagte Walter, der für einen Sonntagnachmittag ziemlich verschlafen klang. »Aber worum geht es denn?«

»Später, Walter. Mach einfach. Und ruf mich dann wieder an.«

Auf dem Bildschirm liefen weitere Doppelmotive. Langsam. Man hatte viel Zeit, um sich die Bilder in aller Ruhe und mit allen Details anzusehen. Emil Hauschka verfolgte die Bilderschau mit mittelmäßigem Interesse. Was geht jetzt in ihm vor, dachte Marie. Er denkt sicher, ganz originell, aber nicht wirklich neu. Hatten wir irgendwo schon mal.

Plötzlich endete die Bilderschau und es erschien das Gesicht eines Mannes. Sascha Sigalov. Marie hatte zwar nur Fotos von ihm gesehen, die ein paar Jahre alt waren, aber so sehr hatte er sich nicht verändert. Er sah gut aus. Gepflegt. Der Bildausschnitt zeigte nur seinen kahlen Kopf vor einem weißen Hintergrund. Es wackelte nicht, die Kamera musste also auf ein Stativ montiert sein.

»Guten Tag, liebe Kunstfreunde in Kassel und überall auf der Welt«, sagte Sigalov nun und lächelte freundlich.

»Ich hoffe, meine Bilder auf der documenta haben Ihr Interesse gefunden und Sie sind sehr zahlreich vor Ihren Smartphones und Laptops versammelt, um meiner kleinen Performance beizuwohnen.« Nun regte sich Hauschka etwas nervös, blieb aber still.

»Sie erleben heute das Finale meiner Installation ›Totenwald‹, die ich in den vergangenen Monaten erarbeitet habe.«

»Installation«, zischte Öztürk abfällig.

»Psst«, kam es von Hauschka.

»In meiner Installation geht es um Opfer. Es geht um Willkür. Um Tod. Aber es geht auch um die Schönheit des Sterbens und Vergehens. Und es geht natürlich um die Kunst des Tötens. Um die Kunst als Motiv des Tötens.«

»Was redet der da für eine Scheiße?«, sagte Marie.

»Still«, mahnte Hauschka wieder.

»Inspiriert wurde dieses Werk von meinem früheren Kollegen Jens-Peter Brogmeier. Er erlangte vor fast dreißig Jahren traurige Berühmtheit als der Göhrde-Mörder.«

Nun wurden in langsamer Folge Zeitungsschlagzeilen aus den Siebzigern und Achtzigern, die von Brogmeiers Taten erzählten, gezeigt. Eine perfekte Inszenierung, dachte Marie und versuchte Hinweise darauf zu entdecken, ob es sich bei Sigalovs Auftritt um eine Live-Übertragung oder eine Aufzeichnung handelte.

Dann summte ihr Telefon.

»Walter hier. Die URL ist verschlüsselt, zigfach umgeleitet, irgendwo auf den Philippinen connected und nur schwer zurückzuverfolgen oder zu sperren. Ich habe mir den Mist angesehen, der da läuft, und die LKA-Kollegen auch. Sie sind dran.«

»Und kann man das nicht wenigstens abschalten?«

»Dann musst du weltweit das Internet abschalten.« Er lachte, es klang sarkastisch. »Das geht nicht ohne richterlichen Beschluss.«

»Danke, Walter. Bleib bitte erreichbar und versuch, Weide zu finden. Handyortung. Auch das Handy seiner Frau. Die Kollegen sollen nach dem Wagen Ausschau halten. Neuer, weißer Jaguar mit Düsseldorfer Kennzeichen. Der hat bestimmt GPS-Ortung.«

»Geht in Ordnung, Marie. Wo bist du eigentlich?«

»In Kassel. Ich melde mich.«

Auf dem Bildschirm war nun wieder Sigalov zu sehen.

»Mein alter Kollege Jens war kein Künstler. Er war ein Psychopath. Ein kranker Mann, der aus einem inneren Drang heraus tötete. Das ist kein künstlerischer Akt. Genauso wenig wie essen, oder schlafen ein künstlerischer Akt sein kann. Kunst kann nur mit Vorsatz entstehen. Nicht im Affekt oder aus Triebhaftigkeit.«

»Aha.« Hauschka grinste überheblich.

»Brogmeier«, fuhr Sigalov fort, »war aber auch ein Ästhet. Die bedingungslose Brutalität, mit der er seine Taten ausführte, und die radikale und über jeden Zweifel erhabene Tötungsabsicht in allen seinen Taten haben mich inspiriert.«

Nun lief wieder die Bilderschau mit den Doppelmotiven und Sigalov schwieg. Eine Nachricht von Walter kam auf Maries Handy an: *Das ist jetzt auch live auf Facebook.* Dazu ein Link, den Marie anklickte. Es öffnete sich die Facebook-Seite der ›documenta‹. In einem kleinen Fenster lief das Video, das Marie auch auf dem großen Flachbildschirm sah. Darunter erste ›Gefällt mir‹-Klicks und Kommentare. Marie hielt Öztürk und Hauschka das Handy wortlos hin. Dann ging sie zum Fenster, um es zu schließen. Die Skater vor dem Haus hatten ihre Boards beiseitegestellt und starrten in ihre Handys.

»Na, dann hat er ja jetzt volles Haus bei seiner Performance, der Herr Künstler«, sagte Hauschka.

Auf dem Schreibtisch klingelte ein Telefon. Öztürk sprang auf, lief durch den Raum und nahm den Hörer ab.

»Bitte? – Ja, Herr Bürgermeister.« – »Ja, wir sind dran.« - »Polizei ist bereits hier.« - »Ich halte Sie auf dem Laufenden.« – »Wir versuchen, das abzuschalten. Natürlich.« – »Tun Sie das. Würde uns helfen. Aber das wird nach unseren Erfahrungen nicht einfach.«

»Und«, lachte Hauschka, als Öztürk zurück an den Tisch kam, »hat Robert Fracksausen?«

»Und wie! Er kümmert sich jetzt darum, dass unser Facebook-Kanal abgeschaltet wird.«

»Das wäre aber schade, wenn ihm das zu schnell gelänge, ich finde das gerade eigentlich ganz anregend.«

»Wie sind Sie denn drauf?«, raunte Marie ihn an. »Der Typ da ist ein brutaler Killer.«

»Das wissen Sie doch gar nicht.«

Marie schüttelte verständnislos den Kopf.

Sigalov fuhr fort: »Ich habe in meiner Arbeit versucht ...«

»Arbeit?«, quietschte Marie erregt auf.

»... die Zone zwischen der eigentlichen Tat und dem zur Tat führenden Wahnsinn zu ergründen. Genauer: Wie sieht die Tat aus — und wie fühlt sie sich an — wenn man sie ohne den psychopathischen Trieb verübt. Wie wirkt die Tat auf Außenstehende, wenn man sie vom krankhaften Motiv trennt.«

Hauschka hatte sich nun aufgesetzt und lauschte aufmerksam. Marie versuchte, ihr bekannte Nummern beim LKA in Hannover zu erreichen, landete aber immer wieder in der Zentrale.

Eine SMS von Sobchak traf ein: »Weide unauffindbar. Handys nicht zu orten. Fahndung läuft. Bleibe dran.«

Die Tür flog auf und eine ältere Frau in einem hellen Kostüm und ein uniformierter Beamter traten ein.

»Ja bitte?«, fragte Öztürk, der die Frau offenbar nicht kannte.

»Heike Lühoff-Mirkel, ich bin die Polizeipräsidentin hier. Der Herr neben mir ist Polizeidirektor Schmidt, Leiter der Bereitschaftspolizei. Wir würden hier gerne ein bisschen mit ermitteln.«

Noch bevor sich Marie der Kollegin vorstellen konnte, dröhnte Emil Hauschka vom Sofa: »Zu ermitteln gibt's hier eigentlich nicht viel. Wenn Sie der Perfor-

mance beiwohnen wollen, dann komm's rein und sein's
still.«

Die Polizeipräsidentin schluckte hörbar, blieb aber
ruhig. Marie nahm sie am Arm, und lotste sie zusammen
mit dem Kollegen in eine Ecke des Raumes und brachte
sie mit knappen Worten auf den Stand der Dinge. Dann
gingen sie zurück zur Sitzgruppe. Auf dem Bildschirm
hatte Sigalov wieder das Wort ergriffen.

»Zusammenfassend kann ich sagen, das Töten aus ästhetischen Gründen ist vollkommen anders als das Töten aus krankhaftem Trieb. Das Ergebnis mag gleich
aussehen. Beliebig ausgewählte Menschen, verstümmelt,
verwest. Ich habe darauf geachtet, in allen Punkten nah
an Brogmeiers Taten zu sein. Das eigentliche Ergebnis,
das Werk also, ist ähnlich. Und Sie als Zuschauer sind
gleichermaßen geschockt. Aber der Prozess ist so unter-
schiedlich. Für Brogmeier war es Verlangen, Nervenkit-
zel, die Lust an der Angst und Verzweiflung der Opfer.
Das sind pure Emotionen. Bei mir war es ein Job, eine
Aufgabe. Mein Motiv war, diese Arbeit gut und richtig
zu machen und mein Werk zu vollenden. Mich befrie-
digt der Erfolg. Die Taten an sich waren Arbeit, teilweise sehr anstrengende Arbeit. Es war ziemlich eklig, der
Frau die Brüste abzuschneiden. Das ist nicht mein
Ding.«

Marie wandte sich angewidert ab und sagte dann an
Hauschka gerichtet: »Glauben Sie jetzt endlich, dass er
auch der Täter ist und nicht nur ein makabrer Künstler?«

Hauschka nickte; er schien langsam den Spaß an der
Performance zu verlieren.

»Wie viele Menschen sehen das jetzt?«, fragte die Polizeipräsidentin mit kreidebleichem Gesicht.

»Keine Ahnung«, sagte Marie, »Tausende vermutlich.«

»Können wir den nicht orten? Wo ist der Kerl? Der kommuniziert doch, das muss doch zu verfolgen sein.«

Marie zuckte nur mit den Schultern.

»Lassen Sie uns also nun zum Finale kommen«, sagte Sigalov, »zum vorletzten und letzten Akt meiner Performance.«

Das Gesicht verschwand und ein Video begann. Zunächst sah man nur einen Feldweg. Dann schwenkte die Kamera auf den Wald und auf einen roten Golf. Marie versuchte, das Kennzeichen zu erkennen, doch es war professionell verpixelt.

Die Kamera ging näher auf den Golf zu. Eine Hand kam ins Bild und öffnete den Kofferraum. Darin lag ein Mann. Gefesselt mit dicken weißen Kabelbindern und geknebelt mit silbernem Klebeband.

»Helmut Brogmeier«, stieß Marie hervor.

»Sie kennen den Mann?«, fragte die Polizeipräsidentin.

»Der Bruder des Göhrde-Mörders. Er hat sich vor ein paar Tagen erhängt. Dachten wir jedenfalls.«

Schnitt. Die Kamera war nun offenbar auf einem Stativ befestigt und tiefer im Wald aufgestellt. Man konnte sehen, wie Sigalov, weder maskiert noch verpixelt, ruhig und mit großer Sorgfalt den zappelnden Brogmeier mit einem Seil an einem dicken Ast aufhängte und qualvoll ersticken ließ. Dazu erklang die Stimme des Mörders aus dem Off: »Im vorletzten Akt stirbt hier der Bruder von Jens-Peter Brogmeier ähnlich wie sein Bruder. Es wäre mir lieber gewesen, wenn er das selbst getan hätte, weil es näher am Original wäre. Er war auch erst dazu bereit, hat dann aber gekniffen. Wenigstens hat er einen ähnlich weinerlichen Abschiedsbrief zustande gebracht wie sein Bruder, wenn auch deutlich kürzer und mit mehr Fehlern.«

Der Mann am Ast hörte auf zu zappeln. Dann kam Sigalovs Gesicht wieder ins Bild.

»In Helmut Brogmeier hat sich ein Mörder in mein Kunstwerk geschlichen, den ich so gar nicht vorgesehen hatte, der aber doch sehr gut passte. Helmut war ein Weichei, ein Jammerlappen. Immer schon. Und als dann vor ein paar Monaten die ersten Taten im Stil seines Bruders bekannt wurden, hat sich in ihm wohl die fixe Idee verfestigt, auf dieses Trittbrett aufzuspringen. Zwischen dem Psychopathen und dem Künstler als Mörder taucht er also als der verhinderte Mörder auf, der Möchtegernmörder. Das hat eine ganz eigene Schönheit.«

»Ich kotze gleich«, sagte nun Öztürk. Die anderen starrten wie gebannt auf den Bildschirm.

»Durch einen komischen Zufall hatte Helmut eine Polizistin gefangen und hat es einfach nicht geschafft, sie zu töten. Und dann wurde ihm noch eine Vergewaltigung angelastet, mit der er überhaupt nichts zu tun hatte. Ich übrigens auch nicht. Keine Ahnung, wer das Mädchen angefasst hat. Aber die Polizei hat ja Muster erkannt, wo keine waren.«

Marie konnte sich einen hämischen Gedanken an Weide nicht verkneifen, auch wenn sie sich große Sorgen um ihn machte. Wo war er? Hatte er das Handy ausgeschaltet, um mit seiner Frau ein romantisches Wochenende zu verbringen? Darf man das, wenn ein großer Fall noch nicht abgeschlossen ist? Oder war er in Gefahr?

»Womit wir bei der Polizei wären. Sie spielt in meinem Werk auch eine Rolle, wenn auch keine rühmliche. Mein Inspirator Brogmeier konnte, genauso wie ich, lange unentdeckt bleiben. Er sogar viele Jahre. Die meisten seiner Taten sind bis heute nicht aufgeklärt und ich wäre noch lange beschäftigt, wenn ich die kennen würde und ebenfalls einbezogen hätte. Aber es ging mir um den ästhetischen Ansatz und nicht um historische Genauigkeit. Ich konnte jedenfalls meine Opfer in Ruhe aussuchen, sie töten – übrigens beide in ihren Häusern, wenn das von Interesse ist – und unbehelligt an die Fundorte kutschieren. Das war aufregend.«

»Was für ein Horror«, stöhnte die Polizeipräsidentin. Marie schaute sich um. Die Anwesenden saßen auf den Sesseln oder standen dahinter, alle wie angesaugt von dem Bild. Keiner unternahm etwas. Es hatten sich wohl alle damit abgefunden, dass man diese grausame Show über die Bühne gehen lassen musste.

Öztürk bekam eine SMS. Er sah auf sein Handy und sagte: »Die bekommen Facebook nicht dazu, das zu stoppen.« Keine Reaktionen. Man hatte in der Runde nichts anderes erwartet.

»Die Polizei hat sich redlich bemüht, würde im Arbeitszeugnis stehen«, sagte Sigalov.

»Jetzt wird er witzig«, sagte Marie halblaut.

»Besonderes Lob kommt aber diesem Herrn hier zu.« Nun griff er offenbar das Stativ und drehte die Kamera. Die Gruppe im Büro des Künstlerischen Leiters zuckte zusammen. Da saßen an einer Wand zwei Menschen. Ein Mann und eine Frau. Auf Stühlen. Gefesselt mit dicken, weißen Kabelbindern und geknebelt mit silbernem Klebeband. Zwischen ihnen lag etwas, das man erst nicht erkennen konnte. Dann zoomte die Kamera näher. Ein kleines Mädchen. Sie schlief. Hoffentlich schläft sie, dachte Marie.

»Oh, Gott, Weide«, stieß sie hervor. Alle sahen sie fragend an.

»Polizeioberkommissar Stephan Weide, mein Chef. Und seine Frau. Und seine Tochter. Der Typ ist völlig irre.«

»Können Sie erkennen, wo die sich befinden?«, fragte der Chef der Kasseler Bereitschaftspolizei.

Marie sah ihn fassungslos an. »Auf jeden Fall wissen wir jetzt, dass er live sendet.«

»Wenn er letzte Nacht die Plakate aufgehängt hat, könnte er noch hier in der Gegend sein«, sagte Öztürk.

»Dann hätte er aber die Familie Weide nicht kidnappen können. Die war in Lüneburg.« Marie ging etwas zur Seite und rief Sobchak an.

»Walter, Weide hat bestimmt mit seiner Frau Häuser angeguckt. Check seine Mails, ruf alle Makler an, wir müssen wissen, welche Häuser er an diesem Wochenende anschaut.«

»Klar, Marie, das läuft schon. Aber es ist Sonntag. Nicht so einfach, die Leute zu erreichen.«

»Hier haben wir Kommissar Weide, den Leiter der Lüneburger Mordkommission. Begleitet von seiner Frau Miriam und seiner kleinen Tochter«, moderierte Sigalov.

Weide wand sich, zappelte, versuchte, sich von den Fesseln zu befreien und was an Geräuschen hinter dem Klebeband hervorkam, waren zweifellos Beschimpfungen. Aber er hatte keine Chance.

»Herr Weide hatte als Einziger die scharfsinnige Theorie, dass die zwei toten Paare im Wald Opfer des Organisierten Verbrechens geworden sind. Dafür haben ihn seine Kollegen sicher ausgelacht, die als alte Lüneburger natürlich sofort den Bezug zum berühmten Göhrde-Mörder gesehen haben.«

Muss sich Weide jetzt auch noch vor einem Massenpublikum verarschen lassen. Das hatte er nicht verdient, dachte Marie.

»Herr Weide, das sei allen spottenden Kollegen gesagt, hatte recht.«

»Was?«, entfuhr es Marie.

»Die beiden Paare wurden im Auftrag einer rumänischen Gangsterbande ermordet. Irgendwas mit Geldwäsche. Ja, auch das zweite Paar war den Rumänen irgendwie im Weg. Komisch. So biedere Leute. Aber das habt ihr ja gar nicht herausgefunden. Ich habe nur im Auftrag gehandelt, die Gründe waren mir egal. Und damit sind wir beim nächsten wichtigen Faktor: der Finanzierung. Durch Knastbekanntschaften kam ich an Leute, die andere Leute loswerden wollten. Da musste ich nur noch die für mich passenden Zielpersonen aussuchen und konnte so für meine Vorbereitungen und für kommende Projekte ein hübsches Polster anlegen.«

»Folgende Projekte?«, brüllte Marie, »da folgt gar nichts mehr. Du bist am Arsch.«

»Sie fragen sich, woher ich die ganzen Polizeiinterna kenne?«, sprach Sigalov weiter. »Ich könnte jetzt sagen, dass sich meine computerkundigen Freunde ins Polizeinetz gehackt haben. Dann würden bei der Lüneburger Polizei alle durchdrehen. Aber das war gar nicht nötig. Wir mussten nur das iPad des Kommissars anzapfen. Das ist kinderleicht. Auf dem Ding notiert er sich die wichtigsten Ergebnisse. Sein Notizblock. Ganz schön unprofessionell, wenn ich mir die Bemerkung erlauben darf. Auf dem iPad fand ich auch eine Theorie, die offenbar vom Lüneburger Polizeipräsidenten Kruse stammt. Der hatte den Gedanken, dass es gar nicht Jens-Peter Brogmeier war, der da dreiundneunzig im Knast am Gürtel baumelte, sondern dessen Bruder Helmut. Irre, oder? Und so vermutete der oberste Sheriff von Lüneburg, dass der Jens-Peter noch lebte und vielleicht aus Langeweile oder alter Gewohnheit seine Taten einfach noch mal beging.«

Marie erinnerte sich daran, dass Weide immer wieder mal auf dem iPad gelesen oder geschrieben hatte. Ihr war das nicht merkwürdig vorgekommen, doch nun sah sie das in einem anderen Licht. Was schrieb er da alles rein? Und warum? Es gab über alles Protokolle und die wichtigsten Theorien zu einem Fall hatte man doch sowieso im Kopf. Sie würde ihn fragen, wenn es dazu je wieder die Gelegenheit gäbe.

»Stephan Weide und seine Familie spielen im letzten Akt meiner ›Totenwald‹-Performance die Hauptrolle. Weide wird in diesem Akt sterben ...«

Nun sah man, wie sich im Hintergrund auf dem Stuhl Miriam Weide wand und unter dem Klebeband zu schreien versuchte.

»Das passt zunächst nicht ins Bild, da Brogmeier keine Polizisten ermordet hat, aber Brogmeiers Story und meine Adaption davon ist zu Ende. Sie endete an einem Seil an einem Baum. Der letzte Akt ist mein Werk und wird den Tod eines wehrlosen Menschen, eines Polizisten, vor der Öffentlichkeit als künstlerischen Akt darstellen.«

»Kann jemand diesen Scheiß endlich vom Netz nehmen?«, rief jetzt die Polizeipräsidentin. »Haben Sie mal auf ›Spiegel online‹ geguckt. Das ist ein Straßenfeger. Wir machen uns hier zum Affen.«

Doch niemand konnte das vom Netz nehmen. Walter hatte eine Mitteilung von Facebook weitergeleitet, dass der ›documenta‹-Account gehackt worden sei. Das gab den Facebook-Leuten nun formal die Möglichkeit, die Seite zu sperren. Wenigstens das. Aber die eigene Website des Killers war unter geheimer Adresse noch online. Und dort fuhr er fort mit seiner makabren Show.

»Wie ich sehe, ist Facebook aus unserem Programm ausgestiegen. Das ist schade, aber ich bin sicher, dass wir noch genügend Zuschauer auf der Website haben. Und deshalb will ich nun die Polizei befragen. Kommissar Weide kann ja leider nicht sprechen, wie wir sehen. Deshalb werde ich seine Kollegin zuschalten.«

Plötzlich hatte er ein Handy in der Hand und drückte eine Taste.

»Ein Handy«, rief die Polizeipräsidentin aufgeregt. »Ein Handy. Jetzt können wir ihn orten.«

Der Chef der Bereitschaftspolizei schüttelte den Kopf.

»So einfach ist das nicht. Wir haben ja keine Ahnung, wo wir ihn suchen müssen. Aber ich bin mit den LKA-Kollegen in Kontakt. Die sind dran.«

Maries Handy klingelte. *Anonym* stand auf dem Display.

Alle sahen Marie an, sie führte zaghaft den Finger zum Display, um den Anruf anzunehmen. Die Polizeipräsidentin trat hinter sie und legte ihr fast zärtlich die

Hand auf die linke Schulter. Marie konnte dieses Zeichen der Unterstützung gut gebrauchen.

Gleichzeitig erschien eine SMS von Walter auf dem Display. »Jaguar über Bord-GPS geortet. In Düsseldorf. Sind vermutl. mit w. Passat unterwegs. Kein GPS.«

Mist, dachte Marie und drückte auf Annehmen.

»Ja?«

»Frau Gläser?«

»Ja.«

»Schön, dass ich Sie erreiche. Wo sind Sie?«

»Ist das wichtig? Sagen Sie mir lieber, wo Sie sind.«

»In Sicherheit.«

»Lassen Sie die Familie frei. Ich verhandle nicht mit Ihnen, Sigalov.«

»Ich will gar nicht verhandeln. Ich möchte meine Inszenierung beenden. Und Sie dürfen mitwirken.«

»Danke. Kein Interesse. Lassen Sie die Leute frei.«

Dann legte Marie auf.

»Was tun Sie da?«, brüllte der Leiter der Bereitschaftspolizei. Alle im Raum starrten Marie entsetzt an. Nur die Polizeipräsidentin blieb ruhig.

»Nur nicht aufregen«, sagte Marie. »Er ruft wieder an. Ich lasse ihn zappeln. Der braucht mich für seine Show, und wir müssen ihm zeigen, dass wir nicht mitmachen, solange er die Geiseln hat.«

»Jetzt hat sie aufgelegt«, sagte Sigalov etwas irritiert in seine Webcam. »Vielleicht ein Verbindungsfehler.«

Maries Handy klingelte wieder. Sie nahm den Anruf an.

»Sigalov, Sie krankes Arschloch, lassen Sie die Leute frei«, fauchte sie. Den anderen im Raum bereitete ihr Verhalten sichtlich Unbehagen.

»Nicht doch so aggressiv. Lassen Sie uns über Kunst reden.«

»Sie sind kein Künstler, Sigalov. Sie sind ein wahnsinniger Killer und Sie werden bekommen, was Sie verdienen.«

Die Zuschauer dieser Performance konnten dem gesamten Gespräch folgen. Sigalovs Sprache kam sowieso über die Webcam ins Netz, Maries Stimme übertrug er irgendwie vom Telefon. Marie graute bei dem Gedanken, dass hier vielleicht gleich schreckliche Dinge passierten und die halbe Nation live dabei war. Neugierig, gierig. Sensationsgeil. Aber auch geschockt.

»Der letzte Akt meiner Performance ist noch nicht vollständig ausgearbeitet, Sie können ihn noch beeinflussen. Sie können zum Beispiel mitentscheiden, wie Ihr Chef stirbt und ob seine Familie das miterleben wird.«

Emil Hauschka gab Marie ein Zeichen, dass sie ihr Handy auf den Tisch legen solle. Sie tat es zögerlich.

»Hey, Sigalov«, rief er laut Richtung Handy, »was ist das für eine Kunst, die vorsätzlich mordet? Ich verstehe Ihren Ansatz nicht.«

»Endlich jemand, mit dem man über Inhalte sprechen kann. Wer sind Sie bitte, ich kann Sie ja nicht sehen«, sagte Sigalov.

»Emil Hauschka, Künstlerischer Leiter der documenta, und ich bin sicher, dass ich Sie nicht zu unserer Ausstellung eingeladen habe.«

»Oh, mein Kurator ...«

»Blödsinn.«

»Der vorsätzlich herbeigeführte Tod, mein lieber Hauschka«, säuselte Sigalov überheblich, »ist in der Kunst ein so selbstverständliches Mittel wie Pinsel und Farbe.«

»Tatsächlich?«

»Natürlich. Die großen Werke der Antike zum Beispiel, von den Pyramiden über die griechischen Tempel und Götterstatuen bis zu den künstlerischen Höhepunkten des Römischen Reiches: Dafür sind immer Menschen gestorben. Tausende. Hundertausende.«

»Das sind doch ...«

»Kollateralschäden, wollten Sie sagen? Die Ägypter haben absichtlich Arbeiter in den Pyramiden zurückgelassen und dem Hungertod ausgeliefert, um ihre Kunst vor Räubern zu schützen.«

»Reden Sie nicht so einen Blödsinn ...«

»Und wie viele Morde wurden begangen, um Material für Kunstwerke wie Gold und Edelsteine zu bekommen. Da klebt viel Blut am Weltkulturerbe.«

»Und das«, mischte sich Marie ein, »gibt Ihnen das Recht, Morde zu begehen und das Kunst zu nennen?«

»Es geht nicht um Recht. Niemand hat das Recht zu töten. Da sind wir uns doch einig. Aber Kunst, große Kunst, hat sich immer auch über Recht und Gesetz hinweggesetzt.«

»So ein Schwachsinn«, kommentierte Hauschka.

»Wirklich? Damien Hirst, Multimillionär der Kunst, tötete zigtausende Schmetterlinge für sein Werk ›In and Out of Love‹. Okay. Nur Insekten. Andere gefeierte Adepten schlachteten öffentlich Schweine, ließen vor laufender Kamera Hunde verhungern oder quälten sich selbst und andere mit Messern und vielem mehr. Sie, Herr Hauschka, als Mann der Kunst, kennen bestimmt viele weitere Beispiele.«

»Das ergibt alles keinen Sinn, was Sie da faseln«, sagte Hauschka.

»Ja. Richtig. Sinnlos, das Ganze. Ein paar sinnlose Tote mehr. Zu den sinnlos auf den Schlachtfeldern des Nahen Ostens Dahingerafften, zu der sinnlos an Hunger und Aids-sterbenden Bevölkerung Afrikas und zu den Millionen langsam und sinnlos verreckender Arbeitssklaven in Fernost kommt jetzt noch ein einziger deutscher Bulle dazu. Ganz ohne Sinn. Und alle mit Vorsatz. Jedes Opfer absehbar und vermeidbar. Politik tötet vorsätzlich, Wirtschaft auch und eben auch die Kunst.«

Marie fiel auf, dass Sigalov frei sprach, er las seine kruden Texte nicht ab. JVA-Leiterin Lindwedel hatte Recht mit der hohen Intelligenz dieses Schwerkriminellen.

»Sie sind ein großer Rebell, ein wahrer Revoluzzer«, höhnte Hauschka.

»Ich bin ein Täter, ein Mörder. Genau wie die Politiker, Offiziere und Vorstände. Mit dem Unterschied, dass ich es zugebe.«

Jetzt sprang die Polizeipräsidentin zum Tisch, nahm das Handy und unterbrach die Verbindung. Auf dem großen Bildschirm ertönte ein Besetzzeichen.

»Ach, wieder aufgelegt. Aber warum wollen Sie nicht mit mir sprechen? Gut. Dann eben nicht. Ich bleibe auf Sendung und rufe später noch mal an.«

Die Polizeipräsidentin sah auf ihr Handy und gab den Inhalt einer Nachricht wieder, die sie gerade empfangen hatte.

»Das LKA hat immer noch keine IP-Adresse zu der Website hier. Die ist sehr gut verschlüsselt und umgeleitet.«

»Das heißt, der ganze Schmutz geht weiter ungefiltert übers Netz? Gibt es da gar keine Möglichkeit?«

»Die Seite ist wohl vielfach gespiegelt. Das heißt, sie kommt über viele verschiedene Auslandsserver zu uns und wechselt ständig ihre IP-Adresse. Wenn wir einen Weg verbaut haben, geht es über den nächsten. Dieser Sigalov hat entweder richtig Ahnung vom World Wide Web oder einen kompetenten Helfer. Aber lange wird es nicht mehr dauern, dann ist der Spuk vorbei. Da bin ich sicher.«

»Ja«, sagte Marie. »Für die Zuschauer. Aber für Weide und seine Familie noch nicht, und wenn Sigalov kein Publikum mehr hat ...«

Auf dem Bildschirm hatte sich Sigalov nun neben seine Geiseln gestellt. In der rechten Hand hielt er eine Pistole. Er zeigte sie kurz wortlos in die Kamera. Im ›documenta‹-Büro hielten alle den Atem an – im Rest des Landes sicherlich auch.

»Und, Frau Gläser«, fragte er in die Kamera, »wie geht es nun weiter?«

Die Polizeipräsidentin sah wieder auf ihr Handy: »Sie haben die Seite.«

»Was?«, fragte Marie, die diese Aussage nicht ganz einordnen konnte.

»Sie haben die Seite und können sie sperren. Wir müssen nur das Go geben.«

»Moment. Nicht so schnell«, sagte Marie. »Wenn wir ihn nicht mehr sehen, wird es eng. Merkt er sofort, wenn seine Seite vom Netz ist?«

»Nicht unbedingt. Nur, wenn er einen normalen Internetanschluss nebenher laufen hat. Das könnte ihm aber zu riskant sein. Ich würde also sagen: Nein. Er merkt es nicht sofort.«

35. Kapitel

Walter Sobchak war inzwischen ins Präsidium gefahren und half den Kollegen in der Leitstelle, die im Sekundentakt eingehenden sachdienlichen Hinweise zu ordnen. Es war wie immer. Die meisten Anrufer wollten sich nur wichtigmachen und hatten Informationen, die entweder nicht relevant oder der Polizei längst bekannt waren. Der hat vor Jahren mal auf dem Friedhof gearbeitet, sagte einer über Sigalov. Der Kommissar hat sich neulich auch mein Haus angeguckt, wusste ein anderer, der aber von seinem Haus aus anrief und weder Geiseln noch Täter in seinem Keller finden konnte.

Die Telefone liefen heiß, weshalb sie den Apparat, auf den sie die Pressehotline umgeleitet hatten, gar nicht mehr beachteten. Sie hatten den Journalisten derzeit nichts mitzuteilen, was sie nicht ohnehin live und online sahen.

In Lüneburg und Umgebung waren unzählige Peterwagen unterwegs auf der Suche nach einem weißen Passat mit Düsseldorfer Kennzeichen. Verstärkung aus Hamburg und Soltau war inzwischen dazugestoßen.

Walter hatte hier zweifellos ein paar Jahre vor der Rente seinen größten Fall. Aber war es überhaupt sein Fall? Oder Maries? War es nicht längst ein Fall der LKA-Kollegen, die sich im Lüneburger Polizeigebäude breit gemacht hatten und Fragen stellten, die niemanden weiter brachten. Das war aber auch alles egal. Ein Kollege war in Lebensgefahr, dazu seine Frau und – das Schlimmste – sein Kind. Darum ging es jetzt. Und da war jede Hilfe recht und Eitelkeiten verbaten sich von selbst.

Walter hatte gerade eine alte Dame abgewimmelt, die sechstausend Euro, die Hälfte ihres Vermögens, wie sie sagte, spenden wollte als Belohnung für die Ergreifung des Täters, da klingelte wieder das Pressetelefon. Walter lehnte sich zurück, atmete durch und ließ es klingeln.

***

Im ›documenta‹-Büro konnte man Sigalov dabei zusehen, wie er mal Weide, mal sich selbst die Pistole an den Kopf hielt. Er sagte nichts. Stattdessen ließ er der Titelmelodie von ›Spiel mir das Lied vom Tod‹ laufen.

»Wenn wir abschalten«, sagte die Polizeipräsidentin, »sehen wir ihn nicht mehr. Aber er hat ja noch das Handy. Die Verbindung müssen wir halten. Wenn er noch mal anruft.«

»Ja«, sagte Marie. »Warten wir noch einen Moment.«

Eine Nachricht erschien auf dem Display ihres Handys. Sie kam über den Facebook-Messenger. Kein Mensch, den sie kannte, nutzte diesen Kanal. *Rufen Sie mich sofort an. Ina Feldmann* stand da, gefolgt von einer Mobilnummer.

Was wollte die Feldmann? Ein Interview? Ein bisschen was Exklusives für die ›Lüneburger Stimme‹, damit sie diese große Stunde in der Provinz richtig auskosten konnte? Das musste warten, denn jetzt rief auf dem Handy *Anonym* an.

Während sie das Handy zum Ohr führte, erschien eine weitere Nachricht von Ina Feldmann auf dem Display. *Ich weiß, in welchem Haus die sind*, stand da.

»Lassen Sie die Familie Weide frei«, sagte sie, nachdem sie Sigalovs Anruf angenommen hatte, nur um irgendetwas zu sagen. Gleichzeitig zeigte sie ihre Nachricht der Polizeipräsidentin und formte mit ihren Lippen das Wort »Abschalten!«. Die Polizeipräsidentin verstand und tippte auf ihrem Handy eine Nachricht.

Marie gab Emil Hauschka ein Zeichen, den Täter im Gespräch zu halten. Der begann sofort: »Sigalov, oder wie Sie heißen. Sie hatten Ihren Spaß. Alle haben Sie wahrgenommen. Ihre Botschaft ist angekommen. Jetzt hören Sie auf. Es reicht.«

»Soll ich ihn erschießen? Frau Gläser, was meinen Sie? Eine Kugel in den Kopf? Vor den Augen seiner Frau und seines Kindes?« Miriam Weide wand sich in stummer Panik auf ihrem Stuhl.

»Oder soll ich die beiden rausführen und dann dem Kommissar ganz theatralisch den Kopf abschlagen? Wie ein Gotteskrieger. Hier ist auch irgendwo eine Kettensäge.«

»Du perverses Arschloch«, brüllte Hauschka.

»Nein, das trifft es nicht. Ich empfinde dabei keine Lust. Ich gestalte. Ich inszeniere den Tod. Die Kunst ist Leben und Tod. Eros und Tanatos.«

Marie war aus dem Raum gegangen, um ungestört mit der Feldmann sprechen zu können.

»Wo? Wo sind sie?«

»Ich bin in der Redaktion ...«

»Nein, verdammt, wo ist dieser Keller?«

»Ja, sorry. Es ist das Haus dieser Christina Schmitter, die neunundachtzig verschwunden ist und die wahrscheinlich auch auf Brogmeiers Konto geht.«

»Und wie kommen Sie darauf?«

»Ich bin vor zwei Jahren mal da gewesen auf Recherche. Da haben wir den Fall Schmitter noch mal nacherzählt, weil der ja immer noch offen war. Und da war ich in dem Keller.«

»Aber der Keller sieht doch aus wie tausend andere.«

»Habe ich auch erst gedacht, aber dann fiel mir ein Fleck hinten an der Wand auf, neben Frau Weide. Da ist irgendwie Schimmel oder der Putz ist abgeplatzt. Das hat die Form von Sylt.«

»Was?« Marie dachte einen kurzen Moment, dass sie da jemand verscheißern wollte.

»Sylt, die Insel.«

»Ich kenne Sylt, aber wieso ...«

»Ja. Das war mir damals aufgefallen. Ich sehe so was und merke es mir. Warum, weiß ich auch nicht. Es gibt doch nicht noch einen Keller mit einem Sylt-Fleck in unserer Gegend.«

»Wahrscheinlich nicht.« Marie durfte es jetzt nicht versauen. Alles hing davon ab, was sie als Nächstes tat.

»Frau Feldmann, hören Sie mir jetzt bitte gut zu«, sagte sie langsam, als würde sie mit einer Schwachsinnigen reden. »Es fahren in einer Minute viele, sehr viele Polizisten zu diesem Haus. Und wissen Sie, wer da nicht hinfährt?«

»Ich?«

»Ja, genau. Sie. Und auch keiner Ihrer Kollegen. Frau Feldmann, diese Adresse bleibt unser Geheimnis. Kann ich mich darauf verlassen? Sonst muss ich Sie leider verhaften lassen.«

»Hey, Frau Gläser, ganz ruhig. Ich bin ja nicht bescheuert. Meine Nachricht hätte Sie auch mindestens eine halbe Stunde früher erreicht, wenn man in Ihrer Dienststelle jemanden ans Telefon bekommen würde.«

»Danke, Frau Feldmann, drücken Sie uns die Daumen.«

»Das mache ich.«

Marie tippte die Adresse in ihr iPhone und schickte die Nachricht an Sobchak mit dem Zusatz: *Passt auf Euch auf. Alles Gute.*

Als Marie wieder ins Büro trat, war der Bildschirm eine graue Fläche mit der Aufschrift: *Seite kann nicht angezeigt werden.* Nun war er also endlich aus dem Netz. Aber am Telefon war er noch. Hauschka hatte Maries iPhone auf laut gestellt.

»Haben Sie es endlich geschafft. Glückwunsch. Schon faszinierend, dass man so lange anonym online sein kann. Ich verstehe ja nicht viel davon, aber ich habe Freunde, die sich mit sowas auskennen. Wie machen wir jetzt weiter?«

Im Hintergrund war eine Kinderstimme zu hören. »Mama, was ist denn mit dir?«

Dann wieder Sigalov. »Kleines, schlaf weiter. Alles ist gut.«

Das Mädchen fing an zu weinen. Marie hätte in diesem Moment alles dafür gegeben, mit einer geladenen Waffe vor Sigalov zu stehen.

Dann drang Motorenlärm durch. Ein Hubschrauber, ganz deutlich.

»Gut«, sagte Sigalov und zum ersten Mal war Anspannung in seiner Stimme. »Dann sind wir beim Finale.«

Zwei Schüsse fielen, dann brach die Verbindung ab.

Die Menschen im ›documenta‹-Büro starrten sich entsetzt an.

Marie hatte Sobchak am Telefon: »Walter, es sind Schüsse gefallen, wann seid ihr da?«

»Ich bin in der Dienststelle. Ich darf nicht mit. Anweisung von den LKA-Typen. Die sind mit einer halben Armee unterwegs. Der Hubschrauber müsste bereits da sein.«

»Ja. Haben wir gehört und der hat Sigalov gewarnt. Er hat geschossen.«

»Scheiße.«

»Wer leitet den Einsatz? Hast du eine Nummer?«

»Ein Herr Segelke. Ich schick dir die Nummer.«

Marie rief den SEK-Leiter sofort an: »Ja.«

»Gläser, hallo, was ist mit dem Kollegen und seiner Familie?«

»Wissen wir noch nicht. Wir sind noch nicht drin. Ich habe jetzt auch keine Zeit mit Ihnen zu plaudern.« Dann legte er auf.

»Arschloch!«, zischte Marie.

Nun saßen sie ohne Bild und Ton abgeschnitten fernab vom Geschehen in Kassel. Noch vor wenigen Minuten hatten sie den Lauf der Dinge, wenn schon nicht unter Kontrolle, dann doch wenigstens im Blick. Und nun? Wenn fünfzig SEK-Leute über ein Haus herfielen, dann konnte alles passieren. Aber vielleicht war ja schon alles passiert. Zwei Schüsse. Weide und seine Frau? Das Kind schreiend daneben? Oder Weide und Sigalov? So als finales Finale?

Die Polizeipräsidentin telefoniert in einer Ecke. Sie hatte jetzt vermutlich die besseren Verbindungen. Mit ihr sprach das LKA. Als sie geendet hatte, sagte sie: »Der Täter ist flüchtig. Sie haben vom Hubschrauber aus gesehen, wie er mit einem Motorrad davonfuhr.«

»Und im Haus?«, fragte Marie.

»Gehen wohl gerade rein. Noch keine Meldung.«

36. Kapitel

Stephan Weide erschrak, als die Tür, die dieser Sigalov vor wenigen Minuten noch leise geschlossen hatte, mit einem lauten Knall auflog. Auch Miriam zuckte zusammen und die kleine Hedwig schrie laut auf. Die Kavallerie in Form des SEK war da. Drei Männer stürmten den Kellerraum, noch mehr stauten sich auf der Kellertreppe. Alle in voller Montur mit Helmen und mit den automatischen Waffen im Anschlag.

Es gibt hier nichts mehr zu sichern, hätte Weide ihnen gerne gesagt, aber sein Mund war immer noch verklebt. Die Männer brauchten ein paar Sekunden, bis sie die Situation erfasst hatten, dann befreiten sie die Gefesselten. Miriam nahm ihre Tochter in den Arm, beide weinten. Auch Stephan hätte gerne Frau und Tochter umarmt, doch Miriam und Hedwig bildeten eine unnahbare Einheit.

»Danke, Kollegen«, sagte Weide zu den Polizisten, die alle die Helme abnahmen. »Das wurde auch höchste Zeit, ich dachte, ihr kommt gar nicht mehr. Habt ihr den Kerl?«

»Der ist noch flüchtig«, sagte einer, der offensichtlich der Einsatzleiter war. »Wir sind aus der Luft an ihm dran. Wer hat geschossen?«

»Sigalov. Viel zu hoch. In die Decke. Ich hatte den Eindruck, er wollte uns gar nicht treffen.«

Ein Notarzt und zwei Rettungssanitäter kamen in den Kellerraum. Der Arzt sprach leise mit Miriam Weide und dem Kind. Er sah sich die Handgelenke der Frau an, die von den Kabelbindern ganz wund waren. Dem

Kind leuchtete er in die Augen, maß Puls und Blutdruck.

Dann sagte der Arzt, an Stephan und Miriam Weide gewandt: »Ich würde Sie gerne zu einer gründlichen Untersuchung mit ins Krankenhaus nehmen.«

Bevor Stephan etwas sagen konnte, sagte Miriam: »Nein, das ist nicht nötig. Wir kommen klar.« Dann verließ sie mit dem Kind auf dem Arm den Keller. Ratlos ging Stephan hinterher. Die SEK-Beamten rannten etwas planlos durchs Haus, als wäre es ihr Auftrag, jeden Raum noch mal betreten zu haben.

Auf der Straße öffnete Miriam den Passat und setzte Hedwig in ihren Kindersitz.

»Soll ich fahren?«, fragte Stephan.

»Nein. Ich fahre. Und ich fahre direkt nach Hause, nach Düsseldorf. Tu du, was immer du meinst, tun zu müssen. Aber Hedwig und ich müssen hier weg.«

»Du kannst jetzt nicht allein durch die Gegend fahren. Der Kerl ist noch flüchtig. Ich ...«

»Stephan, der will dich töten, nicht uns. Je weiter wir von dir weg sind, umso sicherer sind wir.«

»Miriam, das tut mir leid, ich ...«

»Ich weiß, Stephan, aber es reicht. Das ist kein Leben für mich und das Kind. Und für dich eigentlich auch nicht. Stephan, du bist krank, es wird immer schlimmer ...«

»Nein, Miriam, ich hab das im Griff. Mach dir keine Sorgen.«

»Hast du nicht. In Düsseldorf hatte dir dieser Kindesentführer den Aufenthaltsort des Kindes genannt und du hast ihn vergessen. Einfach vergessen. Das Kind wäre fast verhungert. Ein Glück, dass es sich anders bemerkbar machen konnte.«

»Ja, da hatte ich diese Pillen noch nicht und da habe ich noch getrunken. Das iPad hilft mir ja auch sehr.«

»Stephan, ehrlich, dieses Haus hier, das habe ich doch richtig verstanden, steht im Zusammenhang mit diesen alten Morden?«

»Ja.«

»Dann hast du doch schon mal davon in den Akten gelesen. Den Ortsnamen, die Straße, vielleicht hast du sogar Bilder von diesem Haus gesehen. Wenn du dich daran erinnert hättest, wären wir jetzt nicht hier. Dann wäre dir das direkt komisch vorgekommen.«

»Kann sein.«

Miriam stieg in den Wagen und ließ den Motor an. Stephan stand in der offenen Fahrertür.

»Und was heißt das jetzt?«, fragte er seine Frau.

»Ich liebe dich, Stephan, und ich will das mit dir durchstehen. Aber nicht unter diesen Bedingungen. Bitte denk darüber nach, was dir wichtiger ist. Und jetzt lass mich bitte fahren.«

Er schloss die Fahrertür, öffnete die hintere Tür um seiner Tochter, die fest eingeschlafen war, einen Kuss zu geben. Schließlich fuhr Miriam langsam davon.

37. Kapitel

Marie war gleich nach den Ereignissen in Kassel nach Hause gefahren. Nicht mehr zum gestürmten Haus und auch nicht mehr in die Dienststelle. In der Küche traf sie Pauline, die sie kurz über die Ereignisse informierte und bei der sie sich überschwänglich für ihren Tipp von der ›documenta‹ bedankte. Dann ging sie ins Bett.

Schlafen konnte sie nicht. Sie war stinksauer auf die Kollegen. Rauschen da mit millionenschwerer Ausrüstung an und lassen Sigalov entwischen. Wie überhaupt? Hatten sie das Haus nicht richtig gesichert? War der Hubschrauber so viel früher da als die Fußtruppen, dass die Zeit zur Flucht reichte? Und warum hatte niemand bemerkt, dass da irgendwo ein Motorrad für die Flucht geparkt war? Verdammte Anfänger.

Und was war nun Sigalovs Plan B? Würde er seinen letzten Akt, die Ermordung eines Polizisten, noch umsetzen? Dann wäre auch sie in Gefahr. Oder würde er sich einfach nur so schnell wie möglich verpissen? Die Gegend war gut abgeriegelt. Allein Marie war auf dem Nachhauseweg zwei Mal angehalten worden.

Sie nahm ihr Handy und rief Weide an: »Wie geht es Ihnen?«

»Ganz okay, ich bin nur ziemlich wütend auf mich selbst. Wie konnte ich mich von diesem Typen nur so einfangen lassen?«

»Und ihre Familie?«

»Meine Frau ist direkt nach Düsseldorf gefahren.«

»Allein?«

»Das glaubt sie jedenfalls. Ich habe Kollegen vom LKA gebeten, ihr unauffällig zu folgen und auf sie aufzupassen. Die sagen mir Bescheid, wenn sie sicher in Düsseldorf ist.«

»Und wie geht's jetzt weiter?«

»Jetzt müssen wir diesen ...«

»Sigalov.«

»Ja. Den müssen wir jetzt kriegen. So schnell wie möglich, sonst sind wir die Deppen der Nation.«

»Was glauben Sie, was er jetzt tut?«, fragte Marie.

»Er haut ab. Das ist seine einzige Option. Er hat ja offensichtlich Geld. Wir müssen also Grenzen und Flughäfen bewachen. Das geschieht ja bereits.«

»Und wenn er sich hier irgendwo versteckt, bis wir die Lust verlieren?«

»Das kann lange dauern.«

»Und wenn er seinen letzten Akt noch will?«

»Sie meinen, mich zu töten?«

»Zum Beispiel.«

»Dann soll er nur kommen, ich freue mich drauf.«

»Herr Weide, so kenne ich Sie ja gar nicht.«

»Schlafen Sie gut, Marie, wir sehen uns morgen.«

»Ja. Bis morgen.«

∗∗∗

Um drei Uhr war für Marie die Nacht zu Ende. Sie würde nicht mehr ruhig schlafen können, bis Sigalov hinter Gittern war. Nicht so sehr aus Angst, sondern mehr aus einem Gerechtigkeitsbedürfnis heraus. Ein solches Monster darf keine Minute länger frei herumlaufen.

Sie zog sich an, nahm Jacke und Dienstwaffe, die sie von ihrem Kassel-Ausflug noch bei sich trug, und ging hinaus. Sie wusste nicht so genau, was sie eigentlich wollte, aber Untätigkeit kam jetzt nicht infrage. Vielleicht würde sie ein paar Stationen des Falls abfahren und auf Ideen kommen.

Erst in zwei Stunden würde die Sonne aufgehen. Der Dienst-Golf stand direkt vor der Tür. Sie stieg ein und legte die Waffe ins Handschuhfach. Sie startete den Motor und fuhr los. Irgendetwas irritierte sie und noch bevor sie weiter darüber nachdenken konnte, kam eine Stimme vom Rücksitz: »Frau Gläser, so früh schon unterwegs?«

Sie erschrak kurz, war aber dann gefasst.

Sigalov.

»Ist ein Polizeifahrzeug nicht ein ziemlich unsicheres Versteck, Sigalov?«

»Ich verstecke mich nicht. Die beste Möglichkeit, von eurem Bienenschwarm nicht gestochen zu werden ist, sich eben nicht wegzuschleichen.«

»Und jetzt?« Marie fuhr langsam die enge Feldstraße hinunter und bog dann rechts in die Barckhausenstraße ein.

»Jetzt kommen wir zum letzten Akt«, sagte Sigalov.

»Ist der nicht gründlich in die Hose gegangen?« Marie versuchte, sich aus der aufkommenden Angst zu quatschen. »Ihr Hauptdarsteller ist nicht gestorben und das Publikum guckt längst wieder Dschungelcamp.«

»Ich habe das Script etwas geändert. Mein Hauptdarsteller sind jetzt Sie.«

»Und wo ist Ihr Publikum?«

»Fahren Sie da vorne rechts«, sagte er und Marie bog in die Stresemannstraße ein.

»Und dann wieder links.«

»Wo soll's denn hingehen?«

Sigalov antwortete nicht. Nun ging es die Willy-Brandt-Straße runter, vorbei am Museum. Es war nicht viel los an diesem Montagmorgen. Wenige Autos, ein paar Fußgänger auf dem Weg zu ihren Arbeitsstellen. Nachtschwärmer gab es um diese Zeit in Lüneburg nicht mehr.

»Dahinten rechts!«

»Zum Bahnhof? Wollen Sie verreisen?«

Sie fuhr auf das helle Bahnhofsgebäude zu, das um diese Zeit noch verwaist dalag. Erst um kurz nach vier würden die ersten Menschen kommen und in die frühen Züge steigen.

»Fahren Sie da an die Ecke, zwischen dem Bahnhof und dem Busbahnhof.«

Marie gehorchte. Es war klar, dass er eine Waffe in der Hand hatte. Und es war klar, dass er diese Waffe schneller abfeuern würde, als sie ihre aus dem Handschuhfach nehmen konnte.

»Und jetzt da vorne an das Gebäude heran. Ganz dicht.«

»Verstehe«, sagte Marie, als sie den gewünschten Platz sah, »die Überwachungskamera. Soll das jetzt Ihr Publikum sein?«

»Ja. Und diese hier. Die hat auch Ton.« Er hielt ein iPhone in der Hand, das in einer Halterung mit Saugnapf steckte. Den befestigte er am hinteren Seitenfenster des Golf und richtete die Kamera des iPhone so aus, dass der Innenraum des Wagens im Bild war.

Marie wurde schwindelig. Sie verdrängte den Gedanken, dass ihr Tod jetzt kurz bevorstand. Sie hatte noch die Chance zu kämpfen.

»Sie wissen schon, dass an der Überwachungskamera keiner sitzt und guckt. Die zeichnet nur auf. Und Ihr iPhone wird schnell geortet, wenn Sie jetzt damit wieder auf Facebook gehen.«

»Sie unterschätzen mich. Immer noch.« Sigalov saß jetzt vorgebeugt auf der Rückbank. Marie spürte seinen Atem in ihrem Nacken. »Es wird aufgezeichnet und ist damit für die Nachwelt verfügbar. Und so wie das immer läuft, wird irgendeiner die Überwachungsvideos illegal online stellen und so wird unser Finale hier ein großes Publikum finden. Und im iPhone ist gar keine SIM-Karte. Das kann man nicht orten. Dieses Video stelle ich dann selbst noch online.«

»Wenn Sie dazu kommen.«

Marie beobachtete Sigalov im Rückspiegel. Er hatte sich sehr weit vorgebeugt. Er wollte offenbar, dass die Überwachungskamera auch seinen kahlen Schädel erfasste. Er war selbstgefällig, unübersehbar genoss er seine Macht. Und er war unaufmerksam. Weil er müde war von der Flucht, vielleicht auch, weil er sich sicher fühlte. Marie sah ihre Chance.

Ihr rechter Arm lag auf der Armlehne zwischen den Vordersitzen. Die Motorradjacke schützte ihren Ellbogen. Sie konzentrierte sich auf diese eine Bewegung, die jetzt perfekt sein musste. Im Karatetraining hatte sie gelernt, wie man die ganze Körperkraft und das ganze Körpergewicht in einem Körperteil zusammenfließen lässt, um eine übermenschlich starke Bewegung auszuführen.

Wenn sie eins hatte, dann war das Körpergewicht und so zimmerte sie, ohne groß Schwung zu holen, ihren rechten Ellbogen mit voller Wucht in Sigalovs überraschte Fresse. Sie spürte wie Knochen – das Nasenbein? – und Zähne brachen, wie Haut platzte. Mit der nächsten Bewegung öffnete sie mit der rechten Hand das Handschuhfach, griff mit der linken Hand die Pistole. Sie bekam sie gleich richtig zu fassen. Im Rausreißen legte sie den Sicherungshebel um und während Sigalov nach der ersten Überraschung schon seine silbern glänzende Knarre hob, drehte sie sich zu ihm um und schoss ihm mit links aus nächster Nähe mitten in die Stirn.

Sigalov riss die Augen auf, Blut spritze aus seinem Schädel. Dann kippte er zur Seite.

Marie atmete tief durch, rief die Kollegen an. Dann brach sie über dem Lenkrad zusammen und weinte lange und kraftvoll.

Eine Bitte des Autors:

Liebe Leserin, lieber Leser,

vielen Dank, dass Sie ›Totenwald‹ gelesen haben.

Wenn es Ihnen gefallen hat, sagen Sie es weiter. In Ihrem Freundeskreis, bei Amazon.de, bei Thalia.de, in Ihren sozialen Netzwerken.

Vielen Dank.

K.K.